ハヤカワ文庫 FT
〈FT542〉

英国パラソル奇譚

# アレクシア女史、女王陛下の暗殺を憂《うれ》う

ゲイル・キャリガー
川野靖子訳



早川書房
*7006*

HEARTLESS

by

Gail Carriger



Translated by
Yasuko Kawano
First published 2012 in Japan by
HAYAKAWA PUBLISHING, INC.
This book is published in Japan by
arrangement with
LITTLE, BROWN, AND COMPANY
New York, New York, USA.
through TUTTLE-MORI AGENCY, INC., TOKYO.

# 謝　辞

ときに、必需品というものは手に入れようとして手に入るものではありません。故意にせよ、偶然にせよ、わたしの狂気をなだめてくれたかたがたに心から感謝します。ヒイラギを届けてくれた母。デーツを届けてくれたウィロー。むきになって気をまぎらしてくれた女王様レイチェル。昏睡の女神エリン。根気の塊のイズ。そしてこれまでで最高の手羽先を届けてくれたフラニッシュに！

目次

プロローグ　ハは反異界族のハ　9
1　レディ・アレクシア・マコンがよたつくこと　12
2　アレクシアが投げられないために　38
3　恐ろしき《ゴーストリー》重大事　69
4　つながれた亡霊《スペクター》が出会う場所　93
5　タコの隠れ家　119
6　タンステル夫人が役に立つこと　150
7　ウールジー城の人狼たち　185
8　毒入りティーポット　208
9　過去が現在を複雑にすること　231

10　アイヴィの〈運命の男《エージェント・ドウーム》〉　256
11　ヘアーマフの大流行　282
12　〈かつてのベアトリス・ルフォー〉　301
13　月夜にしのび寄るタコ　323
14　レディ・マコンがパラソルをなくすこと　357
15　飛行船も踏むを恐れるところ　373
16　吸血鬼の一団　398
17　慎重《プルーデンス》さについて皆が少し学んだこと　421
〈英国パラソル奇譚〉小事典　433
訳者あとがき　437

リージェンツ・
パーク
リージェント・ストリート
●〈シャポー・ドゥ・
プープ〉
フリート・
ストリート
●
BUR本部
メイフェア
ハイド・パーク
グリーン・パーク
ベル
グレーヴィア
バッキンガム宮殿
バッキンガム・
パレス・ガーデン
テムズ川

# アレクシア女史、女王陛下の暗殺を憂《うれ》う

登場人物

アレクシア・マコン……………〈魂なき者《ソウルレス》〉
コナル・マコン卿………………ウールジー人狼団のボス《アルファ》
ランドルフ・ライオール………マコン卿の副官《ベータ》
アケルダマ卿……………………ロンドンで最高齢の吸血鬼
ビフィ……………………………ウールジー人狼団の新入り。もと
　アケルダマ卿のドローン
ジュヌビエーヴ・ルフォー……帽子店を経営する男装の発明家
アイヴィ・タンステル…………アレクシアの親友
フルーテ…………………………執事
ナダスディ伯爵夫人……………ウェストミンスター吸血群の女王
アンブローズ卿…………………ナダスディ伯爵夫人の親衛隊

# プロローグ　ハは反異界族のハ

**識別コード・ハ－464－ATことアレクシア・タラボッティの記録に関する覚え書き**

記録者：ミスター・フィンカーリントン、下級事務員、エーテルグラフ通信二等専門官

ハ－464－ATは妊娠中。父親は不明。本人はロンドンを離れ、〈陰の議会〉の役職を解任された。〈議長《マージャ》〉職は空席。

**識別コード・ハ－464－ATことアレクシア・タラボッティの記録に関する覚え書きの覚え書き**

記録者：ミスター・ハーバービンク、現場捜査官、誓約保証金および軍需品担当一等専門官

ハ－464－ATの妊娠は、識別コード・ジ－57790－CMの人狼との結合による直接的結果である。受胎は名だたる科学者とイタリアのテンプル騎士団によって正式に証

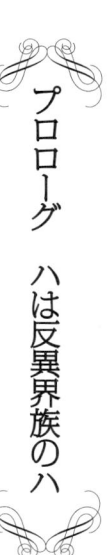

明された（反異界族繁殖プログラムは一八〇五年ごろに中断されている）。（注記：テンプル騎士団は上流階級の公共の福祉にとって脅威であるが、この分野における彼らの研究の正当性は認められている。）ハ‐464‐ATは〈議長〉に復職した。

**識別コード・ハ‐464‐ATことアレクシア・タラボッティの記録に関する覚え書きの覚え書きに対する補遺**

記録者：ライオール教授、現場捜査官、主任書記官（識別コード・ジ‐56889‐RL）

人狼の語り部《ハウラー》たちが話し合った結果、お腹の子はおそらく〈魂盗人《ソウル・スティーラー》〉（別名〈皮追い人〉または〈皮はぎ屋〉）と思われる。テンプル騎士団の記録によれば、この生き物は死すべき者にも不死者にもなれるらしい。〈宰相〉ことアケルダマ卿（識別コード・キ‐322‐XA）もこの見解に同意した。ハ‐464‐ATの言《げん》によれば、〝たしかい、いまわい、い、しき男が話の途中で……その生き物は歩くことも這《は》うこともでき、騎士が馬を御するがごとく魂を御すると言ったような気がする〟そうだ。（注記：この〝いまわしき男〟とは、推測するにテンプル騎士団のフィレンツェ管区長を指すと思われる）

〈魂盗人〉として唯一、記録に残っているのはアル＝ザッバ（別名パルミラ国の女王ゼノビア、識別コードなし）で、キ‐322‐XAことアケルダマ卿の親戚とされている。（彼は詳細を明かそうとしない――吸血鬼とはそういうものだ）どうやらゼノビアは吸血鬼女王と男性反異界族（両者とも素性は不明）のあいだに生まれたらしい。したがってゼノビアの能力と、これからハ‐464‐ATが出産する子の能力を比較することはできない——なぜなら生まれてくる子は、女性反異界族と人狼アルファとの結合の結果なのだから。いずれの場合も、どのような形質を持つかは不明である。

そこで、これから誕生する子に新しい分類名を提案したい——超異界族の〝チ〟である。

**考察に対する追加補遺**：あきらかに吸血鬼たちはハ‐464‐ATを犠牲にしても生まれてくる子を葬りたがっている。本記録者の意見を述べるならば、何はなくとも科学的探究という見地から、この子の誕生は公共の福祉のためにきわめて望ましい。キ‐322‐XAことアケルダマ卿に相談すれば、吸血鬼がなぜ生まれてくる子を拒絶するのか、それに対する答えが見つかるであろう。

# 1 レディ・アレクシア・マコンがよたつくこと

「五カ月！　よくも五カ月ものあいだ――言わせていただきますけど――そろいもそろって、こんな大事なことを秘密にできたものね。しかも今ごろになって話すなんて！」予期せぬ宣告に驚かされるのが嫌いなレディ・アレクシア・マコンは目の前の男たちをにらみつけた。男たちは大《だい》の大人――しかもアレクシアより何世紀も年上――にもかかわらず、小さな子どものようにしゅんとなった。

三人の男は一様《いちよう》にばつの悪い表情を浮かべているが、そろって身なりが立派で、社会的地位もあることを考えると、外見は驚くほど違った。一人は巨体で、いささかだらしなく、完璧にあつらえたイブニングジャケットは、まるで本人が着たがっていないのを知っているかのように隆々とした肩からだらりと垂れさがっている。これに比べると、ほかの二人の着こなしははるかに上等だが、一人はさりげなくセンスを感じさせる上品さ、もう一人はけばけばしいほどの芸術的ファッションという点で対照的だ。

レディ・マコンは、しかし、居並ぶ三人の紳士――ファッショナブルであろうとなかろうと――に反省の念を起こさせるほど恐ろしげには見えなかった。妊娠八カ月になろうとする外見は、さながら、お腹に詰め物をしたがいいに股のガチョウだ。

「きみに心配をかけたくねぇと思ってな」ウールジー城伯爵ことマコン卿が勇敢にも答えた。妻をやさしく気づかう、低いうなり声だ。褐色の目は伏し目がちで、髪の毛までしおれて見える。

「あら、それで、臨月まぢかの女性がつねに吸血鬼から命をねらわれる状況は心配じゃないわけ?」アレクシアの金切り声に、たいていのことでは動じないアケルダマ卿のペットの太った三毛猫も身じろぎし、黄色い片目を開けてあくびをした。

「しかし、これはもっとも**望ましい**解決策ではないかね、わが小さなライラックの茂みよ?」アケルダマ卿が三毛猫の背をなでると、猫はごろごろと喉を鳴らし、骨までリラックスして寝そべった。三人のなかでは、アケルダマ卿の反省ぶりがもっとも嘘くさかった。どんなに目を伏せても、美しい目のきらめきは隠せない。あれは自分の思いどおりにことを進めようとする男の目だ。

「わが子を手放すことのどこが望ましいの? いいこと? あたくしは魂《ソウルレス》がなくて、たしかに母親らしくないかもしれないけど、断じて人でなし《ハートレス》じゃないわ。コナル、あなた、よくもこんなことに賛成できたわね? しかも、あたくしになんの相談もなく!」

「妻よ、この五カ月間、人狼団が総がかりで四六時中きみを警護してきたのを忘れたのか?

そりゃあ大変な労力なんだ」

アレクシアは夫を愛している。とりわけ何かに腹を立て、上半身裸でうろつきまわるときの夫は最高だ。でも、こんな夫は好きじゃない――このわからず屋。しかも急にお腹がすいてきた。こうなると悲しいかな、とたんに怒る気がそがれてしまう。

「ええ、ええ、大変な労力でしょうよ。四六時中、見張られてる身にもなってちょうだい。でも、それにしてもコナル、養子だなんて！」アレクシアは立ち上がり、室内をうろうろしはじめた。いや、正確には、激しくよたつきはじめた。このときばかりはアケルダマ邸の応接間のきらびやかさも目に入らない。ここでの会合に応じたあたしがバカだった。アケルダマ卿の応接間では必ずよからぬことが起こる。

「女王陛下もこの案にはご賛成です」ライオールが口をはさんだ。三人のなかで、もっとも真剣に反省しているのは、おそらくライオールだ。彼は争いを嫌う。そして、この副官《ベータ》の性格に対するアレクシアの理解が大きく間違っていないかぎり、この計画を立てた張本人もライオールに違いない。

「陛下のご意向なんか知るもんですか。絶対にダメ――認めないわ」

「なあ、アレクシア、いい子だから冷静に考えてくれ」マコン卿が必死になだめた。だが、なだめるのは得意ではない。この巨体で、月に一度、狼になる男に、なだめるという行為は似合わない。

「冷静に？　あなたこそ冷静とやらに頭を突っこんでみたら！」

アケルダマ卿が作戦を変えた。「すでに、わが隣室をすこぶるチャーミングな育児室に改造してあるのだよ、かわいい**ザクロの**種ちゃん」

これにはアレクシアも心底驚き、怒りとよたよた歩きを中断して目をぱちくりさせた。

「あなたの二番目に立派なクローゼットを？　まさか」

「本当だ。これで、わたしがいかに**本気**かわかるだろう、いとしの花びらよ？　わたしはきみのために**服**を移動させたのだ」

「あたくしの子どものために、でしょ？」そう言いながらも心は揺らぎはじめていた。

アレクシアは助けを求めるようにライオールを見やり、動揺をさとられないよう、つとめて現実的に振る舞った。

「これで吸血鬼の攻撃が止まるの？」

ライオールはうなずき、指先でメガネを押し上げた。伊達《だて》メガネだが——ライオールは目がいい——表情をごまかしたり、所在なさをまぎらしたりするのには便利だ。「そう思います。もちろん、まだ、どこの吸血鬼女王とも直接に話してはおりません。吸血群は殺人勅令を出したことを認めようとせず、異界管理局《BUR》は今もって吸血鬼たちが」——そこで小さく咳払いし——「あなたの子ども——すなわちあなた——を殺そうとしているという決定的証拠をつかんでおりません」

ＢＵＲが調査と正しい身なりの両面から吸血鬼に対して不利な立場にあることはアレクシアも知っている。ＢＵＲは英国の異界族と反異界族を管理する強制組織だ。そのため、つねにそれぞれの規範を遵守しているところを示さなければならない。そして、その規範のなかには〝人狼団と吸血群にある程度の自主性と自治権を保障する〟という項目も含まれる。

「ムシュー・トルーヴェが設計した殺人メカテントウムシの一件は？」

「ヨーロッパの吸血鬼スパイの痕跡は見つかりませんでした」

「ソースポット爆弾は？」

「確固たる証拠はありません」

「とんでもないモンゴルプードルは？」

「心当たりの売買業者とは無関係でした」

「あたくしの代わりにミスター・タンステルが食べた飛行船の毒入り料理は？」

「一般的に飛行船内の食事はまずいという事実を考えると、たんなる偶然かもしれません」

ライオールはメガネをはずし、しみひとつない白いハンカチで曇りひとつないレンズをふきはじめた。

「あら、ライオール教授、ふざけてるの？　あなたらしくないわね」

うす茶色の髪のベータがむっつりと見返した。

「新しい性格を模索中です」

「やめてちょうだい」

「冗談です、マイ・レディ」

アレクシアは突き出たお腹が許すかぎり背筋を伸ばし、優雅に足を組んで座るライオールを見下ろした。「どうしてこんな結論にたどり着いたのか説明してちょうだい。それに、まだ吸血群に提案してもいないのに、どうしてこの計画で、吸血鬼たちが繰り出すしつこい暗殺攻撃が止むと確信できるの？」

ライオールはあきらめ顔で共犯者たちを見た。マコン卿がにやりと笑って金色のビロードの長椅子にもたれかかると、長椅子は経験したことのない重みに驚いてきしみを上げた。アケルダマ卿はもちろん、取り巻き《ドローン》のなかにもマコン卿ほどの大男はいない。ほかの家具も、この巨体に無言で耐えられるものはないだろう。

アケルダマ卿はそしらぬ顔で目をきらめかせた。

共犯者たちの裏切りを確信したライオールは深く息を吸った。「どうしてわたくしの考えだとわかったのです？」

アレクシアはますます豊満になった胸の上で腕を組んだ。「よく言うわね、教授、あたくししを見くびらないでちょうだい！」

ライオールは伊達メガネをかけなおした。「ご存じのように、吸血鬼は、どんな子どもが生まれてくるのかとびくびくしております。しかし、彼らもバカではありません。しかるべき事前策を講じて養育すれば、どんなに獰猛《どうもう》な、生まれながらの捕食者であっても完璧な文明人に育つことを知っています。たとえばあなたのように」

アレクシアが片眉を吊り上げた。

マコン卿はあざけるように鼻を鳴らした。

ライオールはひるまず続けた。「あなたには少しばかり常軌を逸したところがあります、レディ・マコン、しかし、あなたはつねに礼儀正しい」

「そう、そう」アケルダマ卿は脚の長いグラスをかかげて賛同し、シューシュー泡立つピンクの飲み物をすすった。

アレクシアは心もち首をかしげた。「今のはほめ言葉としてとっておくわ」

ライオールは話を進めた。「どんな吸血鬼も——失礼を承知で申し上げれば——アケルダマ卿でさえ、子どもに正しい倫理観を教えるのは義務だと本能的に知っています。吸血鬼の父親は、道徳的に廃退したアメリカ人やテンプル騎士団、その他、似たような精神構造を持つ異界族差別主義者たちから徹底的に赤ん坊を遠ざけます。そして彼らから見れば、あなたがたご夫妻も遠ざけるべき対象なのです。要するに世の吸血群は、すべてが自分たちの制御下にあるという実感がほしいのです。それを感じさえすれば、結果としてあらゆる脅迫行為はなくなるはずです」

アレクシアがアケルダマ卿を見た。「いまの予測に同意できる？」

アケルダマ卿はうなずいた。「イエス、わがいとしのマリーゴールドよ」

マコン卿の顔が困惑から思案げな表情に変わった。

ライオールが続けた。「アケルダマ卿にあずけることは最善の解決策と思われます」

この言葉にマコン卿は鼻にしわを寄せ、ふんと鼻を鳴らした。

ライオール、アケルダマ卿、アレクシアの三人は聞こえないふりをした。

「アケルダマ卿はこの地区でもっとも有力なはぐれ吸血鬼であり、数多くのドローンを抱えています。屋敷は街の中心にありますし、〈宰相〉としてヴィクトリア女王の権限も有しておられます。そんなアケルダマ邸に侵入しようとする者などまずいません」

アケルダマ卿はからかうように片手の甲でライオールをぱたぱたと叩いた。「まあ、ドリーよ、そうおだてるでない」

ライオールは無視して続けた。「それにアケルダマ卿はあなたの友人です」

アケルダマ卿は、次はどんな体位をとらせようかと思いめぐらすかのように、智天使《ケルビム》たちが描かれた応接間の天井を見上げた。「それに、この冬に起こった口にするのもはばかられるできごとに関して、吸血群はわたしに負い目がある。前〈宰相〉は、この事件をユリのように白い手に引き受け、みずからけじめをつけたが、吸血群が裏で糸を引き、彼の行動になんらかの圧力をかけたという事実は消えない。前〈宰相〉が**わたしの大事な大事なドローンちゃん**を誘拐した事実についてては**まったくもって**弁解の余地はない。しかも彼らは**あのたくらみ**に初めから気づいていた。わたしは彼らの罪を許してはおらぬ。今回のことで、連中にはひと牙お見舞いしてやるつもりだ」

アレクシアはアケルダマ卿を見た。その態度としぐさは、いつものように屈託がなく軽薄だが、口もとはこわばっている。どうやら真剣らしい。「あなたの言葉にしては、かなり本気のようね、アケルダマ卿」

アケルダマ卿は牙を剝き出してほほえんだ。「どうせやるなら大いに楽しむべし——だ、ちっちゃな**シュークリーム**よ。こんな機会は二度とない」

　アレクシアは唇を噛み、背のまっすぐな椅子に座った。最近はソファや長椅子から立ち上がるのがひと苦労で、身体が沈みこむ椅子には極力、座らないようにしている。

「なんだか頭が働かないわ」アレクシアはぼんやりする頭にいらだちながら突き出たお腹をさすった。慢性的睡眠不足と体調不良と空腹のせいで集中力が出ない。近ごろはもっぱら食べるか居眠りをしているかのどちらかだ——食べながらうつらうつらしているときもあれば、うつらうつらしながら食べているときもある。妊娠は、アレクシアに食事の新たな可能性の扉を開いた。

「ああ、もう、お腹がぺこぺこ」

　すかさず三人の男がベストの内ポケットから食べ物を出して、差し出した。ライオールは茶色い紙に包んだハムサンドイッチ。マコン卿はしなびたリンゴ。アケルダマ卿はトルコ菓子《ターキッシュ・ディライト》。この数カ月、日ごとに怒りっぽくなる妊婦に付き合ってきた人狼団は、レディ・マコンの空腹時にただちに食べ物をあたえないと大騒ぎになり、最悪の場合、本人が泣きだすことを学んだ。その結果、団の数名はつねに軽食を携帯し、動くたびにカサカサ音を立てるのが習慣になった。

　アレクシアは三つすべてを受け取り、まずターキッシュ・ディライトから食べはじめた。

「それで、本気でこの子を養子にするつもりなの？」そして食べる合間にアケルダマ卿にたずね、それから夫を見た。「**あなた**も認めるつもり？」

マコン卿はまじめな顔で妻の前にひざまずき、顔を見上げ、両手を妻の膝に載せた。分厚いスカートごしにも、大きな手のひらのざらざらした感触が伝わってくる。「きみの安全を守るためにＢＵＲと団はかなり無理をしている。最近はコールドスチーム近衛隊を呼び寄せようかとも考えた」こんなふうに恥ずかしげでまじめなときのコナルのハンサムなことと言ったら、腹が立つほどだ。嫌だわ――決心が鈍ってしまいそう。「もちろん、いざとなったらそうするしかない。なんとしてもきみのことは守る。だが、軍隊を個人的に利用したらヴィクトリア女王が黙っちゃいない。あの人のことだ――〈宰相〉を殺したとき以上に血相を変えるかもしれん。ここは知恵を使うべきだ。吸血鬼はわれわれより年上でこざかしい。これからも、あれこれしかけてくるだろう。子どものこれからの人生、ずっとこの状態を続けるわけにはいかんのだ」

どうやらコナルはあたしと結婚して実用主義《プラグマティズム》を学んだようね。でも、どうしてこんなときにかぎって妙に物わかりがいいの？　アレクシアは勝手に話を進めた夫に怒りを爆発させないよう、自分に言い聞かせた。どんな状況であれ、コナルが〝自分の手に負えない〟と認めるのはよほどのことだ。なにせ、つねに自分を全能だと考えたがる人だもの。

アレクシアは手袋をした手で片頬を押さえた。「でも、これはあたくしたちの子どもよ」

「ほかにいい案があるか？」心からの問いだった。マコン卿はアレクシアが代案を考えつくのを誰よりも望んでいる。

アレクシアは感傷的になりそうな気持ちを抑えて首を横に振り、口もとを引き締めた。

「しかたないわね」そしてアケルダマ卿のほうを向き、「この子を養子にするなら、あたくしもここに引っ越すわ」と宣言した。

アケルダマ卿はアレクシアを抱きしめるかのように、すぐさま大きく両手を広げた。「いとしいいとしいアレクシア、わがファミリーへ**ようこそ**」

「あなたのクローゼットをまたひとつ占領するかもしれないのよ、わかってる？」

「何につけ犠牲はつきものだ」

「なんだと？　それは絶対に許さん」マコン卿が立ち上がり、妻を上からにらみつけた。

アレクシアは、いかにもアレクシアらしい表情を浮かべた。「いまだって〈陰の議会〉のために週に二晩、ロンドンに通ってるのよ。これからは水曜日に来て月曜日まで滞在し、それ以外をウールジー城で過ごすことにするわ」

マコン卿も計算くらいはできる。「となると残りはたったの二晩か？　ウールジー城でわたしと過ごすのが二晩だと？　ダメだ、ダメだ」

アレクシアは動じない。「あなただって夜はほとんどBURの仕事でロンドンにいるじゃないの。いつだって会いに来られるわ」

「アレクシア」マコン卿が文字どおりうなった。「自分の妻をいちいち訪ねるなんて、そんなバカな話があるか！」

「しかたないじゃない。あたくしはこの子の母親なんだから。そもそも選択を迫ったのはあなたよ」

「その辺でよろしいでしょうか？」ライオールが口をはさんだ。

お楽しみを中断されたマコン夫妻はベータをじろりとにらんだ。二人の口論は夫婦のじゃれあいのようなものだ。

ライオールは真に洗練された紳士にふさわしい高尚なる自負心のもとに話を進めた。「当家の隣の屋敷は空き家です。ここをウールジー団の別邸《タウンハウス》として借りてはどうでしょう、マコン卿……？　あなたがたご夫妻はここアケルダマ邸の部屋で暮らしつつ、隣家に住んでいるように見せかけるのです。そうすれば、子どもが生まれても両親とは離れて暮らしているふりを続けられます。マコン卿、あなたは団員たちが街にいるあいだ、彼らとともに食事をし、行動をともにすることができます。もちろん月の数日間は、安全のため全員がウールジー城に戻らなければなりませんし、狩りやランニングをどうするかという問題はあります。しかし、当面の妥協案としては悪くありません——少なくとも十年か二十年のあいだなら」

「吸血鬼たちが反対するんじゃない？」と、アレクシア。たしかにライオールの提案は悪くない。はっきり言ってウールジー城はロンドンから遠すぎるし、あの控え壁《バトレス》は、どう見ても派手すぎる。

「そうは思いません。アケルダマ卿が法的親権を取得し、正式書類を提出したことを明確にしさえすれば。あとはわれわれがふりを続けるだけです」

アケルダマ卿が愉快そうに言った。「**いとしの**ドリーよ、なんともこんなことは前代未聞だ——人狼団が**わたし**《モワ》のような吸血鬼のま隣に住むとは」

マコン卿が顔をしかめた。「それを言うなら、わたしの結婚生活も前代未聞だ」

「いやはや、まったく」アケルダマ卿はすっかり興奮し、膝からそっけなく三毛猫を下ろしてさっと立ち上がると、室内をしゃなりしゃなりと歩きはじめた。今夜は、ピカピカに磨かれた濃赤色のブーツに白いビロードの乗馬ズボン、真っ赤な乗馬ジャケットといういでたちだが、もちろん、すべてファッション用だ。吸血鬼はめったに馬に乗らないし――吸血鬼を乗せたがる馬はまずいない――アケルダマ卿は髪が乱れるという理由でこのスポーツを毛嫌いしている。「ドリーよ、なんと**すばらしい**計画だろう！　アレクシア、**シュガー・ドロップ**よ、そうとなればわが邸宅に見合うよう、きみたちのタウンハウスを改装しなければならん。薄緑がかった青《ロビンズ・エッグ・ブルー》に銀色の装飾はどうだね？　それからライラックの低木を植えよう。わたしはライラックの茂みが**大好き**だ」

ライオールはアケルダマ卿の興奮にも惑わされなかった。「うまくいくでしょうか？」

「ロビンズ・エッグ・ブルーと銀色の組み合わせかね？　もちろんだとも。それはもう**この世のものとは思えん**よ」

アレクシアはこっそり笑みを浮かべた。

「いえ、そうではなく」ライオールの忍耐力は無限だ。忍耐の対象がマコン卿のかんしゃくであろうと、アケルダマ卿のわざとらしいおとぼけであろうと、アレクシアの異様な行動であろうと。アレクシアが思うに、ベータというのは世界でもっとも我慢づよい執事のようなものに違いない。「吸血鬼屋敷の隣に人狼団が住んでうまくいくか、ということです」

アケルダマ卿が片眼鏡《モノクル》をかかげた。ライオールのメガネ同様、これもまったくの伊達だが、アケルダマ卿はこの装飾品が好きで、服に合わせ、宝石や金属違いで何個も持っている。

アケルダマ卿は二人の人狼を小さな丸レンズごしに見つめた。「きみたちは、わがいとしきアレクシアの指導のおかげで前より洗練されてきたようだ。一緒に食事することとさえ勘弁してくれれば、なんとか耐えられるだろう。それから、マコン卿よ、クラバットの正しい結びかたについて少し話をしてもいいかね？　わたしの正気を保つために？」

マコン卿が困惑の表情を浮かべた。

かたやライオールは心痛の表情だ。「できるかぎりのことはやってみます」

アケルダマ卿は目にあわれみを浮かべてライオールを見た。「きみは勇敢な男だ」

アレクシアが口をはさんだ。「では、ときどきコナルとあたくしがここに滞在してもかまわない？」

「きみが夫君のクラバットに責任を持ってくれるのなら、それに免じてもうひとつクローゼットを明けわたそう」

アレクシアは笑いをこらえ、できるだけ真顔で言った。「あなたは高貴な男ね」

アケルダマ卿は小首をかしげ、優雅にほめ言葉を受け取った。「わがクローゼットに人狼が住んでいるなど、いったい誰が思うだろう？」

「ベッド下の小鬼みたいにね？」アレクシアは思わず笑みを浮かべた。

「いや、**バターボール**よ、これはむしろ幸運と言うべきかもしれん」アケルダマ卿はきらりと目を光らせ、しなを作って首から金髪を払いのけた。「たしか貴団は多くの時間をくだけた服装で過ごすらしいな？」

マコン卿はあきれて目をまわしたが、ライオールはサービス精神をそなえた男だ。「はい、ときにまったく着ない場合も」

アケルダマ卿はうれしそうにうなずいた。「なんとまあ、わたしのかわいいボーイたちはこの新しい取り決めを**たいそう気に入る**に違いない。彼らはいつも、ご近所の出来事になみならぬ興味を抱いておる」

「なんてこった」マコン卿が小さくつぶやいた。

誰もが無言のうちにビフィのことを考えていた。しかし、そこはアレクシア――持ち前のぶしつけさで禁句《タブー》を口にした。「ビフィもきっと気に入るわ」

たちまち沈黙が下りた。

アケルダマ卿がつとめてさりげなくたずねた。「ときにウールジー団の新入りの様子はどうだね？」

実のところビフィは、ほかの新入りのように順調になじんではいない。いまも月に一度の変身にあらがい、意志力で変身を拒もうとしている。マコン卿には暗黙のうちにしたがっているが、そこに喜びはない。したがって変身制御法も学べず、この弱点のためにふつうの新人狼より数晩も長く地下牢に監禁されている状況だ。

だが、そんな現実を吸血鬼に教えるつもりはない。マコン卿はそっけなく「小犬《パピー》はうまくやっている」と答えた。

アレクシアは眉をひそめた。この場に自分とアケルダマ卿しかいなかったら、ビフィが苦しんでいる状況を話したかもしれない。でも、ここは夫の判断を尊重しよう。実際にウールジー団がアケルダマ邸の隣に越してきたら、いずれアケルダマ卿も真実を知るはずだ。

アレクシアが独裁者よろしく夫を手まねきした。

マコン卿は訓練された犬のように――人狼をこうたとえる命知らずはまずいないが――立ち上がって両手を差し出し、妻を立たせた。この数カ月、アレクシアはことあるごとに夫を杖がわりに利用している。

ライオールも立ち上がった。

「では、決まりね？」アレクシアが三人の異界族を見わたした。

全員がうなずき返した。

「たいへんけっこう。ではフルーテに準備をさせるわ。教授、吸血鬼たちが気づくよう、あたくしたちの引っ越しを新聞に漏らしてくれる？　アケルダマ卿も独自の情報網を駆使してくださるかしら？」

「もちろんだとも、かわいい露玉《つゆだま》よ」

「ただちに、マイ・レディ」

「あなたとあたくしは」――アレクシアはつかのま茶褐色の目にうっとりしながら夫を見上げ――「これから荷造りよ」

マコン卿はため息をついた。団のアルファが一時的とはいえ街なかに住むとなったら、団員たちがどう反応するかと心配なのだろう。ウールジー団は上流階級にあまり評判がよくない。そもそも、上流階級に評判がいい人狼団など皆無だ。「よくもこんな状況に引きずりこんでくれたな、妻よ?」

「あら」——アレクシアはつま先立ち、夫のたくましい身体に大きなお腹を押しつけながら顔を近づけ、鼻の先にキスした——「あなたも気に入るわ。あたくしが現われるまで、あなたの人生がいかに退屈だったか思い出して」

マコン卿はむっつりと見返しながらも、その点は認めざるをえなかった。

アレクシアはうれしそうに夫の巨体に寄りかかった。こうすると、いまも身体の奥がぞくぞくする。

アケルダマ卿がため息をついた。「恋人たちよ、目の前で、そんなふうにしじゅういちゃいちゃされては目のやり場に困るではないか? なんとも落ちぶれたものだな、マコン卿、自分の妻を愛するとは」アケルダマ卿は応接間を出ると、三人をしたがえて長いアーチ形の玄関間に向かった。

四輪馬車に乗りこむなりマコン卿はアレクシアを膝の上に抱え上げ、首筋に執拗なキスを浴びせた。

当初アレクシアは、妊娠が進むと夫の性欲が減退するのではないかと思ったが、無用な心配だった。マコン卿は妻の肉体の変化に興味を示し、その科学的探求心はあらゆる機会を見つけて妻の服を脱がすという手法を取った。ロンドンは例年になく暖かい夏を迎えており、気候がそうした活動に適していたのも幸いした。

アレクシアは膝の上で座りなおし、両手で夫の顔をはさんで唇を自分に向け、長々とキスを交わした。マコン卿は喉を鳴らすように小さくうめき、さらに妻を引き寄せた。大きなお腹が邪魔だが、マコン卿はまったく気にしていない。

それから小半時間ものあいだ睦《むつ》み合ってから、ようやくアレクシアがたずねた。「本当にいいの？」

「何が？」

「アケルダマ邸のクローゼットなんかに住んで？」

「過去には、愛のためにもっとバカげた真似をしたこともある」マコン卿は妻の耳たぶを噛みはじめる前に、うっかり口をすべらせた。

アレクシアが膝の上で背を伸ばした。「過去？　それってどういうこと？」

「いや、それはつまり――」

そのとき馬車が跳ねあがり、扉の上窓が割れた。

マコン卿はさっとアレクシアにおおいかぶさり、飛び散るガラスから妻を守った。完全に人間の状態でも反応はすばやく、軍人のように無駄がない。

「ああ、もう、最悪！　どうしていつも馬車に乗ってるときなの？」

馬がいななき、馬車ががくんと揺れ、けたたましい音を立てて止まった。馬が何かに驚き、後ろ脚で立ち上がったようだ。

マコン卿はそれが何かを確かめもせず、伝統的人狼スタイルにのっとって扉から飛び出すと同時に変身し、怒《いか》れる狼となって道路に降り立った。

せっかちなんだから――アレクシアは思った――でも、なんて素敵なのかしら。

馬車はロンドン郊外のバーキングに向かう田舎道を進んでいた。道はこの先で枝分かれし、ウールジー城に続いている。馬を驚かせたのがなんであれ、どうやら今は夫を攻撃しているようだ。アレクシアは窓から顔を突き出した。

ハリネズミ。しかも何百匹もの。

アレクシアは眉を寄せて目をこらした。月はまだ半月で、晴れた夏の夜とはいえ、襲撃者の細部を見わけるのは難しい。アレクシアは〝ずんぐりむっくりのハリネズミ〟という第一印象を訂正した。敵はハリネズミよりはるかに大きく、全身に長い灰色の針毛《トゲ》が生えている。ふと『暗黒大陸アフリカ』という本で見た一連の銅版画を思い出した。あれはなんという名前だったかしら？　たしか豚肉《ポーク》に似た言葉じゃなかった？　そうだ、ヤマアラシ《ポーキュパイン》。これはヤマアラシにそっくりだわ。しかも驚いたことに、ヤマアラシとおぼしき襲撃隊は毛皮におわれた夫めがけてトゲを発射していた。

いまわしい逆トゲが突き刺さるたびにマコン卿は苦痛の声を上げ、身体を曲げてトゲを歯で抜いている。

どうやら後ろ脚の一部が動かないようだ。

麻酔薬？　このヤマアラシは機械なの？　アレクシアはパラソルをつかみ、ガラスの割れた窓から石突きを突き出すと、片手で握りを確かめ、反対の手で持ち手についているスイレンの花弁を押して磁場破壊フィールドを発射した。

だが、ヤマアラシ軍団は目に見えない信号にはまったく反応しなかった。動きが鈍る気配もない。パラソルが壊れたのか、それともヤマアラシに磁気性の部品が使われていないかのどちらかだ。とすれば、これは最初の印象どおり、機械ではなく本物のヤマアラシ？

これが本物だとしたら……アレクシアは拳銃を取り出した。

マコン卿は妻に銃を持たせることに反対したが、吸血鬼が〝ソースポット爆弾攻撃〟を敢行してからは考えを改めた。あの事件のあと、マコン卿はアレクシアをウールジー城の裏に連れ出し、団員二人に、頭に木皿を載せて走りまわらせ、射撃のやりかたを教えた。そして上品な小型拳銃を妻にプレゼントした。アメリカ製のきわめて殺傷能力が高い二十八口径のコルト・パターソン。ふつうより銃身が短く、グリップがパール製の特注品で、銃身が短いのはバッグに忍ばせやすくするため、グリップをパールにしたのはアレクシアの髪飾りに合わせたからだ。

アレクシアはこの拳銃をエセルと名づけた。

集中すれば、五、六メートル離れた納屋に命中させることはできるが、それより遠く、小さい標的に当てるのは無理だ。それでもアレクシアは、ドレスに合わせてあつらえた小さなハンドバッグにつねにエセルを忍ばせ、持ち歩いている。だが、夫のまぢかにいる敵をねらう勇気はなかった。敵と一緒に夫まで傷つけてしまうのがおちだ。

マコン卿が身をよじってトゲの大半を抜いたところへ、ふたたび新たに装備を整えたヤマアラシ軍団が襲いかかった。もしあのトゲが銀におおわれていたら？　アレクシアはパニックになりそうな気持ちを必死にこらえた。マコン卿は敵の数に圧倒されて、ぐったりしているように見えるが、さいわい致命傷にはいたっていないようだ——いまのところは。大きいあごで嚙みつこうと牙を剝き、うなりを上げたが、ヤマアラシ軍団はずんぐりした体型に似合わず恐ろしく動きが速い。

科学的考察のため、アレクシアは馬車の窓から、波のように押し寄せる大群の端にいる一匹をねらって発砲した。至近距離だったことと、敵が密集していたおかげで弾は命中した。まあ、最初にねらった一匹じゃなかったけど……。銃弾を浴びたヤマアラシはどさりと横に倒れ、ゆっくりと血が流れだした。どろりとした黒い血——吸血鬼の血のような。アレクシアは不快そうに鼻にしわを寄せた。過去にロウ顔の自動人形《オートマトン》がこんな血を流したのを見たことがある。

ふたたび銃声が響いた。御者を務める新しいクラヴィジャーがヤマアラシに向かって発砲したらしい。

アレクシアは眉をひそめた。このヤマアラシは死んでるの？　ゾンビ・ヤマアラシ？　ふん、まさか。いくらなんでも考えすぎだ。ありえない。降霊術《ネクロマンシー》はくだらない迷信と否定されて久しい。アレクシアは目を細めた。妙に光るトゲだ。ロウ製？　それともガラス？

携行許可はもらっていないが、拳銃にはサンドーナー仕様の弾がこめてある。コナルがどうしてもと主張した。武器に関するかぎり、アレクシアは反論できる立場ではない。ゾンビだろうとそうでなかろうと、アレクシアがしとめたヤマアラシは倒れたままだ。このことは覚えておこう。もっとも、サンドーナー仕様の弾はふつうのヤマアラシに対しても同じように威力があるけど。とはいえ、敵は大群だ。マコン卿はまたしても横に倒れ、襲いかかるトゲの下でもがき、叫びはじめた。

アレクシアはエセルを脇に置いてパラソルをつかみ、馬車の窓から完全に突き出して開くと、慣れた動作でくるりと回転させて石突きを持ち、毒薬発射ダイヤルに指を載せた。コナルが浴びたら傷がいえるまでしばらくかかる。夫を痛い目にあわせるのは忍びないが、背に腹は代えられない。アレクシアは細心の注意を払い、ダイヤルを一番でも三番でもなく、確実に二番の位置に合わせ、硫酸で希釈した太陽の石《ラピス・ソラリス》を噴射させた。吸血鬼攻撃用に調合された液体はどんな生物も焦がすほど強力だ――少なくともひどい痛みを引き起こす。

噴出した霧がヤマアラシ軍団に降りそそぐと、毛の焦げるまぎれもないにおいがあたりにたちこめた。いまや完全に大群におおわれたマコン卿は、ヤマアラシのバリアのおかげでほとんど毒霧を浴びずにすんだ。

不気味なのはヤマアラシがまったく音を立てないことだ。硫酸は顔をおおっている毛を焦がしたが、トゲにはなんの威力もなく、なおもマコン卿を刺しつづけている。やがてパラソルはぷすぷすと音をたて、噴射は液だれに変わった。アレクシアはパラソルを振って水滴を切り、回転させて閉じた。

もしヤマアラシがブーツをはいていたら、ブーツのなかの脚も震える（「おびえる」を意味する慣用句）ほどの咆哮とともに、マコン卿が大群を振り落として立ち上がった。まるであとを追ってこいと誘うかのように。どうやら見ためほどのダメージは受けていないようだ。それとも、ヤマアラシをアレクシアから遠ざけようという作戦かもしれない。

アレクシアはふと名案を思いつき、狼の夫に向かって叫んだ。「あなた、ヤマアラシを石灰坑に誘導して」つい数日前、コナルが誤って石灰坑に突っこみ、前足の毛がごっそり焦げたとぼやいていたのを思い出したのだ。

マコン卿は了解のしるしに一声、吠えると――アルファのコナル・マコンは狼のときも理性を失わない数少ない人狼の一人だ――道路をはずれて側溝をたどり、近くの石灰坑に向かった。もしヤマアラシにロウが使われていたら、石灰でロウが溶け、身動きできなくなるはずだ。

ヤマアラシ軍団がマコン卿のあとを追いかけた。

アレクシアはつかのま、狼がヤマアラシの大群を率いる不気味な光景を堪能した。まるでイソップ版『ハーメルンの笛吹き男』みたい。そのとき、外の御者席から衝撃音が聞こえた。ヤマアラシよりはるかに大きな何かがクラヴィジャーを御者席からなぐり落としたらしい。あっと思うまもなくアレクシアはパラソルをもぎとられ、気づくと馬車の扉が引き開けられていた。どんなときもスピードは彼らの最大の強みだ。

「こんばんは、レディ・マコン」吸血鬼は片手で扉を押さえたまま反対の手でシルクハットをちょっと持ち上げ、恐ろしげに、そびえるように出口をふさいだ。

「あら、ごきげんいかが、アンブローズ卿？」

「まあ、そこそこ悪くない。すてきな晩ですね？　それで」――アンブローズ卿はアレクシアの大きなお腹を見やり――「ご体調はいかがです？」

「おそろしく過剰ですわ」アレクシアは小さく肩をすくめた。「そう長くは続かないと思いますけど」

「イチジクは食べておられるか？」

意外な質問にアレクシアはきょとんとした。「イチジク？」

「新生児の胆汁症を防ぐのに非常に有効だ」

この数カ月、妊婦向けのありがたくない忠告を山ほど聞かされてきたアレクシアはアンブローズ卿の助言を無視し、目の前の状況に注意を向けた。

「失礼ですけど、あたくしを殺しにいらしたの、アンブローズ卿？」アレクシアはエセルに手を伸ばしながら、じりじりと馬車の扉からあとずさった。拳銃は背後の座席の上にある。パイナップル模様の縁どりのついたハンドバッグにしまう時間がなかった。緑のレースで縁どった灰色の格子柄の馬車ドレスにぴったりのバッグだ。アレクシア・マコンは何ごともきちんと行なわなければ気がすまない。そうでなければ、やらないほうがましだ。

アンブローズ卿はそのとおりというように小さく首をかしげた。「気の毒だが、答えはイエス。ご不便をかけて申しわけない」

「あら、本当に？　謝るくらいならやめていただきたいわ」

「殺される者はみな、そう言うものだ」

ゴーストはただよっていた。この世と死とのあいだに浮かんでいた。まるでカゴのなか——ニワトリ小屋のなか——に閉じこめられたような気分だ。あたしは卵を産んで、産んで、産みつづけた太った哀れなメンドリ。空想の卵のほかに、いったい何を産み出せるだろう？何もない。もはや卵もない。

「コケッ、コケッ」ゴーストは鳴いた。

誰も答えない。

まだいい——このほうが、まだましだ。何もないよりは——そう信じるしかない。狂気ですら、何もないよりましだ。

それでも、たまに意識が戻り、ニワトリ小屋やまわりの実世界が認識できるときもある。その世界はどこかがひどく間違っていた。何かが欠けていた。その世界の住人は無関心か間違っているかのどちらかだ。入りこむべきではない新たな感情が入りこんでいた。そんな権利もないのに。

ゴーストはわかっていた。はっきりと。なんとしてもそれを阻止しなければならない。でも、あたしはただの亡霊《スペクター》。しかも正気を失い、死と死にぞこない《アンデッド》のあいだをただよっているだけの。そんなあたしに何ができる？　誰に告げればいい？

# 2 アレクシアが投げられないために

アンブローズ卿は並はずれて容姿端麗な男だ。ワシのような鋭い顔立ちと思いつめたような黒い目のせいで、つねに陰鬱で尊大な印象を受ける。その顔を見たとたんアレクシアは、この吸血鬼と、ルーントウィル夫人が曾祖父からゆずり受け、いまは夫人のけばけばしい私室でいかにも居心地悪そうに鎮座するマホガニー製の衣装だんすとのあいだの大いなる共通点を見いだした。すなわち〝どちらも動かせず、あつかいにくく、重厚な見かけとはうらはらに、なかにはがらくたが詰まっている〟。

アレクシアは拳銃ににじり寄ろうとしたが、馬車は扉に立ちふさがるアンブローズ卿を見すえたまま手を伸ばすには広すぎ、大きなお腹のせいで思うように動けなかった。「殺人にあなたを送りこむなんて、アンブローズ卿、伯爵夫人は大胆すぎるんじゃありません？」

アンブローズ卿が馬車に乗りこんだ。「ああ、しかし、これまでの控えめなこころみはあなたには通用しないようなのでね、レディ・マコン」

「控えめというのは、たいていそういうものよ」

アンブローズ卿はアレクシアの答えを無視した。「わたしは女王どのの親衛隊だ。物ごとを遂行したければ、精鋭を送りこまねばならぬときもある」言うなり異界族特有のすばやさでアレクシアに襲いかかった。両手で絞殺具《ガロット》を握っている。ウェストミンスター吸血群でもっとも優雅な吸血鬼が、こんな原始的な凶器を使うなんて。

近ごろめっきりよたつき気味とはいえ、上半身の動きにはなんの不自由もない。アレクシアはさっと首をひっこめ、恐ろしげな絞殺《ガロット》ワイヤーをかわしてエセルをつかみ、振り向きざまに撃鉄を起こして発砲した。

これだけの至近距離なら、アレクシアの腕でも肩に命中させ、敵を驚かすくらいはできる。

アンブローズ卿がたじろいだ。「何をする！　妊婦の分際でわたしをおどす気か！」

アレクシアはふたたび撃鉄を起こした。「お座りになってはいかが、アンブローズ卿？　相談したいことがありますの――それ次第で、いまのやりかたが変わるかもしれませんわ。あ、それから、次はもっと無防備な部分をねらうこともできるのよ」

アンブローズ卿は撃たれた肩を見下ろした。いつもは治るはずの傷が治らない。貫通してはいないが、銃弾は骨に突き刺さったままだ。

「サンドーナー仕様よ」と、アレクシア。「肩の傷ひとつで死ぬ心配はないけど、アンブローズ卿、あたくしなら物騒な弾をそのままにしてはおかないわ」

アンブローズ卿はそろそろとあとずさり、ビロード張りの座席に腰を下ろした。アレクシアはかねがね、アンブローズ卿を吸血鬼の理想形だと思っていた。つやのある豊かな黒髪。割れたあご。そこに今は子どもっぽいすねた雰囲気が加わっている。

命の危険がないときでも、ためらうことを知らないアレクシアはずばりと核心に入った。「もう、こんな荒っぽい殺人ごっこを続ける必要はないわ。お腹の子は養子に出すことに決めましたの」

「ほう？　それがわれわれとなんの関係がある、レディ・マコン？」

「幸運な父親はアケルダマ卿よ」

あまりのショックに、アンブローズ卿の顔からはいつもの陰鬱な表情が消えた。まさかこんな途方もないことを聞かされるとは夢にも思っていなかったらしい。まるで、蒸しプディングの皿からすべり落ちかけたネズミのような表情だ。

「アケルダマ卿？」

アレクシアは鋭く一度だけうなずいた。

アンブローズ卿は片手を上げ、アケルダマ卿のしぐさを真似るように小さく左右にひらひらさせた。「あの、アケルダマ卿？」

アレクシアは重ねてうなずいた。

アンブローズ卿は、自慢の吸血鬼らしい厳粛さをいくぶん取り戻した。「自分の子を吸血鬼に養育させるというのか？」

拳銃を持ったアレクシアの手は微動だにしなかった。吸血鬼は変わり身の早い、一筋縄ではいかない相手だ。警戒をゆるめたように見えるからといって油断はできない。その証拠にアンブローズ卿はいまも片手に絞殺具《ガロット》を握っている。

「しかも〈宰相〉に」アレクシアはアケルダマ卿の新しい政治的地位を言い添えた。

　そしてアンブローズ卿をじっと見つめた。アレクシアは逃げ道をあたえたつもりだ。アンブローズ卿はそれを欲している。ウェストミンスター群のナダスディ伯爵夫人もそうに違いない。すべての吸血鬼が今の状況に及び腰になっている。こうして何度もぶざまな暗殺未遂を繰り返すのが何よりの証拠だ。つまり、彼らのノミの心臓はレディ・マコン暗殺計画をよしとしていない。といっても、殺人という行為に臆しているのではない。吸血鬼にとって殺人は、新しい靴を注文するより少し手間のかかる程度の行為にすぎない。そうではなく、彼らは〝人狼アルファの妻を殺さなければならない〟という状況を避けたいのだ。レディ・マコンが吸血鬼の手にかかったとなれば——それが立証されようとされまいと——あらゆる厄介ごとが吸血群に降りかかるのは目に見えている。すなわち、でかくて毛深い、怒《いか》れる種族による報復だ。もっとも、吸血鬼が恐れるのは人狼との戦いで負けることではない。彼らが恐れるのは、その戦いが血みどろになることだ。吸血鬼は血を失うのを何よりも嫌う——補給は面倒だし、必ずしみが残る。

　アレクシアはアンブローズ卿が驚きの告白を充分に消化したころを見はからって話を進めた。「このスマートな提案を認める以外に現状を打破する方法はないんじゃありません？」

　アンブローズ卿は牙の上でふっくらした唇を引き結び、真剣に考えはじめた。アレクシアの提案は品のよさという点でも申しぶんない。アレクシアもそのことは承知の上だ。「ナダスディ伯爵夫人を養母にするつもりはないか？」

アレクシアは意外な申し出に驚いて片手をお腹に載せ、「それは」と、無難な答えを絞り出した。「ありがたい申し出ですけど、あなたも夫のことはご存じでしょう？　夫はアケルダマ卿に親権を渡すだけでも困惑しているの。そこにあなたの群まで加わったら、とても耐えられないわ」

「ああ、そうだな。人狼の過敏な性格を無視してはならない。つい、そのことを忘れてしまう。そもそもマコン卿が養子を認めたことじたい信じられん。彼はこの案におとなしく賛成したのか？」

「ええ、ふたつ返事で」

アンブローズ卿が疑わしげに見返した。

「ああ、もちろん」アレクシアはさりげなく付けくわえた。「愛する夫はアケルダマ卿の教育方針と、その……正しい身なりという点にはいくぶん不安を抱いたようだけど、養子縁組については認めたわ」

「大した説得力をお持ちのようだな、レディ・マコン」

アンブローズ卿は、今回のことをすべてあたしの発案だと思っているようだ。そう思われるのもまんざら悪くない。アレクシアは、あえて訂正しなかった。

「今回の縁組は合法的なのか？　正式に書面を提出して異界管理局《BUR》に登録するのか？」

「もちろんよ。ヴィクトリア女王も賛成なさっているわ。ウールジー団はアケルダマ邸の隣の屋敷を借りて子どもを見守るつもりよ。あたくしだって母親ですから、そのくらいのことはさせてもらうわ」

「ああ、それはもちろん、当然だ。書面でと言ったな、レディ・マコン？」

「ええ、書面で、アンブローズ卿」

アンブローズ卿は絞殺具《ガロット》をベストのポケットにしまった。「そういうことであれば、レディ・マコン、これで失礼する。ただちにウェストミンスター群に戻ったほうがよさそうだ。ロンドンからここまで離れると負担が大きいし、一刻も早くこのことを女王どのに知らせたいのでね」

「ああ、そうね。たしかウェストミンスター群の移動可能域はロンドン地区内にかぎられているんじゃなかった？」

「親衛隊ともなれば違うのだ」

アレクシアは茶色い目をいたずらっぽく光らせ、社交辞令でたずねた。「本当に戻られるの？　ポートワインでもひとくちいかが？　こんなときのために、夫が馬車のお楽しみコーナーに少しばかり蓄えていますの」

「申し出はありがたいが、この続きは、いずれそのうち」

「まさか物騒な話の続きじゃないでしょうね。これまでのことは水に流したいわ」

アンブローズ卿は心からの笑みを浮かべた。「いやいや、レディ・マコン、ワインの話だ。いずれにせよ、タウンハウスに引っ越すとなれば、われわれの縄張り内に住むことになる、だろう？」

アレクシアは青ざめた。そういえば、ロンドンの高級住宅街のほとんどはウェストミンスター群の勢力内だ。「ああ、そういえばそうね」

アンブローズ卿の笑みがかすかにこわばった。「それでは、いい夜を、レディ・マコン」

アンブローズ卿は馬車から降りてパラソルを投げ入れ、夜の闇に消えた。ほどなくマコン卿がヤマアラシ事件などなかったかのように平然と馬車に乗りこみ、無造作に妻を両手で抱き寄せた。もちろん裸だ。さすがに今回は〝変身前には服を脱いで〟と注意するまもなかった。これでまた上着が一枚ダメになったわ。

「どこまで行ってたか？」マコン卿は耳もとで低くつぶやき、アレクシアの耳たぶを嚙みはじめた。それから思いきり両腕をまわし——最近は大きなお腹のせいであまり遠くまでまわらないが——妻の背中を上下になでさすった。

日ごとに大きくなる腹囲のせいで〝ベッドの運動〟はできなくなったが、マコン卿がいとおしげに〝おふざけ〟と呼ぶ行為は続いている。アレクシアは、病気ではないから支障はないと反論したが、現代医学は妊娠後期の夫婦の営みを禁じており、マコン卿は妻の体調を気づかった。アレクシアは大いに不満だったが、マコン卿は予想外に禁欲的だ。

アレクシアは押しつけ合った身体のすきまから拳銃を抜き取り、座席の向こうに押しやった。アンブローズ卿のことは、あとでゆっくり話そう。いま話したら、すっかり興奮して気を取られるに違いない。いまコナルが興奮して気を取られる相手はあたしだけでいい。

「ひどいケガはなかった、あなた？」アレクシアは両手を夫の脇腹にすべらせ、絹のような肌ざわりと、なでられて夫が身をよじるさまを楽しんだ。

「あのくらい、なんでもない」マコン卿はさらに強くアレクシアを引き寄せ、唇をふさいだ。

結婚して何カ月もたつのに、いまもコナルのキスにはうっとりしてしまう。飽きることなど一度もない。まるでミルクたっぷりの濃い紅茶みたい――ほっとして、疲れが吹き飛び、おいしい。こんなふうにたとえられてると知ったら、コナルはどう思うかしら？　でも、あたしは紅茶が大好きよ。

アレクシアは両手で夫のあごに触れ、さらに深いキスをせがんだ。

引っ越しというのは――アレクシアは思った――この世でもっとも面倒な仕事かもしれない。
もちろんアレクシア本人は実際の作業には加わらないが、よちよち歩きながらあれこれ指さし、何をどこに移動させるかを指図して大いに楽しんだ。夫と共犯者たちは数日前からそれぞれの用事で外出している。アレクシアは、外地に大軍を率い、華々しい戦闘のすえに敵地を占領した小太りの陸軍大将になったような気分だったが、ビロードの飾りクッションの重要性をめぐるブーツとビフィの全面対決を仲裁してからは、陸軍大将のほうが楽かもしれないと思いはじめた。アレクシアに引っ越しの陣頭指揮をまかせたのは、妊婦の気をまぎらすためのコナルとライオールの策略で、そんなことは当人も重々、承知だ。コナルとライオールもアレクシアが気づいていることは知っていたが、本人が楽しめばそれに越したことはない。

何よりわくわくするのは、これが秘密の引っ越しということだ。マコン夫妻がアケルダマ邸のなかに居を構えることは絶対に知られてはならない。吸血鬼たちはマコン夫妻がアケルダマ邸の隣に引っ越すことをしぶしぶ認めただけで――たとえ生まれてくる子がアケルダマ卿の保護下にあろうと――人狼と反異界族がむやみに養育に関わるのを恐れている。〝アケルダマ邸に住んでいる〟なんてことがばれたら猛反対するに違いない。したがって作業者たちは、レディ・マコンが引っ越しのゴタゴタを避けてアケルダマ邸でお茶を飲んでいるふりをしているあいだに、荷物を隣屋敷に運びこんだ。アレクシアの荷物は、まず隣屋敷の階段をのぼって廊下を運ばれ、バルコニーに出され、しかるのちにアケルダマ邸のバルコニーに向かって放り投げられた。ふたつのバルコニーはさほど離れておらず、都合のいいことにヒイラギの巨木に隠れている。それからさらにアケルダマ邸の廊下と階段ひとつぶんを移動し、ようやく新しい住居用クローゼットに収まった。これがかなりの大騒動で、とりわけ家具を投げ渡す場面は見物《みもの》だった。まあ――アレクシアはビフィが大事な大型衣装だんすを軽々と受け取るのを見てつくづく思った――さすがに異界族の力はすごいわ。

この手のこんだ茶番劇でアレクシアの子分を務めたのはウールジー団の三人の若手――ビフィ、ラフェ、フェラン（ビフィが受け取る役であとの二人が運ぶ役と投げる役）と、つねに有能なフルーテだ。さらにアケルダマ卿が擁する身軽なドローン集団が忙しく立ちまわり、万事申しぶんなく整えた。

家具の投げ渡しを見届けてから、アレクシアは新しい寝室の内部をチェックした。アケルダマ卿の三番目に上等なクローゼットはだだっ広く、ウールジー城の寝室と同じくらいの広さがある。当然ながら窓はなく、おびただしいフックと棚と横棒が壁をおおっていた。それでも大型ベッド（マコン卿の巨体に合わせてアケルダマ卿が手配した特注品）、鏡台、その他いくつかの小家具が収まるスペースはある。コナルの着替え室はないが、もともと裸で歩きまわりたがる男だ。着替え室があろうとなかろうと、いつもの習慣は変わらないだろう。身なりを整える従者がいないのは心配だが、すぐにアレクシアはその心配を打ち消した。従者はいなくてもアケルダマ卿のドローンがいる。彼らがコナルを、しわだらけのだらしない格好で廊下をうろつかせるはずがない。

古巣に戻ったビフィは水を得た魚のように、もと主人宅の豪華で色とりどりの賑やかな廊下を軽やかに歩きまわった。アレクシアが知るなかで、この共同生活計画にもっとも興奮したのはビフィだ。アレクシアの帽子をフックにかけてまわる様子は、ウールジー城で過ごした五カ月間とは別人のように楽しそうで、はしゃいでいるようにさえ見えた——運命がいたずらした死後の生に、もはや苦しんでいないかのように。

たとえヴィクトリア女王が目の前に現われたとしても、ドローンたちはこれほど興奮しなかっただろう。同居人に女性が加わり、もうじき赤ん坊が生まれ、当面、飾りたてるべき部屋がある——まさに天国だ。壁紙を貼り替えるかどうかでひとしきりもめたあと、アレクシアが決断をくだすまもなく、クローゼットを明るくするには新しい絨毯《じゅうたん》と追加の照明があれば充分だと決まった。

〈秘密の家具ぶん投げ作戦〉が終了すると、別の人狼二人がバルコニーからバルコニーに軽々と飛び移り、ほかにすることはないかとアルファ雌におうかがいを立てた。アレクシアは、待ってましたとばかりに次々に用事を言いつけた。まずベッドを少し右に、衣装だんすを部屋の反対側に動かすよう命じ、ふたたびもとの位置に戻させた。さらにドローンたちが〝マコン夫人の帽子箱はどう積み上げたらいいか〟とか、〝マコン卿のマントはどの順番でかけたらいいか〟とかをいちいち人狼たちにきいてくる。

しまいにラフェは、興奮したハトの群れにこきつかわれるがまん強いワシのような表情を浮かべた。

ようやくフルーテが作業完了を告げるべく、アレクシアのもっとも大事な荷物——パラソルと書類カバンと宝石箱——を持って現われた。

「どう思う、フルーテ？」

「はっきり申し上げて、ぴかぴかです、奥様」

「そうじゃなくて。このアイデアをどう思うかってことよ」

二人はこの数日、引っ越しの予定を立てて荷造りするのに忙しかった。フルーテはアケルダマ邸の隣屋敷の賃貸手続き責任者になったが（アケルダマ卿ががっかりしたことに外装の塗り替えは実現しなかった）、アレクシアがこの計画そのものについての意見をフルーテにたずねるのは初めてだ。

フルーテはいかにも執事らしい、いかめしい表情を浮かべた。表向きはアレクシアの個人秘書兼司書だが、長年しみついた執事の癖は抜けない。「ほかに類を見ない解決策だと思います、奥様」

「それで？」

「あなたはつねに変わった手法を取られます、奥様」

「うまくいくかしら？」

「何ごともやってやれないことはありません、奥様」フルーテは答えをぼかした。実に如才ない男だ――フルーテというのは。

アケルダマ邸の玄関ベルが鳴ったのは、夜もすっかり更けた――たとえ異界族のあいだでも――他人を訪問するには遅すぎる時間だった。アレクシアは話を中断し、せかせかと動きまわっていたドローンたちも動きを止めた。

エメット・ウィルベルフォース・ブートボトル＝フィプス――誰もが、アレクシアさえうっかりブーツと呼ぶドローン――が緑色のビロードのフロックコートをはためかせ、こんな時間に誰だろうと小走りで玄関に向かった。アケルダマ邸に執事はいない。アケルダマ卿に言わせれば、〝ドローンには修行が必要〟らしい。それがどんな意味にせよ。

アレクシアはふと大事な用件を思い出し、言い忘れる前にフルーテに相談した。「フルーテ、口の堅い大工を何人か見つけて、バルコニーとバルコニーのあいだに橋を造ってもらえないかしら？」

「とおっしゃいますと？」

「バルコニーのあいだは一メートルも離れてないけど、いまのあたくしは足もとがおぼつかないわ。当面は隣の屋敷に住むふりをしながらアケルダマ邸に忍びこむという茶番を続けることになりそうなの。でも、あたくしは二軒のあいだを家具みたいに乱暴に投げ渡されるのはまっぴらよ——たとえどんなにコナルの力が強くて、あの人がどんなにこの遊びをおもしろがったとしても。反異界族の力は服ごしでも変わらないし、まんいち受け取りそこねたときの犠牲者にはなりたくない——わかるわね？」

「よくわかります、奥様。ただちに大工を当たってみます」フルーテは、出産まぢかのレディからとんでもない依頼を受けたとは思えない、すこぶるまじめな表情で答えた。

ブーツが美しく刈りこんだ頬ひげの下に軽いショックを浮かべて戻ってきた。「お客様です、レディ・マコン」

「どなた？」アレクシアは訪問カードを取ろうと片手を伸ばした。

だがカードはなく、ブーツの驚いた言葉が返ってきただけだ。「それが、女性なんです！」

「よくあることよ、ブーツ、あなたがどんなに拒否したくても」

「あ、いえ、そういう意味ではありません。わたしが言いたいのは、どうしてあなたがここにいらっしゃることがわかったのかってことです」

「女性の名前を聞けばわかるかもしれないわ」

「ミス・ルーントウィルです、レディ・マコン」

「あら、やだ。それで、どっち？」

ミス・フェリシティ・ルーントウィルはアケルダマ邸の応接間に座っていた。六つボタンで、飾りひだが一枚しかない、ピンクがかったおとなしいツイードのドレスに、最小限の羽飾りのついた帽子をかぶり、ひだ襟のまわりに灰色のニットショールを巻いている。

「あら、まあ」アレクシアは妹の身なりを見たとたん、声を上げた。「フェリシティ、あなた、どうかしたの？」

フェリシティがアレクシアを見上げた。「あら、なんともないわ、お姉様。どうしてそんなことをきくの？」

「家族に何か問題でもあった？」

「お母様のピンク好きのほかに？」

アレクシアはぎょっとしてまばたきし、そろそろと椅子に腰かけた。「でもフェリシティ、それって去年、流行したドレスじゃない！」いよいよ妹の気が変になったんじゃないかと、心底ぞっとして声を落とした。「しかもニットなんて」

「ああ、これね」フェリシティは悪趣味なショールをきつく首に巻きつけた。「必要に迫られてよ」

アレクシアは思いがけない返事にますます驚いた。「必要？　必要ですって！」

「そうよ、お姉様、聞いてちょうだい。お姉様って前からそんなに疲れた顔だったかしら？それとも気の毒な体調のせい？」フェリシティは秘密を打ち明けるように声をひそめた。

「必要なのは、付き合ってる人がいるからなの」

「あなたが？　誰と？」どうも怪しい。良家の未婚女性が付き添いもなしに、こんな夜遅くほっつき歩くなんて――しかもつねに昼間族の生活時間を守り、両親に異界族との付き合いを禁じられている娘が？

「見てのとおり、このドレスはツイードよ。ほかに誰と付き合うというの？　中流階級の恵まれない人に決まってるじゃないの」

そんな言葉にだまされるアレクシアではない。「まさか、フェリシティ、あなたが階級の低い人と付き合うなんて、とても信じられないわ」

「お姉様が信じようと信じまいと関係ないわ」

こんなとき以前のように大股でつかつかと歩きまわり、威圧的に見下ろすことができたら……。悲しいかな、そんな大股歩きは数カ月も過去のものとなった。いま上から見下ろそうものなら、バランスを崩してぶざまにつんのめるのは目に見えている。しかたなくアレクシアは妹をじろりとにらみつけた。「まあ、いいわ。それで、いったいなんの用？　そもそも、どうしてここがわかったの？」

「タンステル夫人から聞いたの」フェリシティは金ピカの豪華な調度品をじろじろ見まわした。

「アイヴィが？　どうしてアイヴィが知ってたの？」

「マダム・ルフォーから聞いたんですって」

「あら、そうなの？　でも、どうしてルフォーが――」

「ライオール教授とかいう人から、今夜お姉様が引っ越して、注文品が届くのにそなえてアケルダマ邸に間借りするって聞いたそうよ。新しい帽子でも注文したの、お姉様？　あの下品な外国人女性の店に？　スコットランドであんなことがあったのに、どうしてあの店をひいきにするの？　それに、ライオール教授って誰？　まさかお姉様、大学に通ってるんじゃないでしょうね？　あんなものは身体に毒よ。学問はひどく神経にさわるわ――とくに妊婦には」

アレクシアは答えに詰まり、黙りこんだ。

フェリシティは姉の気をそらそうと、わざとらしく話題を変えた。「それにしても、やけに太ったわね？　このままいけばパンパンにふくらむんじゃない？」

アレクシアは眉をひそめた。「たしかに体重は増えたわ。言うなれば極限まで。あたくしの性格は知ってるでしょう――何ごともやるときはとことんやらないと気がすまないの」

「お母様が、くれぐれも怒りすぎないようにって。母親がいらいらしていると子どもは父親に似るそうよ」

「あら、そう？」

「そうよ、感情模倣って言うらしいわ。それに――」

「あら、別に問題ないわ。夫に似るだけの話よ」

「でも女の子だったらどうするの？　悲惨じゃない？　女の子があんな毛むくじゃらで——
——」

フェリシティはなおもしゃべりつづけようとしたが、アレクシアは我慢の限界だった。気の短さは相変わらずだ。「フェリシティ、いったいなんの用？」

フェリシティはのらりくらりと質問をかわした。「すてきなお屋敷ね。この目で吸血群のなかを見るなんて夢にも思わなかったわ。しかもチャーミングで、きらびやかで、異国ふうのものがたくさん。あたしの趣味にもぴったりだわ」

「ここは吸血群じゃないわ——女王がいないんだから。でも、そんなことはどうでもいいの。あたくしはそう簡単にごまかされないわよ、フェリシティ。どうしてこんな真夜中に訪ねてきたの？　そもそも、どうしてそこまでしてあたくしの居所を突きとめようとしたの？」

フェリシティは金襴の長椅子の上で身じろぎして小首をかしげ、完璧な額《ひたい》にしわを寄せた。アレクシアは気づいた——服は地味だけど、凝った巻き髪スタイルはいつもどおりだ。カールごてで最新スタイルにそろえた前髪が額にぴったり張りついている。

「ロンドンに戻ってから、お姉様は家族のことをすっかり忘れたようね」

アレクシアはこの批判をじっくり考えた。「言っておきますけど、あたくしが家を出たのは歓迎されていないと感じたからよ」歓迎されていないどころの話じゃないわ、まったく。あたしに言わせれば、昔からルーントウィル家は狭量だった——失意のどん底にいた娘を一方的に追い出す前から。スコットランドへの呪われた旅と、それに続くヨーロッパ大陸半横断の旅を終えてから、アレクシアは極力ルーントウィル家を避けることに決めた。といっても、人狼や発明家、はては役者と親交のある夜型人間になってからは、さほど難しいことではなかった。

「そうかもしれないけど、あれから何カ月もたつのよ！　お姉様がそんなに根に持つタイプとは思わなかったわ。イヴリンがファンショー大尉と再婚約したのを知ってる？」

アレクシアは片方のスリッパを絨毯敷きの床に軽く打ちつけながら妹をじっと見た。

フェリシティは顔を赤らめ、アレクシアの顔を見て、またそらした。「あたし」――そこで無難な言葉を探して言いよどみ――「関わってしまったの」

アレクシアの胸がまぎれもない恐怖に震えた。それとも消化不良のせい？　「やめてちょうだい、フェリシティ。ふさわしくない相手なの？　中流階級の人はダメよ。お母様が絶対に許さないわ！」

フェリシティは立ち上がり、ひどくうろたえて金ピカの部屋をうろうろしはじめた。「違うの、そういうことじゃなくて。あたし、会員になったの」――そこで大仰に声を低め――「〈女性参政権全国協会〉の地方支部の」

アレクシアは驚いて息をのんだ。もし座っていなかったら腰を抜かしていたに違いない。

「あなたが投票？　朝、どの手袋をはめるかも決められないあなたが？」

「協会の信条に感銘を受けたの」

「冗談でしょ。生まれてこのかた、次の社交シーズンの流行色を予想するフランス人の信条以外、何も信じたことなんかないくせに」

「あら、それは今も信じてるわ」

「でも、フェリシティ、それはあまりに大衆的よ。せめて〝女性扶助協会〟とか〝刺繍の会〟とかから始めるべきじゃない？　あなたが？　政治運動？　信じられないわ。あなたに最後に会ったのはわずか五カ月前よ——五年前じゃない。たとえ五年前だったとしても、あなたの性格がそこまで大きく変わるはずないわ。ボンネットの羽根がそう簡単に抜け替わるもんですか」

　そこへ、なんの前触れもなく、レモンとペパーミントキャンディのにおいとともにアケルダマ卿がしゃなりしゃなりと応接間に現われた——ウェスト・エンドで上演中のいかがわしい喜劇のプログラムをこれみよがしにひらひらさせながら。

「アレクシア・プディングよ、うるわしき今宵のご機嫌はどうだね？　家移《やうつ》りというのは悲劇的に落ち着かんものだろう？　つねづね思うのだが、引っ越しほど神経に**さわる**ものはない」アケルダマ卿は戸口でわざとらしく立ちどまり、オペラグラスと手袋とシルクハットをそばの食器棚の上に置くと、銀とサファイアをあしらった片眼鏡《モノクル》を片目にかかげ、レンズごしにフェリシティを見た。

「おや、これは失礼」アケルダマ卿は客人の流行遅れのドレスと大仰な巻き髪を食い入るように見つめた。「アレクシア、わが小鳩ちゃんよ、**お友だち**かね？」

「こんばんは、アケルダマ卿。あたくしの妹を覚えてる?」

アケルダマ卿はモノクルをかかげたまま言った。「はて、妹君とな?」

「たしか結婚式で会ったはずよ」アレクシアは思った。この尊敬すべき主人《ホスト》は部屋に入ったときから——もしかしたら入る前から——フェリシティが誰かをはっきりと知っていたに違いない。でも、アケルダマ卿は芝居が好きだ——自分で演じるのも。

「ほう?」夜の芝居見物から戻ってきた老吸血鬼は最高にめかしこんでいた。ミッドナイト・ブルーの燕尾服にそろいのズボンは、アケルダマ卿にしてはかなり地味だ——最初の印象はそう見える——が、よく見ると、サテン地のベストは銀色と青と紫の超大胆なペイズリー柄で、手袋とスパッツも同じ生地でできている。アレクシアは首をかしげた——あんなとんでもないひとそろい《アンサンブル》をいったいどこで調達したのかしら? 柄入りの手袋なんて聞いたこともないわ。ましてや柄入りのスパッツ? でも、これほどアケルダマ卿に似合うアンサンブルを見るのも初めてだ。ほかに着たがる人がいるとは思えないけど。

アケルダマ卿は遠慮なくフェリシティを疑いの目で見た。「ああ、そうそう! ミス・ルーントウィルだね? しかし、前とはずいぶん印象が違うようだ。いったい何がきみをこれほど変容させたのかね?」

さすがのフェリシティもモノクルを構えたアケルダマ卿にはたじろいだ。夜の外出のあとでも完璧な結び目とふくらみを保っているクラバットと、それを留める豪華な巨大サファイアピンの迫力にすっかり気圧《けお》されたようだ。「それは、えっと、その、ある会合があって着替える時間がなかったんですの。お姉様が就寝する前にどうしても話がしたかったものですから――ちょっとこみあった話ですの」

アケルダマ卿はフェリシティのほのめかしを無視した。「会合とな？」

「妹は〈女性参政権全国協会〉の会員になったんですって」アレクシアが淡々と答えた。

すかさずアケルダマ卿が反応した。つくづく頼りになる吸血鬼だ。「おや、本当かね？　たしかアンブローズ卿も熱心な会員のはずだが」

アレクシアはようやく納得してうなずいた。「目的はアンブローズ卿ね？　ああ、フェリシティ、わかってるの？　あの人は吸血鬼よ」

フェリシティは巻き髪をさっと払いのけ、「ええ、知ってるわ。でも、すてきな吸血鬼よ」そう言ってまつげの下からアケルダマ卿を見上げた。「それに、あたしだってもう大人よ！」

アケルダマ卿が急に同情するそぶりを見せた。「もちろんだとも。それで、いくつになった？　十八かね？」

フェリシティがむきになって反論した。「それはすばらしい演説だったのよ」

アレクシアは思った――パリのファッション誌に惑わされる若い娘が、美辞麗句を連ねた演説に感銘を受けても不思議はない。

フェリシティが続けた。「どうしてあたしたち女性は投票できないの？　男性にまかせたからといって、なにか偉業が成し遂げられたとでもいうの？　お気を悪くなさったらごめんなさい、アケルダマ卿」

「悪くなどするものか、ちっちゃな**バターカップ**ちゃん」

あらあら――フェリシティが異名で呼ばれるなんて。アケルダマ卿はフェリシティが気に入ったようだ。

「実に立派な社会運動ではないか」

部屋をうろうろしはじめたフェリシティを見て、アレクシアは認めざるをえなかった――あたしが急に議論したくなったときのしぐさにそっくりだ。「あたしが言いたいのはまさにそこよ。お姉様も投票したいとは思わない？　あんな下品なだんな様に政治的発言をまかせておいて平気なの？　ましてやお姉様にあんな仕打ちをしたあとで」

実のところアレクシアは、ヴィクトリア女王の〈陰の議会〉の三役の一人として投票権を持っている。だが、言うのは控えた。〈議長《マージャ》〉としての投票権は一般市民のそれとは比べものにならないほど重要な意味を持つ。アレクシアは答えをごまかした。「そんなこと考えたこともないわ。たとえそうだとしても、あなたがアケルダマ邸にやって来た理由の説明にはならないわよ」

「そうだな、小さいマツユキソウよ」アケルダマ卿は長椅子の肘かけにちょこんと腰かけ、自分の縄張りに迷いこんだ地味な小スズメを見るオウムのようにフェリシティを見つめた。

フェリシティは深く息を吸った。「あたしのせいじゃないわ。お母様がアンブローズ卿に会うのを認めてくれなかったからよ。それで皆が寝静まったあと裏口からこっそり抜け出してたの。アレクシアお姉様も同じ手を使ったでしょ？　あたしが知らなかったとでも思う？　あたしだって誰にも気づかれずにやれると思ったんだけど」

ようやく話が見えてきた。「それは大間違いよ」と、アレクシア。「あたくしにはフルーテという協力者がいたの。あのスウィルキンズがアンブローズ卿に会いにいくあなたに手を貸すとは思えないわ」

フェリシティは顔をしかめてうなずいた。「ええ、お姉様の言うとおり。夜の自由を手に入れるのに執事の協力がこれほど重要とは知らなかったわ」

「さあ、白状なさい。お母様に追い出されたの？」

フェリシティは、いつものばつの悪い表情を浮かべた。「そうじゃないわ」

「ああ、フェリシティ。まさか、あなた家出してきたの？」

「お姉様が街に引っ越すと聞いて、しばらく置いてもらおうと思って。もちろん、人狼団と暮らすのはあたしの上品で優雅な趣味には合わないけど……」

この言葉にアケルダマ卿はかすかに額にしわを寄せた。

アレクシアは考えこんだ。姉としては、妹の社会的意識の目覚めを応援したい。フェリシティの人生に何より足りないのは信条だ。信条を持てば、他人の猿まねをやめるかもしれない。でも、ここで一緒に暮らすとなれば、〝秘密の居住計画〟が台なしになる。そもそも未婚のフェリシティを、ところかまわず変身して裸になる人狼団と一緒に置いておけるわけがない。それだけはどうしても避けなきゃ。でも、いまのあたしは自分の足もとも見えない状態だ。そんな状態で、どうやって妹を見張るというの？　アレクシアもある時点までは妊娠という事態と折り合ってきた。だが、それも三週間前までの話だ。それ以降は自制心が崩壊し、すっかり情緒不安定になった。つい昨日も〝目玉焼きがこっちを変な目で見た〟という理由でめそめそ泣きながら朝食を終え、人狼団は三十分かけてアレクシアをなだめ、マコン卿は心配のあまり自分も泣きだしそうになる始末だった。

アケルダマ卿の前でこんなところを見せるのは気まずかったが、アレクシアは考えるのをあきらめた。「この件は夫に相談してみるわ」

アケルダマがすばやく立ち上がった。「うちに滞在するのはちっともかまわんよ、小さなジャスミンちゃん」

フェリシティが顔を輝かせた。「まあ、なんて――」

アレクシアは片足を下ろしてきっぱり言った。「絶対にダメよ」ほかの人ならまだしも、フェリシティには刺激が強すぎる。なにせ相手はおしゃべり好きのアケルダマ卿だ。二人きりで長く置いておくと、毒舌の応酬で文字どおり文明社会を乗っ取りかねない。

応接間の扉をノックする音がした。

「こんどは何ごと？」と、アレクシア。

「入りたまえ！　みな**ここ**にいるよ」アケルダマ卿が歌うように応じた。

扉が開き、ブーツとビフィが現われた。二人ともめかしこみ、アケルダマ卿の現ドローンと元ドローンにふさわしい伊達男ぶりだが、ビフィはブーツにはない雰囲気をただよわせていた。いつものように流行の服をみごとに着こなした好青年なのに、以前とは何かが違う。よく見ると頬骨のあたりがかすかに汚れている。アケルダマ卿のドローンなら、ご主人様の前では決して見せない姿だ。しかし、二人が並んで立つのを見て、アレクシアはそれが顔の汚れのせいだけではないことに気づいた。もはやビフィに吸血鬼的洗練はない。上流階級らしい華やかさも、カミソリのような鋭さも。かわりに、かすかに恥じるような空気——おそらくすべての人狼が心の奥底に秘めている感情——が感じられた。それは月に一度、いやおうなく真っ裸になり、よだれを垂らす獣になるという負い目から生まれるものに違いない。

だが、アケルダマ卿の好奇心に満ちた表情は変わらなかった。「**やあ、おまえたち！**」と、数年ぶりの再会かのように呼びかけた。「何かおもしろい話があったかね？」

フェリシティは興味津々の目で二人の若者を見た。「あら、あなたのことは憶えてるわ！お姉様の結婚式の計画を手伝ってくださった人ね。花婿ケーキのアイデアはすばらしかったわ。とってもおしゃれよ、二種類のケーキなんて。とくにお姉様の結婚式にはぴったりだったわ——姉は食べ物が大好きだから」

自分の役割を知るビフィが急いで駆け寄り、フェリシティが差し出す片手に向かってお辞儀した。「サンダリオ・デ・ラビファーノ、ただいま参上。ご機嫌いかがです？」

そのときまでビフィの本名を知らなかったアレクシアは、驚いてアケルダマ卿を見た。アケルダマ卿は立ち上がると、なんの屈託もなくアレクシアの座る椅子にゆっくり近づいた。

「みごとにスペインふうの名前だろう？　なんでもムーア人の血が流れておるらしい」

アレクシアは分別顔でうなずいた。

ビフィはフェリシティの手を押しとどめて言った。「ケーキについてはお褒めをいただくまでもありません、ミス。あれはいっぷう変わったアメリカの習慣です」

フェリシティは恥ずかしげもなくしなを作った。「あら、ではこのことは誰にも秘密ね？　今もアケルダマ邸で働いておられるの？」

その瞬間、ビフィのきれいな顔に苦悶の表情がよぎった。「いいえ、ミス。先ごろ姉上の世帯に移りました」

フェリシティはこの情報に目を輝かせた。「あら、本当に？」

妹のたわむれぶりを見かねてアレクシアが口をはさんだ。「フェリシティ、隣の屋敷に行って、表の応接間で待っててちょうだい。必要ならお茶を頼んで。夫が戻ってきたら、あなたのことを相談するわ」

またもやフェリシティが口を開きかけた。

「さっさと行きなさい、フェリシティ」アレクシアがとびきり威圧的な口調で命じると、全員が――おそらく当のフェリシティも――驚いたことに、フェリシティはおとなしく部屋を出て行った。

それを見たアケルダマ卿がブーツに向かって首を傾け、小さくうなずいた。言葉はなくとも、すぐさまブーツは小走りでフェリシティのあとを追った。ビフィがうらめしげな表情を浮かべた。フェリシティとの会話が名残惜しいのではなく、もはや自分がアケルダマ卿の命令にしたがえないことがつらいのだろう。

アレクシアは容赦なくビフィを現実に引き戻した。感傷にふけりすぎるのはよくない。

「ビフィ、あたくしかアケルダマ卿に何か報告でも？」

「はい、マイ・レディ。引っ越しが無事、完了しました。新居をご検分ください。お気に召すといいのですか」

「すばらしいわ！ いますぐ――あ、待って。アケルダマ卿にきこうと思っていたの。ここにいるあいだに。いいかしら？」

「いいとも。どんなことだね、かわいい**シラバブ**（白ワインと生クリームで作るレモン風味の冷たいデザート）ちゃん？」

「あたくしが話したヤマアラシのことを憶えてる？ 特大ハリネズミかもしれないけど、とにかく数日前の晩に馬車を襲った生き物のことよ。ずっと考えてたんだけど、あの性質はどうも吸血鬼っぽい気がするの。敏捷で、古い黒い血が流れていて、太陽の石《ラピス・ソラリス》に弱い。ありうると思う――吸血ヤマアラシなんて？」

アケルダマ卿が生き生きと目を光らせた。「おや、いとしのお嬢ちゃんよ、**次**は何を考えつくんだろうね？ 人間ヤギか？ 気をつけたまえ、満月の夜になるとクローゼットに忍びこんで、きみの靴を食べてしまうかもしれんよ！」

ビフィが笑いを噛み殺した。

だが、アレクシアは冗談に付き合う気分ではない。

アケルダマ卿はいつものおすましポーズに戻った。「いとしの**タフィ・ボタン**よ、ときにきみは、ひどくおバカちゃんになるようだ。動物には魂がない。どうして吸血鬼になることができよう？　そんなことが可能なら、老後の楽しみのために、今すぐナダスディ伯爵夫人にこのおデブちゃんを噛んでもらうよ」そう言って飼い猫を指さした。この太っちょ猫は、自分が獰猛な狩人だという妄想を抱いているが、実際はクッションの房を攻撃するしか能がない。いや、それだけではなかった。最近の忘れられない出来事と言えば、この猫がアイヴィの帽子を攻撃したことだ。その場面を思い出したとたん、アレクシアは身震いした。どうしてあたしはアイヴィを吸血鬼とのお茶に誘ったりしたのかしら？　大親友のアイヴィは近ごろ舞台に立つようになったとはいえ、〝アケルダマ印《じるし》〟の芝居を目の当たりにするには、まだ修行が足りない。かたやアケルダマ卿は、アイヴィの帽子を目の当たりにすることにはまったく耐えられなかった。あのお茶のあと、アレクシアはつくづく思った――アケルダマ卿とアイヴィ・タンステルは格子柄と金襴みたいなもので、まったく合わない。たとえそれが補色関係だったとしても。

そこへ、またもや応接間に人が現われた。こんどは事前の知らせもなく、しかも小さなうなりつきだ。

「おや、なんとまあ」アケルダマ卿は古きジョージ王朝時代の伯爵未亡人のような感嘆詞を漏らした。「いったいわが家は何になったのかね？　チャリング・クロス駅か？」

目打ち穴を巻き縫いでかがったアイレット刺繍レースに、青いサテン地の蝶リボンのついた豪華なテントもどきのガウンを着たアレクシアを見て、ビフィが言った。「むしろ〝飛行船の緑の着陸場〟と言ったほうがいいかもしれません」

アレクシアはビフィのコメントに思わず笑った。たしかに今のあたしは誰よりみっともない。最近はわれながらふくらんでる気分だ。

アケルダマ卿がくすっと笑った。「ああ、ビフィ、だからおまえがいないとさびしいのだ、わが小鳩よ」

いきなり許可も得ずに応接間に現われた男は、このやりとりに顔をしかめた。

アケルダマ卿は青く鋭い目にやんわりととがめるような色を浮かべ、無礼な男に振り向いた。「マコン卿よ、きみがここで暮らすのなら——どうやら当面は**そのような**手はずになったようだが——部屋に入る前には扉をノックすることを覚えてもらわねばならぬようだ」

マコン卿はばつの悪さをごまかすように、ぶっきらぼうに答えた。「ああ、そのようだ。わたしはときどき細かな礼儀を忘れてしまうもんでな」そう言って乱暴に外套を脱ぎ捨てた。外套は肘かけのない椅子の背に引っかかり、やがて床にすべり落ちた。

アケルダマ卿は身震いした。

「どうも、アケルダマ卿。やあ、妻よ。小犬《パピー》よ」マコン卿は挨拶がわりにうなずくと、茶褐色の目を心配そうに曇らせて身をかがめ、妻の耳にささやいた。「すべては——お腹の子も含めて——まだ無事に収まってるか？」

「ええ、ええ、だから騒ぎたてないで、コナル」と、アレクシア。もめごとだけはごめんだ。

「それ以外のことは片づいたのか？」

「ちょうど点検しに行こうと思ってたところよ。立たせてくれる？」

マコン卿がにやりと笑って脚を踏んばり、大きな片手を差し出すと、アレクシアはその手に両手でつかまり、夫が妻を引き上げた。反異界族との接触で異界族の力は消えているが、妻を引き上げるくらいの力はある――たとえ飛行船なみにふくらんだ妻でも。

「どうやら隣の玄関から入るところを見られる必要があるらしいわ。あとで、アケルダマ邸に忍びこむ方法を考えなきゃ」

「見られるために、なんでこそこそバカげた真似をしなきゃならんのだ」マコン卿がぼやいた。

このひとことにアレクシアの怒りが爆発した。コナルがベッドとウールジー団からあたしを追い出してからずっと、地獄のような時間を過ごしてきた。世間があたしを追放したのは、あたしが不貞だと見なされたからだ。「世のなか、どう見られるかがすべてなのよ！」

「そう、そう、**そのとおり**」アケルダマ卿が賛同した。

「ああ、わかった、わかった。きみを隣のバルコニーからアケルダマ邸にどうやって移動させるかを考えよう」

マコン卿の表情を見て、アレクシアは疑いの目を向けた。「言っておきますけど、ちゃんと道板《タラップ》をつけてちょうだい。放り投げられるのは嫌よ」

妻の言葉にマコン卿は少し驚いた。「わたしがそんなことをするなんて、いつ言った？」

「言ってないけど、あなたが考えそうなことはお見通しよ」

マコン卿はいわれのない非難に困惑した。

アレクシアが続けた。「ああ、それからもうひとつ。新居の応接間で驚きが待ってるわ」

マコン卿が狼っぽく歯を剝き出して笑った。「それはうれしい驚きか？」

「よほど機嫌のいいときならね」アレクシアは答えをはぐらかした。


またしてもゴーストは宙に浮かんでいた——実体のない空間に。ゴーストは思った——このままじっとしていれば永遠に浮かんでいられるかもしれない。死んだようにじっと動かなければ。

だが、そこに現実が入りこんだ。ゴースト自身の意識から出てきた現実だ——たとえそれがどんなにわずかな意識でも。「誰かに告げなければならない。彼らに。これは間違いだと。あんたは正気を失ってる。でも、そんなあんたでも間違いだと知っている。阻止しなければ。誰かに話して」

ああ、なんてわずらわしい——自分の脳みそが命令を出しはじめるなんて。

「誰に言えばいい？　このあたしが誰に？　あたしはニワトリ小屋のしがないメンドリよ」

「どうにかしてくれそうな人に話せばいい。あの〈ソウルレス〉の女に」

「〈ソウルレス〉に？　あんな、好きでもない人に？」

「そんな言いわけは通用しない。どうせあんたは誰のことも好きじゃないんだから」

ゴーストは正気のときの自分が何より嫌いだった。

# 3 恐ろしき《ゴーストリー》重大事

「おっと、こりゃたしかに厄介だな」妻の妹が新居にいるのを見たマコン卿は考えたすえ、近ごろ妻が訴える消化不良の症状のひとつを目にしたような感想を述べた。

アレクシアは応接間で辛抱づよく待っている妹を無視して新居の内部を見まわした。作業に当たったドローンと人狼は、みごとにウールジー団の面目をほどこしたようだ。新しいタウンハウスには趣味のいい家具がそろえられ、さりげなく、居心地よく配置されていた。ここは街に用事のある団員の駐在所として使われるだけで、私物や地下牢、クラヴィジャーといった必要不可欠なものや人はすべてウールジー城にある。そのため、個人の邸宅というより紳士クラブ（それもそこそこ高級な紳士クラブ）の様相を呈していた。マコン卿は〝英国議会上院の控え室のようだ〟とつぶやいたが、たんに何かをぼやきたかっただけだろう。マコン卿のぼやき癖は有名だ。窓には身体に悪い日光をさえぎる分厚いカーテンがかかり、床には人狼たちの重い足音と爪のひっかき音を最小限に抑えるための分厚く、毛足の長い絨毯が敷いてある。

フルーテは当面この別邸でふたたび執事を務めることになった。つかのま使用人に格下げされても、本人はまったく気にしていないようだ。おそらくフルーテは屋敷全体を監督するかつての職務と、それにともなう〝屋敷内で起こるすべての出来事を把握する〟という特権が名残惜しいのだろう。個人秘書は地位こそ高いが、執事ほどゴシップに精通できない。

フェリシティが座る表の応接間は濃いチョコレートブラウンの革とクリーム色の綾織りで統一され、ところどころにアクセントがわりの真鍮が配してあった——ガスランプの線細工、テーブルクロスの縁かざり、アレクシアのパラソル・コレクションを立てる据え置き型の大きな東洋趣味の花瓶、そして暖炉の前の潜望鏡のような靴乾燥スタンド。

金襴と金箔づくしのアケルダマ邸とはまったく対照的だ。

アレクシアは感激した。「フルーテ、短いあいだに、こんなすてきな家具をどこから調達したの?」

フルーテは毎日の沐浴の秘訣をたずねられたかのようにアレクシアを見返した。

「まあ、まあ、アレクシア、フルーテが魔法使いを気取りたいのなら、わざわざ種明かしをせがむこともなかろう? 驚異を楽しむ心と信念は守らねばならん、な、フルーテ?」そう言ってマコン卿はきまじめなフルーテの背を気安く叩いた。

フルーテは鼻を鳴らした。「まあ、そんなところです、マコン卿」

マコン卿は、くすんだ色のドレスを着て黙りこくって座る妻の妹を振り返った。そのあまりに似つかわしくない身なりと態度に、さすがのマコン卿も変だと気づいたようだ。

「ミス・フェリシティ、誰か亡くなったのか?」

フェリシティは立ち上がってお辞儀した。「そうじゃありませんの、マコン卿。お気づかいに感謝します。ご機嫌いかが？」

「今夜はなんだか様子が違うな。髪型を変えたのか？」

「いいえ。よそさまを訪問するには少し地味なだけですわ。とにかくお姉様にお願いがあって。しかも緊急に」

「ほう？」マコン卿は茶褐色の目を妻に向けた。

アレクシアはつんと上げたあごをフェリシティのほうにしゃくった。「しばらく置いてほしいんですって」

「ほう？」

「しかも、ここに」

「ここに？」妻の言いたいことはわかる。ここ、ここは見せかけの住まいだ。フェリシティをあずかることなどできない。これが世間に知れたらどうなる？〝フェリシティ・ルーントウィルが付き添いもなく人狼団と住んでいる〟と噂されるのがおちだ。

「ウールジー城はどうだ？　たまには田舎の空気もいいぞ？　フェリシティならやっていけそうだが」マコン卿はほかにいい案がないかと頭をひねった。

「フェリシティはロンドンで」――アレクシアは一瞬、口ごもり――「あやしげな慈善活動に関わってるの。それであたくしたちの庇護がほしいらしいわ」

マコン卿は困惑した。当然だ。「庇護……何から庇護するんだ？」

「母親からよ」アレクシアが意味ありげに答えた。

これを聞いてマコン卿は大いに納得した。さらに詳しい話をきこうとしたとき、床のフラシ天の絨毯から一人のゴーストがマコン卿の隣に現われた。

一般的にゴーストは礼儀正しく、他人の会話を中断することはまずない。行儀のいいゴーストなら、召使が気づいて用件を取り次げるよう、最低でも玄関から入るものだが、このゴーストは、あろうことか真新しい絨毯の中央に描かれた花束からいきなりふわりと現われ、実体化した。

マコン卿は驚きの声を上げ、アレクシアは小さく息をのんでパラソルをつかみ、フルーテは片眉を吊り上げ、フェリシティは失神した。

アレクシアとコナルは一瞬、視線を交わし、暗黙の了解のうちにフェリシティを椅子に倒れたままにした。アレクシアのパラソルが誇る秘密兵器のなかには気つけ薬の小瓶も含まれているが、このゴーストは急用があるらしい。厄介な妹を介抱している場合ではない。マコン夫妻は目の前のゴーストに注目した。

「フルーテ」アレクシアはゴーストを驚かさないよう、ゆっくりとたずねた。「この家にゴーストが出るなんて知ってた？　賃貸契約書に書いてあったかしら？」

「そんな話は聞いておりませんが、奥様。確かめてきます」フルーテはそう言って部屋を出て行った。

目の前のゴーストは輪郭がぼんやりしており、中心部も完全にはつながっていない。騒《ポルター》霊《ガイスト》状態に近いようだ。ゴーストがしゃべりだしたとたん、予想が正しかったことが証明された。思考力は崩壊しつつあり、遠くから聞こえるような声は甲高く、とぎれとぎれだ。

「マコン？　じゃなくて、ベーコン？　ベーコンは好きだった。塩がきいてて」ゴーストは口をつぐみ、霧のような渦を宙にたなびかせてくるりと振り向いた。渦は周囲のエーテルを求め、反異界族の吸引力に引かれるようにアレクシアのほうに向かってきた。「伝言《メッセージ》。信書《ミッシブ》。羊肉《マトン》。マトンは嫌い――噛みきれないから。待って！　緊急《アージェント》。じゃなくて刺激的《パンジェント》？　重要《インポータント》。不可能《インポッシブル》。情　報《インフォメーション》」

アレクシアはけげんそうに夫を見た。「異界管理局《BUR》のゴースト？」

BURは移動可能なゴースト捜査員を数多く雇っている。死後によみがえり、保存された肉体につなぎとめられた霊を、特定の場所や最寄りの重要な公共施設に配置し、情報収集に当たらせるためだ。BURは多大な労力をかけてゴーストだけが利用できる実体のない情報伝達網を整備した。そこでは、それぞれのゴーストをつなぐ糸が少なくとも別の一人の移動限界を横切るようになっている。伝達網はロンドンじゅうに広がっているが、街全体を完全にカバーすることはできない。ゴースト捜査員が正気を失うたびに更新しなければならないという欠点はあるが、BURのゴースト管理人にとって、こうした保守管理はお手のものだ。

マコン卿が毛深い頭を横に振った。「わたしが知るかぎり、記憶にない。正確には台帳を見なけりゃわからんが、局のゴースト捜査員には採用時に最低でも一度は会っている。こいつは契約ゴーストじゃないな。もしそうなら、もう少し肉体の管理状態がいいはずだ」マコン卿は両腕をぴったり脇につけ、ゴーストの前に立ちはだかった。「ハロー？　聞こえるか？　きみはどこにつなぎとめられてる？　この屋敷か？　きみの肉体はどこだ？　ちょっと手入れをせねばならんようだ。きみはただよっている、いいか、お嬢さん。ただよっているんだぞ」

ゴーストは困惑してマコン卿を見つめ、ふわふわと上下した。「どうでもいいの。そんなことは。伝言、それが大事。なんだった？　方言、方言、近ごろはどこも方言ばかり。ロンドンは外国人だらけ。そしてカレー。だれがカレーを広めたの？」

「それが伝言？」アレクシアは話が見えないことが嫌いだ――たとえそれが意味不明のゴーストの話であっても。

ゴーストがくるりとアレクシアに振り向いた。「ノー、ノー、ノー。えっ、ノーって何が？　ああ、そう。あなた、アレクシア・マコロン？」

アレクシアは答えに困り、うなずいた。

マコン卿が笑いだし、アレクシアは心のなかで毒づいた――この役立たずの野蛮人。「マコロンだと？　こりゃいい！」

アレクシアとゴーストはマコン卿を無視した。ゴーストの不安定な関心は今やアレクシアに集中している。「タラビティ？　タラボッティ。の娘？　死んだ。〈ソウルレス〉。問題《プロブレム》？　プディング！」

アレクシアは首をかしげた――いまのたわごとはあたしの父親に関すること？　それとも

あたしのこと？　いずれにしても内容は正しい。「どうやらあたくしのことのようね」

　ゴーストは満足そうに宙でくるりと回転した。「あなたに伝言」そこで不安そうに顔をしかめ、口ごもった。「カスタード。違う。徴兵《コンスクリプション》。じゃない。陰謀《コンスピラシー》。殺す……殺す……」

「あたくしを？」アレクシアがあてずっぽうに言ってみた。妥当な線だ。たいてい、いつだって誰かがあたしを殺そうとしている。

　ゴーストは動揺し、目に見えない糸を引いて小さく震えた。「ノー、ノー、ノー。あなたじゃない。別の誰か。それとも何か？」そこでふと顔を輝かせた。「女王よ。女王を殺すの」ゴーストは歌いだした。「女王を殺す！　女王を殺す！　じょーおーをこーろーすー！」

　マコン卿の顔から笑みが消えた。「こりゃだめだ」

「これでよし。わかった？　以上。さよなら、生者のみなさん」そう言うやゴーストは沈みこみ——おそらく来たときと同じように——新しい応接間の床を通って消えた。

　ちょうどフルーテが戻ってきた。マコン夫妻は無言のまま、呆然と見つめ合っている。

「この屋敷に属する幽霊の記載はございませんでした、奥様」

「ありがとう、フルーテ。じゃあ、そろそろ……？」アレクシアが言い終わらないうちに、用意周到なフルーテが気つけ薬をしみこませたハンカチでフェリシティを介抱しはじめた。

　アレクシアは夫に向きなおった。「そしてあなたは——」

マコン卿もすでにシルクハットを頭に載せていた。「出かけてくる。ゴーストはこの屋敷の移動可能圏内にいるはずだ。BURのファイルのどこかに記録があるかもしれん。ライオールとビフィを連れてゆく」

アレクシアはうなずいた。「あまり遅くならないで。夜が明ける前にアケルダマ邸に戻りたいの。一人では無理よ。いまのあたくしが一人でできるのは、せいぜい眠ることくらいなんだから」

マコン卿は中世の英雄よろしくさっとマントをひるがえし、大きな音を立ててアレクシアの唇と――あろうことか――突き出たお腹にキスして部屋を飛び出した。さいわいフルーテはまだフェリシティの介抱中で、二人には過剰な愛情表現を見られずにすんだ。


「フェリシティなんぞにかまってる場合じゃないな」

マコン夫妻は日没と同時に目を覚まし、アケルダマ邸からにわか造りの道板を渡って階段を下り、新居の食堂のテーブルに座っていた。昨夜から会話の内容は変わっていない。そのあいだにマコン卿が行き当たりばったりの捜査を行ない、半日、睡眠を取っただけだ。

マコン卿が食事から目を上げた。「女王に対する脅威となれば、なんであろうと真剣に対処しなければならん。たとえこれまでの捜査で成果がなかったとしても、たかがゴーストのたわごとと笑い飛ばすことはできん」

「あたくしが心配していないとでも思う？　〈陰の議会〉の日程を変更して、今夜、緊急会議を開くことにしたわ」

　マコン卿が顔をしかめた。「おい、アレクシア、その身体でこの件に関わる気か？」

「当然でしょう？　不穏な情報が届いたばかりなのよ！　昨日あたくしがベッドに入ったあと、あなたとライオール教授がこれからのことを長々と相談してたのは知ってるわ。でもあたくしは――」

「そうじゃない。言いたいのは、きみが以前のようにパラソル片手にロンドンを歩きまわれる状態じゃないってことだ」

　アレクシアはぱんぱんにふくらんだお腹を見下ろし、それからいつもの表情を浮かべた。

「まったくなんの支障もないわ」

「なんの支障だ？　よたよたと誰かに近づき、容赦なくぶつかることか？」

　アレクシアは夫をにらんだ。「いいこと、あなた、たしかにあたくしは以前より動きが鈍いけど、頭はなんともないわ。捜査くらい平気よ！」

「なあ、アレクシア、頼むから冷静になってくれ」

　いまの自分の状態を考え、アレクシアはいくらか譲歩した。「よけいな危険は冒さないと約束するわ」

　マコン卿はだまされなかった。この言葉は、妻がよけいをどう定義するかで大きく意味が変わる。つまり、まったく安心できないということだ。「捜査に人狼を一人、同行させるなら考えてもいい」

アレクシアは不満げに目を細めた。

マコン卿は下手《したて》に出た。「護衛がついていると思えば少しは安心だ。吸血鬼が攻撃を自制しているとはいえ――それもいまだ確証はない――何が起こるかわからん。きみを〝役立たず〟と言ってるんじゃない、マイ・ディア、ただ、いまは思ったように動けないから心配なんだ」

たしかに道理だ。アレクシアはしぶしぶ認めた。「わかったわ。でも、護衛をつけるならビフィにしてちょうだい」

マコン卿は猛反対した。「ビフィだと！　やつはまだほんの小犬だ。変身を制御することもできん。あいつに何ができる？」

「ビフィでなければ護衛はいらないわ」まったくコナルらしい――人狼ビフィの限界ばかり見て、人間ビフィのすぐれた能力を見ようともしないんだから。

まったくビフィほどよくできた若者はいない。マコン卿は不満そうだが、ビフィは新しい女主人のメイド役としてさまざまな仕事をこなしている。アンジェリクの事件で懲りたアレクシアは代わりのメイドを雇う気になれなかった。ビフィのセンスは申しぶんなく、いちばん似合う髪型とドレスを選ぶ審美眼はアンジェリクより確かだ。アンジェリクのセンスも悪くはなかったが、アレクシアの好みからするとフランスふうすぎた。その点ビフィは――自分の服はかなり大胆だが――小走りで動きまわって自動人形《オートマトン》をなぐったり羽ばたき機に乗りこんだりするレディにふさわしい服をよく知っている。

「賢い選択とは思えん」マコン卿はあごをこわばらせた。

食卓には、まだ二人しかいなかった。人狼団との共同生活において、寝室以外で二人きりになれる場はめったにない。アレクシアは貴重な機会を利用して身を寄せ、繊細なレースのテーブルクロスの上で夫の手に自分の手を重ねた。

「ビフィはアケルダマ卿の薫陶を受けてたのよ。すぐれているのはカールごての腕前だけじゃないわ」

マコン卿は鼻を鳴らした。

「あたくしの都合だけで言ってるんじゃないの。彼には気晴らしが必要よ、コナル。気づかない？　あれから五カ月になるのに、ビフィはまだ今の自分を受け入れられずにいるわ」

マコン卿はかすかに唇をゆがめた。もちろん気づいている。気づかないはずがない。団の人狼のことはすべて把握している。自団を揺るぎない組織として結束させること――それがアルファにとって何より重要な資質だ。以前に読んだ記事によれば、科学者たちはこれを〝魂に本来そなわっている主要気質の相互的結合力――すなわちエーテルの物体化〟と呼んでいるが、アレクシアが想像するに、その本質は、吸血鬼やゴーストが特定の場所から離れられないのと同様、人狼は団から離れられないということだ。ビフィがたびたびおちいる鬱《うつ》状態は、アルファであるコナルにはさぞこたえているに違いない。

「ビフィをお供にしてなんの役に立つ？」

「あたくしだって団の一員でしょ？」

「まあ、そうだが」マコン卿はおとなしく愛撫を受けながら妻の手を握りかえした。

「はっきり言って、これはビフィが居場所を見つけられないというより、ウールジー団が彼に合った場所をあたえていないってことよ。あなたはビフィをふつうの新人狼と同じように考えてる。でも、彼は特別なの、わかる？　彼はふつうとは違うのよ」

　意外にもマコン卿はすぐさま反論しなかった。「ああ、わかってる。つい先日もこの件についてランドルフと議論したばかりだ。だが、これはたんにビフィの好みの問題とは思えん。われわれ人狼も吸血鬼と同様、人狼なりに実験的だ——そうは見えないだろうが。とにかく、こんなとき頼りになるのはアデルファスだ。やつなら喜んで引き受ける」

　アレクシアが不満げな声を上げた。「アデルファスはいつだってやる気満々よ。ビフィに必要なのは恋人じゃない。目的なの。これは文化の問題よ。ビフィは吸血鬼の文化圏から人狼団にやってきたの。しかもアケルダマ流の文化よ」

「で、どうしろと？」

「ウールジー団はあたくしを受け入れたわ。でも、あたくしはどう見ても標準的な人狼じゃないでしょ？」アレクシアは夫の指と自分の指をからめたりほどいたりした。

「きみは女だ」

「そのとおり！」

「ビフィを女性としてあつかえと言うのか？」

「〝よそから嫁いできた〟と考えたらどうかってことよ」

マコン卿はしばらく考え、やがてゆっくりうなずいた。

こんなに素直にあたしの提案を聞き入れるなんて、よほどビフィのことでは悩んでいるようだ。

アレクシアはもういちど夫の手を握りしめてから離し、アップルフリッターと、溶かしバターとカランツジャム載せ葛粉《くずこ》蒸しプディングの食事に戻った。最近のアレクシアの嗜好は、ますます糖分過多になり、いまや食事はプディング・コースになっている。「あなた、ビフィを失うかもしれないと思ってるんじゃない？」

マコン卿は答えなかったが、答えなかったこと自体が認めた証拠だ。かわりにマコン卿は山と積まれた仔牛のカツレツにかぶりついた。

夫のアルファとしての能力を疑っていると思われないよう、アレクシアは慎重に次の言葉を選んだ。「一匹狼の地位を確立するにはどれくらいの時間がかかるの？」男というものは――たとえ不死者でも――どこかにガラスの自尊心を持っている。それはパイ菓子のようにもろくて壊れやすい。パイ菓子みたいに紅茶には合わないけど。ああ、紅茶が飲みたい！

「狼はいつでも単独行動ができる。だが、ふつうは特別の理由があり、変異して最初の数年以内にはぐれ者になる。語り部《ハウラー》によれば、一匹狼になるかどうかは、変異したてのころにアルファとどれだけ強く結束できるかどうかによるらしい。多くの場合、絆が結べないのは本人がアルファ的すぎるからだ。ビフィがこのタイプとは思えないが、いまのところそう考えるしかない」

アレクシアは夫が何を心配しているのかがわかった気がした。「ビフィが一匹狼になったら生き延びられない——あなた、それが心配なのね？」

「一匹狼は短命だ。決闘に明け暮れる。ビフィは戦士タイプじゃない。まったく正反対だ」

マコン卿の愛らしい目に苦痛と罪悪感が浮かんだ。ビフィの厄介な問題は、そもそもマコン卿が原因だ。意図的ではないにせよ。だが、コナル・マコンは〝やむを得なかった〟という言葉で責任のがれをするような男ではない。

アレクシアは大きく息を吸って、とどめを刺した。「だったらなおのこと、しばらくあたくしにビフィをあずけるべきよ。考えがあるの。忘れないで、もし彼が自制心を失って狼になっても、いざとなったらおとなしくさせる手段があるわ」アレクシアは夫に向かって剝き出しの指を動かしてみせた。

「わかった。だが、ビフィの状況は逐一ランドルフかわたしに報告してくれ」

そのときランドルフことライオールが食堂に現われた。ウールジー団の副官《ベータ》はいつものように控えめだ。きちんと櫛を通したうす茶色の髪。骨張った顔に穏やかな表情。物静かで、出しゃばらず、まったく記憶に残らない男。この雰囲気はライオールが何十年もかけて培ってきたものかもしれないと、最近アレクシアは思いはじめた。

「こんばんは、レディ・マコン、マコン卿」ライオールが席につくと、メイドが淹《い》れたての紅茶と夕刊を持って現われた。ライオールは使用人とこのような関係を築くタイプだ。新しく雇われたばかりで、まだ一日しか住んでいないのに、すでに彼らはいちいち命令されなくても必要なものを正確に届ける術《すべ》を心得ている。ライオールとフルーテとビフィにまかせておけば、マコン家の運営には何ひとつ問題ない。アレクシアにとっては好都合だ。なにしろ不屈のレディ・マコンには、ほかに時間と神経をつぎこむべき仕事がある。家のことは男性陣にまかせておくのがいちばんだ。とはいえ紅茶はほしい。アレクシアはメイドに紅茶を持ってくるよう命じた。

「ライオール教授、今夜のご気分はいかが?」アレクシアには、親しくなると礼儀がおろそかになる理由がわからなかった——もちろんコナルは例外だけど。ウールジー団と——断続的ながら——暮らしはじめてほぼ一年になるが、礼儀を忘れたことは一度もない。

「悪くありません、マイ・レディ、まあまあというところです」そしてライオール教授もそうだ。ライオールは人狼にしては驚くほど洗練されており、礼儀と上品な振る舞いを大いに尊重している。

二人の人狼がテーブルにそろったところで、アレクシアは女王暗殺という深刻な話題を持ち出した。「それで、例の脅迫に関してBURは何かつかんだ?」

「いや、まったく」マコン卿がいまいましげに言った。

ライオールも首を横に振った。

「どうせ吸血鬼に決まってる」と、マコン卿。

「あら、どうしてそう思うの?」

「人殺しはいつだって吸血鬼のしわざだろう?」

「あら、科学者のときもあるわ」アレクシアは遠まわしに、閉鎖された〈ヒポクラス・クラブ〉に言及した。「それから教会のときも」これはテンプル騎士団のこと。「そして、人狼のときも」

「こいつは驚いた！」マコン卿はカツレツをさらに口に詰めこんだ。「きみは吸血鬼を弁護する気か？　連中は何カ月ものあいだきみを殺そうとしてたんだぞ」

「ああ、コナルったら、先にのみこんでからしゃべってちょうだい。子どもの前でそんなことしてもらったら困るわ」

マコン卿はあたりを見まわした――知らないうちに赤ん坊が生まれ、自分の振る舞いを見つめているのではないかと確かめるかのように。

アレクシアが続けた。「吸血鬼が年中あたくしを殺そうとしているからといって、女王を殺そうとしていると単純には思えない、でしょ？　そんなことをしたら、どう考えても吸血鬼の立場は悪くなるわ。そもそも動機は何？　陛下は革新派よ」アレクシアはさらに自説の正当性を主張した。「あなたたち人狼は昔のことをよく憶えてるでしょう？　間違っていたら訂正してほしいんだけど、ライオール教授、前回ヴィクトリア女王に対して大がかりな暗殺を企てたのはキングエア団じゃなかった？」

「すみませんが、レディ・マコン、せめて一杯目の紅茶を飲み終えるまで待っていただけませんか？」いかにも迷惑そうな口調だ。

アレクシアは口をつぐんだ。

ライオールはこれみよがしに紅茶を置いた。「二十年ほど前、ペイトという過激な人物が杖で襲いかかり、陛下お気に入りのボンネットを完膚なきまで叩きのめしました。ショッキングな出来事でした。その前には、不満を抱いたアイルランド人が弾の入っていない拳銃で襲うという事件もありました」ライオールは燻製ニシンを少し取り分けたが、食べる前に手を止め、「それから二、三年前にはジョン・ブラウンとの有名な事件があります」そう言ってニシンを見つめた――まるでニシンがすべての答えを知っているかのように。「考えてみれば、これらはどれもみごとな失敗に終わっています」

マコン卿が鼻を鳴らした。「けしからんやつらだ――どいつもこいつも」

アレクシアは頰をふくらませた。「わかってるくせに、はぐらかさないでちょうだい。いまのはどれも独立した事件でしょう？　あたくしがききたいのは、綿密に練られた一貫した暗殺計画のことよ」

そこへメイドが追加の紅茶とマコン卿用の新しいカップを持って現われ、マコン卿が冷ややかにメイドを見た。

ライオールが真顔で言った。「そのような意味でしたら、キングエア団が最後です」

なんとも微妙な話題だ。キングエア団はマコン卿がかつて率いていた人狼団で、団員が大逆を図ってアルファを裏切った。この一件でマコン卿は腹心のベータを殺し、ロンドンにやってきてウールジー団に決闘を挑んだ。政治や個人的な服の趣味と同様、食卓の話題にはふさわしくない。

繊細な神経の持ち主であるライオールは、見るからにいたたまれない様子だった。なんといってもウールジー団は、結果的にキングエア団による暗殺計画のおかげで大きな恩恵を受けたのだから。ウールジー団のもとアルファは卑劣な性格と激しい気性で知られ、それに比べればマコン卿は人狼のリーダーとしては上等だと思われている。アレクシアに言わせれば、上等どころか最高だ。事実、アレクシアはそう言っている。ことあるごとに。

玄関のベルが鳴り、ライオールはほっとして顔を上げた。フルーテが応対に出て、低い話し声が聞こえた。声の主はわからないが、人狼の二人は耳がいい。ライオールが浮かべたかすかな笑みと、マコン卿が浮かべたしかめ面を見て、アレクシアには来客の見当がついた。

「**おお、すばらしい！**」アケルダマ卿がボンド・ストリートの最高級ポマードとレモン風味のオー・ド・トワレの波に乗って軽やかに現われた。妊娠はアレクシアの嗅覚に奇妙な影響をあたえたらしく、前よりはるかに鼻がきくようになった。すぐれた嗅覚を持つ人狼たちに少し近づいた気分だ。

銀色の燕尾服と、金髪よりほんの少し濃い鮮やかな黄色のベストを華麗に着こなしたアケルダマ卿が戸口で立ちどまった。「これはなんとも**なごめる**空間ではないかね？　お隣の玄関をぽんと開ければ、きみたちのテーブルにお邪魔できるとは、実に、なんと**すてきな**ことだろう！」

「あなたが自宅を離れられない吸血鬼女王でなくてよかったわ」アレクシアが椅子を勧めると、アケルダマ卿は仰々しく椅子に座り、ナプキンを振りひろげて膝に載せた。もっとも、彼が食事をしないことは皆、知っている。

ライオールがティーポットを頭で指し示した。アケルダマ卿がうなずくと、ライオールはカップに紅茶を注いだ。「ミルク？」

「できればレモンを」

ライオールは意外な答えに驚いて眉を吊り上げながらも、メイドにレモンを持ってくるよう合図した。「たいていの吸血鬼は柑橘類が嫌いだと思っていましたが」

「かわいいドリーよ、わたしは間違ってもたいていの吸血鬼ではない」

この件についてライオールはそれ以上、追求しなかった。そんなことより、もっと知りたいことがある。「今回の計画についてふと不安になったことがあります。こんなことをおたずねするのは心苦しいのですが、この前の冬、あなたは巣移動《スウォーム》なさいましたね？ ビフィがテムズ川底に監禁された一件のせいで」

「いかにも、ドリーよ、それが何か？」

「あのスウォームがあなたの居住に支障をきたす心配はないのですか？ こうしてたずねるのは、ひとえに生まれてくる子どもの安全のためです。なにしろはぐれ吸血鬼がスウォームした場合の影響に関する記録はひとつもありません。悪く思わないでください」

アケルダマ卿はにっこり笑った。「ドリーよ、きみはなんと**用心ぶかい**男だろうね？ だが、心配めさるな――わが家は正確には吸血群ではないし、わたしは群の吸血鬼が持つ本能に縛られてはいない。したがって心理的混乱もなく古巣に戻ることができる。それに、あれは半年も前のことだ。あの事件からはすっかり立ちなおった」

ライオールは納得したようには見えなかった。

アケルダマ卿が話題を変えた。「それで、わが**いとしき狼くんたちよ**、今回の新たなお楽しみをどう思う?」

マコン卿がぎょっとしてライオールを見た。「ランドルフ、おまえ、まさか!」

ライオールは身じろぎもせずに答えた。「わたくしではありません」

「妻よ、きみか?」

アレクシアはプディングを飲みこんで答えた。「知ってても不思議はないわ。だってアケルダマ卿ですもの。あなたもそろそろ、このことに慣れるべきよ」

「わたしのささやかなる情報力を評価してくれて光栄だ、**ちっちゃなプラムちゃん**」

「当然よ。それで?」

「それが**タンポポの綿毛**よ、この最新情報の本質と出どころについては、まだしかるべき意見がまとまっていないのだ」

召使がレモンを持って現われた。ライオールが紅茶を足すと、アケルダマ卿はそっとひとくち飲んだ。

マコン卿が鼻を鳴らした。「長い一生のうちでしかるべき意見を持たなかったことがあったとは思えんが」

この言葉にアケルダマ卿はくすっと笑った。「たしかに。だが、それは伝統的に服装に関する意見で、政治的なものではない」

フルーテがアレクシアの書類カバンを持って現われた。「宮殿に行かれる時間です、奥様」

「ああ、そうだわ。もうこんな時間。ありがとう、フルーテ。パラソルは？」

「こちらに、奥様」

「それから、途中でちょっとつまむものがあるかしら？」

フルーテが格子柄の布に包んだソーセージ・ロールを手渡した——その言葉を予測していたかのように。

「まあ、ありがとう、フルーテ」

マコン卿が期待の目で見上げると、フルーテは無言でマコン卿にもソーセージ・ロールを渡した。山盛りの食事を終えたばかりのマコン卿が満足げにふた口で飲みこむと、フルーテとライオールはわけ知りふうに視線を交わした。近ごろはマコン夫妻の食欲を満たすだけでもひと仕事だ。

アレクシアは両手でテーブルをぐっとつかみ、貴婦人たちのあいだで流行の華奢な家具をそろえた家に住んでいないことに感謝しながら体重をかけた。それから多大なる努力のすえに立ち上がりかけたところでバランスを崩し、またしても椅子に座りこんだ。

「ああ、もうなんてこと」アレクシアが腹だちまぎれに叫ぶと、ただちに手を貸すべく男性陣が駆け寄った。最初に到着したのがマコン卿だったのはさいわいだった。目下、反異界族と接触した状態でこの難事に対処できる異界族はほかにはいない。人間に戻った状態で、身動きできないアレクシアを立たせるにはアケルダマ卿もライオールも華奢すぎる。

アレクシアはようやく立ち上がり、わずかばかりの威厳を取り戻した。「はっきり言って、われながらみっともない体型だわ」

マコン卿は笑いをこらえた。「それもそう長くは続かんよ、マイ・ディア」

アレクシアは夫から〝マイ・ディア〟と呼ばれるのが嫌いだ。「でも、あまり早く生まれてもらっても困るわ」アレクシアはフルーテが差し出すマントに手を振り、かわりに薄手のショールを取った。本当はショールもいらないほど暖かいが、社会習慣は守らなければならない。それから書類カバンとパラソルを手に持った。

アレクシアのかたわらにビフィが現われた。一分《いちぶ》の隙もない深紅の燕尾服。端整な顔立ちを引き立てる純白のクラバット。燕尾服に合わせた赤いシルクハット。人狼という新しい人生を受け入れるためにビフィは多くのものを犠牲にしたが、服に対するこだわりだけは手放さなかった。

「今夜はぼくが付き添うのですね、マイ・レディ？」

「ええ、そうよ、ビフィ。どうしてわかったの？」

ビフィは、こんな質問を受けたときのアケルダマ卿とそっくりの表情を浮かべた。

アレクシアは納得したようにうなずき、アケルダマ卿を見た。「馬車をご一緒しましょうか、〈宰相〉どの？」

「喜んで」アケルダマ卿に紅茶を飲み干し、食卓にいる二人の人狼に大仰にお辞儀してアレクシアに腕を出した。アレクシアが差し出された腕を取ってすべるように部屋を出てゆき、そのあとからビフィが家来のように付きしたがった。

立ち去るアレクシアの耳に、マコン卿がライオールに話しかける声が聞こえた。「いったいいつまでおれたちはここに住まなきゃならんのだ？」

「おそらく、お子様が成長なさるまで」

「なんてこった、そうなると十六年か」

「そのころまでは、おそらくご無事でおられることと思います、マコン卿」

「なあ、ランドルフ、世のなかには死よりはるかに恐ろしいものがあるもんだな」

アレクシアとアケルダマ卿はほほえみ合った。

「彼女に話した？」一人目のゴーストがつないぎを引っ張って精いっぱい身体を伸ばし、消えたり現われたりしながらたずねた。

「話したわ」二人目のゴーストが通りの上空で身体を上下させた。肉体に近いぶん、こちらのほうがくっきり見える。「憶えてるかぎりのことを話した。阻止してくれって頼んだ。これで終わり？」

二人の意識は明確だった。実体化の最終段階に近づいているにしては異常なほどはっきりしている。まるで間違いを正すために、死後の生が二人に最後のチャンスをあたえたかのように。

「これで終わり」最初のゴーストが言った。二人ともわかっていた――それが二人の計画や二人の関係のことを言っているのではなく、二人の避けがたい消滅を意味していることを。

「あとは待つだけよ」

# 4　つながれた亡霊《スペクター》が出会う場所

〈議長《マージャ》〉のレディ・マコンと〈宰相〉のアケルダマ卿は何ごともなくバッキンガム宮殿の門を通った。日程外の訪問だが、二人とも宮殿の常連ゆえ、最低限のチェックですんだ。しかも女王陛下のお気に入りだ――少なくともレディ・マコンは。アケルダマ卿はこれまでの行動から、軍と警察の両方から〝大いに挑戦的な人物〟と見なされている。しかし、宮殿の衛兵は王室任務の遂行にのみまじめで勤勉な男たちだ。嚙み跡がないかとレディ・マコンの首を調べ、違法な蒸気駆動装置が入っていないかと書類カバンを確かめた。アレクシアはみずからパラソルを手渡した。いちいち性能を説明するより、あずけたほうが楽だ。アケルダマ卿の服はぴったりしすぎて武器を隠せるとはとても思えないが、衛兵はシルクハットをあらため、入殿を許可した。

とびきり王室カラーのジャケットを着ていても、ビフィは入るのを許されなかった。訪問者名簿に載っていないときっぱり告げられたが、この温厚な青年は会議のあいだじゅう門の外で待つことも気にならないようだ。宮殿の奥に向かうアレクシアの耳に、ビフィがきまじめな衛兵の一人に「なんとも大きな帽子ですね、ファンティントン中尉！」と歌うような口調で話しかける声がはっきり聞こえた。

「困った子ね」アレクシアはアケルダマ卿に向かって、いとおしげにほほえんだ。

「あの子の知識はすべてわたしが教えたものだが、あの性格は天然だ」アケルダマ卿がうなずいた。

会議室に入ると、すでに〈将軍〉が落ち着かない様子で室内をうろうろしていた。ヴィクトリア女王はいない。女王が〈陰の議会〉に参加することはめったにない。重要事項の報告は求めるが、議事録には関心がないようだ。

「女王暗殺の噂があるそうだな」大柄でぶっきらぼうな〈将軍〉に会うたび、アレクシアは――見た目やしぐさは違うが――夫に似たところがあると思う。もちろん二人に言うつもりはない。〈将軍〉は今もアッパー・スローター伯爵という地位にあるが、もはや称号にふさわしい田舎の邸宅は持たず、しかも、団を持たないリーダーの雰囲気をもただよわせている。地主と人狼団アルファという両方の責任を放棄した〈将軍〉は、英国じゅうでもっとも有力な一匹狼だ。さらに、コナル・マコンの巨体にはおよばないが、スローター卿は周囲から――当のコナル・マコンからも――最強のアルファと毛皮をかけて闘える人狼として認められている。かくして〈将軍〉とマコン卿は礼儀正しい関係を保ちつつ、あたり一帯に汽笛を響かせて貨物を引き合う二隻の引き船のようにたがいを牽制していた。

「そうなんですの」現実的なアレクシアからすれば、マコン卿とスローター卿が似ているのは都合がいい。日ごろ夫と一緒にいるだけで自然と〈将軍〉のあつかいがうまくなるからだ。

アレクシアとアケルダマ卿は軽やかに──正確には、アレクシアはよたよたと──会議室に入り、〈将軍〉のうろうろ歩きを邪魔しないよう長いマホガニーのテーブルに座った。

アレクシアは書類カバンをぱちっと開き、波動聴覚共鳴妨害装置を取り出した。小さな水晶柱から二本の音叉《おんさ》が釘のように突き出た小型装置だ。アレクシアが追加の必需品をごそごそ取り出すあいだ、アケルダマ卿が片方の音叉を指ではじき、しばらくしてもう片方をはじくと、低くうなるような不協和音がしはじめた。これで会話が盗聴される心配はない。

「本物だと思うか？　この脅迫は？　真剣に対処するべきものなのか？」

黒髪と深くくぼんだ目の〈将軍〉はハンサムと言えなくもないが、唇はいささか厚すぎ、あごの割れ目は深すぎ、口ひげと頬ひげはかなり強烈だ。最初に見たとき、アレクシアは、このひげにたいそう悩まされた。〝なぜ不死者なのに、ひげが？〟というのが素朴な疑問だ。男性はたいてい、人間のあいだにきれいにひげを剃ってから不死という長い夜に入るものなのに。ビフィはかわいそうに、ひげを剃るあいだ人間に戻してくれるアレクシアがヨーロッパ旅行から戻ってくるのを、無精ひげを生やしたままという煉獄さながらの状態で待たなければならなかった。そのもっとも過酷な時期に、ライオールは思いやりと同情に満ちた態度でビフィに接したそうだ。

アレクシアはゴースト関連の出来事を記録したメモを取り出し、カバンを閉めた。例の亡霊《スペクター》が告げたことがすべて書き留めてある。「脅迫はゴーストの使者を通じてあたくしに届けられました。今回のことは、どこかのまぬけな昼間族の日和見主義者が無政府主義新聞の次なる寵児の座をねらって引き起こす脅迫事件より、いくらか真剣に対処したほうがよさそうですわ」

アケルダマ卿が言い添えた。「そして、わが**いとしき同僚諸君**、異界族が反異界族に暗殺を告げたとなると、よほど異常な事態もしくは人物が関わっている可能性が大きい」

〈将軍〉は歯のすきまから音を立てて息を吸った。「なんとも厄介だな」

アケルダマ卿は椅子の背にもたれ、長くて白い指をテーブルに打ちつけた。そのしぐさが妙に前任者に似ている。

「しかも、きわめて謎めいているわ」アレクシアが続けた。「夫によれば、異界管理局《BUR》の登録簿にこのゴーストの記載はないそうよ。彼女《ゴースト》が伝言を届けて以来、本人の所在も肉体の場所もわからないの」アレクシアは、BURと〈陰の議会〉というふたつの異なる女王陛下の異界族監督部門を結びつけ、さらに〝BUR主任捜査官の妻〟という立場を利用するのになんのためらいもなかった。アレクシアに言わせれば、官僚主義は大いに結構だが、そのせいで効率が落ちるのは意味がない。BURが法の執行をになう、〈陰の議会〉が立法問題をあつかうとすれば、このふたつを積極的に連係させるのがアレクシアの役目だ。

そもそも、これこそヴィクトリア女王がアレクシアを〈議長〉に任命した大きな理由のひとつでもあった。

〈将軍〉が疑いの目を向けた。「なぜ伝言がきみに届けられたのか？　なぜゴーストを使ったのか？　ゴーストの多くは、きみの素性と能力ゆえに本能的にきみを恐れるはずだが」

アレクシアはうなずいた。どんなに礼儀正しく接しても、ゴーストたちは例外なくアレクシアを警戒する。「もっともな指摘ですわ。そこが謎ですの。普通ならあたくしの夫に届けるのが妥当でしょう。彼こそ、こうした問題の公的な窓口ですから」

「この周辺で、きみが〈議長〉であるという事実は――吸血群を除けば――ほとんど知られていない。標準的なゴーストにきみの地位と立場を探る手だてはないし、陛下に顔がきくという事実を知るはずもない。そう考えると、ゴーストがきみに告げた理由はますます謎だ」

アレクシアはメモに目を通した。「あたくしの父と何か関係があるのかもしれませんわ」

〈将軍〉がうろうろ歩きの足を止めた。「それはまたどうして？」

「ゴーストは〝タラボッティの娘〟というようなことをつぶやきました。まるでその名前だけを頼りにあたくしを探していたかのように」

「おそらくゴーストは生前のアレッサンドロ・タラボッティを知っていたのだろう、ちっちゃな**浸しビスケット**よ」

アレクシアはうなずいた。「たぶんね。いずれにせよ、犯人が異界族だとしたら、誰が考えられるかしら？」

アケルダマ卿は即座に「近ごろ妙に落ち着きのない一匹狼を一人、二人知っておる」と言って小首をかしげ、歯をかちかちと嚙み鳴らした。

〈将軍〉が反論した。「鋭い牙を持つはぐれ吸血鬼もいるぞ」

根拠のない犯人捜しをしても意味がない。「これまでの状況を考えると、吸血群にも人狼団にも関与の可能性がありそうね」と、アレクシア。

アケルダマ卿は警戒感をあらわにし、〈将軍〉はむっつりと顔をしかめた。

「まあ、いいだろう。それで手がかりは？」〈将軍〉がたずねた。

「件《くだん》のゴーストだけよ。これはあたくしが探し出します。それも早急に。なにせ彼女《ゴースト》は消えつつありましたから」

「なぜ、きみが？」

「どう見てもあたくししかいませんわ。彼女が探していたのはあたくしなんですから。話をするとしたら、あたくしとでしょう？　お二人のどちらが捜査なさっても百害あって一利なしですわ。あたくしの監督がなければ、夫だってヘマをやらかすんじゃないかと今から気が気じゃありませんの」

アケルダマ卿が笑い声を上げた。「やれやれ、夫君はきみにそんなことを言われているなんて夢にも思わないだろうね、**ペチュニア**よ」

「あら、それはどうかしら？」アレクシアは推理を続けた。「夏の盛りにしかるべき保存処置をせずにゴーストを放置したら、ふつうはどれくらい正気を保っていられるものかしら？」

「せいぜい二、三日だろう」と、〈将軍〉。

「では、通常のホルマリン処置をすれば？」

「数週間だな」

アレクシアは唇をゆがめた。「けっこう長いのね」

アケルダマ卿がテーブルに指先をすべらせた。「そのゴーストの口調になまりのようなものはあったかね、花びらちゃん？」

「外国人じゃないかってこと？」

「そうではない、マツユキソウよ。社会的地位を示すものはなかったか、ということだ」

アレクシアは考えこんだ。「それほどひどいなまりはなかったけど、とくに教養があるふうでもなかったわ。強いて言えば〝上級使用人〟ってとこかしら？　そう考えると、しかるべき処置や埋葬をされなかったことも……BURに記録がないことも説明がつくわ」論理的なアレクシアは、そこからあまり望ましくない可能性を引き出した。「つまり、売り子か家政婦か料理人を探せばいいってことね。この二週間のあいだに死亡した、天涯孤独か身よりの少ない、〈宰相〉のタウンハウスから移動可能圏内に住んでいた人」

アケルダマ卿がつらそうに首を振った。「そんな任務を負わねばならぬとは、いやはや気の毒なことよ」

アレクシアには見せかけだとわかっていた。アケルダマ卿は上流階級のパーティにだけ出席し、上流階級とだけ交わっているふりをするのが好きだ。たしかに彼のドローン集団は上流階級が集まる場所には必ず出没する。だがビフィはドローン時代、家政婦が出入りするよりいかがわしい場所にふっと現われることがあった。そしてアケルダマ卿はロンドンのどこであれ、自分が実際に行ってその目で確かめていない場所にドローンを送りこむことは決してない。

〈将軍〉が話を進めた。「しかし〈議長〉、個人の屋敷だけでも数百はある。それ以外の店舗や会員制クラブ、その他の歓楽街を入れたら膨大な数だ」

アレクシアはマダム・ルフォーの地下発明室がちょうどゴーストの移動圏内のすぐ外にあることを考えていた。「しかも隠れ家になりそうな地下室や屋根裏部屋は数に入っていない。さらに言えば、これは屋敷内で近ごろ死人が出たことを見ず知らずのあたくしに話してくれるという前提に基づいた計画よ。でも、ほかによい方法がありますか？」

アケルダマ卿にも〈将軍〉にも名案はない。

チビ迷惑がアレクシアの言葉に合わせたかのようにお腹を蹴った。アレクシアはうぐっ、とうなってお腹を見下ろし、二人のいぶかしげな視線を感じて咳払いした。

「では女王に報告するかね？」曲がりなりにも方針が決まって、うろうろ歩きの必要がなくなったと判断した〈将軍〉がテーブルに近づいて腰を下ろした。

〈将軍〉の言葉にアケルダマ卿が立ち上がった。情報のこととなると黙ってはいられない。

「早まらぬほうがよかろう、もじゃもじゃ君よ。具体的な証拠をつかんでからでも遅くはない。いまのところ証拠と言えば、正気を失ったゴーストのたわごとだけだ」

アレクシアはアケルダマ卿の真意をちょっと疑ったが、言っていることはもっともだ。

「わかりました。では会議が終わりしだい、夜型人間が住んでいそうな屋敷を調査します。明日は午前中に睡眠を取って、午後は昼間族の家を当たってみるわ」

アケルダマ卿は顔をしかめ、深く息を吸った。「こんなことを言うのは心苦しいが、お花ちゃん、これだけは**どうしても**言っておかなければならん。こんな**おぞましい**ことを進言したくはないが、階級の低い人物を捜すとなれば、それ相応にみすぼらしい身なりをしたほうがいい」

アレクシアはフェリシティのニットウェアを思い出して顔をしかめた。「つまり使用人ふうの服を着たほうがいいってこと？」

「実に気の毒だが、**かわいい子ちゃん**よ、そのほうが成功する確率ははるかに高いだろう」これほど恐ろしい助言をしなければならない運命に耐えかねたように、アケルダマ卿は目に涙を浮かべた。

アレクシアは決意を新たにするべく深く息を吸った。「あら、この国を守るためにはしかたないわ」

そんなわけで、形もないような野暮ったいデザインのみすぼらしいボロ服に身を包み、夫役のビフィに付き添われたレディ・マコンは、思いがけず新しい近隣地区に詳しくなった。いかにも庶民の晴れ着ふうのぶかぶかの服を着たビフィは、ひどく落ち着かない様子だ。アレクシアが知るかぎり、これまでにビフィが着たどんな夜の服より——それがどんなにぴっちりしたズボンで、どんなに襟の高いシャツだったとしても——今夜の服は着心地が悪そうだ。それでもビフィは〝身重の家政婦の妻を連れた失業中の執事の夫〟という役どころに全身全霊で打ちこんだ。玄関の扉が開くたびに二人は礼儀正しく、〝近ごろ使用人が辞めて空いている働き口はありませんか〟とたずね、そのたびに執事からいくばくかの同情を向けられた。それは大きなお腹のせいもあったが、何より物を言ったのは、ウールジー城のレディ・マコンお墨付きの立派な紹介状だ。

しかし、近ごろ死亡してゴーストになったかもしれない人物については結局、何もわからず、十一杯目の紅茶のあと、二人はとぼとぼとアケルダマ邸のある通りに向かって歩きはじめた。もっとも、准男爵の立派なタウンハウスを訪ねたときに本気で働き口をすすめられたときは心底、驚いたけど。

いつもはどんな形であれ紅茶好きのチビ迷惑が、そのあまりの量の多さに抗議の声を上げた。なにしろ屋敷を訪ねるたびに、最低の礼儀として使用人候補者に出される紅茶を片っぱしから飲んだのだから当然だ。アレクシアは文字どおり胃をボチャボチャさせながらビフィの腕につかまって歩いた。腕をつかんだのは必要に迫られたせいもあるが、家に帰りつく前に朝日が昇ったときにそなえてビフィを人間にしておくためでもあった。アレクシアは近ごろずっと気になっていたことをたずねた。「アケルダマ卿はいつも紅茶にレモンを入れるの？」

ビフィはうなずき、〝いきなりなんの話だろう？〟といぶかるようにアレクシアを見下ろした。

「ライオール教授が指摘するまで気づかなかったけど、吸血鬼の好みとしてはかなり変わってるわ。てっきり柑橘類に牙に悪いんだと思っていたけど」

　ビフィはほほえむだけで何も答えない。

　アレクシアは食い下がった。「いまあなたの主人が誰かを言う必要がある、ビフィ君？」

「ぼくがそれを忘れられるとでも？」ビフィはそわそわと襟もとを確かめた。「でも、さっきの話なら、それほど特別な秘密はありません。アケルダマ卿は――ぼくが知るかぎり――何十年もかけて耐性を獲得したのです」

「あら、まあ、どうして？」

「おそらく、ちょっとしたおしゃれのためです」

「なんだか三流ファッション紙に載ってる記事みたいね。あたくしたちが知ってるアケルダマ卿の話とは思えないわ」

「そうですね、マイ・レディ。真実をお知りになりたいですか？」

　アレクシアはうなずいた。

「アケルダマ卿は髪にレモンを使うのが好きなんです――明るさとつやが出るという理由で。何しろ見た目には命をかけるかたですので」ビフィの笑みに思慕の色が浮かんだ。

「ええ、知ってるわ」アレクシアは改めてビフィの顔を見つめ、アケルダマ卿の色鮮やかな屋敷が見えてきたところで疲れをよそおい、さらに歩みを遅くした。

「ビフィ、あなたのことが心配なの」

「えっ？」

「この前パリから新しいファッション図版が届いたのに、あなたはヘアスタイル画をろくに見もしなかった。夫から聞いたわ――あなたが変身を制御できなくて苦しんでるって。そしてあなたのクラバットは最近、夜の外出のときでさえ、ひどく簡素だわ」

「ご主人様が恋しいんです、マイ・レディ」

「アケルダマ卿は隣に住んでるのよ。そんなにさみしがることはないわ」

「ええ。でも、もうぼくたちは昔のように付き合うことはできません――ぼくは人狼で、アケルダマ卿は吸血鬼ですから」

「つまり?」

「つまり、昔と同じダンスは踊れないということです」慎重に言葉を選ぶときのビフィは、ひどくいじらしい。

アレクシアは若き人狼に向かって首を振った。「ビフィ、あなたにもっとも親切な忠告をするわ――〝だったら曲を変えるしかない〟」

「なるほど、最高の忠告です、マイ・レディ」


その日アレクシアがほとんど眠れなかったのは紅茶を飲み過ぎたせいもあったが、もうひとつの理由は、午後の早い時間に思いがけずアイヴィ・タンステルが訪ねてきたからだ。フルーテはアレクシアをやさしく揺り動かし、心からすまなそうに〝ミス・ルーントウィルがミセス・タンステルを表の応接間で応対し、二人して奥様を待っておられます〟というなんとも厄介な知らせを届けた。アレクシアは、臨月まぢかの妻の慢性的睡眠不足に付き合って同じように睡眠不足ぎみの気の毒な夫を残し、転がり落ちるようにベッドから出た。

昼間なのでビフィは眠っている。しかたなくアレクシアはドレスのボタン留めをフルーテに頼んだ。フルーテはこの命令に青ざめ、代わりに引き受けてくれそうなアケルダマ卿のドローンを物色した。さいわいブーツがこのいとわしい仕事にこころよく応じたが、まさかこれほど息が切れるとは思っていなかったようだ。どうやらブーツは、アレクシアの頼みならなんでも引き受けてくれるらしい。

着替えがすむと、フルーテが比類なき意志力でアレクシアのバランスを支え、バルコニー間の短い道板を渡った。

一階に下りると、フェリシティが前よりフェリシティらしい格好で座っていた。このまま姉の家に滞在してもよさそうだと勝手に判断し、その日の朝に必要なものを実家から取り寄せたようだ。最新流行のレースで縁どった青緑色《ターコイズ》のサテンのシャツブラウスに、おそろいのターコイズ色のバラの花をあしらった白いモスリンのスカート。首にはクラバットふうの控えめな黒いリボンを結び、袖のひだ飾りのあいだとスカートのバラの中心にも黒い飾りがあしらってある。斬新で、高そうな、実にしゃれたドレスだ。

かたやアイヴィ・タンステルはバッスルが少し大きめで、デザインが少し派手すぎる二シーズン前に流行ったよそゆきドレスを着ていた。不幸にも平民の役者と結婚したアイヴィは新しいドレスを注文する余裕はなく、手持ちのドレスでやりくりするしかない。

だが、今日のアイヴィの毒舌――アイヴィのふくらみすぎのドレスをバカにしたに違いない――に気を悪くしたふうもなければ、動じる様子もなく、まったくアイヴィらしくない満足そうな態度で応じていた。侮辱されているのに気づいていないか、そうでなければ何かもっと重大なことで頭がいっぱいかのどちらかだ。

アレクシアは深く息を吸い、応接間に入った。

「あら、お姉様、この家の生活時間はつくづく変わってるわね」最初に気づいたフェリシティが声をかけた。

アイヴィがぴょんと立ち上がり、駆け寄ってアレクシアの頬にキスした。アイヴィが結婚してから身につけた、寒気《さむけ》のするようなヨーロッパふうの習慣だ。思うにこれは芝居の見過ぎか、そうでなければマダム・ルフォーの帽子店で働いているせいに違いない。ルフォーの店はフランスふうの親密なしぐさが――とくに女性間で――異常に推奨される場所だ。

「いとしのアイヴィ、ご機嫌いかが？　あなたが訪ねてくるなんて驚いたわ」

「ああ、アレクシア、いてくれて本当によかったわ。ひょっとして」――アイヴィは大げさに声を落とし――「お産が始まったんじゃないかと心配してたの。それにしてもそのお腹、いよいよって感じね。お邪魔じゃなかったかしら？　そうね、いつもは寝ている時間よね。ふつうはこんな時間にお客は来ないでしょう？　紅茶は飲んでる？　臨月の女性にはとてもいいのよ――紅茶ってものは」

アレクシアはしばらくのあいだ、アイヴィの怒濤のおしゃべりが風に乗って好き勝手に飛んでいくタンポポの綿毛のようにひとしきり通り過ぎるのを見守った。「お願いだから、そう心配しないで。見てのとおり、まだ歩けるわ。近ごろは動きだすまでがちょっと大変だけど。お待たせしてごめんなさい」

「あら、気にしないで。代わりにフェリシティがちゃんとお相手してくれたわ」

アレクシアは眉を吊り上げた。

アイヴィは豊かな茶色い巻き髪を上下させ、〝本当よ〟というように秘密めかしてうなずいた。結婚しても娘っぽい髪型の趣味は変わらない。アイヴィが役者というあまり望ましくない相手と結婚したのは案外、正解だったかもしれない。役者の妻というのは概してとっぴな身なりを求められるからだ。

そこでフェリシティが立ち上がった。「そろそろ失礼するわ。これから会合があるの」

アレクシアは部屋を出てゆくフェリシティの背中を驚きの目で見つめた。あの子があたしの肥満にもアイヴィの流行遅れの服にもノー・コメントだなんて。「これからまた着替えるのかしら？」

アイヴィは衣ずれの音を立てながら長椅子に戻り、芝居がかったしぐさで座りこんだ。

「着替える？　どうして着替えなきゃならないの？　あんなにすてきなよそいきドレスなのに」

「アイヴィ、フェリシティを見て何か気づかなかった？」

「あら、なんのこと？」

「妙に感じがよかったでしょ？」

「ええ」

「あなたにも」

「ええ」

「あたくしにも」

「ええ、でもなぜ」——一瞬の間——「考えてみたら、たしかに変ね」

「それだけ？」

「妹さんは具合でも悪いの？」

「かわいい妹さんは〝社会に参画した〟んですって」アレクシアは唇を引き結び、とぼけてみせた。

話が見えないアイヴィはしかたなくこう応じた。「ほら、やっぱり。立派な仕事に建設的に打ちこむことは、ひねくれた若い女性にもこれほどいい影響をあたえるのよ。そうでなければ、恋に落ちたかのどちらかね」

アレクシアは答えに困った。どう説明すればアイヴィに意味が伝わるかしら？「社会というのは女性擁護協会のことよ」

アイヴィは息をのみ、胸もとをつかんだ。「まあ、アレクシア、あなたなんてことを！」

アイヴィが驚くのも無理はない。話は——危険とは言えないまでも——きわめてよからぬ方向に進んでいる。「それはそれとして」——アレクシアはわざとらしく咳払いし——「こうして訪ねてきた理由はなんなの、アイヴィ？」

「ああ、それよ、アレクシア、あなたに話したいうれしいニュースがたくさんあるの。どこから始めていいかわからないくらいよ」

「ふつうは最初から始めるのがいいと思うけど」

「ああ、でもアレクシア、そこがいちばん大変なの。何もかもが一度に起こったものだから」

この言葉にアレクシアは迷わずベルを鳴らしてフルーテを呼んだ。「どうやら紅茶が必要なようね」

「ええ、ええ、そうね」アイヴィがいきおいこんでうなずいた。

この要求を予測していたフルーテが紅茶と糖蜜タルト、そして法外な値段でポルトガルから輸入したブドウ一房を持って現われた。

アレクシアが紅茶を注ぎはじめた。アイヴィは早く話したくてうずうずしながらも、友人が熱い紅茶を注ぎ終えるまでじっと待った。

アレクシアはティーポットをそっとトレイに戻し、カップをアイヴィに手渡した。「それで？」

「わたしを見て何か気づかない？」アイヴィはカップに口もつけず、テーブルに置いてたずねた。

アレクシアは友人を見つめた。もし茶色のドレスを目立つと呼べるとしたら、アイヴィのドレスもそう言えるかもしれない。茶色のドレスにはチョコレート色のサテンのオーバードレスとバッスルがついており、同色のスカートにはサーカスのテントのような純白の縦縞が入っている。おそろいの帽子はいつもながら妙ちきりんだ。ほぼ円錐形で、少なくとも三羽ぶんのキジの羽根と大量の青と黄色のシルクの花を合わせたような飾りにおおわれている。でも、アイヴィに関するかぎり、この程度の過激さは別にめずらしくもない。「とくに何も」

親友の鈍感さにあきれたアイヴィは、いよいよ自分から話すしかないと覚悟を決め、ビーツのように顔を赤らめて声をひそめた。「わたし、紅茶が飲みたくてしかたがないの」だが、困惑するアレクシアからはなんの反応もなかった――なにせアイヴィは紅茶を飲んでいないのだから。アイヴィは勇気を出して続けた。「わたし――ああ、こんなことをどう上品に言えばいいの？――わたし、〝家庭的増大〟が見こめそうなの」

「まあ、アイヴィ、あなたに遺産の当てがあるとは知らなかったわ」

「あら、違うわ」アイヴィはさらに顔を赤らめた。「その増大じゃなくて」そう言って意味ありげにアレクシアの丸いお腹にあごをしゃくった。

「アイヴィ！　あなた、妊娠したの！」

「アレクシアったら、そんな大声で言わないで！」

「おめでとう、アイヴィ。なんて嬉しい知らせかしら」

アイヴィはあわてて話を進めた。「それでタニーとわたしは、自分たちの演劇協会を作ることにしたの」

アレクシアはこの告白に一瞬、考えこんだ。「劇団を創設するってこと？」

アイヴィは巻き毛を揺らしてうなずいた。「タニーは家族《ファミリー》が増えるのに合わせて、ぜひとも新しい演劇集団《ファミリー》を立ち上げたいと考えてるの。もう熱心に、そのことばかり」

なるほど、ファミリーね。人狼団を去ってから、タンステルは彼なりのやりかたで自分だけの団を作ろうとしていたのだろう。「もちろん、演劇界でのあなたたちの活躍を心から祈ってるわ。でもアイヴィ――ぶしつけだと思わないでほしいんだけど――そんな大事業を始めるための資金をどうやって集めるつもり？」

アイヴィは顔を赤らめて目を伏せた。「ここに来たのは、それをあなたに相談するためなの。ウールジー団は芸術分野に対する資金援助にとても熱心でしょう？　タニーが言ってたわ――どこかのサーカス団に投資したこともあるって！」

「たしかにそうだけど、アイヴィ、それにはちゃんとした理由があるの――つまりこれからの団の発展のためのの。新しいクラヴィジャー募集のためとか、そういったこと。タンステルは自分の意志でそのような関係を断ち切ったのよ」

アイヴィが暗い顔でうなずいた。「そう言われると思ってたわ」

「ちょっと待って。あたくしは友人を見捨てるほど役立たずじゃないわ、しかも困っている親友を」アレクシアは眉を寄せて考えた。「あたくし個人のオカネならどうにかなるかもしれないわ。あなたは知らないでしょうけど、父がかなりの財産を残してくれたし、コナルが毎週、気前よくおこづかいをくれるの。これまで一度も話し合ったことはないけど、夫はあたくしがいくら持ってるかなんて気にしたこともないわ。あたくしが芸術の後援者になっても反対しないはずよ。ウールジー団ばかりに楽しませておく手はないわ」

「まあ、アレクシア、本当に？　でもそんなこと、あなたに頼めないわ！」アイヴィは恐縮したが、その口調はそれこそ今日の訪問の目的であることを物語っていた。

「あら、いいのよ」それどころかアレクシアはアイヴィの申し出にわくわくしてきた。「すばらしい考えだと思うわ。かわりと言ってはなんだけど、ひとつ頼みをきいてくれる？」

アイヴィは愛する夫の夢に近づくためならなんでもする気だ。「ええ、なんでも言ってちょうだい」

アレクシアはしばし考えこんだ。どう言えば自分の素性を明かさずに正確に伝えられるかしら？　アイヴィにはこれまで、あたしが反異界族であることも、〈議長《マージャ》〉であることも、それにともなう調査活動のことも話したことはない。

「実は下級階級の人たちの行動に興味があるの。悪くとらないでちょうだい、アイヴィ、でも劇団の女主人ともなれば、たとえひいき客とは言えないにしても、これからロンドンの上流階級以外の人たちとの付き合いも増えるでしょう？　それでできれば……ときどき……そのような人たちの情報を教えてくれないかしら？」

そのとたんアイヴィは歓喜に打ち震え、思わず刺繍入りのハンカチを片目に押し当てた。

「まあ、アレクシア、あなたもついにゴシップに興味が出たのね？　ああ、感激で言葉もないわ。なんてすばらしいの」

かつてミス・アレクシア・タラボッティは上流階級の催しにしぶしぶ出席していたが、ミス・アイヴィ・ヒッセルペニーの社会的地位は、役者と結婚する前からそのような場所に足を運べるほど高くはなかった。アイヴィからすれば、アレクシアからもたらされる程度のゴシップでは質も量も不満だった。娘時代のアレクシアは誰が誰と付き合おうとまったく興味がなく、ましてや他人のドレスや振る舞いにはこれっぽっちも関心がなかったからだ。

ハンカチをおろしたアイヴィの顔に無邪気ないたずらっぽい表情が広がった。「何か、とくに知りたいことでもあるの？」

「アイヴィったら、どうしてそんなことを！」

アイヴィは思わせぶりな表情で紅茶をひとくち飲んだ。

アレクシアは思いきって切り出した。「実は最近、ある貴族が脅迫されてるという噂があるの。詳しいことは話せないけど、力を貸してくれないかしら？」

「そう言えばブリングチェスター卿の馬車がしょっちゅう壊れるって聞いたわ」

「違うわ、アイヴィ、そういうことじゃないの」

「それから最近スノッドグローブ公爵夫人の侍女がひどく怒って、〝真夏の舞踏会のときに夫人の帽子をきちんと留めないかもしれない〟とほのめかしたそうよ」

「だから、そういう話でもなくて。でも、どれも興味ぶかい情報ね。あなたたちの暮らし向きがよくなっても、そのような人たちとの会話とお付き合いを続けてくれるとありがたいわ」

アイヴィは目を閉じ、小さく息を吸った。「まあ、アレクシアったら、なんて親切なの。実はわたし……」そこで扇子を開き、感きわまった様子で扇ぎだした。「怖かったの――タニーとわたしがこの事業を始めたら、あなたはもう付き合ってくれないんじゃないかって。いずれにしても、これからも端役で舞台に立つつもりよ。タニーいわく、わたしには芝居の才能があるんですって。あなたにとっても役者の妻とお茶を飲んでいるところを見られるより、女優とお茶を飲んでいるところを見られるほうが鼻が高いでしょ？」

アレクシアは可能なかぎり身を乗り出し、片手をアイヴィの手に載せた。「アイヴィ、そんなこと考えてもみなかったわ。これでこの話は終わりにしましょう」

アイヴィもようやく次の話に移る気になったようだ。「別件で、もうひとつあなたに話したいことがあるのよ、アレクシア。そんなわけでマダム・ルフォーのお手伝いを辞めることになったの。もちろん、すてきな帽子に囲まれた仕事を辞めるのはさみしいけど。それで数日前の夜、店を出たとき、とても不思議なことが起こったの。マコン卿の仕事を思い出して、すぐにあなたに伝えなきゃと思って」

「まあ、さすがね」まったくもって信じがたいことだが、この上流階級でもなく、服のセンスもさほどよくないミセス・タンステルという女性はしばしば驚くべき情報をもたらしてくれる。話をうながすには黙っているのがいちばんだ。アレクシアは紅茶を飲み、好奇心に満ちた茶色い目をアイヴィに向けた。

「それが信じられないでしょうけど、通りでセプターに出くわしたの」

「笏《セプター》って……あの女王が持つような（亡霊＝スペクターの言い間違い）？」

「あら、違うわ、わかってるくせに。ゴーストよ。このわたしがよ、想像できる？　気取って通りを歩いてたら、相手のまんなかをすり抜けてしまったの。最初は何が起こったのかわからなかったわ。すっかり動転してしまって。ようやく落ち着きを取り戻して見たら、かわいそうに、そのゴーストが少し正気を失ってることに気づいたの。わけのわからないたわごとのあと、彼女《ゴースト》はようやくまともな言葉を絞り出したわ。わたしのパラソルにひどく興味を引かれたみたいで。わたしが夜中にパラソルを持ち歩くのは、マダム・ルフォーの店での仕事が思ったより遅くなったときだけよ。そんなときでもなきゃありえないわ。いつも思うんだけど、昼間用のパラソルをしじゅう持ち歩くあなたの癖はまったくもって理解できないわ。まあ、それはいいとして。とにかく、そのゴーストはわたしのパラソルにとても興味を示したの。しつこくきいてきたわ――そのパラソルは太陽をさえぎる以外に何かできるのかって。それではっきり答えたの――わたしが知るかぎり何かを噴出するパラソルを持っているのは親友のレディ・マコンだけだって。ほら、北のほうに旅したとき、あなたのパラソルが何かを発射するのを見たでしょ？　わたしが詳しく話したとたん、ゴーストはひどく興奮して、あなたの現住所を知りたがったの。ほら、ゴーストだから、そのあたりの狭い区域内しか移動できないでしょ？　あなたの新しい住所を教えない理由はないと思って。とにかく何もかもが変だったわ。それから彼女は頭足類に関する世にも奇妙な言葉を繰り返したの」

「まあ、本当？　それでゴーストはなんと言ったの、アイヴィ？」

「〝あのタコはフェアじゃない〟とか、なんだかそんなわけのわからないことを」さらに話を続けかけたアイヴィが、開けっ放しの応接間の扉の前を通り過ぎるフェリシティに目をとめた。

「アレクシア、あなたの妹はちょっとふつうじゃないわ。いまレモン・イエローのニットのショールを巻いてたわよ。この目で見たんだから間違いないわ。しかも房つきの。これから外出するのに。いったいどういうこと？」

アレクシアは目を閉じて首を振った。「いまはそんなこと気にしないで、アイヴィ」

「本当よ、間違いないわ。なんてことかしら」

「ゴーストについて、ほかに何かあった？」

「わたしが思うに、あのゴーストはＯＢＯと関係があるわね」

アレクシアは動きを止めた。「いま、なんと言ったの？」

「〈真鍮タコ同盟《OBO》〉よ――聞いたことあるでしょう？」

アレクシアは驚いて目をぱちくりさせ、同じように驚いたチビ迷惑が蹴ったお腹に片手を載せた。「もちろん聞いたことあるけど、アイヴィ。どうしてあなたが知ってるの？」

「あら、アレクシア、わたしはマダム・ルフォーの店で長く働いてるのよ。彼女、最近は旅行ばかりで、たまに店にいると気が散るくらいだけど、わたしはあなたが思うほどまぬけじゃないわ。マダム・ルフォーが街にいるときは、帽子の販売より制作に関わるほうが多いことくらい気づいてるわ。地下に発明室があることも知ってるのよ」

「彼女が言ったの？」

「まさか。本人が秘密にしておきたいものを、わたしが問いただせるはずないでしょう？でも店の帽子箱のなかを見たとき、帽子でないものが入っていたことがあったの。いちど、どういうことかとたずねたら、マダム・ルフォーは〝関わらないほうが身のためよ〟って。でもね、アレクシア、あなたにはおバカさんだと思われたくないの。タニーとも話すんだけど、わたしには観察眼があるみたい――たとえその意味が理解できなくても」

「疑って悪かったわ、アイヴィ」

アイヴィはうらめしそうに言った。「いつかあなたも、わたしに秘密を話してくれるときが来ると信じてるわ」

「まあ、アイヴィ、そんな――」

アイヴィは片手を上げて制した。「もちろん話せる状態になってからでいいのよ」

アレクシアはため息をついた。「そうとなればこうしてはいられないわ。失礼させてちょうだい、アイヴィ。ゴーストに関する情報はとても重要な手がかりだわ。すぐに夫の副官《ベータ》に相談しなきゃ」

アイヴィはあたりを見まわした。「こんな昼間に？」

「人狼は日中でも起きているときがあるの。とくに差し迫った状況のときは。コナルは眠っているから、たぶんライオール教授が起きて仕事をしているはずよ」

るはずよ」

「残念ながらそのようね。じゃあ、失礼してもいいかしら、アイヴィ？」

「ええ、もちろんよ」

「後援の件はフルーテに話しておくわ。うまくとりはからって必要な支度金を準備してくれるはずよ」

アイヴィは立ち去りかけた親友の手をつかんだ。「本当にありがとう、アレクシア」

アレクシアは約束どおり、すぐにフルーテに資金援助の指示を出し、効率性とBURに行く手間をはぶくためにさりげなくたずねた。「このあたりにOBOの支部があるかしら？極秘組織だけど、あなたなら心当たりがあるかもしれないと思って」

フルーテは考えこむような目で見返した。「はい、奥様、ここから一ブロック先にございます。あなたがアケルダマ卿をお訪ねになるようになってからすぐ印《しるし》に気づきました」

「印？」

「はい、奥様。扉の取っ手の上に真鍮のタコがついています。八十八番地です」

# 5 タコの隠れ家

八十八番地はあまり立派な屋敷ではなかった。はっきり言って、この界隈でもっとも冴えない家だ。アケルダマ邸と比べれば隣近所はどこもかすんでしまうが、それでも表には上等なレンガを使っている。近所の人々は――決して口には出さないが――自分たちがロンドンでもとびきりしゃれた住宅地の住人であり、自分たちの屋敷と敷地は賞賛に値すると自負していた。そんななか、八十八番地はどう見てもみすぼらしかった。外装は、剝げてはいないものの色あせ、庭は、育ちすぎて種がついた薬草と薹《とう》の立ったレタスにおおわれている。

科学者たちのすみかに違いない――玄関の階段をのぼり、呼び鈴を引きながらアレクシアは思った。今日のドレスは、手持ちのなかでも最低だ。大きなお腹に合わせて縫いなおした梳毛織物《ウーステッド》で、色は食器洗浄水を思わせる茶と緑の中間色。そもそもあたしはどうしてこんな陰気なドレスを買ったのかしら？　きっと母親を怒らせるためね。しかも襟巻きをするには暖かすぎる日なのに、フェリシティのみっともないショールまで借りてきた。さらに白い婦人室内帽《モッブキャップ》で頭をすっぽりおおい、おどおどした表情を浮かべたさまは、もくろみどおり、どこから見ても家政婦そのものだ。

ノックに応じて玄関を開けた執事もそう思ったらしく、身分をたずねもしなかった。気のいい学者といった風情で、パン屋か肉屋によくいそうな、ふくよかな愛想のよさを漂わせている。執事にはめずらしいタイプだ。太い首ともじゃもじゃの白髪がいやおうなくカリフラワーを思わせた。

「こんにちは」アレクシアがお辞儀した。「お屋敷で新しい使用人を募集しておられると聞き、仕事の内容をうかがいたいと思ってまいりました」

執事は口もとをすぼめながらアレクシアを上から下まで眺めまわした。

「たしかに数週間前に料理人が辞めました。しかし、当面はまにあっているし、あなたのような身重の人を雇うつもりはない。おわかりでしょう?」口調は柔らかいが、〝お引き取りください〟と言っているのは明らかだ。

アレクシアは背筋を伸ばし、「あら、そのことでしたら、出産予定までまだ二週間以上あります。それに、あたしの作る仔牛脚のゼリーは絶品です」と、いきなり賭けに出た。執事はいかにも仔牛脚のゼリーが好きそうだ。すでに体型がゼリー傾向を示している。

読みは当たったらしく、執事のやぶにらみの目が嬉しそうに光った。「ほう、まあ、そういうことなら。紹介状をお持ちですか?」

「もちろん、レディ・マコンじきじきの紹介状があります」

「ほう? それで、あなたは薬草や香辛料に関する知識がおありかな? ここの住人は、ほとんどが独身男性でしてね。食事にはさほどうるさくないが、それ以外の要望が少々、厄介です」

アレクシアは驚いてみせた。

執事があわてて訂正した。「いやいや、変な意味ではない。ただ、実験用に大量の乾燥した薬草が必要なんです。全員が学者なのでね」

「ああ、そういうことでしたら、あたしの知識は誰にも負けません」と、アレクシア。まったく知らないことをさも知ったふりをして自慢するのは愉快だ。

「どうもそんなふうには見えないが。前の料理人は薬草学についてはかなり知られた人物でした。しかし……まあ、お入りなさい、ミセス……」

アレクシアはとっさに考えをめぐらせ、思いついたなかでもっとも妥当な名前を口にした。

「フルーテ。ミセス・フルーテです」

フルーテとアレクシアというありえない組み合わせに表情ひとつ変えないところを見ると、この執事はあたしの執事のことを知らないようだ。なんの疑いもなくアレクシアを招き入れ、厨房に案内した。

そこは実に厨房らしからぬ厨房だった。生まれてこのかた、厨房という場所で過ごした時間は長くはないが、少なくとも一般的な厨房にどのようなものがあるかくらいは知っている。案内された部屋は汚れひとつないほどぴかぴかで、料理用の鍋やポットのほかに、調理台には蒸気装置や目盛りつきの大型バケツ、標本の入ったガラス壺のようなものがずらりと並んでいた。まるでマダム・ルフォーの発明室と瓶づめ工場もしくは醸造所を合体させたかのようだ。

アレクシアは素直に驚いた――こんな奇妙な厨房を見れば、どんな家政婦もふつうは驚くはずだ。「あら、まあ、なんて変わった造りと道具なんでしょう」

厨房には誰もいなかった。ちょうど、使用人たちがお茶の用意を命じられる前につかのまの自由を楽しむ時間だ。

「ああ、前の料理人は食事のしたく以外のことにも興味を持っていましてね。本人もある種の教養人だったらしい。まあ、女性にはあるまじきことですが。ここの主人たちは変わったものを歓迎する傾向にあるのですよ」

昔から本に親しみ、王立協会の講演にもたびたび出席し、何より発明家ルフォーと親交のあるアレクシアに言わせれば、女性にも教養人がいて当然だ。だが、家政婦をよそおっている今、そんなことは言えない。アレクシアはタコを探して無言であたりを見まわした。案の定、タコはいたるところにあった。ガラス壺の蓋とラベルの印もタコなら、銅鍋の両脇の彫りこみもタコ。よく見ると、食器棚の上で固まりかけている、桶に入った石けんの表面にもタコのマークが押してある。

「あら、よほど頭足類に愛着のあるかたがおられるようですわね」アレクシアはなにげなくよたよたと近づき、ずらりと並んだ濃い茶色のガラスの小瓶とあやしげな中身に目を凝らした。コルクで栓がしてあり、栓のひとつひとつにさまざまな色のガラス製のタコがはめこまれている。それ以外に中身を示すような文字はない。

アレクシアがガラス瓶のひとつに手を伸ばしかけたとき、執事がこの職業に特有の静かな動作でにじり寄った。「わたしがあなたなら、ミセス・フルーテ、やめておきます。前任者は人体に有害な蒸留と保存法を研究していました」

「そんな優秀な女性に何があったんですの？」アレクシアはつとめてさりげなくたずねた。

「いきなり辞めました。わたしなら、その黄色いタコにはとくに注意します」

急にすべてが棚から落ちてくるような気がして、アレクシアはあわててガラスの小瓶から離れた。

執事がアレクシアを上から下まで眺めまわした。「屋敷には階段がたくさんあります、おわかりでしょう、ミセス・フルーテ？　厨房にだけいてもらうわけにはいかないのですよ。どうすれば使用人として動けることを証明できます？」

調査を進めるチャンスとばかりにアレクシアは答えた。「あたしの能力をお知りになりたければ、部屋を見せていただけませんか？　使用人部屋に案内してくだされば、あたしがどれだけ動けるかがわかるはずです」

執事はうなずき、奥の階段を指さした。階段は屋敷内をくねくねと抜けて屋根裏部屋に続いている。ようやくたどりついたのは小さな狭苦しい一人部屋で、思ったとおり前の住人の持ち物が残っていた。大量の茶色いガラス瓶と奇妙な形の小瓶が数本床に転がり、窓枠に広げたハンカチの上にはカラカラに乾燥した薬草の束が載っている。

「もちろん、新しい料理人が決まればきちんと片づけます」執事は部屋を見わたし、不快そうに唇をゆがめた。

布とじの小さなノートがうち捨てられたようにあちこちに散乱していた。なかには埃だらけのものもあり、よく見ると、切り抜きや台帳のようなものも落ちている。

「前の料理人は研究熱心だったようですわね？」

「変わり者だったと言ったでしょう」

アレクシアはもういちど室内を見まわし、すばやく頭を働かせて小さなベッドに近づいた。

「あら、どうしましょう、さっきの階段がちょっとこたえたみたい。刺激が強すぎたのかしら」そう言ってベッドに座りこみ、倒れんばかりに大げさに寄りかかった。見えすいた芝居だ。

それでも執事は本気にした。「ああ、言わんこっちゃない、ミセス・フルーテ。どう考えても無理だ。あなたのような人を雇うなんて――」

アレクシアはうめき、お腹を大げさにつかんで執事の言葉をさえぎった。

執事が青ざめた。

「落ち着くまで、しばらくこうしていても？」

執事はこの場から逃げ出したくてたまらないようだ。「水を持ってこようか？　それとも、なんだ、その、ゼリーとか？」

「ああ、助かります。どうぞごゆっくり」

執事はあわてて出ていった。

すぐさまアレクシアはよろめきながら身を起こし、威厳のなさを手際のよさで補なおうと、すばやく室内を調べはじめた。先任者の人となりを示す痕跡はなかったが、ベッド脇の引き出しと衣装だんすのなかに、さらに大量のノートと怪しげな瓶が入っていた。アレクシアは秘密めいたものとか重要そうなものを片っぱしからパラソルの隠しポケットに突っこんだ。とはいえ、全部は無理だ。そこでいちばん新しそうなノートと、もっとも古びて埃をかぶっているノートをつかみ、きれいに印刷された台帳とともにフェリシティのショールで包みこんだ。大量の荷物のせいでパラソルは小さくきしみ、垂れ下がった。ショールの包みはいかにもあやしげだが、戻ってきた執事はミセス・フルーテが回復したことに大いにほっとして気づきもしなかった。

そろそろ引き上げたほうがよさそうだ。アレクシアは〝調子が悪いので、暗くなる前に急いで家に戻ります〟と言って扉に向かった。執事は、どんなに仔牛脚のゼリーが上手でも雇えないと言いながらも、〝数カ月後、お産から回復したらまた来てみるがいい〟と言い添え、一緒に一階に下りた。よほど仔牛脚のゼリーが心残りだったらしい。

執事がアレクシアを送り出しかけたとき、誰かの呼びかける声に二人は足を止めた。「おお、これはなんとミス・タラボッティではないか？」

アレクシアは略奪品を胸にかき寄せて目を閉じ、観念したように深く息を吸って階段を見上げた。

階段をゆっくり下りてきたのはいかにも科学者ふうの男だった。伸び放題の灰色の頬ひげ。

メガネ。そして真夏の街なかには不釣り合いのツイードの服。不幸にもアレクシアはその顔に大いに見覚えがあった。

「まあ、ニーブス博士！　てっきり死んだものとばかり」

「期待にそえなくて申しわけない。マコン卿は手をつくしたようだがね」ニーブス博士は脚を引きずりながら階段を下りてきた。おそらく〈ヒポクラス・クラブ〉の放血室での闘いのときに負った傷が原因だろう。ニーブスの目がメガネの奥で鋭く光った。

「それなら違法学術行為の罪で刑に服すべきじゃありません？」

「そのことなら、すでに刑は務めおえた。さて、一緒に来てもらおうか、ミス・タラボッティ」

「あら、でも、ちょうど失礼するところですの」

「たしかにそのようだ」

執事は困惑して二人の顔を交互に見ている。

アレクシアはパラソルを防御の型に持ち上げ、麻酔矢を発射しようと持ち手についているスイレンの花びらのひとつに親指をかけながら開いた玄関扉にあとずさった。ああ、エセルを置いてくるんじゃなかったわ——銃は概してパラソルより恐ろしげに見える。

するとニーブス博士は、警戒しつつも賞賛するような目でパラソルを見た。「それはマダム・ルフォーの作品だな？」

「マダム・ルフォーを知ってるの？」

ニーブスはあざけるような目でアレクシアを見た。当然だ――ここは〈真鍮《O》タコ《B》同盟《O》〉の支部で、ルフォーも同盟の会員なのだから。〈同盟〉が〈ヒポクラス・クラブ〉を再吸収していたとは知らなかった。コナルに教えなきゃ。

ニーブスが首を傾けた。「こんなところになんの用だ、ミス・タラボッティ？」

アレクシアはたじろいだ。ニーブスは信用ならない――これだけは確かだ。そしてニーブスもアレクシアを信用できないと思ったらしく、執事に鋭く命令した。

「この女をとらえろ！」

さいわい執事は事態の展開に困惑し、なぜ自分がいきなり執事から家政婦候補をとらえる悪党にならなければならないのか理解できなかった。しかも片手には水の入ったコップ、反対の手には仔牛脚のゼリーが入った容器を持っている。

「えっ？　どういうことです？」

そのまにアレクシアがニーブスに矢を放った。ルフォーがしこんだのは、アヘンチンキを混合した即効性のある高品質の麻酔薬だ。ニーブスは驚愕の表情を浮かべ、階段の下に前のめりに倒れた。

思考停止状態から復活した執事がアレクシアに飛びかかった。身軽なときでさえ動きの鈍いアレクシアは片側によろめきつつも、その勢いで大きく弧を描くようにパラソルを振り上げ、かろうじて執事の側頭部に斜めから振り下ろした。

それほど強烈な一撃ではなかったが、相手をひるませる威力はあった。あきらかにこうした行為には不慣れな執事はあとずさり、怒りの表情でアレクシアを見た。アレクシアは思わずにやりと笑った。

「どうして、ミセス・フルーテ、こんな無礼なまねを！」

アレクシアがパラソルの向きを変えて再度、麻酔矢を放つと、執事は膝からくずおれ、玄関の床に倒れこんだ。「ええ、おっしゃるとおり。ごめんあそばせ。これがあたくしの欠点なの」

アレクシアは略奪品をしっかと抱え、通りをよたよたと歩きだした――人目を避けたいような、でも、今日の大きな成果を自慢したいような気分を味わいながら。


しかし残念なことに、家に戻っても今日の成果をほめてくれる人は誰もいなかった。街に駐在する人狼はみな就寝中で、フェリシティはまだ帰っておらず（もっともあの子に話すつもりはない）、フルーテは何やら屋敷内の用事でいない。アレクシアは不満そうに奥の応接間にこもり、横領品を調べはじめた。

奥の応接間は早くもアレクシアのお気に入りの場所になっていた。カード・パーティの場を想定して造り変えた部屋は落ち着いた雰囲気だ。クリーム色と淡い金色の壁に、豪華な装飾をほどこした黒っぽいサクラ材の家具。ロイヤルブルーのカーテンと覆い布。表面を大理石で統一した小型テーブルに、最新ガス式の大きなシャンデリア。情感にとぼしい《ソウルレス》アレクシアにはとうてい真似できない、まさに情感をかきたてる《ソウルフル》エレガンスに満ちている。

小瓶は異界管理局《BUR》の分析にまわすことにして、アレクシアは興味のある台帳と日誌を手に取った。二時間後にお腹が鳴り、飲み忘れた紅茶がすっかり冷めているのに気づいて、ようやく日誌をテーブルに戻した。まったく見ず知らずの人物の、きわめて個人的な記録にこれほど没頭したのには理由があった。読み進めるうちに思いもかけないことがわかったからだ。しかし、今回の女王暗殺計画に関する手がかりが見つからなかった。事件についての直接的な記述もなければ、〈真鍮タコ同盟《OBO》〉の関与を示すような事実もない。

台帳のほうは取引の記録で、大半は料理人が個人相手に販売した内容らしく、それがすべて記号や頭文字、略語や番号で書かれている。日誌の内容から判断するに、料理人はOBOの名誉会員だったようで、その関心は薬種屋や薬剤師などから簡単には手に入らないような調合物に集中していた。たとえばマダム・ルフォーがアレクシアのパラソルにしこむような液体とか、もっと致死性の高い薬剤のような。

最近の日誌は、加速度的に認識力を失ってゆく老女の言葉が書かれているだけで、あまり役に立たなかった。自分でこしらえた調合液を無意識に——もしくは精神錯乱のせいで飲んだのかもしれない。この女性がアレクシアに警告をもたらしたゴーストだという決め手はないが、手がかりは多いにこしたことはない。

アレクシアの関心をひいたのは古いほうの日誌だ。そこには二十年前の日付が記され、新しい受注についての考察が書かれていた。その注文とは〝秘密保持のため材料を小分けにしてスコットランドの人狼団に郵送する〟というものだ。日付と場所を見たとたん、かつて夫が苦々しげに語った裏切り行為が頭に浮かんだ。この裏切りこそ、コナル・マコンがキングエア団を捨ててウールジー団を乗っ取った原因だ。この事件にコナルはひどく傷ついていた。〝やつらが毒を混ぜているところを目撃した〟――コナルは言った。〝毒だぞ！　毒殺なんぞ人狼団の倫理にも流儀にも反する行為だ。まっとうな殺しじゃねえ――ましてや一国の統治者に対して〟。関係を証明するすべはないが、日付の一致だけでも大きな収穫だ。これは二十年前、ヴィクトリア女王暗殺のために注文された毒薬の勘定書に違いない。

「驚いたわ」アレクシアは犯罪の証拠になりそうなくだりを読み返しながら誰もいない部屋に向かってつぶやき、うわの空でティーカップを持ってひとくち飲んだ。すっかり冷めている。アレクシアはカップを戻して顔をしかめ、あわてて確かめると、保温カバー《ティーコージー》をかけた残りの紅茶も生ぬるくなっていた。アレクシアは呼び鈴を引いた。

フルーテが現われた。「ご用でしょうか、奥様？」

「新しい紅茶をお願い、フルーテ」

「かしこまりました」

フルーテは消えたと思うと、次の瞬間には淹れたての紅茶の入ったポットと――うれしいことに――くさび型の美味しそうな小型ケーキを持って戻ってきた。

「まあ、ありがとう、フルーテ。それはレモンスポンジケーキ？　すばらしいわ。ところで団員は誰か起きた？」

「ちょうどミスター・ラビファーノと教授が目覚められたところでございます」

「ミスター・ラビファーノ……？　ああ、ビフィね！　では、夫はまだ？」

「それはわかりかねます、奥様、隣の屋敷におられますので」

「ああ、そうだったわ、あたくしったらバカなことを」アレクシアはふたたび小さな日誌を読みはじめた。

「ほかに何かご用はございますか、奥様？」

「わからないのは、フルーテ、どうしてロンドンに毒薬を注文したのかってことよ。これほど危険なものを手に入れるのに、どうして地元の民間業者を利用しなかったのかしら？」

「とおっしゃいますと？」

「つまりね、フルーテ、あくまでも推論だけど、どうしてわざわざ遠くに毒を注文したのかってことよ。しかも卑劣な行為を実行するためには結局、注文先のロンドンに運ばなきゃならないのに。もちろん、そのとき陛下がスコットランドを訪れていたのなら話は別だけど。それにしても、どうしてはるばる大都会に注文する必要があったのかしら？」

「人はみなロンドンに注文したがるものです、奥様」フルーテはアレクシアの言葉の意味にとまどいながらも、きっぱり答えた。「それがしきたりです」

「捕まる危険を冒してでも？」

フルーテは少ない情報をかき集めて意見を述べた。「たぶん、その人物は捕まりたかったのではないでしょうか」

アレクシアは顔をしかめた。「まさか、そんなこと――」そこへライオールが現われ、アレクシアは言葉をのみこんだ。起きたてにもかかわらず、いつものようにさりげなくエレガントだ。

ライオールは扉の角から頭を突き出して室内を見まわし、小さく驚いた。女主人がこんなところにこもって何ごとかといぶかる表情だ。

「こんばんは、レディ・マコン。ご機嫌いかがです？」

「こんばんは、ライオール教授。ああ、フルーテ、仕事を続けてちょうだい」

フルーテはライオールに意味ありげな視線を向けてすべるように立ち去った。まるで〝奥様はいつものように容赦ありません――お気をつけて〟とでもいうように。

無言の助言に留意しつつ、ライオールはおずおずと部屋に入った。「奥の応接間におられたのですか、レディ・マコン？」

「ごらんのとおり」

「表ではなく？」

「ここの壁紙が好きなの。今日はとても有意義な一日だったわ、教授」

「ほう、そうですか？」ライオールはそばの椅子に座り、アレクシアがうなずくと、自分で紅茶を注いだ。さすがはフルーテ、紅茶が一杯では終わらないことを予想していたようだ。

「まだ夕刊を読んでおりませんが、それほど重大なことですか、マイ・レディ？」

アレクシアは眉をひそめた。「どうかしら。警察があたくしの行動に気づいたとは思えないけど」

ということは、警察がらみになるかもしれないということか——ライオールは思ったが、口には出さなかった。「それで？」

アレクシアはできるだけ軽い調子で午後の大芝居の一部始終を話した。話を聞いたとたん、ライオールは不安そうに顔にしわを寄せた。

「たったお一人で？　そのお腹で？」

「あら、平気よ」

「はい、たしかに、あなたは出産まぢかの状況さえもうまく利用なさいました。しかし、このような調査にはビフィを同行なさるべきです。アルファじきじきのご命令です」

「それはわかってるけど、夜まで待てなかったの。でもおかげでとても興味ぶかい証拠を見つけたわ。あら、えっと、ペンをどこに置いたかしら？」アレクシアはいらだたしげに膝——というか、おそらく膝のあたり——をあちこち叩いた。

ライオールがベストから尖筆型万年筆《スタイログラフィックペン》を取り出して手渡すと、アレクシアはありがとうと小さくうなずいた。

「今回の新たな脅迫が、過去のキングエア団の事件と関係があると本気でお考えですか？」

ライオールは手帳の余白にメモを取っているアレクシアにたずねた。

「どうみてもそのようね」

「発見なさったのは、せいぜい状況証拠としか思えませんが」

「幸運な偶然をバカにはできないわ。この調合薬をいくつか分析してもらえるかしら？　それからキングエア団の暗殺失敗と、夫がウールジー団のアルファに挑戦した件に関するBURの調査書も見せてちょうだい。それからこれに関する大衆紙の記事もあれば」

ライオールはいかにも苦しげな表情を浮かべた。「どうしてもとおっしゃるのなら、マイ・レディ」

「どうしてもよ」

「手配に二、三時間いただけますか？　実験室でのサンプル分析にはしばらく――少なくとも数日――かかりますが、それ以外の資料は戻ってきたときにお持ちします」

「あら、その必要はないわ。マダム・ルフォーの店を訪ねたあと、BURに寄って正式な請求書類を提出するから」

「つまり、あなたはマダム・ルフォーが――？」

「OBOとの関係を突きとめるまでは、まだよ。ジュヌビエーヴが二十年前のOBOの活動に関係してるとは思えないわ――そのころはまだほんの子どもですもの。でもたずねてみる価値はあるわ。きっと何か知ってるはずよ――この前の夜、アイヴィが店の近くでゴーストに遭遇したことは言うまでもなく。同じゴーストとは思えないわ――あんなところまでつなぎ糸が伸びるはずないもの。でも、おそらくわが家に現われた謎の使者となんらかの関係があるはずよ」

「そこまでおっしゃるのなら。しかし、どうか次回はビフィをご同行ください」

「もちろん。連れは大歓迎よ。さて、夕食にしましょうか？」

ライオールはほっとしたようにうなずき、二人は立ち上がって食堂に向かった。

「おお、妻よ」

マコン卿がどすどすと階段を下りてきた。これほどぴしっとした夫を見るのは知り合って以来、初めてだ。茶褐色の目をこよなく引き立てる美しい空色のクラバットをとびきり高い襟で複雑なナポグ式に結び、シャツは完璧にズボンに収まり、ベストはしわひとつなく、上着の袖の具合も申しぶんない。当然ながら本人は、はなはだ着心地が悪そうだ。

「あらまあ、あなた。今夜はなんてハンサムなのかしら！　ドローンたちに捕まったの？」

マコン卿はアレクシアをじろりと見つめ、すべるように近づくと、ライオール、フルーテ、そして使用人たちの困惑した視線を浴びながら妻の唇にキスした。

身体の自由がきかないアレクシアに避けるすべはない。どこかのふしだら女のように顔を赤らめ、喜びと恐怖の入り混じった言葉にならない声を漏らしながら夫の愛情表現に耐えるしかなかった。

ようやくマコン卿が身体を離した。「これでよし。新しい夜を始めるには最高の方法だ。そうだろう、紳士諸君？」

ライオールはアルファの異様な行動にぐるりと目をまわし、フルーテはあわてて自分の仕事に戻った。

一行は食堂に入った。アレクシアとライオールが話しているうちに、街に駐在する団員――二人の人狼と数人のクラヴィジャー――も起きてテーブルについていた。団員たちは礼儀正しく立ち上がってレディ・マコンが座るのを待ち、それから各自、中断した会話や食事に戻った。ほかの仲間と少し離れて座るビフィは〝伊達男とびきり優雅な紳士向けのおしゃれな雑誌〟の異名で知られる《しゃれ男集団《ル・ボーズ・アサンブレ》》の最新刊を読みふけっている。マコン卿は顔をしかめたが、ビフィは気づいていないようだ。

アレクシアはボウルいっぱいにフルーツコンポートとプラムプディングとカスタードを取り分け、ひとしきり世間話をしたあと、夫に最新の調査について報告した。

「嘘だろ！」

「間違いなく本当よ。馬車を使わせてちょうだい。まずマダム・ルフォーを訪ねて、それからライオール教授が約束してくれた文書をBURに取りに行くわ」

マコン卿がライオールをじろりとにらんだ。

ライオールは〝この女性と結婚したのはあなたです〟と言いたげに肩をすくめた。

「アレクシーア」マコン卿が引き伸ばすようにうなった。「あの事件を洗いなおすことには反対だ。すでに解決した出来事をほじくり返してもらいたくはない」

夫のうなり声の原因が怒りではなく苦悩であることはわかっている。アレクシアはフォークを置き、片手を夫の手に重ねた。「でも、もし関係があるとすれば、なんとしても捜査すべきよ。約束するわ――事件に関することにだけ集中して、個人的な好奇心にはまどわされないって」

マコン卿はため息をついた。

アレクシアは声を低めた。もっとも、周囲の男たちがみな異界族特有の聴覚の持ち主で、どんなささやき声も漏らさず明確に聞き取れることはじゅうじゅう承知だ。「触れられたくない出来事だってことはわかってるわ、あなた、でも今回の事件を解明したければ、本当に無関係かどうかを確かめたほうがいいんじゃなくて？」

マコン卿がうなずいた。「だが、くれぐれも気をつけてくれ。どうもきみは、触れずにおくのがいいことを引っ掻きまわしているような気がしてならない」

ライオールがかすかに夕刊をカサカサさせた――〝この件については全面的にアルファに賛同します〟と言うかのように。

アレクシアはうなずいて夫の手を離し、顔を上げてテーブルを見わたした。「ビフィ、今夜の巡回に付き合ってくれる？　身軽な付き添いがいると助かるわ」

「もちろんです、マイ・レディ、よろこんで。どの帽子をかぶりましょうか？」

「そうね、あの外出用のシルクハットで充分よ。パーティに行くわけじゃないから」

ビフィは少し残念そうだ。「かしこまりました、マイ・レディ。いますぐ取ってきたほうがいいですか？」

「いいえ、先に食事をすませてちょうだい。情報収集のために食事を犠牲にするのはバカらしいわ。世のなかには情報より大事なものがあるのよ――アケルダマ卿がなんと言おうと」

ビフィはほほえみ、生肉と目玉焼きを食べつづけた。

マダム・ジュヌビエーヴ・ルフォーは流儀《スタイル》と知識を備えた女性だ。たとえそのスタイルが男装と様式美に、そして知識が科学理論と実践に偏りがちであろうと、レディ・マコンは間違っても〝変わり者〟という理由で友人を選りごのみするような無粋な人間ではない。ときに示される過剰な親密さからわかるように、ルフォーは明らかにアレクシアに好意を持っている。アレクシアもルフォーのことは好きだ。だが、それ以上の感情はないし、完全に信頼できるかと言えば、そうでもなかった。二人のあいだの友情は、アレクシアがアイヴィ・タンステルと共有する感覚とは別物だ。ルフォーとの会話に最新ファッションや社交パーティが出てきたことは一度もない。あとでたずねられても何を話したのか正確には思い出せないが、なんであれルフォーと話すたびに知識が増えると同時に、なんとなく疲れを感じるのはたしかだ――ちょうど博物館に行ったあとのように。

アレクシアとビフィが〈シャポー・ド・プープ〉に着いたとき、カウンターの後ろには見慣れない、若くてきれいな売り子が立っていた。ルフォーの店の売り子はいつも若くて美しい。若い売り子は堂々たるレディ・マコンの予期せぬ訪問に動揺し、灰色の燕尾服にシルクハット姿の優雅で洗練された女主人が応対を引き継いでくれて、見るからにほっとした表情を浮かべた。

「まあ、レディ・マコン！」

「こんばんは、マダム・ルフォー。ご機嫌いかが？」

ルフォーはアレクシアの両手を握り、左右の頬に順番にキスした。ファッション界の女性たちのあいだで流行している、唇と頰をぴったりつけ合うキスだ。だが、この過激なしぐさは流行を意識したものではない。ルフォーにとって、こうした挨拶はアメリカのビジネスマンが交わす握手と同じくらい自然なものだ。ルフォーの動作は優しく、えくぼを浮かべた笑みは心からの愛情に満ちていた。

「まさか、あなたが来てくれるなんて！　そんな身体で出歩いて大丈夫なの？」

「まあ、ジュヌビエーヴ、あんまり長くお留守だったから、もう戻ってこないのかと心配したわ。あなたがいなかったら、新しい帽子がほしくなったロンドンっ子はどうすればいいの？」

ルフォーは茶色い髪の頭を傾け、アレクシアのお世辞と非難を受け取った。

その姿が見るからにやつれているのに気づき、アレクシアは不安になった。全体的に骨ばった体型で決してふくよかとはいえないが、最近の旅のあいだに、またさらにげっそりやせたようだ。もともと肉体より精神を追求するタイプとはいえ、美しい緑色の目の下にこれほど濃い隈《くま》ができていたことはこれまで一度もない。

「あなた、大丈夫？」アレクシアが心配そうにたずねた。「ケネルのせい？　たしか、ひと月ほど家に帰ってるんでしょう？　そんなに手に負えないの？」

ルフォーの息子ケネルは亜麻色の髪の、快活で、いたずらに目がない困った少年だ。悪気はないのだが、その存在自体がある種の小宇宙的混沌であり、ケネルがいるだけでルフォーは神経をすり減らす。

ルフォーは小さく顔をしかめ、首を振った。「今回は戻ってきていないの」

「あら！　ケネルでないとしたら、いったい何が原因なの？　本当に具合が悪そうよ」

「ああ、どうかそんなに心配しないで。ちょっと眠れないだけで、たいしたことないわ。あなたはどう？　街に住まいを移したんですって？　それにしてもよくふくらんだものね。静かな環境は保ててる？　最近読んだ記事によると、赤ん坊にとって平和な環境は何より大切らしいわ。あなたの性格を知る身としては、それが心配よ」

アレクシアはルフォーに向かって目をぱちくりさせた。

ルフォーは無用な気づかいだったようだと感じ、あわてて言葉を継いだ。「ウールジー団が注文した新しいギョロメガネを引き取りに来たの？　それともただのご機嫌うかがい？」

アレクシアは話題の変化に話を合わせた。ルフォーにも秘密はある。せっかくの謎めいた雰囲気を壊すつもりはない。何より、せんさく好きと思われたくなかった。「あら、そんな注文があったの？　ではもらっていくわ。でも、本当はぜひとも相談したいことがあって」

アレクシアは新しい売り子の目に好奇心が浮かんだのに気づいた。「できれば二人きりで？」そして、さらに声を落とした。売り子がどこまで事情を知っているのかわからない。

「下のほうで？」

ルフォーは目を伏せ、重々しくうなずいた。「そうね、そうしましょう」

アレクシアは付き添いを振り返った。「ビフィ、ここで十五分ほど時間をつぶしていてくれる？　キャベンディッシュ・スクエアの〈ロッタピッグル喫茶室〉に行きたければそれでもいいけど」

「いえ、こんなにすてきな場所なら少しも苦になりません」若き人狼は周囲にぶらさがる帽子の森に向かって手袋をした手を優雅に振り――まるで少女が湧き水に指先を遊ばせるように――大ぶりのダチョウの羽根にそっと触れた。「こんなに美しい帽子のつばが揺れるなかにいられるなんて」

「そう長くはかからないわ」アレクシアはルフォーのあとについて店の奥に向かうと、壁の隠し扉から昇降機に乗りこみ、リージェント・ストリートの真下にあたる通路を通って自慢の発明室に入った。

ルフォーの実験室は、このなかで見つからないものはないという点だけを取ってみても、この世の大いなる驚異と呼べるかもしれない。広い洞穴のような実験室は物が散乱しているだけでなく、機械音でつねに騒々しい。真上のリージェント・ストリートまで音が響かない唯一の理由は、そこがロンドンでもっともにぎやかな通りだからだ。ルフォーがこの場所を選んだのも、それが理由かもしれない。

いつものようにアレクシアは賞賛と恐怖の入り混じった目で周囲を見まわした。エンジンと大量の謎めいた部品のいくつかが稼働し、それ以外は個々のパーツに分解されている。あたりには大型装置の図面や下絵が散らばり、そのほとんどが羽ばたき機のようなエーテル利用装置なのは、ルフォーの専門分野のひとつがエーテル航空学だからだ。実験室は機械油のにおいがした。

「あらまあ、それは新しい注文品?」アレクシアは油じみがつかないようスカートをつまみ上げ、散乱する部品のあいだをゆっくりすり抜けた。

室内の大半を占めているのは制作途中の移動装置だった。少なくともアレクシアには、そう見えた――まだタイヤもレールも脚もついていないけど。巨大なつばなし山高帽のような形からすると、もしかしたら水中移動装置かもしれない。奇妙な山高帽のなかには何本ものレバーと引き紐がついており、操縦席がひとつと、正面に外を見るための小さな切れ目《スリット》がふたつ開いていた。どう見ても昆虫のようで、ルフォーの美学であるさりげなさの原則からは大きくはずれている。これに比べれば、秘密ポケットと隠し部器を搭載したアレクシアのパラソルのほうがはるかにジュヌビエーヴふうだ。もともとルフォーは大きいものと派手さを好まない。

「最新の制作品よ」

「装甲なの?」アレクシアは最新工学技術にレディらしからぬ興味がある。

「部分的に」ルフォーの口調にはアレクシアの関心を避けるような響きがあった。

「あら、陸軍省からの注文? いいえ、知らないほうがいいわね。こんなことたずねてごめんなさい。この話はやめましょう」

「ありがとう」ルフォーは疲れた笑みを浮かべた。えくぼも見せずに。

政府防衛機関の仕事は儲かるが、その内容は機密事項だ――たとえ相手が女王陛下の〈議長《マージャ》〉であっても。ルフォーが近づき、アレクシアの手を取った。道具を長年あつかって硬くなった手で触れられたとたん、ざらっとした感触が手袋ごしにも伝わり、アレクシアはぞくっとした。アレクシアはこの感覚を、ルフォーと親密な関係を保つ代償として受け入れてきた。ルフォーは実に謎めいた女性だ。

「何か具体的に知りたいことでもあるの、アレクシア？」

アレクシアは一瞬ためらい、いきなり本題に入った。「ジュヌビエーヴ、あなた二十年前にキングエア団が計画したヴィクトリア女王暗殺について何か知ってる？　つまり〈真《O》鍮《B》タコ《O》同盟〉が関与したかどうか」

ルフォーは心から驚いたようだ。「あら、またどうしてそんな昔のことを？」

「〝最近、過去の調査をうながす人物に出会った〟とだけ言っておくわ」

ルフォーは腕を組み、真鍮めっきをほどこした巻きコイルにもたれた。「ふうん……わたくし自身は何も知らないわ。そのころはまだ十三歳くらいだから。でも、おばなら何か知ってるかもしれない。役に立つかどうかはわからないけど、きいてみるだけなら」

「おば様？　ってことは……？」

ルフォーはうなずき、表情をくもらせた。「いよいよ結合力が消えはじめたわ。あらゆる保存法と化学知識を駆使しても避けられない。でも、正気なときもあるの」

ルフォーがやつれている本当の理由はこれだったのね。いまルフォーは大切な家族を失おうとしている。彼女の育ての母。ルフォーは神秘性の塊《かたまり》のような女性だが、感情は豊かで、何よりおばを深く愛している。アレクシアはルフォーに近づき、筋肉が発達した上腕をやさしくなでた。「ああ、ジュヌビエーヴ、お気の毒に」

アレクシアのやさしい言葉に、ルフォーはかすかに顔をゆがめた。「わたくしもこうなる運命のような気がしてならないの。最初はアンジェリク、そして今度はベアトリス」

「そんなこと！　だからって、あなたが余分の魂を持ってる証拠にはならないわ」アレクシアは除霊を申し出ようかと思ったが、アンジェリクに除霊をほどこしたとき、ルフォーがひどく怒ったのを思い出してやめた。

「そうね、あなたの言うとおりかもしれないわ。各地を旅して調査し、研究して、おばの死後の生を引き延ばす方法を探したの。でも、何ひとつ見つからなかった」ルフォーの声には、問題がわかっているのに答えが見つからない科学者の苦悶がにじんでいた。

「でもあなたは最善をつくしたわ！　一般的なゴーストが持てる時間よりはるかに長い数年もの時間をおば様にあたえたのよ」

「なんのための数年？　屈辱と狂気？」ルフォーは息を吸い、それから腕をなでるアレクシアの手を片手で制した。「ごめんなさい、いとしいアレクシア。あなたに言ってもしかたないのに。それでもおばと話したい？」

「あたくしと話してくれるかしら？」

「やってみるしかないわ」

アレクシアはうなずき、できるだけ尊大に見えないよう、威圧的に見えないよう、いつもの堂々とした態度を振り捨てた。ゴーストをおびえさせないように。もっとも、こんなに丸々した体型の女性が恐ろしげに見えるとは、とても思えないけど。

ルフォーがいつもの歌うような声で鋭く叫んだ。「おば様、どこにいるの？　おば様！」

数秒後、コンベヤーの巻きベルトの脇から、ぼんやりした姿がちらちらと現われた。どうやら機嫌が悪そうだ。

「なんだい、姪《めい》っ子、あたしを呼んだ？」〈かつてのベアトリス・ルフォー〉は生前からいかめしくて愛想のない頑固なオールドミスだった。かつては美人だったらしいが、それを武器にしたことは一度もなかったようだ。ルフォーにもよく似たところがある。もっともルフォーの場合は、上等のユーモアとベアトリスが決して育てようとしなかった茶目っ気のせいで印象ははるかに柔らかい。〈かつてのベアトリス〉は霞《かすみ》状態になりかけていた。アレクシアに伝言を届けたゴーストほどひどくはないが、もはやこの世に長くないことは明らかだ。

アレクシアに気づいたとたん、ゴーストはあたりにただよう実体のない自分の糸を――変身のあとにマントを巻きつける人狼のように――巻きつけ、縮こまった。

「誰かと思えば、客は〈ソウルレス〉かい？　まったく、こんな付き合いを続けるおまえの気が知れないよ」とげとげしい口調だが、本当の怒りというより、お決まりの悪態といった感じだ。次の瞬間、ゴーストは自分が何を言っているかがわからなくなった。「どこまで話したっけ？　なんの話だった？　あたしはどこにいるの？　ああ、ジュヌビエーヴ、すっかり歳を取ってしまって。あたしのかわいー女の子はどこ？」ゴーストがくるりと回転した。「オクトマトンを作ったのかい？　二度と作ってはいけないと言ったのに。ああ、なんて恐ろしー」しゃべっているあいだも、ゴーストの言葉はフランス語となまりの強い英語を行ったり来たりした。幸運にもアレクシアはどちらもなんとか理解できる。

ルフォーは苦悩の色を隠そうと表情をこわばらせ、ゴーストの目の前でぱちんと指を鳴らした。「いい、おば様、よく聞いて。ここにいるレディ・マコンがあなたにどうしてもききたいことがあるんですって。やってみて、アレクシア」

「〈かつてのルフォー〉、一八五三年の冬に起こったヴィクトリア女王暗殺未遂のことをご存じない？　スコットランドの人狼団が関与した、毒薬がらみの」

ゴーストは驚いて身体を上下させ、自己制御力のかけらを失った。片方の眉毛が額《ひたい》からはずれている。「ああ、そりゃー、知ってるさ。でも、詳しくは知らないよ、もちろん。当事者の事情は知らない。あたしはただの傍観者だ。あの一件のせいで、あたしは生徒の一人を失った」

「まあ？」

「そう。荒れ野の霧のなかで。義務のためにあの娘《こ》を手放した。将来性があって、とても強くて、とても……待って。なんの話？　何を話してた？　どうしてこうも忘れてしまうんだろう？」

「キングエア団による暗殺計画ですわ」アレクシアが話をうながした。

「バカげた犬のケンカだ。かわいそーな娘だよ。あんな責任を負うなんて、考えてもごらん。たった十六歳で！　しかも人狼ども相手に。しかも毒殺をたくらむ人狼たちだよ。あの計画はすべて間違いだった。もともと無理だったんだ。異界族の道理からはずれていた。あれは片がついたんじゃなかったのかい？」

アレクシアはゴーストのとりとめのない言葉を整理した。「シドヒーグ・マコンはあなたの生徒だったの？」

ゴーストは首をかしげた。「シドヒーグ。聞き覚えのある名前だ。ああ、そうそう。花嫁修業《フィニッシュ》は苦手でも、とどめ《フィニッシュ》を刺すのはうまくて。強い娘だった――終わらせる《フィニッシュ》のが上手な。でも考えてみたら、娘が強くったって、ろくなことはない」

夫の曾々々孫娘で、いまや英国で唯一の女性人狼でキングエア団のアルファであるシドヒーグのエピソードには大いに興味があるが、いまは事件に関わる話にゴーストの関心を引き戻すほうが重要だ。「当時、暗殺計画にOBOが関与していたという話を聞いたことはありません？」

「関与？　関与だって？　それだけは絶対にない」

アレクシアはゴーストの自信に満ちた口調に驚いた。「どうして断言できるの？」

「当然だろう？　考えてもごらんよ。女王に対してそんなことするもんか。間違ってもヴィクトリア女王にはありえない。あのとき知っていれば。あたしが知ってさえいれば。誰かが教えてくれさえしたら」〈かつてのベアトリス・ルフォー〉は苦しそうに身をよじり、またしてもルフォーの最新作品に目をとめ、巨大な装置に魅入られたかのように動きを止めた。

「ああ、ジュヌビエーヴ、おまえがこんなことをするなんて。信じられないよ。まさか、よりによってこんな。どうしてだい、かわいー子、いったいどうして？　これだけは言っておくよ。これだけは言っておかな……」〈かつてのルフォー〉はまたもやアレクシアに向きなおり、初めて見たかのように叫んだ。「あんた！　〈ソウルレス〉。結局あんたはすべてを終わらせるんだろう？　あたしのことも」

ルフォーは唇を引き結んで目を閉じ、悲しげにため息をついた。「この調子よ。今夜はこれ以上は無理だわ。ごめんなさい、アレクシア」

「あら、気にしないで。本当に知りたいことじゃなかったけど、これで、できるだけ早くレディ・キングエアに連絡を取らなければならないことだけははっきりしたわ。キングエア団を説得して、あのときの計画をすべて白状させる必要がありそうね。今回の謎を解くカギはそこしかない。OBOが無関係とは思えないけど、おば様があれほど確信を持って言うとすれば、いよいよ脅迫の出所《でどころ》を突きとめるしかないわ」

「たしかに、おばは〈同盟〉の会員になったことは一度もないわ」

「そうなの？」アレクシアは心から驚いた。

「これだけは確かよ。当時、女性は会員になれなかったの。いまもかなり難しいわ」アレクシアがこれまで出会ったなかでもっとも聡明な一人であるルフォーは片手をうなじに伸ばし、はしたないほど短く切った巻き毛の下に隠れているタコの入れ墨に触れた。アレクシアは秘密の地下組織と関係のないルフォーを想像してみた。無理だ――ありえない。

「誰かをスコットランドに送りこまなきゃ」と、アレクシア。「でも、あなたは……？」

ルフォーはますます表情をくらせた。「ええ、それは無理よ。ごめんなさい、いとしいアレクシア。でも時間がないの。少なくとも今は。これを」――ルフォーは制作中の巨大装置を指さし――「完成させなきゃならないの。おばのこともあるし。そばにいてあげたいの、もう終わりが近いから」

アレクシアは友人に向きなおり、やさしく抱きしめた。そうしてほしそうに見えたからだ。大きなお腹のせいでぎこちなかったが、ルフォーのこわばった肩がわずかにやわらぐのを感じた。やった価値はあったようだ。「おば様を送っていってほしい？」アレクシアが小声でたずねた。

「いいえ、けっこうよ。まだ心の準備ができていないの。わかるでしょう？」

アレクシアはため息をついて身体を離した。「とにかく、この件については心配しないで。徹底的に調べてみるわ。たとえあたくしの代わりにアイヴィ・タンステルをスコットランドに送りこむことになったとしても！」

やがてアレクシアは、この呪われた言葉――それは、おうおうにして冗談のなかにあるものだ――を後悔することになる。

# 6　タンステル夫人が役に立つこと

　新居に移ったばかりでなければ、レディ・マコンも別の決断——たとえばウールジー団の古株クラヴィジャーに頼むとか——をしたかもしれない。だが、団は引っ越しで混沌のなかにあった。人狼は吸血鬼のようにひとつの場所から動けないわけではないが、つまるところ互いの結びつきが強く、深く根づいた慣習に縛られる人種だ。したがって今回のような気まぐれな家移《やうつ》りがあると、毛皮が乱れて落ち着かない。団の結合性を保つには、結束とそばにいることが普段にも増して重要だ。あるいは異界管理局《BUR》が目下のヴィクトリア女王暗殺計画の調査に忙殺されていなければ、ハーバービンクもしくは別のベテラン捜査官に頼んだかもしれない。あるいは〈陰の議会〉に専属調査官がいたら、〈議長《マージャ》〉の権限でしかるべき人材に頼むこともできただろう。だが、こうした選択のすべてが不可能な今、アレクシアは熟考のすえ、唯一残された方法を取るしかなかった——それがどんなにありえないような、言語道断の選択であろうとも。

　賃貸住宅の造りそのものはお粗末でいいかげんでも、ミセス・タンステルは家庭をきっちり切り盛りしていた。住まいは清潔で整とんされ、訪れた客はそれぞれの嗜好と性質に応じておいしい紅茶やキャンディ皿に盛った牛肉を振る舞われる。内装はまばゆいばかりのパステル色だが、アイヴィ家は人気の社交場だ。いまやタンステル夫妻はウェスト・エンドのいっぷう変わった人々のあいだで〝話題が豊富で気のいい客人を歓迎する寛大なホスト〟として、つとにその名を知られるようになった。つまり、いつ訪ねても傍若無人の詩人や冴えない彫刻家の一人や二人はいるということだ。

そんなわけでその夏の日の午後、お茶の時間にレディ・マコンが訪ねたとき、ミセス・タンステルはうれしそうに友人を招き入れながら、おりしも一人の放浪詩人が居候していて、三日も眠りつづけていると言った。

アイヴィは人のいい小さな顔をくもらせた。「彼は気の毒に、魂を呑みこむ《サブスーム》苦しい世界の痛みを忘れるために飲んでしまうの。それとも昇華《サブライム》させるだったかしら？　とにかくタニーとわたしは彼が握りしめる紅茶を一度ならず力ずくで引き離さなければならなかったわ。タニーが言うには、そんな精神的不調をわずらっているときは大麦湯が一番だって」

「あらまあ」アレクシアが気の毒そうに言った。「この世で大麦湯しか飲めないとしたら、やけくそになって気力を取り戻すかもしれないわね」

「そうなのよ！」アイヴィは〝落ちこんだ詩人には大麦湯というおぞましい飲み物にかぎる〟と断言した夫の賢明さに大きくうなずき、アレクシアを表の応接間――目にも美しいネッセリローデプディング（果物の砂糖漬けや木の実、洋酒をクリームと混ぜ合わせた冷菓）を思わせる小部屋――に案内した。

アレクシアはパラソルを小さな傘立てに立て、ところせましと置かれた飾り物をひっくり返さないように注意しながら、そろそろと肘かけ椅子に近づいた。今日のドレスは流れるような青いペイズリー柄で、スカートが堅いキルト地でできている。日ごとに大きくなる腹囲に合わせせたため、流行のものよりはるかにサイズが大きく、したがってアイヴィの応接間にとってははるかに危険だ。

アレクシアはどさりと椅子に座り、かわいそうな両脚が体重から解放されたとたん、ほっとため息をついた。最近は脚が妊娠前より二倍ちかくむくんでいる。「ねえ、アイヴィ、あなたに重大なお願いがあるんだけど」

「あら、アレクシア、いいわよ。言ってくれればなんでもするわ」

そう言われてためらった。どこまで事情を話すべきかしら？　アイヴィはかわいい女性だけど、信頼できる？　でも迷ってる暇はない。アレクシアは思いきって切り出した。「アイヴィ、これまであたくしのことを、ほんの少しでも人と違うと思ったことはない？」

「あのね、アレクシア、こんなこと言いたくないけど、つねづねあなたの帽子の趣味はどうかと思っていたわ。わたしに言わせればかなり地味よ」

アレクシアは少しも地味ではない帽子の長くて青いダチョウの羽を前後に揺らして首を横に振った。「いいえ、そうじゃなくて、つまり……ああ、ちくしょう、アイヴィ、もうはっきり言うしかないわ」

アイヴィはアレクシアの下品な言葉にぎょっとして息をのんだ。「アレクシア、あなた人狼団になじみすぎじゃないの！　軍人は言葉の使いかたがものすごく悪いって言うわ」

アレクシアは深く息を吸い、出し抜けに言った。「あたくしは反異界族なの」

アイヴィが茶色い目を大きく見開いた。「まあ、なんてこと！　それってうつるの？」

アレクシアは目をぱちくりさせた。

アイヴィは気の毒そうな表情を浮かべている。「ひどく苦しいの？」

アレクシアはまだ目をぱちくりさせている。

アイヴィは片手を喉に当てた。「赤ちゃんがそうなの？　母子ともに治るの？　大麦湯を持ってこさせましょうか？」

アレクシアはようやく声を取り戻した。「はいえんじゃなくて、はんいかいぞくよ。〈ソウルレス〉と言えばわかる？　またの名を〈呪い破り《カース・ブレーカー》〉。あたくしには魂がないの。まったく。その名のとおり、わずかでもチャンスがあれば異界族の力を消すことができるのよ」

アイヴィは見るからにほっとして言った。「あら、そんなこと。ええ、知ってたわ。心配しないで、アレクシア。誰も気にしてないわ」

「ええ、でも……待って、あなた、知ってたの？」

アイヴィはチッチッと舌を鳴らし、おどけて茶色い巻き髪を揺らした。「もちろん知ってたわ——ずっと前から」

「でも、そんなこと、これまで一度も言わなかったじゃないの」アレクシアはめずらしくうろたえた。慣れない感覚だけど、アイヴィはしょっちゅうこんな気分を味わっているに違いない。でも、親友の言葉にアレクシアは自信を持った。これなら大丈夫かもしれない。見た目は軽薄だが、案外アイヴィは口が堅そうだ。しかも思ったより観察力があることはすでに証明されている。

「あのね、アレクシア、わたしはあなたがそのことに負い目を感じていると思っていたの。人に知られたくない生まれつきの欠陥を話題にしたくはなかったのよ。いくらわたしでも、それくらいの気づかいと思いやりはあるわ！」

「ああ、ええ、そうね。もちろんよ。とにかく、あたくしはいま反異界族としてある調査に関わっているの。それであなたに協力してもらえないかと思って。夫の仕事に関することよ」すべてを話すつもりはないが、かといって嘘はつきたくない。

「ＢＵＲに関すること？　ってことはスパイね！　まあ、本当？　うわ、なんだかかっこいい」アイヴィはうれしそうに黄色い手袋をはめた手を組んだ。

「ついてはあなたに、その、ある秘密組織に加入してもらいたいの」

アイヴィは生まれてこのかた、これほどわくわくすることは初めてだとでもいうように瞳を輝かせ、「わたしが？」と甲高い声を上げた。「本当に？　まあ、なんてすてき。それで、なんと言うの、その秘密組織って？」

アレクシアは答えに詰まったが、ふと以前コナルが苦しまぎれに口にした言葉を思い出し、おずおずと提案した。「〈パラソル保護領〉？」

「まあ、なんてすてきな名前かしら。とってもきらびやかで」アイヴィはラベンダー色の長椅子の上で文字どおり飛びはねた。「もちろん誓いを立てたり、聖なる行動規範を覚えたり、異教ふうの儀式をやったりするんでしょ？」アイヴィが期待の表情でたずねた。そんなものがないと知ったら、さぞがっかりするに違いない。

「ええ、もちろんよ」アレクシアは口ごもり、この場にふさわしい儀式はないかと考えをめぐらした。アイヴィをひざまずかせるわけにはいかない。今日のドレスは紫がかった青色のモスリンで、いかにも女優好みの異常に細くて長いボディスつきだ。

しばらく思案したあとアレクシアはよっこらせと立ち上がり、傘立てまでよたよた歩いてパラソルを取った。それからパラソルを開き、石突きを部屋の中央に突き立てた。部屋が狭いので、これ以上、自由に動ける空間はほとんどない。アレクシアはアイヴィに立つよう身ぶりし、持ち手をアイヴィに持たせて言った。「パラソルを三回まわして、あたくしの言葉を繰り返して。〝ファッションの名にかけて、われは守る。一人のため、万人のために装飾品を帯びる。真実の探求こそ、わが情熱なり。偉大なるパラソルにかけて、われはこれを誓う〟」

アイヴィは真剣かつ集中した表情で復唱した。「〝ファッションの名にかけてわれは守る。一人のため、万人のために装飾品を帯びる。真実の探求こそ、わが情熱なり。偉大なるパラソルにかけて、われはこれを誓う〟」

「パラソルを持ち上げ、天井に向けて開いて。そう、それでいいわ」

「これだけ？　誓いというのは血か何かで結ぶんじゃないの？」

「あら、そう？」

アイヴィがうんうんと力強くうなずいた。

アレクシアは肩をすくめた。「そこまで言うのなら」パラソルを取ってぱちんと閉じ、持ち手をひねると、先端から見るも恐ろしげな鋭い二本の釘——銀製と木製——が飛び出した。

アイヴィが期待に息をのんだ。

アレクシアがパラソルをくるりと回転させて片方の手袋をはずすと、一瞬ためらってからアイヴィもはずした。アレクシアは銀の釘で親指の先を傷つけ、アイヴィの指にも刺した。アイヴィは小さく悲鳴を上げた。それから二人は親指をくっつけ合った。

「〈ソウルレス〉の血が汝《なんじ》の魂を守りますように」アレクシアはあまりに陳腐な芝居にうんざりしながらも朗々と口上を述べた。でも、アイヴィにはこたえられないはずだ。

予想は的中した。「ああ、アレクシア、なんだかぞくぞくするわ！　まるでお芝居の一場面みたい」

「あなたも似たようなパラソルがほしければ特注してもいいわ」

「まあ、そんな。気持ちだけで充分よ、アレクシア。わたしはあんなふうにいろんなものがやたらに飛び出るパラソルなんてとても持ち歩けないわ。気持ちはすごくありがたいけど、わたしには無理よ。あなたは平気な顔で持ち歩いてるけど、わたしのような女性には無骨すぎるわ」

アレクシアは眉をひそめたが、親友の弱点は知りつくしている。そこで別の提案をした。

「では、特注の帽子はどう？」

アイヴィの顔にためらいが浮かんだ。

「あたくしのパラソルをデザインしたのはマダム・ルフォーよ」

「そうね、だったら小さい帽子がいいわ。間違っても液体とかがしみ出ないような？」

アレクシアがにっこり笑った。「その点は心配ないわ」

アイヴィが唇を噛んでほほえんだ。「それにしても、アレクシア、秘密組織だなんてわくわくするわ！　ほかのメンバーは誰？　定例会はあるの？　会合の場でこっそりやりとりする秘密の合図とか？」

「ええと、その……メンバーについては、今のところあなたが最初の会員なの。でも、これから人数は増えるわ」

アイヴィはひどくがっかりした。

アレクシアはあわてて続けた。「でも、活動や報告は暗号名でやってもらうわ、もちろん——エーテルグラフ通信や秘密の伝言を送るときは」

アイヴィが目を輝かせた。「当然よね。それでわたしの暗号名は何？　できればロマンティックで謎めいたようなのがいいんだけど？」

アレクシアは親友の顔を見つめた。頭にはバカげた名前ばかりが浮かんでくる。ようやくアイヴィが気に入りそうな暗号名を思いついた。何しろ大好きな帽子に関する名前だ。アレクシアからすれば、とてもアイヴィふうで憶えやすい。「〈ふわふわボンネット〉というのはどう？」

の暗号名は？」

アイヴィがかわいい顔を輝かせた。「まあ、すてき。とってもおしゃれだわ。で、あなた
またしてもアレクシアは答えにつまり、あわてて考えをめぐらせた。「ああ、それね、ちょっと待って」アケルダマ卿が使う呼び名や夫の愛情に満ちた呼びかけをつれづれ考えてみたが、秘密組織にふさわしい——少なくともアイヴィにおおっぴらに呼ばれてもよさそうな——ものはない。悩んだすえ、ようやく単純な名前を思いついた。「あたくしのことは〈ひらひらパラソル〉と呼んでちょうだい。それがいいわ」

アイヴィは両手を組んだ。「きゃあ、最高。アレクシア、これってすごく楽しいわ」

アレクシアはやれやれと椅子に座り、ぐったりして言った。「そろそろお茶にしない？」

アイヴィはすぐさま呼び鈴を引き、ほどなくおどおどしたメイドがティートレイを持って現われた。

「ありがたいわ」アレクシアは心からほっとした。

アイヴィがお茶をついだ。「それで、〈パラソル保護領〉に正式に加入したわたしの最初の任務は何？」

「ああ、そうそう、それがここに来たそもそもの理由よ。実は、ヴィクトリア女王暗殺計画に関する国家機密レベルの任務があるの。二十年前、キングエア団の人狼が陛下を殺そうとした事件があったのよ」

「まあ、なんてひどいことを、本当に？　あの感じのいいスコットランド人が？　あの人た

ちがそんな大それたことをするなんて。あたりかまわず牙を剝き出してうろつくのは迷惑だけど、国王殺しのような恐ろしいことをたくらむようにはとても見えないわ」

「いいこと、アイヴィ、これは事件を知る人たちのあいだでは広く認められた事実なの」アレクシアは紅茶を飲み、わけ知り顔でうなずいた。「まぎれもない事実よ――前に夫がいた人狼団がヴィクトリア女王の毒殺をくわだてたことは。それで、あなたにもういちどキングエア城に飛んで、事件の詳細を確かめてきてもらいたいの」

アイヴィはにっこり笑った。アレクシアと初めてスコットランドに旅して以来、アイヴィはレディらしからぬことに飛行船の旅がすっかり気に入った。アイヴィのいまの生活水準で好きなだけ楽しむことはできないが、今回は……。

アレクシアも笑い返した。「わかっているのは、コナルの前の副官《ベータ》が計画を主導して殺されたってことだけよ。そのせいで夫はキングエア団を去ったの。これより詳しい情報なら、どんなものでも役に立つわ。あなたの今の状態で任務を遂行できる？」

アイヴィは顔を赤らめた。「わたしにはなんとかなっても、あなたはどうみても、い、い、行けないわね」

アレクシアがお腹をぽんぽんと叩いた。「たしかにこれでは無理ね」

「タニーを同行してもいいかしら？」

「そうしてくれるとありがたいわ。任務のことは話しても平気よ――新しい身分のことは秘密だけど」

アイヴィがうなずいた。おそらくアイヴィは夫に話せる秘密より話せない秘密があるほうがうれしいはずだ。

「いいこと、アイヴィ、暗殺に使われるはずだった毒に関する情報には特に注意してちょうだい。たぶん、それが謎を解くカギよ。あなたにウールジー団の受信機に適合するエーテルグラフ通信機用の水晶真空管《バルブ》周波変換器を渡すわ。めぼしい情報が何もなくても、毎日、日没後には報告して。あなたの無事を確認するために」

「ああ、でもアレクシア、わたしがどんなに機械オンチか知ってるでしょう?」

「大丈夫よ、アイヴィ。いつごろ出発できる? もちろん経費はこちらで持つわ」

アイヴィは金銭に関する露骨な言葉に顔を赤らめた。

アレクシアはアイヴィの当惑を軽くいなした。「ふつうはこんな話はするべきじゃないけど、今回は〈パラソル保護領〉の傘のもとに行動するのよ。経費がいくらかかろうと、組織の必要に応じて自由に動いてもらわなきゃ。わかった、アイヴィ?」

アイヴィはなおも頬を赤くしてうなずいた。「ええ、わかってるわ、アレクシア、でも——」

「あなたたちの劇団の後援者になっていてよかったわ——調査費用の格好の隠れ蓑になるもの」

「ええ、本当ね、アレクシア。でも、食べているときにそんなこと何度も言わないで——」

「では、この件については、これでおしまい。すぐに出発できる?」

「ちょうどタニーも舞台が休みなの」

「じゃあ明日フルーテに必要な書類を届けさせるわ」アレクシアは紅茶を飲み干して立ち上がったとたん疲れを覚えた。一晩じゅう街をうろつき、帝国じゅうの問題を処理したような気分だ。出産まぢかのアレクシアにとっては、まさにそれくらいの一日だった。

　アイヴィも立ち上がった。「これからスコットランドに行って、過去のあいびき未遂を捜査するわ！」

「あんさつよ」アレクシアが訂正した。

「そう、それよ。飛行船の旅には特別のヘアーマフが必要ね。この巻き髪に合うように作らせたの。自分で言うのもなんだけど、それはびっくりするほどすてきなんだから」

「ええ、それだけは間違いなさそうね」


　レディ・マコンはいったん新居に戻り、それからアケルダマ邸に移動した。フルーテが手配した大工たちの仕事ぶりはすばらしく、ふたつのバルコニーのあいだには油圧レバーで作動する秘密の跳ね橋がかかっていた。跳ね橋が下りると同時に、複雑なバネじかけでバルコニーに折りたたまれていた手すりが伸びるしくみだ。これでお腹の大きいアレクシアもふたつの屋敷を楽に移動できる。

　アレクシアはさっさとクローゼット部屋に入った。最近は昼間族を調査しながら異界族と暮らすという、きわめて不規則な生活を送っているが、ほとんど身体に影響はない。チビ迷惑のせいで睡眠はますます困難になり、横になっていくらもたたないうちに身体のどこかがしびれるか、もしくは口にするのがはばかられる事情でベッドから出なければならないからだ。正直なところ、これまでの人生で妊娠ほど耐えがたく屈辱的な出来事はなかった。アレクシア・タラボッティが何年ものあいだ正真正銘のオールド・ミスとしてルーントウィル家で暮らしてきたこと――これ以上の屈辱的状況があろうか――をものぐのだから、よほどのことだ。

日没後、ベッドに入ってきた夫のために寝ぼけながらベッド端に移動したとき、クローゼットの扉を激しく叩く音がして、アレクシアは完全に目が覚めた。

「コナル、寝室の扉の前に誰かいるわ！」アレクシアは隣でぐったりと小山のように横たわる夫の巨体を揺り動かした。

マコン卿は小さく鼻を鳴らし、妻を引き寄せてお腹をぼんやりなで、首に顔をうずめようとごろりと横転した。

アレクシアは可能なかぎり身をそらし、夫の愛撫と肌に触れる唇の動きを楽しんだ。こんなむさくるしい男なのに、唇はとても柔らかい。

「あなた、わが人生の光、わが心のご主人様ったら、誰かがクローゼットの扉を開けようとしてるわ。アケルダマ卿もドローンたちもまだ起きていないはずなのに」

マコン卿は首の香りに魅入られたように、さらに強く顔をすり寄せた。

扉がガタガタ揺れた。誰かわからないが、力ずくで押し入るつもりらしい。しかし、軽薄でど派手な見かけに似合わず、アケルダマ邸は異界族を念頭に置いた頑丈な造りだ。なかでも衣装に対する守りはどこより堅固で、クローゼットの扉はびくともしない。扉の向こう側で誰かが叫んでいるが、靴泥棒の侵入を阻む分厚い扉ごしには、どんな大声もくぐもった声にしか聞こえない。

アレクシアは不安になってきた。「コナル、起きて、誰なのか確かめてちょうだい、お願い！　なんだか、ひどくせっぱ詰まってるみたいよ」

「こっちにも処理しなければならんせっぱ詰まった事情がある」

アレクシアは下品なしゃれとほのめかしにくすくす笑った。〝浜辺に打ち上げられたクジラ〟状態になった今も魅力的と思ってくれるのはうれしいが、夫の要求に応えるのはますます難しくなってきた。その気はあっても、肉体はふくらむばかり。それでもほめ言葉はうれしいし、夫の愛撫が本気でないこともわかっていた。マコン卿は、妻が夫の欲望を愛情と同じように大事に思っていることを知っている。アレクシアは生まれてからずっと醜くて価値のない人間だと思わされてきた。自分が心から愛されていると確信するようになったのは、マコン卿と出会ってからだ——たとえ今はその愛を確かめるために何もできなくても。そしてアレクシアは、夫の過剰な愛情表現が愛されていることを確かめたがる自分のためであることもわかっていた。コナルは人狼で下品な冗談を言う人だけど、いったん惚れた相手にはとことん優しい。

そんなことを考えているあいだも扉を叩く音は続いていた。マコン卿はまばたきして茶褐色の目を大きくまっすぐ見開き、アレクシアの立派な鼻の先にキスして大きくため息をつくと、ベッドから転がり出て重い足取りで扉に近づいた。

眠い目を細めて夫の後ろ姿をうっとりながめていたアレクシアが叫んだ。「コナル、ローブを着て！　お願い」

マコン卿は妻の言葉を無視して勢いよく扉を開け、広く毛深い胸の前で腕組みした。一糸まとわぬ姿で。アレクシアは恥ずかしさに毛布の下にもぐりこんだ。

だが心配は無用だった。立っていたのはライオールだ。

「ランドルフ」マコン卿がうなった。「なんの騒ぎだ？」

「ビフィです、マコン卿。すぐに来てください。緊急事態です」

「もうか？」マコン卿は軍隊でつちかった語彙と独創的想像力を組み合わせた罵詈雑言を一気にまくしたて、室内をさっと見まわした。そして服を着るより毛皮を着たほうが手っ取り早いと判断するなり、変身した。皮膚の下で筋組織が組み変わり、頭髪は下に移動して毛皮になり、見るまに四本脚になったかと思うと、猛然とクローゼットから駆け出した。あのまま屋敷のあいだの空間を飛び越え、問題の場所に向かうつもりだろう。アレクシアに見えたのは、振り向きもせず走り出して視界から消えた夫のまだら毛のしっぽの先だけだった。

「何ごとなの、教授？」アレクシアはアルファのあとを追って行きかけたライオールに傲然と呼びかけた。これほどしつこくアルファ夫妻の邪魔をするなんてライオールらしくない。しかもライオールほどの有能な人物が時間かせぎも当座の対処もできずにアルファに助けを求めるなど、めったにないことだ。

ライオールはうなだれ、しぶしぶ薄暗い室内を振り返った。「ビフィです、マイ・レディ。今月はいつにもまして呪いを制御できません。激しく抵抗しています。そして抵抗すればするほど痛みは増します」

「でも、満月はまだ一週間以上も先よ！　いつまでビフィはこんな早期精神乖離《かいり》の発作に耐えなければならないの？」かわいそうなビフィ。さぞばつが悪いに違いない――こんなに早くから変身不安症が出るなんて。

「わかりません。制御法を覚えるまで何年か、あるいは何十年か、満月前後の幾晩かを失うことになるでしょう。なりたての人狼はみな似たようなものですが、ビフィほど急に激しい発作に見舞われる例はめったにありません。ふつうはせいぜい満月の二、三日前くらいです。ビフィの周期は異常です」

アレクシアは顔をしかめた。「それで、あなたの手にも負えずに……？」

アケルダマ邸の廊下を照らす高価な明るいガスランプを背にしているため、表情は見えない。たとえ見えたとしても、ライオールのことだ――その顔からは何も読み取れなかっただろう。

「結局のところ、わたくしは一介のベータにすぎません、レディ・マコン。狼になった人狼が月にとらわれて暴れはじめたら最後、なだめ、落ち着かせることができるのはアルファだけです。あなたもおわかりでしょう――アルファはたんに巨体で力が強いだけではありません。それ以上に大事な能力を備えているのです。アルファには抑制力だけでなく、狼の姿に特有の知性もあるのです」

「でも、ライオール教授、あなたはどんなときも抑制しているわ」

「ありがとうございます、レディ・マコン。人狼にとってこれほどのほめ言葉はありません。しかし、わたくしは自分を抑制できるだけです。他人には通用しません」

「まわりに手本を示すとき以外はね」

「はい、そのとき以外は。これで失礼します。そろそろ服をお召しになったほうがよろしいかと。もうじきBURから調査結果が届くはずです」

「調査結果？」

「謎の液体の入った〈真鍮《O》タコ《B》同盟《O》〉の小瓶です」

「ああ、あれね。すばらしいわ！　夕食後に馬車を用意してくれるかしら？　フルーテと一緒に、できるだけ早くウールジー城の図書室に行きたいの」

　ライオールはうなずいた。「馬車はすでに準備してあると思います。いずれにせよビフィを郊外に移動させ、監禁しなければなりません。ビフィの今回の発作で、奥の応接間は目も当てられない状態になりました」

「あら、本当？　ドローンたちがあれほど美しくしつらえたのに」

「どこかに監禁しなければなりませんでした——あの部屋には窓がありませんから」

「そうね。でも、鉤爪の跡は壁紙には致命的だわ」

「おっしゃるとおりです、レディ・マコン」

ライオールはすべるように出て行った。そして、さすがはライオール——起きたばかりのアケルダマ卿のドローンを一人、アレクシアの着替え要員として送りこむことも忘れてはいなかった。

ブーツがクローゼットのなかをのぞきこみ、アレクシアがベッドのなかにいるのを見てパッと頭を引っこめ、戸口で背を向けた。

「すみません、大変失礼しました、レディ・M。でも、ぼくには無理です。二度目はとても無理です。そこまで高潔ではありません。あなたのお手伝いにもっとふさわしいかたを連れてきます。よろしいですね？　しばしお待ちを」

アレクシアはきょとんとしながらも、なんとか身をよじり、よたつきながらゆっくりとベッドから下りた。そして、ちょうど床に足をつけて立ちあがったとき、アケルダマ卿が陽気に軽やかに部屋に入ってきた。「最高の夜をきみに、わがいとしき**咲きほこる**マリーゴールドよ！　愛を失ったかわいいブーツが言うには、きみは少々、身体をひねり上げねばならんらしい。そこで、ちょうど目覚めたところではあるし、いい機会だから、きみの**麗しき**お相手になると同時に、大いに必要な手助けを提供しようと思ってね」

今夜のアケルダマ卿は、それほど完璧なよそおいではなかった。お気に入りの片眼鏡《モノクル》もかけていなければ、雪花石膏《アラバスター》のように白い頬にお決まりの丸い頬紅もなく、足首までのとんでもないスパッツもはいていない。もっとも、そんなくだけた服装のときでさえ誰よりもおしゃれだけど。

「でも、アケルダマ卿、あなた、膝が！」

アケルダマ卿はロイヤルブルーの波紋入りシルクの半ズボンに白と金のダマスク織りのベスト、モールひもで飾ったキルト入りビロードのスモーキング・ジャケットを着ていた。半ズボンの生地は、それはそれは上等で、そもそもアケルダマ卿がメイド役を買って出ようと考えたことだけでも驚きだ。だってひざまずかなければならないのだから——しかも床に！

「ああ、そんなことか。いいかね、ダーリン——婦人服の冒険はつねに大歓迎だ」

アレクシアには、アケルダマ卿が日ごろから女性に服を着せる——もしくは脱がす——機会が多いとはとても思えなかったが、それでもメイド役を務めるだけの技量はあるようだ。妊娠初期のうちなら、コルセットを避け、馬車用ドレスもしくは前を留めるタイプのドレスを選んだりすればなんとか自分で身じたくできたかもしれない。だが、ここまでお腹が大きくなると、もはや自分の脚さえ見えず、ましてや触れることなどとうてい無理だ。この風変わりな新手《あらて》のメイドにまかせるしかない。

「ライオール教授が助っ人を手配してくれたのはありがたいけど、正直なところ、夫以外の男性に裸を見せるとしたら、いっそ教授でもよかったんじゃないかしら？」

アケルダマ卿はアレクシアの下着を拾いながら気取った足取りで近づき、その案にくすっと笑った。「ああ、わがいとしの**エンドウマメの花**よ、貴団の教授はそれを楽しみすぎるかもしれん。うちのかわいそうなブーツのように。なんといっても彼らは原則的には男性だからね」アケルダマ卿の手が手際よくリボンやボタンをとめはじめた。

「それってどういうこと、アケルダマ卿？」アレクシアはシュミーズから頭を半分出しながらたずねた。

アケルダマ卿は上等のモスリン地のシュミーズを引き下ろすと、アレクシアのお腹の上で片手で軽くしわを伸ばし、反対の手で剝き出しの腕に触れたとたん、人間になった。立派な鋭い牙は消え、青白い肌はかすかに桃色を帯び、つややかな金髪はわずかに輝きが失せた。アレクシアににっこりほほえむ顔は、優美というより女っぽい。「おや、**スイカズラ**ちゃん、ここにいるわれわれがみな独自の趣味を持つ**逸脱者**であることは知ってるだろう？」

アレクシアはアケルダマ邸の金箔と房飾りだらけの応接間を思い浮かべた。もちろん、趣味といってもこうした趣味の話ではない。アレクシアはうなずいた。「ええ、知ってるけど」

アケルダマ卿は〝ジャケットのひだ飾りが乱れる〟という理由で、肩をすくめることはめったにないが、このときばかりは今にもしそうに見えた。それでもすくめはせず、アレクシアの服がかかる部屋の奥の長いラックに腰を振りながら歩み寄り、ずらりと並ぶドレスのひとつひとつを見きわめるように検分しはじめた。

「そのドレスはダメよ」アケルダマ卿が緑色と金色のストライプのドレスを手にじっと考えこんでいるのを見て、アレクシアが言った。

「ダメ？」

「襟ぐりが深すぎるわ」

「いとしのお嬢ちゃんよ、それこそがこのドレスの美点であって、欠点ではない。自分の特性は強調すべきだ」

「ダメなの、本当に、最近は——どう言ったらいいか——あふれそうなの。まったく不便きわまりないわ」アレクシアは両手で胸のあたりをぱたぱた指し示した。もともと豊かだった胸は、この数カ月でさらに劇的に大きくなった。マコン卿は喜び、アレクシアはばからしく思った。それじゃあまるで妊娠前は胸が貧弱だったみたいじゃないの！

「ああ、たしかに言いたいことはわかる、**ヒメツルニチニチソウ**よ」アケルダマ卿はドレス選びを続けた。

「さっきの話はライオール教授のこと？」

「わたしが言いたかったのは、**ミツバチ**ちゃん、逸脱にもレベルがあるということだ。なかには、なんというか、その趣味において他人よりはるかに**実験的**な者もいる。退屈のせいか、生来の性質のせいか、あるいは無関心なせいか」いつもの軽いおしゃべりふうの口調だが、アレクシアには、この老吸血鬼が何世紀もかけて学んできた真理のように思えた。そもそもアケルダマ卿がしかるべき理由もなくこんな話をするはずがない。

アケルダマ卿はアレクシアのほうを見もせず、ドレスを選《え》りながらしゃべりつづけた——まるでドレスと会話をするかのように。「それゆえ愛したいときに愛せるほど幸運な者はめったにいない。いや、むしろ不幸かもしれんがね」それから、ようやく外出にふさわしいひとそろいを選び出した。紫色のひだつきスカートにクリーム色のブラウス。藤紫色の角張ったスペインふうジャケット。飾りはほとんどないが、どこかアケルダマ卿の感性にぴんときたらしい。アレクシアも気に入った。これなら紫色のダチョウの羽がついた、お気に入りの藤紫色の小型シルクハットにもぴったりだ。

アケルダマ卿は衣装を持ってきてかかげ、うなずいた。「きみの肌色にぴったりだ、**ちっちゃなイタリア菓子**よ。この衣装はビフィのアドバイスかね？」アケルダマ卿は答えを待たず、軽い調子でさっきの話題を続けた。「ライオール教授もその一人だ」

「無関心なかの？」

「いや、そうではなく、変わった趣味の一人ということだよ、花びらちゃん」

「ブーツも？」アレクシアはアケルダマ卿が本物のメイドさながら背中にまわり、スカートの後ろひもを結ぶのをじっと待った。

「ブーツは、また別だ」

アケルダマ卿の言わんとすることはわかったような気がしたが、アレクシアは物ごとをできるだけはっきりさせたい質《たち》だ。アケルダマ卿はあいまいさと婉曲話法を好むが、アレクシアはいまだかつて遠慮ぶかいと言われたことは一度もない。「つまり、ブーツは男性とも女性とも付き合うってこと？」

アケルダマ卿は前にまわり、会話の内容よりジャケットの収まり具合が重要であるかのように小首をかしげた。「あの子が変わり者だということは知っておるよ、かわいい**小鳩**ちゃん。だが、ロンドンでも他人はいざしらず、このわたしが趣味で人を判断することはない」

そう言って顔を近づけ、襟もとのリボンの垂れ具合を整えると、アレクシアを座らせて靴下をはかせはじめた。

「ミスター・ブーツの趣味に関するあなたの評価を問いただすつもりはないけど、ライオール教授については誤解だわ。だって彼は軍人よ！」

「きみは英国海軍のことをほとんど知らぬようだな？」アケルダマ卿は靴に移り、アレクシアの足がむくんで、もはやどのブーツもはけないことを知って大いに落胆した。「外出着《ウォーキング・ドレス》にダンスシューズをはくとでもいうのかね！」

「いずれにしてもあたくしは、もうあまり歩《ウォーク》けないわ。でも、まさか、ライオール教授にかぎってそんなこと。何かの間違いよ」

アケルダマ卿は子牛革のシューズの片方にかがみこんだまま、動きを止めた。「いや、小さなライラックの茂みよ、間違いでないことは、このわたしが知っている」

アレクシアは顔をしかめ、かいがいしく足もとにかがみこむ金髪頭を見下ろした。「男であれ女であれ、教授が誰かに好意を示すところは見たことないわ。それがベータに課された使命のひとつかと思ってたくらいよ――個人的感情をすべて押し殺して団を愛することが。それほどたくさんのベータを知ってるわけじゃないけど。つまり、もともとの性格ではないってこと？　ライオール教授は元来、自分を抑えるタイプではないの？」

アケルダマ卿は立ち上がって背後にまわり、髪をいじりはじめた。

「貴族にしては女性の服を着せるのがうまいのね。そうじゃない、アケルダマ卿？」

「われわれにもみな過去はあるのだよ、**キンポウゲ**ちゃん、たとえ吸血鬼といえども。たしかにライオール教授と同じ集会で会ったことはないし、きみがわれわれの世界に現われるまでは、彼にそれほど注意を払ってもいなかった」アケルダマ卿は眉をひそめ、美しい顔にまぎれもない不快な表情がよぎった。「これに気づかなかったことは、いずれ破滅的事態につながるかもしれん。わたしがつかのまライムグリーン色のコートに入れこんだときに負けないくらい悲惨な事態に」そう言って、おぞましい記憶に身震いした。

「そんなことになるはずないわ。あのライオール教授にかぎって」

「**まったくだ**、プラム・シュークリームちゃん。しかし、世のなかにはあのひとことで簡単に片づけられる者はほとんどいない。少し調べてみたんだが、どうやら彼は傷心から完全に立ちなおっていないようだ」

アレクシアは顔をしかめた。「あら、そうなの？」

「傷心なぞ、不死者の苦悩としてはぶざまだと思わないかね？　ましてやあれほどの品格と威厳を備えた男にとって」

アレクシアは巻き髪をピンで留める友人を姿見ごしに鋭く見た。「いいえ、あたくしに言わせれば、〝かわいそうなライオール教授〟だわ」

「ほうら、どうだね！」髪を整えおえたアケルダマ卿が仰々しく呼びかけ、アレクシアに見えるように手鏡をかざした。「かわいいビフィのようなカールごての腕はないゆえ、シンプルなまとめ髪で我慢してもらうしかない。地味な髪型を許しておくれ。ここにバラの飾りか本物のバラをひとつふたつ飾るといいのだが」

「あら、シンプルが何よりよ。なんであろうとあたくしが自分でやるよりはるかに上等だわ。もちろん、花についての助言はありがたく受け取っておくわ」

アケルダマ卿はうなずき、手鏡を衣装だんすの上に置いた。「それで……ビフィの様子はどうだね？」さりげない口調だが、その淡々とした言葉にアレクシアは質問の重みを感じた。

「嗅ぎタバコをやめなければならないのが、まだ納得できないみたい」わざとらしい軽口にも、アケルダマ卿はかすかにほほえんだだけだ。アレクシアはまじめな口調に切り替えた。

「あまりよくないわ。夫が思うに――あたくしも同感だけど――何かが彼を引きとめようとしているの。かわいそうだとは思うわ――ビフィは狼としての死後の生を望んだわけじゃないんだから。でも、こうなった以上は受け入れるすべを学ぶべきよ」

アケルダマ卿が完璧な口をかすかにゆがめた。

「あたくしが思うに、これは制御の問題よ。ビフィは変身を制御する方法を学ぶべきであって、変身に制御されるべきじゃない。制御法を学ばなければ、あらゆる制限がつきまとうわ。一生消えないダメージを受ける恐れがあるから、昼間に出歩くこともできない。満月が近づくたびに何年も銀で拘束されなければならないし、スイートバジルのにおいがする場所にもいられない。大いなる悲劇よ」

アケルダマ卿はアレクシアの返事が聞こえなかったかのようにあとずさった。「さて、これで失礼するよ、**いとしいいとしいお嬢ちゃん**。これからわたしも着替えなければならん。ちょうど今夜から音楽ホールでとびきりいかがわしい舞台が始まるのだよ。たっぷりおめかししなければね」そう言って、オペラの悪漢が舞台のそでに消えるように、すべるように扉に向かった。

アレクシアはごまかされなかった。

「アケルダマ卿」ふだんは女性らしさを全面に出すタイプではないが、このときばかりは——本人が出せるかぎりの——甘く優しい声で呼びかけた。「さっきの傷心の話だけど、いまは〝かわいそうなアケルダマ卿〟と言うべきじゃない？」

アケルダマ卿は無言で部屋を出ていった。

アレクシアはバルコニーの跳ね橋を下ろしてウールジー団のタウンハウスに移動し、階段を下りた。足もとが見えない状態で道板を歩くのは心臓によくないが、アレクシア・マコンははっきりした性格と確固たる信条の持ち主だ。大きなお腹ぐらいでくじける女性ではない。途中でフェリシティに出くわした。またもやニットを身につけているところをみると、口にするのもはばかられる外出先から戻ってきたばかりのようだ。だが屋敷内ではまさに大騒動が起こっている。くだらない会話をしているひまはない。

それでもフェリシティはすれ違いざまに言葉をかけた。「お姉様！　奥の応接間のひどい騒ぎは何ごとなの？」

「フェリシティ、あたくしの家に押しかけた時点で、ここが人狼のねぐらだってことはわかってたはずよ？」

「ええ、でも、動物みたいに暴れるなんて、あまりに不作法だわ」

アレクシアは目を細め、頭を傾けて妹を見つめ、さっきの言葉の意味を理解する時間をあたえた。

フェリシティが唾を飛ばさんばかりに叫んだ。「そうなの？　変身したのね！　ここで！　こんな街のどまんなかで？　まあ、なんて下品な！」そう言ってアレクシアと一緒に階段を下りはじめた。「見てもいい？」

アレクシアは思った――おそらく前世のあたしは、これほど性格の悪い女を妹に選ばなかっただろう。

「ダメよ、絶対に！　そんなことより、どうしてこんなに遅くなったの？　まったくあなたらしくもない」

「あたしが自己向上を望むことが、そんなにありえないと言うの？」

アレクシアはフェリシティの色あせたドレスに垂れ下がる地味な灰色のショールをいじりながら言った。「ええ。まったくありえないわ」

フェリシティはむっとして鼻を鳴らした。「夕食のために着替えてくるわ」

アレクシアは妹を上から下までながめまわし、びっくりするほどフェリシティふうに唇をゆがめた。ときどき――決して多くはないが――二人にはまさしく血のつながりを感じさせるよく似た癖がある。―ええ、ぜひそうしてちょうだい」

フェリシティは肩をそびやかすと、相手にされなかった腹いせに「はいはい」と言いながらきびすを返し、いちばん上等な寝室に向かいはじめた。フェリシティのことだ――勝手に自分の寝室として占領したに違いない。

アレクシアはよたよたと一段一段、足もとを確かめながら階段を下りた。階下からせっぱ詰まった騒ぎが聞こえるたびに、動きのままならないわが身がうらめしくなった。まったくこんなバカな話はないわ！　自分の身体にとらわれて思うように動けないなんて。ようやく中央廊下にたどり着くと、カギのかかった奥の応接間の扉が揺れていた。ライオールと筋骨たくましい二人のクラヴィジャーがうろうろと不安そうに廊下に寄り固まっている。

「どうして夕食に行かないの？」アレクシアが命令口調でたずねた。「フルーテと使用人たちがたっぷり準備してるはずよ」

全員が動きを止めてアレクシアを見つめた。

「さあ、行って、さあ、食べて」アレクシアは小さい子どもかペットの犬にでも言うようにうながした。

ライオールがアレクシアに向かって、けげんそうに眉を吊り上げた。

アレクシアが小声で言った。「ビフィは誰にも見られたくないはずよ」

「たしかに」ライオールはおとなしく女主人の言葉にしたがい、クラヴィジャーのあとから食堂に入って扉を閉めた。

アレクシアは奥の応接間に入った。部屋は完全にめちゃめちゃだった。いまや、まだら毛皮の巨大狼となったマコン卿――狼になってもすごくハンサムだと見るたびにアレクシアは思う――がひょろりとした若い獣と向かい合っていた。ビフィの毛皮は、髪の色と同じ深いチョコレート色で、腹毛と首毛だけが濃い赤。黄色い目には狂気が浮かんでいる。

マコン卿が妻に向かって威圧的に吠えた。マコン卿はいつも妻に吠える――狼のときも、人間のときも。

アレクシアは夫の命令調の声を軽くあしらった。「ええ、ええ、言いたいことはわかるけど、この状況では、あたくしの力がすごく役に立つわ――たとえ動きは鈍くても」

マコン卿がいかにも不満そうにうなった。

アレクシアの香りをとらえたビフィが本能的に振り向き、香りの主《ぬし》である新たな脅威に向かって身をおどらせた。すかさずマコン卿が身体をひねり、二人のあいだに立ちはだかった。ビフィは全力でアルファに激突して頭を振り、クーンと鳴きながらよろめいた。マコン卿はビフィに向かって噛むふりをしながら、いまや壊滅状態の長椅子に背中から押し倒した。

「まあ、コナル、この部屋はなんなの！」アレクシアが怒りの声を上げた。部屋は惨憺《さんたん》たる状態だった。家具はひっくり返り、カーテンはずたずた。アレクシアが科学者屋敷から失敬してきた料理人の貴重な日誌のひとつは歯形がついて、よだれだらけだ。

「ちょっと、冗談じゃないわ！　大事な証拠品なのよ、あの日誌は」アレクシアは片手を胸に置いて嘆いた。「ああ、なんてこと、こんなことなら手もとに置いておくべきだったわ」

ビフィを責めるわけにはいかないが、なんとも腹立たしい。アレクシアは手袋をはずしながら、よたよたとビフィに近づいた。

ビフィはなおも歯を剝き、抑えがたい怒りにうなりながらアレクシアに近づいた。神話に出てくるような呪われた怪物が、いまや肉体と毛皮をともなって目の前に立ちはだかった。

アレクシアはビフィに向かってチッと舌打ちした。「ビフィ、いったいどういうこと?」そして最高にレディ・マコンふうの声でどなった。「お行儀が悪いわよ！　紳士ともあろう人が、いったいなんの真似！」

アレクシアもアルファであることに変わりはない。このひとことは効いた。ビフィの激しい狂乱が鎮まり、黄色い目にいくらか正気が戻りはじめた。マコン卿がすばやく飛びかかってビフィの首根っこをぐいとつかみ、巨体で床に押さえつけた。

アレクシアが近づき、二匹の狼を見下ろした。「だめよ、コナル。これじゃ、かがまなければビフィに触れられないじゃないの。そんなことをしたら、あたくしは転げてしまうわ」

マコン卿は愉快そうに鼻を鳴らし、ひょいと頭を動かしてビフィを宙に放り投げた。驚いたビフィは背中から長椅子に落ち、右側に這いながら、ふたたび襲いかかろうとした、そのとき……。

アレクシアがビフィのしっぽをつかんだ。ビフィはぎょっとして身を引き、その勢いでアレクシアはバランスをくずしてぐうとうめきながらビフィもろとも長椅子に倒れこんだ。同時にビフィは反異界族との接触によって人間に戻った。しっぽは引っこんだが、アレクシアは反対の手ですばやくビフィの足をつかんだ。

　気がつくと裸のビフィは女主人に片足をぎゅっとつかまれたぶざまな姿で長椅子の上に伸びていた。人間に戻ったとたん、状況に対するあらゆる反応も人間に戻る。ビフィは恥ずかしさで真っ赤になった。

　アレクシアは同情しつつも片足をつかんだまま、科学者的な観察眼でビフィの赤面がずっ、と下のほうまで広がっているのを見た。まあ、驚いた。

　夫のうなり声にアレクシアが振り向いた。マコン卿も素っ裸で人間に戻っている。

「なあに？」

「やつを見るのはやめろ。裸だ」

「あなたもよ」

「そうだ。わたしの裸なら好きなだけ見るがいい」

「まあ、そうね。あっ」アレクシアがいきなり空いた手でお腹をつかんだ。

　マコン卿のささやかな嫉妬心は、たちまち過剰な心配に変わった。「アレクシア！　苦しいのか？　ほれみろ、だからここには来るんじゃねぇって言ったんだ！　危険すぎると。さっき倒れたからだ」

　ビフィも心配そうに身を起こして足首を引き抜こうとしたが、アレクシアはぎゅっと握って離さない。「マイ・レディ、大丈夫ですか？」

「ああ、もうやめて！　二人とも。急に暴れたから赤ん坊がお腹を蹴っただけよ。ダメよ、ビフィ、どんなに体裁が悪くても離すわけにはいかないわ」ビフィは足の代わりに片手を差し出し、アレクシアは囚人の交換条件を受け入れた。

「呼び鈴でフルーテを呼びますか?」自分以外に心配することができて、ビフィの赤面は少し薄くなった。

アレクシアは笑いをこらえた。「それは難しいと思うわ——誰かさんが呼び鈴のひもを噛みちぎったようだから」

ビフィはあたりを見まわし、またしても顔を赤らめた。片手で顔をおおい、見るに堪えないけど目をそらすこともできないというように、指の隙間からちぎれたひもを見ている。

「ああ、なんてことだ! ぼくは何をしてしまったんだろう? ああ、応接間がめちゃめちゃに。マコン卿、マコン夫人、どうかお許しください。ぼくは自分を失っていました。呪いの奴隷だったんです」

マコン卿は耳を貸さなかった。「それこそが問題だ、小僧。おまえはおまえだった。それを受け入れるのを拒んでいるだけだ」

夫の言いたいことを理解したアレクシアは、もう少しやさしく言って聞かせた。「そろそろ人狼であることに慣れるべきよ、ビフィ。むしろ楽しむくらいに。このまま抵抗しつづけるのはよくないわ」そう言ってあたりを見まわし、「おもにあたくしの家具にとって」

ビフィは目を伏せ、うなずいた。「ええ、わかっています。でも、マイ・レディ、こんなに情けないことはありません。その、変身の前に服を脱がなければならないなんて。そしてそのあとも……」ビフィはわが身を見下ろし、脚を組もうとした。気の毒に思ったマコン卿がビロードのクッションを投げると、ビフィはありがたそうに股間に載せた。マコン卿本人は素っ裸でもまったく気にしていない。

ビフィが青い目を大きく見開いた。「ありがとうございます、マイ・レディ、戻してくださって。痛いけど、人間に戻れるなら耐えられます」

「そうね、でも問題はこうして触れ合ったまま、どうやってあなたに服を着せるかってことよ」現実的なアレクシアは、そっちのほうが心配だ。

マコン卿がにやりと笑った。「手はある。フルーテを呼ぼう。あの男ならなんとかするはずだ」呼び鈴のひもがないので、マコン卿は大股で廊下に出て、大声で執事を呼んだ。

ほどなく現われたフルーテは、家具が散乱し、二人の人狼が真っ裸でいる悲惨な室内をまぶたひとつ動かさずに見て言った。

「お呼びでございますか？」

「よう、フルーテ」マコン卿が愉快そうに言った。「誰かに部屋を片づけさせてくれ。ちょいと散らかったもんでな。長椅子のカバーの張り替え、壁紙とカーテンの修復、それと新しい呼び鈴のひもが必要だ。ああ、それからビフィに妻が触れたままの状態で服を着せてやってくれ」

「かしこまりました」フルーテはさっそく仕事にかかった。

アレクシアは咳払いし、意味ありげに夫を上から下まで見下ろし、もういちど見上げた。

って、こさせてくれ。くそ面倒だが、今夜は服が必要になりそうだ」

――なんだ？　ああ、それからクラヴィジャーを一人、隣の家にやってわたしの服を一式、持ってこさせてくれ。くそ面倒だが、今夜は服が必要になりそうだ」

ふっといなくなったフルーテが、すぐにビフィの服をひとそろい抱えて戻ってきた。若き人狼はフルーテの選んだ服が不満そうだったが、これ以上、騒ぎを起こす勇気はなかった。どうやらフルーテは、ビフィのクジャクのようなクローゼットのなかから、できるだけ地味な服を選んできたらしい。ズボンをはかせるのは思ったより楽だった。次にフルーテは長椅子の端にビフィをひざまずかせると、アレクシアがビフィの後頭部に触れているまに手早くシャツとベストとジャケットを着せ、クラバットを結んだ。最初から最後まで見事な手つきだ。アレクシアが思うに、これは父親の従者として長年、務めてきたせいに違いない。誰に聞いても、アレッサンドロ・タラボッティはかなりの伊達男だったようだ。

フルーテとアレクシアとビフィが長椅子の上で複雑なからみ合いを繰り広げているあいだに、クラヴィジャーがマコン卿の服を持って現われ、マコン卿はいいかげんに――帽子の飾りつけを命じられた白イタチでももう少し細部には注意を払うだろうと思えるほどのぞんざいさで――身につけた。マコン卿は、ズボンが両脚をおおい、何かが胴体に巻きついてさえいれば〝服を着た〟と信じている。そして、それ以上はやらないほうがましだ。夏に夫が本当に裸足で部屋を歩きまわるのを見たときの驚きと言ったら！　一度など――言っておくが本当に一度だけ――裸足でお茶に加わろうとしたことさえあった。まったくどうしようもない男だ。さすがのアレクシアも裸足のお茶だけはその場で阻止した。

ライオールがどんな様子かと扉から顔を出した。

「ああ、よかった。なんとか収まったようですね」

「妻が事態を収めないことがあるか？」マコン卿がうなった。

「何か、ライオール教授？」と、アレクシア。

「お知らせしたほうがよいと思いまして、マイ・レディ、ご依頼の結果がＢＵＲの研究室から届きました」

「結果？」

「あなたが、その、発見なさった小瓶の分析結果です」

「それで？」

「毒でした。すべて。種類や効果は異なり、検出可能なものもあれば、そうでないものもあります。大半は人間向けですが、なかには異界族にも一定の時間、ダメージをあたえかねないものもありました。恐ろしいしろものです」

# 7 ウールジー城の人狼たち

その後、数時間にわたってビフィを人間に保つため、レディ・マコンはかなりの不自由を強いられた。ふだんなら、妊娠中だろうと馬車に乗りながら食事をすますくらいわけはないが、伊達男とつねに接触した状態では、このなんでもない行為でさえ複雑な作業になる。

「でも、相手があなたでよかったわ、ビフィ。あまりくっついていたくない人とずっと触れ合ったまま用事をすますなんて考えられないもの。たとえば夫のような」アレクシアは考えただけでぞっとした。コナルとくっつき合うのは好きだが、あくまで限られた時間だけだ。

当の夫は妻を見上げ、不快そうにうなった。「そりゃありがてぇこったな」

三人は馬車に揺られていた。地平線の上に、月明かりを背にしたウールジー城が大きな光球のようにぬっと浮かび上がっている。美的センスに欠けるアレクシアは、この城を〝建築学的こころみ〟というより、現実的に〝人狼のねぐら〟と見なしていた。これが建築学的悲劇である事実からすれば、この見かたもあながち間違いではない。運わるく昼間にこの城を見た者は、せいぜい〝場所がいい〟くらいのほめ言葉しか思いつかないだろう。たしかにウールジー城は広大な高台のてっぺんに立ち――手入れは充分とはいえないまでも――丸石敷きの中庭とそこそこの馬小屋を備えている。

「あら、あなた、どういう意味かわかってるくせに。これまでもしかたなくくっついたことはあるけど、ふつうは狂気が近づいたときだけよ」

「まあ、別の理由のときもあるがな」マコン卿がいつもの誘うような目を向けた。

アレクシアはほほえんだ。「ええ、まあ、そうね」

ビフィがひどくかしこまって言った。「おほめの言葉をありがとうございます。ご迷惑をかけて申しわけありません」

「ゾンビ・ヤマアラシが襲ってこないかぎり平気よ」

「その心配はなさそうだ」と、マコン卿。「どうやら吸血群は正式に休戦を宣言したらしい。吸血鬼は信用ならねぇ連中だが、アケルダマ卿がわれわれの子どもを養子にするという考えには納得したようだ」

「ええ、少なくとも誰かさんはね」

ウールジー城は城というより、不釣り合いなゴシック様式の控え壁《バトレス》で補強したジョージ王朝ふうの巨大な領主館のようだ。先だってのイタリア旅行中に、アレクシアは奇妙な昆虫に出会った。親指より大きく、天使のように垂直に飛び、ゾウのような鼻と雄牛のような角《つの》とたくさんの羽がついている。それが不規則な動きで空中を動きまわっていた――まるでこの大きさと形の虫が飛べるはずがないことを、ときおりみずから思い出すかのように。ウールジー城も原則的には、あの奇妙な虫と同じような不条理の上に存在している。すなわち、ありえたいような構造で、恐ろしく不格好で、なぜまっすぐ建ちつづけていられるのか――そもそもなぜこんなものを建てたのか――が理解できない。

なんの連絡もせずに郊外の本拠地に向かったため、ウールジー城の住人たちはマコン夫妻の思いがけない来訪にあわててふためいた。まわりより頭ひとつ背の高いマコン卿は前庭に群がる威勢のいい若者たちのなかに突入し、大なたを振るうがごとく道を空けさせた。

ウールジー団のナンバー・スリー《ガンマ》ことチャニング少佐が私室から飛び出し、クラバットを結びながら正面玄関を出て二人を出迎えた。遅い時刻にもかかわらず、たったいま起きたばかりのようだ。「これはマコン卿、てっきり次にお見えになるのは満月の前とばかり」

「緊急事態だ。予定より早く地下牢にぶちこまねばならんやつが出た」ウールジー城の初代城主が地下牢を造った理由については諸説あるが、当初の目的がなんであれ、人狼団にとっては理想的な施設――というより建物全体が人狼団にはうってつけだ。堅固な要塞やレンガ造りの壁はもちろん、少なくとも十四の寝室と、かなりの数の応接間、そして見た目はあぶなっかしいが充分に機能的な塔がいくつかあり、マコン夫妻はそのひとつを寝室に使っている。

チャニングはざわめくクラヴィジャーたちに向かって、馬車から荷物とレディ・マコンを降ろすよう身ぶりした。早くもマコン卿は、団員の一人がつぶやく報告に耳をかたむけている。ビフィのことは妻にまかせておけばいい。ほかのことはさておき、アレクシアは男性をしかるべき場所に落ち着かせることは得意だ――たとえそれが地下牢であっても。

アレクシアはまたしても激しい疲れを覚え、これさいわいとビフィに寄りかかりながら地下牢に向かい、若き伊達男が無事に独房に入るのを見届けた。まんいちアレクシアの手が離れたときのために、二人のクラヴィジャーが先端と縁に銀をほどこした武器を手に同行した。

ビフィの顔が来たるべき変身の恐怖に青ざめるのを見て、アレクシアは手を離すのをためらった。変身はあらゆる人狼にとって耐えがたい苦痛をともなうが、とりわけ変異したての人狼にとっては最悪だ。その感覚に慣れていないし、抑制力がないため、いやでも変身におちいる回数が多い。

ビフィは安息の地である反異界族の皮膚から離れたくなさそうだったが、それを口にするほど落ちぶれてはいない。夜どおし触れていてほしいと懇願するくらいなら、獰猛な怪物に変身するほうがましだ。

クラヴィジャーがビフィの服を脱がせ、優雅な手首に銀の手錠をはめるあいだ、アレクシアは目をそらし、ビフィの豊かなチョコレート・ブラウンの髪におおわれた後頭部に触れていた。そして、しだいにビフィの落ち着きがなくなってゆくのを感じながら、おしゃれや装飾品に関するとりとめのないおしゃべりを続けた。

「準備ができました、マイ・レディ」両手いっぱいに服を抱えたクラヴィジャーの一人が独房を出て声をかけた。もう一人のクラヴィジャーは銀めっきをほどこした扉の外に立ち、アレクシアが外に出たらすぐに閉めようと身構えている。

「ごめんなさい」アレクシアにはそれしか言えなかった。

ビフィが首を振った。「とんでもない、マイ・レディ。おかげで思いがけず平和な時間を過ごせました」

二人は指先がぎりぎり触れ合う距離まで離れた。

「じゃあ」手を離したとたん、アレクシアは身重の身体で可能なかぎりすばやく扉をくぐり、廊下に出た。

同時にビフィは、間違ってもアレクシアに危害を加えてはならないと、戻ってきた異界族の力とスピードを駆使してすばやく身を引いた——変身に襲われる前に。

アレクシアは学術的興味から——カエルの解剖を楽しむ人がいるように——人狼の変身を見るのが好きだが、若い人狼の変身だけは別だ。マコン卿やライオール教授、そしてあのチャニング少佐でさえ変身にともなう痛みをほとんど見せずに姿を変えられる。だが、ビフィには望むべくもない。二人の接触が切れたとたん、ビフィは叫びはじめた。この数カ月のあいだにアレクシアは、世のなかに気高く心やさしい若者が苦しむ声ほど悲惨なものはないことを学んだ。骨と器官が壊れ、再構築するにつれて、叫びは絶叫に変わった。

ああ、耳栓がほしい。アレクシアはこみあげる胃液を飲みこみながらクラヴィジャーの腕につかまって階段をのぼり、人狼団たちのほっとするような喧噪のなかに戻った——クラヴィジャーを一人、狂気にのみこまれた男の見張りに残して。

「本当にあんなふうになりたいの？」アレクシアは付き添い役のクラヴィジャーにたずねた。

クラヴィジャーは正直に答えた。レディ・マコンが歯に衣着せぬ女性で、あいまいな答えでは満足しない性格であることはみな知っている。「不死というものは、マイ・レディ、軽々しくあつかうべきではありません。多大な代償や犠牲をともなうものなのです」

「あれほどの代償でも？」

「そのつもりです、マイ・レディ。でも、彼は選ぶことができませんでした」

「吸血鬼を選ぼうとは思わない？」

「生きるために他人の血を吸い、二度と太陽を拝めない運命をですか？　いいえ、マイ・レディ。わたしは痛みと呪いを選びます――幸運にもわたしには選択権がありますから」

「勇敢ね」階段をのぼりきったところで、アレクシアはクラヴィジャーの腕を軽く叩いた。

アルファ夫妻の予期せぬ来訪が引き起こした騒動は、にぎやかな人狼団の陽気なバカ騒ぎに落ち着き、早くもお楽しみの計画が進んでいた。狩りに出ようという者もいれば、ダイス・ゲームをやりたい者、なかには軽い格闘試合を提案する声もあった。アレクシアはそれを聞きつけ、「外でやってちょうだい」とつぶやいた。

妹たちとしか暮らしたことのないアレクシアは当初、一ダースを超える男たちとの共同生活にはとても慣れないだろうと思っていたが、いまはむしろ楽しんでいた。少なくとも男たちと暮らしていれば、彼らがどこにいるかはすぐわかる。何しろ大声で叫び、どたばた動きまわる生き物だ。

アレクシアはウールジー団の執事――ランペットを呼びつけた。「時間ができたら図書室にお茶を持ってきてくれるかしら、ランペット？　ちょっと調べものがあるの。それから、手が空いたら顔を出すようコナルに伝えてくれる？　急がないから」

「ただちに、マイ・レディ」

図書室はアレクシアお気に入りの場所で、秘かな聖域だ。しかし今夜は、図書室本来の機能を利用するつもりだった――すなわち調査だ。アレクシアは部屋の奥の、大きな肘かけ椅子の後ろの棚に近づいた。ここに父親の蔵書や日誌を寄せてある。父は学生が使うような、濃紺の無地の革表紙で左上部に日付がある小型日誌を好んで使っていた。

アレクシアがこつこつ集めた資料からすると、アレッサンドロ・タラボッティはあまり好感の持てる人物ではなかったようだ。現実的なのは反異界族のつねだが、アレクシアが苦労して身につけたような倫理観は持っていない。それは男だから――もしくは進歩的な英国とはほど遠いイタリアという野蛮な国で幼少期を過ごしたせいかもしれない。父の日誌はオックスフォード大学に入った十六歳に始まり、アレクシアの母と結婚したすぐあとで終わっていた。日誌は気まぐれもいいところで、数週間にわたって毎日、記入があるかと思うと、何カ月も何年も空白の個所がある。その大半が性行為や暴力事件、新しい上着やシルクハットに関する長ったらしい描写だ。それでもアレクシアは暗殺未遂をほのめかすような記述を探してページをめくった。しかし残念ながら、日誌はキングエア団による暗殺計画の十年ほど前で終わっていた。つかのまアレクシアは父親の整然とした筆跡に見入り――見るたびに自分の字によく似ているのに驚く――ふたたび別の本を調べはじめた。こうして一晩じゅう調査に没頭した。思考を中断させるのは、ランペットが途切れなく運んでくる熱い紅茶だけだったが、途中であろうことかチャニング少佐が図書室に現われた。

「これは、レディ・マコン」チャニングはうろたえた。「わたしはただ、ちょっと――」

「本を探しに？」

チェスターフィールド・チャニングスのチャニング・チャニング少佐とレディ・アレクシア・マコンは最初の出会いが最悪だったため、いまも気まずい関係だ――チャニングがアレクシアの命を一度ならず助けたにもかかわらず。アレクシアに言わせれば、チャニング少佐は落ち着かないほど見た目がいい。金髪にたくましい体格。氷のような青い目に高い頬骨。そして傲慢なほど形のいい眉。骨の髄まで真の軍人で、その軍人精神も、傲慢な態度と名門ちゅうの名門貴族しか使わないような気取った口調に裏打ちされたものでなければ、これほど嫌味ではなかったかもしれない。かたやチャニングはレディ・マコンに関するかぎり〝触らぬ神に祟りなし〟の言葉を肝に銘じていた。どんなに傲慢な男にも、そのくらいはわかる。

「何を調べておられるのです？」

隠す理由はない。「キングエア団が過去にヴィクトリア女王を暗殺しようとした事件のことよ。あなた、何か憶えてない？」アレクシアが鋭くたずねた。

チャニングの顔に不安の表情が広がった。やましいところがあるのかしら？「いいえ。なぜです？」

「今回の暗殺計画と何か関係があるような気がするの」

「そんなことはまずないでしょう」

「本当に何も憶えてない？」

チャニングは質問で質問をかわした。「何かわかりましたか？」

「いいえ、まったく。しゃくだけど」

「どうやら」――チャニングは肩をすくめ、さりげない様子で本も持たずに図書室の扉に向かい――「方針を誤っておられるようですな。過去をほじくり返してもろくなことはありません」得意の吐き捨てるような口調で言った。

「ほじくり返す！　あら、お言葉ですわね」

「いや、あなたのなさっていることはまさにそれです」そう言ってチャニングは扉を閉めて出ていった。

その後、調査を邪魔する者はおらず、夜が明ける数時間前にマコン卿が足音高く現われた。

ふと顔を上げると、マコン卿がたくましい肩で本棚に寄りかかり、いとおしげにこちらを見ている。

「あら、やっとあたくしのことを思い出した？」アレクシアは深く優しい目でほほえんだ。

マコン卿は大股で近づき、そっとキスした。「忘れるものか。団と儀式のあれこれを片づけるあいだ、別の場所に置いておいただけだ」そう言ってアレクシアのうなじの、ほつれた茶色のゆるい巻き髪をふざけて引っ張った。

「何かあった？」

「きみが心配するようなことは何もない」そして忘れずに言い添えた。「だが、知りたければ、いくらでも詳しく話す」

「ああ、それは結構よ。あなたの心に収めておいてちょうだい。ビフィの様子はどう？」

「よくないな。まったくよくない」

「あなたご自慢の野蛮さも、彼を団になじませるのには役に立たないようね」

「そのようだ。お手上げだよ、マイ・ラブ。何しろ人狼になりたくなかった人狼など初めてだ。もちろん、〈暗黒の時代〉にはこんなことはしょっちゅうだったはずだが、いったいどう対処していたものやら。だが、文明開化の現代におけるビフィの例はきわめて特殊なケースで、わたしでさえやつの……」そこでふさわしい言葉を探して口ごもり、「不運をどうしてやることもできん」と、とぎれがちに言った。

マコン卿はアレクシアのまわりに積み上げられた本や書類の山をどけ、ぴったり身体をくっつけて隣に座った。

アレクシアは両手でマコン卿の片手を取り、両方の親指で手のひらをなでた。マコン卿はとんでもない無骨者で、アレクシアはその巨体と性格を愛しているが、とりわけ好きなのは母親のような過保護ぶりだ。「あの二人には大いに敬服するが、ビフィはあまりに感傷的すぎる。そろそろアケルダマ卿との愛を断ち切る努力が必要だ」

「あら？　どうやって断ち切るの？」

「残念ながら、皆目わからん」

最近のマコン卿は有能な妻に頼ることを覚えはじめた。「きみならいずれ何か思いつくかもしれん。それで、体調にどうだ、いとしい妻よ？　さっき転んだだろう？　なんともないか？」

「なんのこと？　ああ、長椅子に座りこんだこと？　まったくなんともないわ。でも、女王暗殺計画についてはなんの収穫もないの」

「たぶんゴーストの勘違いか、われわれの聞き間違いだろう。すっかり鵜呑みにしたが、あのゴーストは騒霊《ポルターガイスト》段階に近かった」

「そうね。キングエア団の計画とは無関係かもしれないわ」

マコン卿がいらだたしげにうなった。

「ええ、あなたが思い出したくもないってことはわかってるわ」

「誰だって過ちを思い出したくはない。だが、われわれ人狼はとくにそうだ。関係があるとはとても思えん」

「でも、ここから探るしかないのよ」

「そのことはあとで考えよう。きみに用事がある」

アレクシアは夫の命令口調にむっとした。「あら、何？」

「ベッドのなかで」

「ああ。それね」アレクシアはほっとして笑みを浮かべ、夫の手を借りて立ち上がった。

アレクシアは夫から離れ、ベッドの端で寝ていた。マコン卿の眠りが浅いからではない。

それどころか夫は異界族らしく身じろぎもせず——吸血鬼と違って、死んだようには見えないが——軽くいびきをかいて眠っている。そして、アレクシアは誰にも——アイヴィにも——教えるつもりはないが、実は寄り添って寝るのが好きだ。それでも離れているのは、ひとえに睡眠中の夫を無防備にしたくないからだった。それに身なりに無頓着なコナルのことだ——一晩じゅう触れ合っているあいだに伸びたひげを剃り忘れるのではないかと、つねにハラハラしていなければならない。

この日はチビ迷惑がいつにもまして眠らせてくれず、アレクシアは塔の窓のほうを向いて横になっていた。だから物盗りが侵入したときは半分、目を覚ましていた。

昼のひなかにウールジー城に押し入るのは、多くの点で不合理だ。ひとつ——まともな泥棒が、なぜはるばるバーキングまでやってきて押し入るのか？　ロンドンでやるほうがはるかに成功率は高いはずなのに。ふたつ——なぜわざわざ人狼のねぐらであるウールジー城をねらうのか？　ふもとの道路ぞいには小さいが裕福な公爵屋敷があるのに。みっつ——なぜ一階の応接間ではなく、侵入しにくい塔の窓から押し入るのか？

そんな不合理にもかかわらず、昼の日差しを完全にはさえぎらない分厚いカーテンには、仮面をかぶった人物が無駄のない優雅な動きで窓枠によじのぼり、迷いのない足取りで軽やかに降り立つ様子が黒い影となって浮かび上がった。賊はレディ・マコンが片肘をついて見ているのに気づき、息をのんだ。誰もいないと思いこんでいたらしい。

こんなときに言葉を失うタイプではないアレクシアは、死人も目覚めるような大声で叫んだ——事実、このときにはまさに死人を起こした。

マコン卿は、制御力が弱くて昼間じゅう熟睡が必要な変異したての子犬ではない。ああ、コナルったら、どうして起きてくれないの？　原理は単純だ——夫がひどく疲れてなかなか起きないときは、もっと大声を出せばいい。いつもはそれほどキーキーわめく質《たち》ではないが、アレクシアの肺活量はラッパなみの金切り声を出すには充分だ。しかし予想に反して、女主人の悲鳴が響きわたっても城内の使用人やクラヴィジャーは誰ひとり駆けつけなかった。過去に一、二度、見てはならない場面に駆けつけたことがあり、それ以来ウールジー城の住人たちはマコン夫妻の寝室からどんなに奇妙な声が聞こえても無視することを学んだ。

誰も来なくても、この場は怒れる夫が一人いれば充分だった。

侵入者は部屋の端にあるアレクシアの衣装だんすに駆け寄ると、引き出しを次々に引き開け、紙束をつかんで袋に突めこんだ。アレクシアが動きにくい身体を毒づきながらベッドから転がり出て賊に向かったのと同時に、マコン卿が突進した。しかしマコン卿は、真昼の太陽と熟睡と驚くべき事態のせいで動きが鈍い。脚が毛布にからまり、風変わりな巨体のバレエダンサーのようにくるくる回転したあと、ようやく体勢を戻して侵入者に飛びかかった。これで、ベッドの上がけを独り占めしたらどうなるかわかったはずよ——アレクシアはほくそえんだ。

物盗りは賢くも力の弱いアレクシアに近づき、脇に押しやった。アレクシアはとっさに脚を蹴り出し、片足が相手に当たったが、威力はない。かえってバランスを失い、背中から床に倒れた拍子に片方の足首をひねった。

賊は開いた窓から飛び出した。文字どおり窓から身を躍らせ、同時に金属強化したケープのようなものを開いた。よく見るとそれはパラシュートで、侵入者は五階の高さからゆっくり地面に向かって降りてゆく。マコン卿は床の上でもがく妻には目もくれずにあとを追った。

「ダメよ、コナル、そんな――」だが、そのときすでにマコン卿は窓から飛び出し、アレクシアの声は虚空に響いただけだった。もちろん人狼だから五階から落ちても死にはしないが、それなりのダメージは受ける――とくに昼間は。

ああ、大丈夫かしら？　アレクシアは身をよじって床を這いすすみ、いいほうの足でかろうじてバランスを取りながら丸椅子と窓枠につかまって立ち上がった。マコン卿はいったん城の要塞の屋根に飛び降り、三階の高さから着地するなり猛然と犯人を追った。真っ裸で。

しかし、賊の逃げ足は速かった。準備しておいた小型蒸気プロペラを備えた一輪車に飛び乗り、驚くべき速さで敷地内を走り去ってゆく。

太陽が高くのぼっているので狼には変身できない。たとえ日没後に最速で変身しても、あの一輪車には追いつけなかっただろう。アレクシアが窓から見ていると、マコン卿がそのことに気づいて足を止めたのは、かなりの距離を走ってからだった。ときに、マコン卿の狩りの本能は鎮まるまでに時間がかかる。

アレクシアは腹立たしげに舌打ちして振り向き、はるかかなたにある衣装だんすをにらみつつ――あそこまでたどりつくには這うしかない――何を盗まれたのかを考えた。そもそもあの引き出しには何を入れていたかしら？　それがなんであれ、結婚式以来、一度も取り出していないことは確かだ。記憶にあるかぎり、あのなかには古い手紙や私信、パーティの招待状、訪問カードしか入っていないはず。いったい誰がそんなものを盗むというの？

「まったくもって不思議なんだけど」アレクシアは窓枠につかまったまま、長い階段をのぼって寝室に戻ってきた夫に向かって言った。「どうしてイカれた野ウサギのように窓から飛び出して、たいしたケガもしてないの？」

マコン卿は鼻を鳴らし、うさんくさそうに衣装だんすのにおいをかいだ。「それで、引き出しには何が入ってた？」

「それが思い出せないの。たぶん結婚する前の手紙とかよ。あんなものをほしがる人がいるなんて考えられないわ」アレクシアは眉をひそめ、妊娠で鈍くなった頭で必死に考えた。

「目的が機密文書なら書類カバンをねらうはずだが」

「そうなの。何かにおう？」

「かすかな油のにおい。おそらくパラシュートのにおいだ。それ以外は何も。もちろんきみのにおいはする――たんすじゅうから」

「そう……どんなにおい？」

「バニラとシナモンの柔らかい焼き菓子のにおいだ」マコン卿は即答した。「いつも。うまそうだ」

アレクシアはにっこり笑った。

「だが、子どものにおいはしない。これまで一度も感じたことがない。ランドルフもそう言ってる。奇妙なことだが」

アレクシアの笑みが消えた。

再度マコン卿は引き出しを調べはじめた。「警察を呼んだほうがよさそうだ」

「そこまでする必要はないわ。盗まれたとしても、ただの紙切れだもの」

「でも保管していたんだろう？」マコン卿は解《げ》せない表情だ。

「ええ、でも、だからって重要ってことじゃないわ」

「なるほど」マコン卿が納得したようにうなずいた。「きみの大量の靴と同じか」

アレクシアはコメントを無視した。「犯人——もしくは犯人を送りこんだ人物——は、あたくしが知っている人物に違いないわ」

「ほう？」マコン卿は思案顔でベッドに座った。

「犯人が侵入するところを見たの。迷わず引き出しに向かって行ったわ。あたくしたちがここにいるとは思ってなかったみたい——あたくしを見てひどく驚いたもの。おそらく、あたくしたち、もしくはウールジー団の使用人の誰かと親しい人物よ。ここが寝室で、今日はいないはずだってことを知ってたんだから」

「もしくはわれわれを惑わすつもりだったか……。犯人は引き出しの紙切れとはなんの関係もないものを盗み、まったく別のことをしたのかもしれん」

アレクシアはサギのように片足で立ったまま窓枠にもたれ、推理を続けた。「脅迫に使えそうな情報を探してたのかもしれないわ。大手新聞社に渡すネタとか。あたくしたちが和解してから、世のなか、たいした醜聞がないから。個人的な手紙がゴシップ紙の《トゥイッターガドル》や《チアラップ》にまわされるなんてぞっとするわ」

「あれこれ考えてもしかたない。部屋か、引き出しを間違えたのかもしれんしな。さて、ベッドに戻るか？」

「それが、ちょっと困ったことになったの。ほら、足首が思ったように動かなくて」アレクシアが弱々しい笑みを浮かべると、マコン卿は初めて妻の危なっかしい姿勢に気づいた。

「なんてこった、いったいどうした？」マコン卿は大股で歩み寄り、窓枠に寄りかかる妻を巨体で支えた。アレクシアはほっとして体重を移動させた。

「ついさっき、ちょっと転んだの。そのときに足首をくじいたみたい」

「まさか……？　おお、妻よ！」マコン卿はアレクシアをベッドに運びながら身をかがめ、妻の膝下から足の様子を調べた。夫の手はこれ以上ないほど優しかったが、それでもアレクシアは痛みに身を縮めた。すでにくるぶしが腫れている。

「いますぐ外科医を呼ばねば！　警察もだ」

「ちょっと待って、コナル、その必要はないわ。そんな、外科医だなんて。どうしてもと言うなら警察はしかたないけど、足首をひねったくらいで外科医なんか呼ばないで」

マコン卿はアレクシアの抗議を完全に無視してどすどすと部屋を出ると、すでに声をかぎりにランペットと目を覚ましているクラヴィジャーを呼びつけていた。

アレクシアはずきずきする足首の痛みに耐えながら眠ろうとしたが、もうじき部屋に外科医と警官が押し寄せ、まどろむことさえできないのはわかっていた。

予想どおり、その日アレクシアはほとんど眠れなかったが、睡眠不足を心配する必要はなかった。なぜならやってきた外科医が〝今夜は歩いてはいけない〟と宣告したからだ。アレクシアは副え木と大麦湯をあてがわれてベッドに寝かされ、何があっても一週間は動いてはならないと命じられた。最悪なのは、温かい飲み物は腫れを増長させるという理由で、これから二十四時間は紅茶を飲んではならないと告げられたことだ。外科医は退散したが、アレクシアは外科医を〝このやぶ医者〟とののしり、ナイトキャップを投げつけた。

レディ・マコンは七時間でさえベッドにじっとしていられる女性ではない。ましてや七日間などとうてい無理だ。彼女の性格をよく知る者は早くもこの状況に恐怖を抱き、今回の事態を〝まぢかに迫った出産という運命のときを迎えたレディ・マコンの行動と、周囲がそれにどう対処できるかを試す予備試験のようなもの〟と見なした。ずっとあとになってランペットとフルーテは、執事の立場から〝あの予備試験はどう見ても屈辱的失敗だった〟と私的見解を述べた。たしかに、この事態を無傷で乗り切った者はおらず、とりわけアレクシアの不機嫌は激しかった。

二日目――ひかえめに言っても――アレクシアはいらだっていた。「ヴィクトリア女王が今しも命をねらわれようとしてるのに、バカな外科医のせいで、たかが足首のねんざくらいでベッドに縛りつけられるなんて。もう耐えられないわ！」

「たしかに上品さも何もあったもんじゃねぇな」マコン卿がつぶやいた。

アレクシアは夫のつぶやきを無視してわめきつづけた。「それにフェリシティよ――誰がフェリシティを見張ってるの？」

「ライオールがちゃんと目を光らせてる。大丈夫だ」

「そうね、ライオール教授なら安心だわ。あなたのこともあしらえるくらいだから――妹を見張るくらいわけないわね」すねたような口調だ。無理もない。おしゃれもできず、足は腫れ、身動きすらできないのだから。しかも、ベッドに横になっているからといって休息にもならない。チビ迷惑のせいで、眠っていられるのはせいぜい数分間だ。

「やつがわたしをあしらうだと？　誰がそんなことを言った？」マコン卿はアルファの沽券《こけん》にかかわるような言葉にむっとした。

アレクシアは〝ああ、コナル、今さら何を言ってるの？〟とばかりに片眉を吊り上げ、さささやかな男のプライドを無視して別の心配ごとに考えを移した。「毎日、日没後にエーテルグラフ通信をチェックさせてるでしょうね？　忘れないで、大事な情報を待ってるんだから」

「ああ、わかってる」

アレクシアはほかに文句を言うことはないかと唇をゆがめて考えこみ、「ああ、もう拘束されるのはたくさん」と言ってお腹にのせた毛布をいじった。

「これでビフィの気持ちがわかるだろう」

その名を聞いたとたん、アレクシアはいらだちを忘れた。「ビフィはどう？」

「まあまあだ。きみの助言を参考に、優しく接している――少し規則をゆるめてな」

「あら、ぜひ見てみたいわ」

「日没時の変身のあいだ、横に座って話をすることにした。ランペットが〝軽音楽もいいのではありませんか〟と言うんでな。それでバーブルソン――カトガン・バーブルソンを憶えてるだろう？　先月、採用した音楽好きの新しいクラヴィジャーだ――に変身のあいだじゅう、バイオリンを弾かせている。気持ちをなだめるようなヨーロッパふうのいい曲だ。こんなことをして効果があるかどうかはわからんが、少なくともひどくはなっていないようだ」

ほんとかしら？　アレクシアは首をかしげた。「カトガンという若者はバイオリンがうまいの？」

「まあまあだ」

「だったらあたくしにもちょっと弾いてくれないかしら？　はっきり言って、コナル、じっとベッドに寝ているのは退屈で退屈でしかたないわ」

　マコン卿は低くうなった――マコン卿なりの同情のつぶやきだ。

　結局マコン卿は妻をなだめるためにロンドンからフルーテを呼び寄せた。この男ほどアレクシアのあつかいに長《た》けた者はいない。ほどなくベッドのまわりにはウールジー城の蔵書と新聞と王立協会の小冊子が山と積まれ、アレクシアの居丈高な呼び鈴鳴らしとうるさいばかりの要求はいくらか治まった。ヴィクトリア女王の無事を伝える連絡も一時間ごとに入るようになった。〈女王陛下の番犬たち〉こと特別人狼近衛隊が厳重な警備につき、さらに〝人狼は危険要素になりかねない〟という〈議長《マージャ》〉の説得を尊重して、一人のはぐれ吸血鬼と四人のスイス警備兵も警護に加わった。

アケルダマ卿はブーツをレディ・マコンの見舞いに向かわせ、同時にちょっとした情報を届けさせた。それによれば、ロンドン周辺のゴーストたちは動転し、あちこちに現れたり消えたり漂ったりしながら、〝もうじき恐ろしいことが起こる〟と不吉な前兆をささやき合っているらしい。面と向かってたずねられても、何が起こっているかを正確に知るゴーストは一人もいないが、ゴースト界が動揺しているのは間違いないようだ。

アレクシアはこれを聞いて、いてもたってもいられなくなった。い、いまこの瞬間にも、ロンドンに駆けつけて調査を続けたいのに、ベッドに縛りつけられてるなんて。アレクシアのわがままは傲慢さになり、不幸にもウールジー城に居合わせた者たちの生活は耐えがたいものになってきた。満月が近いとあって、団の古株たちは走り、狩り、月の出る時刻に働くのに忙しく、若手たちはビフィと一緒に監禁されている。つまり、アレクシアのかんしゃくのとばっちりを受けるのは使用人とフルーテだけで、とりわけフルーテは聖人のように八つ当たりの大半を引き受けていた。

五日目の晩、いよいよフルーテの神通力も失せ、アレクシアがベッドカバーを払いのけてくじいた足に体重を載せ、少し痛むが問題なく歩けそうだと判断し、〝馬車でロンドンへ行く〟と宣言したときは誰も驚かなかった。みなが驚いたのは、レディ・マコンが五日も辛抱できたことだ。

アレクシアが、着替えを手伝うよう、顔を赤らめるクラヴィジャーを説得したちょうどそのとき、数枚の紙を握りしめたフルーテが深刻な顔で戸口に現われた。何かで頭がいっぱいで、最初はアレクシアの外出を止めるのも忘れていた。

「奥様、たったいま通信装置に非常に興味ぶかいエーテルグラフが届きました。奥様あてと思われます」

アレクシアはさっと目を上げた。「あら、本当？」

「〈ひらひらパラソル〉あてです。パラソルと本気で通信する者がいるとは思えません」

「たしかにそうね」

「送り主は〈ふわふわボンネット〉と名乗る男です」

「女性よ。ええ、続けて」

「発信元はスコットランド」

「ええ、ええ、知ってるわ、フルーテ。それでなんと書いてあるの？」

フルーテが咳払いして読みはじめた。「〝〈ひらひらパラソル〉へ。サクボウの超機密事項に関する重大情報〟」そこで二枚目の紙に移り、「〝スコットランドの人々はかつてロンドンに住む異界族の首謀者——通称〈運命の男《エージェント・ドゥーム》〉なる人物と接触していた〟」次いで三枚目をめくり、――〝レディ・Kによれば、恐ろしい〈計画〉に手を貸したのに〈エージェント・ドゥーム〉。すべてが彼の差し金か〟」そして最後の一枚を読みあげた。「〝夏のことゆえスコットランド人はレディには耐えられないほど膝を出している。ヘアーマフは大好評。敬具なんたらかんたら。コードネーム〈ふわふわボンネット〉より〟」

アレクシアはアイヴィからの通信文に手を伸ばした。「すばらしいわ。フルーテ、彼女に感謝の言葉と、ロンドンに戻っていい旨を伝えてちょうだい。お願いよ。それから馬車を呼んで。夫は今夜、異界管理局《BUR》にいるんでしょう？　いますぐ相談しなきゃならないことがあるの」

「しかし、奥様！」

「止めても無駄よ、フルーテ。国家の命運がかかってるんだから」

アレクシアに議論で勝てるはずがないことを嫌というほど知っているフルーテは、馬車を呼ぶべく部屋を出た。

# 8　毒入りティーポット

「おや、これはレディ・マコン、少なくともあと二日は郊外におられるはずだと思っていましたが」異界管理局《BUR》本部に現われたアレクシアに最初に気づいたのはライオールだった。ＢＵＲ本部はフリート・ストリートから少しはずれた場所にあり、アレクシアの趣味からすれば、やや薄汚く、お役所ふうの建物だ。ライオールとマコン卿が共用する正面の大きな執務室にはデスクがふたつ、着替え用クローゼットと長椅子がひとつずつ、椅子が四脚、帽子かけが数本。そして、ここを訪れる人狼用の服が詰まった洋服だんすがところせましと置いてある。さらに、ＢＵＲがつねに何かしら異界族に関する重大事件をあつかっていることと、正規の清掃員を雇っていないせいで、書類やエーテルグラフ通信用の金属板、汚れたティーカップ、そしてどういうわけか大量のカモのぬいぐるみが散乱していた。

　マコン卿が古びた巻き羊皮紙の山から顔を上げ、茶褐色の目を細めた。「たしかにそのはずだ。こんなところで何をしている、アレクシア？」

「もうすっかり治ったわ」アレクシアはパラソルに寄りかかっていないふりをして近づいた。本当のことを言うと、パラソルなしでは歩けない。何しろ〝よたよた歩き〟が、いまや〝片脚引きずりよろめき歩き〟になったのだから。

　マコン卿はあきれてため息をつき、デスクをまわって妻を見下ろした。アレクシアはしかられると思ったが、意外にもマコン卿は妻をきつく抱きしめて、たくみに後ろ向きに歩かせ、部屋の隅の椅子に座らせた。

　アレクシアが呆然としているまに、気がつくと完全に脚が浮いていた。「その……本当よ」

　マコン卿はアレクシアが口ごもっているまに熱いキスをした。おそらく口封じのためだ。ライオールは夫婦のじゃれ合いに小さく笑い、静かに仕事に戻った。複雑な数字の計算をしているらしく、かすかに紙のこすれる音がする。

「重大な情報を届けに来たの」アレクシアはようやく言葉を取り戻した。

　このひとことにマコン卿は妻を叱るのも忘れてたずねた。「ほう？」

「アイヴィをスコットランドに送りこんで、前回の暗殺未遂の真相をレディ・キングエアから聞き出したの」

「アイヴィ？　あのミセス・タンステルか？　なんとも大胆な人選だな」

「アイヴィを見くびらないほうがいいわ、あなた。げんに重大な事実をつかんだんだから」

　マコン卿は意外な言葉にしばし考えこんだ。「それで？」

「それによると、毒薬をロンドンから手に入れただけじゃなく、ロンドンに工作員がいたらしいの。驚くなかれ、陰の首謀者がいたのよ。アイヴィは、この男が計画の一部始終を指揮したとにらんでるわ」

マコン卿が動きを止めた。「なんだと?」

「これでも〝事件は解決した〟と言うつもり?」アレクシアはここぞとばかりに得意げに言った。

マコン卿の表情は変わらない——嵐の前の静けさだ。「それで、その工作員については何かわかったのか?」

「異界族ということだけよ」

背後で紙をめくる音が止まり、マコン夫妻を見やったライオールのキツネ顔が好奇心でさらに鋭くなった。ランドルフ・ライオールがBURで現在の地位を保っているのは、マコン卿の副官《ベータ》であるからではなく、生来の捜査能力がすぐれているからだ。ライオールは鋭い判断力と——人狼だけに——事件をかぎつける嗅覚がある。

マコン卿が怒りを爆発させた。「やっぱり吸血鬼どもがからんでいたんだな! やつらはいつだってそうだ」

アレクシアは冷静だ。「どうして吸血鬼だとわかるの? ゴーストかもしれないし、人狼の可能性もあるわ」

ライオールが近づいて口をはさんだ。「これは重大な情報です」

マコン卿は自説を続けた。「ゴーストだとすれば、もうとっくに消魂《ディスアニムス》しているはずだから手の打ちようはない。人狼だとすれば、おそらく一匹狼だろう。だが、連中の多くは去年、〈ヒポクラス・クラブ〉によって殺された。いずれ科学者どもめ。となれば、吸血鬼から始めるのが妥当だ」

「あたくしも同じ結論に達したわ、あなた」

「吸血群をあたってみます」すでにライオールは帽子かけに向かっていた。

マコン卿は不服そうだ。

アレクシアが片手を夫の腕に置いて制した。「そうね、いい考えだわ。教授はあなたよりはるかに駆け引きがうまいもの——厳密には紳士階級《ジェントリ》でなくても」

ライオールは笑みを隠してシルクハットをポンとかぶると、アレクシアに向かって軽くつばに触れ、無言で足早に夜の街に出ていった。

「まあいい」マコン卿がうなった。「わたしは地元のはぐれ吸血鬼を調べる。やつらの誰かである可能性はつねにあるからな。それからきみは——きみはここにじっとしてろ。調査に首をつっこむんじゃない」

「いいえ、そんなの、吸血鬼が日光浴に行くくらいありえないわ。これからアケルダマ卿を訪ねるつもりよ。〈宰相〉として、この問題は知っておくべきだわ。もちろん〈将軍〉も。スローター卿に使いを送って、今夜、ご同席願えるかたずねてくれる？」

アケルダマ卿ならアレクシアを座らせ、何はなくともしばらくは噂話に花を咲かせて引き留めておくだろう——マコン卿はそう判断し、それ以上、反対しなかった。形ばかり悪態をついただけで妻の頼みを聞き入れ、特別捜査官ハーバービンクを〈将軍〉宅に向かわせた。

それでも、捜査に出る前にみずから妻をアケルダマ邸に送り届けることだけは譲らなかった。

「アレクシア、かわいい**インドの丸パンちゃん**《パパダム》よ、こんなすてきな夜にロンドンで何をしているのかね？　いまごろはベッドのなかで週末らしい物思いにふけっているはずではないのか？」

アレクシアも今夜ばかりは華麗な挨拶を楽しむ気分ではなかった。「ええ、でも、大変なことが起こったの」

「なんとまあ、それは**なんともすばらしい！**　さあさあ、座って、アケルダマおじさんにすべて聞かせておくれ！　紅茶かね？」

「お願いするわ。ああ、それから最初に言っておくけど、〈将軍〉にも来てもらうことにしたの。国家の利益に関することだから」

「ふむ、それならしかたがない。だが、**いとしのお花ちゃん**よ、あの口ひげがぴかぴかのわが家に影を落とすとは、考えるだに恐ろしい」噂によるとアケルダマ卿はドローン全員に〝おぞましき唇まわりのひげ禁止令〟を出しているらしい。かつてアケルダマ卿は自宅の廊下の角で思いがけず口ひげに出くわし、気鬱症になったことがある。頬ひげだけは適度に許されているが、これはたんにロンドンのしゃれ男たちのあいだで大流行しているからだ。とはいえ、アケルダマ邸でひげを生やそうと思えば、ハンプトンコート宮殿の装飾刈りこみ《トピアリー》なみの入念な手入れが要求されるのは言うまでもない。

アレクシアがため息とともに豪華な肘かけ椅子に腰を下ろすと、つねに気がきくミスター・ブーツが分厚いクッションを持って駆け寄り、痛む足首の下にあてがった。

アケルダマ卿はブーツを見てアレクシアと二人きりではなかったことに気づいた。「おお、ブーツ、わたしの**かわいい**子よ、悪いが席をはずしてくれるかね？　ああ、それから波動聴覚共鳴妨害装置を持ってきておくれ。鏡台の上の、フランス製バーベナ・ハンドクリームの隣にある。さあ、頼むよ」

お気に入りのオリーブグリーンのビロード地のフロックコートを華麗に着こなしたドローンはうなずいて部屋から出ていき、ほどなく期待どおり、とりどりのごちそうと釘が突き出たような小型装置の載ったティーワゴンを押して現われた。

「ほかにご用は、アケルダマ卿？」

「いや、もう充分だ、ブーツ」

ブーツはアレクシアをじっと見た。「マイ・レディ？」

「いいえ、ありがとう、ミスター・ブートボトル＝フィプス」

フルネームでの呼びかけに若き伊達男はひどくどぎまぎして顔を赤らめ、足早に部屋を出ていった。あとには黄金の房飾りのついた大量の小型クッションと、部屋の隅で静かに喉を鳴らす太った三毛猫だけが残った。

アケルダマ卿が共鳴妨害装置の音叉を指ではじくと、二種類のハチが言い争っているかのような低いうなりが聞こえはじめた。それがワゴンの中心にそっと置かれると、お腹をさらしたしどけない格好で寝そべっていた猫がごろりと転がって、ものうげに伸びをし、装置の音が気に入らないとばかりにゆっくり応接間の扉に向かった。そして、ムチのようにしなるしっぽとこれみよがしに突き出したお尻が無視されたと知って、不満そうに声を上げはじめた。

アケルダマ卿は立ち上がり、「仰せのままに、マダム・ずんぐりマフィン《パッジ》」と言いながら猫を部屋の外に出してやった。

アケルダマ卿とは親しい仲だから、勝手に紅茶を注いでもかまわないわね——アレクシアはそう判断し、接待役《ホスト》がわがままな猫の相手をするあいだに自分で紅茶を注いだ。

席に戻ったアケルダマ卿がシルクのズボンをはいた脚を組み、組んだほうの足を前後に小さく揺らしはじめた。一般的にはいらだちのしぐさと見なされるが、アケルダマ卿の場合は、いらだちというより秘めたるエネルギーの表出のように見える。「わたしはかつてペットをたくさん飼っていた——知っていたかね、小鳩ちゃん？　わたしが死すべき者だったころだ」

「あら、そうなの？」アレクシアは慎重に話をうながした。アケルダマ卿は変異前のことをめったに話さない。下手に聞きだそうとすれば、すぐ口を閉ざしかねなかった。

「ああ、いかにも。いまやなげかわしくも、仲間はたったの猫一匹だ」

アレクシアは屋敷にしじゅう出入りするきらびやかなドローンの集団を思い浮かべたが、あえて口にはしなかった。「だったら、もっと猫をたくさん飼ったらどう？」

「いやいや、それは無理だ。そんなことをしたら、わたしには〝あの猫をたくさん飼っている吸血鬼〟という評判が立ってしまう」

「それがあなたの評判を決定づけるとは思えないけど」アレクシアはアケルダマ卿の服をしげしげとながめた。黒の燕尾服に銀色のズボン。ウエストがくびれた黒と銀のペイズリー柄のベストに銀色のクラバット。それをとめる巨大な銀細工のクラバットピン。手袋をした手からは服に似合いの銀とダイヤモンドをあしらった片眼鏡《モノクル》をぶらさげ、まばゆいバター・イエローにとかし上げた金髪を後ろで束ねて、長い一房をわざと芸術的に垂らしている。

「まあ、**ミカンちゃん**よ、うれしいことを言ってくれるじゃないか！」

アレクシアは紅茶をひとくち飲み、思いきって切り出した。「アケルダマ卿、よりによってあなたにこんなことを頼むのはしのびないんだけど、しばらくのあいだ、あたくしの話を本気でまじめに聞いてくれない？」

アケルダマ卿の足の動きが止まり、陽気な表情がこわばった。「いとしのお嬢ちゃん、きみとは長い付き合いだが、そのような申し出はわれわれの友情をも壊してしまいかねんよ」

「どうか悪く思わないで。でも、あたくしが調査中の事件を憶えてるでしょう？　今回の女王陛下に対する脅迫が、過去のおぞましい暗殺計画の洗いなおしにいたった経緯について」

「もちろんだとも。それに関してきみに伝えたい**注目すべき**情報があるのだが、ここはレディ・ファースト——まずはきみの話を聞こう」

アレクシアはアケルダマ卿の言葉が気になったが、礼儀にのっとって話を始めた。「スコットランドからの情報によれば、あの恐ろしい暗殺計画をくわだてた工作員が、ここロンドンにいたらしいの。しかも異界族の。ひょっとして、この件について何か知らない？」

「いとしのお嬢ちゃんよ、まさかきみは、このわたしが――」

「いいえ、そうじゃないわ。あなたは情報収集の達人だけど、アケルダマ卿、それはあなた自身の好奇心を満足させるためのもので、実際に何かに利用することはまずない。失敗に終わった暗殺計画が、あなたのあくなき探求心と関係があるとはとても思えないわ」

「実に論理的だ、**キンポウゲ**よ」アケルダマ卿は牙を剥き出してほほえんだ。まぶしいガスライトを浴びて光る牙が今日のクラバットによく映える。

「それに、言うまでもなく、あなたならしくじるはずがない」

アケルダマ卿は鋭い、はじけるような笑い声を上げた――予想外の喜びようだ。「これはよく言ってくれたね、ちっちゃな丸パンちゃん、**いや、かたじけない**」

「それで、この件をどう思う？」

「二十年前にロンドンの異界族の誰かが女王を殺そうとしたことについてかね？」

「夫は吸血鬼だと思ってるわ。あたくしはゴーストを疑ってるの――ほら、証拠が残りにくいから」

アケルダマ卿はモノクルの先で牙の一本を軽く叩きはじめた。「わたしは三番目の可能性が大きいと思う」

「人狼団ってこと？」アレクシアはティーカップをのぞきこんだ。

「ある人狼だ、ちびキュウリよ」

アレクシアはカップを置いて盗聴妨害装置の音叉をはじき、さらに不協和音を響かせた。

「でも、一匹狼となると状況はゴーストと変わらないわ。去年〈ヒポクラス・クラブ〉の違法実験で地元の一匹狼はほぼ全員が排除されたから」アレクシアは二杯目の紅茶を注ぎ、ミルクを少し足してカップを口につけた。

アケルダマ卿はいつになく陰鬱な表情で首を振った。モノクルの動きも止まっている。

「きみは大事な点を見落としているようだ、**バターボール**よ。わたしの勘が正しければ、その人物は一匹狼ではなく、団に属する人狼だ。きみは当時のロンドンの人狼団がどんなものだったかを知らない。だが、わたしは憶えている。ああ、憶えているとも。街じゅうの噂だった。もちろん噂だ。だが、先代のアルファは正気ではなかった。世間や報道機関といった昼間族の詮索からは完全に遠ざけられていたが、事実は事実だ。なにゆえ彼がそんな評判を得るようになったのかと言えば――」

「でも、二十年前も地元の人狼団と言えば……」アレクシアは言葉をのみこんで椅子の背にもたれ、無意識に守るように片手をお腹に載せた。

「ウールジー団だ」

アレクシアは団の人狼を思い浮かべた。コナルとビフィを除けば、全員が前のアルファ時代からいる者たちだ。「チャニング」ついにアレクシアがつぶやいた。「きっとチャニング少佐よ。あたくしに過去を探られるのをひどく嫌がってたもの。つい先日も図書室で調べものをしていたあたくしを邪魔したわ。当時の軍隊記録を調べて、誰が内地にいて、誰が外地にいたのかを確かめる必要がありそうね」

「さすがはアレクシア。見事な推理だ。だが、きみにもうひとつ伝えたい情報がある。きみは〈真《O》鍮タ《B》コ同《O》盟〉のもとで働いていた料理人を調べておったね？　あの小さな毒殺者のことを」

「ええ、そうよ。どうして彼女のことを？」

「**誰にたずねているのかね、**ダーリン」アケルダマ卿は指の代わりにモノクルで自分を差し示した。

「ああ、そうだったわ。ごめんなさい。続けてちょうだい」

「彼女は〝ダンニン駆動投薬法〟を使った。探知が非常に難しい方法だ。あのとき彼女は、熱湯と紅茶にもっともよく含まれる化学成分を加えることで毒性を発する毒薬を選んだ」

　アレクシアはカチャリと音を立ててティーカップを置いた。

　アケルダマ卿は目をきらめかせて続けた。「これには内側にニッケルめっきをほどこした特殊な自動ティーポットが必要だ。そのティーポットは贈り物としてヴィクトリア女王に届くことになっていた。そして、そのポットから最初にお茶を飲んだときだけ――毒がしみ出すしくみだ」アケルダマ卿は完璧にマニキュアをした細長い指を二本立て、牙のように自分の首に向かって斜めに振り下ろした。「毒を提供したのは料理人ゴーストかもしれないが、当時あのような特殊なティーポットを造れる人物は一人しかいなかった」

アレクシアは目を細めた。偶然とは恐ろしい。「もしかして、ベアトリス・ルフォー？」

「いかにも」

アレクシアはパラソルに寄りかかり、ゆっくりと、少しずつ慎重に、それでも確固たる意志のもとに立ち上がった。

「役に立つ情報をありがとう、アケルダマ卿、とてもためになったわ。本当に。そうとなれば、こうしてはいられないわ」

そのとき廊下がざわめき、応接間の扉がバタンと開いて〈将軍〉が現われた。

「いきなり呼び出すとはどういうことだ？」〈将軍〉はロンドンの夜気と生肉のにおいをさせながら大声で足早に部屋に入ってきた。

アレクシアは〝なんの話？〟とでも言うようによたよたと〈将軍〉の前を行きかけた。

「あら、こんばんは、〈将軍〉どの。事情はすべて〈宰相〉が喜んで話してくれるわ。では失礼、両伯爵どの。大事な用がありますの」そう言って言いわけを探し、「買い物ですわ。おわかりでしょう？　帽子です。とても重要な帽子ですの」

「なんだと？」〈将軍〉がうなった。「だが、呼び出したのはきみだぞ！　どういうことだ、レディ・マコン！　しかも吸血鬼の屋敷に！」

アケルダマ卿は引きとめる気もないのに、椅子からわざとらしく立ち上がった。

アレクシアは玄関から二人に向かって愛想よく手を振ると、待たせていた馬車に足を引きずりながら乗りこんだ。「リージェント・ストリートの〈シャポー・ド・プープ〉まで、全速力で」

アレクシアは帽子には目もくれず、何か言いたげな売り子の前をいかにも気位の高いレディ・マコン然と通り過ぎ、まっすぐ店の奥に向かった。不満そうな売り子には「案内はけっこうよ。彼女と約束があるの」と告げた。見え透いた嘘だが、若い娘をなだめるには有効だ。関係者全員にとってさいわいだったのは、この売り子が冷静にも店の札を〝閉店〟にし、アレクシアが壁に消えるところを誰にも見られないよう扉を閉めたことだった。

ルフォーは発明室にいた。最後に会ったときより、さらにやつれ、調子が悪そうだ。

「まあ、ジュヌビエーヴ！　寝こまなければならないのはあたくしだけだと思ってたけど、あなたこそ一週間ほど休みを取ったほうがよさそうよ。新しい仕事は、身体をこわしてまで仕上げなければならないほど大事なの？」

ルフォーは力なくほほえみ、目の前の金属箱の上に広げたエンジンの設計図らしきものをにらんだまま目も上げない。背後にそびえる制作中の巨大な山高帽のような装置は、ますます山高帽らしい様相を呈していた。高さは少なくともマコン卿の三倍はあり、繭型《まゆがた》の操縦室が触手のような何本もの支柱のてっぺんに載っている。

ルフォーがここまで仕事に没頭するのは、ゴースト人生の最終段階にあるおばから気をまぎらすために違いない。「まあ、なんて恐ろしげな装置かしら？　いったいどうやってこの部屋から出すつもり、ジュヌビエーヴ？　とても廊下は通れないわ」

「大丈夫よ、ゆるく組み立ててあるだけだから分解して持ち出せるわ。最終組み立てのときは〈パンテクニカン〉の倉庫を使えるように話がついてるの」ルフォーは立ち上がって伸びをし、そこで初めてアレクシアを正面から見ると、ぼろきれで油だらけの手をふき、歩み寄ってしかるべき挨拶を交わした。頬にやさしくキスされて、アレクシアはこれまでルフォーがいつも自分を気づかってくれたことを思い出した。

「あたくしに話したいことはなくて？　秘密は守るし、むやみな詮索はしないと約束するわ。あたくしに何か力になれることはない？」

「まあ、やさしいのね。頼めることがあればいいんだけど」そう言ってルフォーは身を離し、華奢な肩を丸めた。

どうやらルフォーの落胆には何か別の原因がありそうだ。「またケネルが本当の母親のことをきいてきたの？」

この件については前にも二人で話したことがある。アンジェリクの非業の死は、感受性の強い少年には刺激が強すぎるという理由でケネルには伏せておくことにした。もとメイドが産みの親だとは、とても言えない。

ルフォーが柔和なあごをこわばらせた。「本当の母親はわ、わ、わたくしよ」

ルフォーがむきになるのも無理はない。「でも、あの子にアンジェリクのことを伝えないのはつらいんじゃない？」

ルフォーはかすかにえくぼを浮かべた。「ケネルは知ってるわ」

「あら、まあ。どうやって……」

「いまは話したくないの」日ごろから感情を読みにくい女性だが、いまやルフォーは完全に拒絶の表情になり、みるまにえくぼも消えた——カワネズミを追いかけるプードルのような速さで。

かたくなな反応にがっかりしながらも、アレクシアは友人の意志を尊重した。「実はあなたに相談したいことがあって。つい先ごろ、おば様の過去の仕事に関する情報を手に入れたの。おば様は特殊な自動ティーポットの製造にたずさわっていたみたい。それも、きわめて特殊な。ニッケルめっきの」

「あら、そう？　いつごろかしら？」

「二十年前よ」

「残念ながら、わたくしは何も憶えていないわ。そんなこともあったかしら？　おばに直接たずねてみるか、記録を調べることはできるわ。でも、簡単じゃないわよ」そこでルフォーは歌うようなフランス語に切り替えた。「ベアトリスおば様？」

近くの壁からぼんやりした姿が現われた。前回よりさらに状態が悪く、結合力を失った肉体は霞のようで、もはや人間の形すらとどめていない。「あたしの名を呼んだ？　それとも鈴の音？　銀の鈴！」

「騒霊《ポルターガイスト》状態になったの？」アレクシアは同情に満ちた声でそっとたずねた。

「残念ながら、ほぼ完全に。それでもたまに正気を取り戻すときはあるの。だから、まだ完全に失われたわけじゃないわ。さあ、やってみて」ルフォーが打ちひしがれた声で言った。

「ごめんあそばせ、〈かつてのルフォー〉、二十年前に特殊なティーポットの注文に応じたことを憶えてらっしゃらない？　ニッケルめっきの？」アレクシアはそれ以外にもいくつかポットの特徴を伝えた。

ゴーストはアレクシアを無視して天井ちかくまで舞い上がると、ルフォーが制作中の巨大装置のてっぺんあたりをただよい、できそこないの冠《ティアラ》のように身体を引き伸ばした。

ルフォーは顔をくもらせた。「古い記録を見てみるわ。引っ越したときにどこかにしまったかもしれないから」

ルフォーが広い発明室の片隅でごそごそ探しはじめると、〈かつてのルフォー〉はいやおうなく引き寄せられるかのように、アレクシアのそばにゆらゆらと下りてきた。明らかに結合力を失いつつある。避けようのない消魂《ディスアニムス》前の最終段階だ。認識力が崩壊するにつれて、〈かつてのルフォー〉は自分が人間だったことも、かつて自分の身体がどんなものだったかも忘れはじめていた——少なくとも科学者たちはそう考えている。精神が肉体を制御するというのは、広く認められた理論だ。

ぼんやりした身体のまわりから、靄《もや》状の煙となったエーテルが羽のようにゆらめきながらアレクシアに向かってきた。反異界族の力がゴーストの身体に残る糸を断ち切り、バラバラにするためだ。それは、石けん泡の浮いた水が渦を巻いて排水溝に流れこむような不気味な光景だった。

ゴーストは自分自身が崩壊するさまを興味ぶかく見つめているふうだったが、ふとわれに返って糸を引き寄せ、体内にかき集めた。「反異界族！」憎々しげな口調だ。「女の反異界族！　あんたは何を――ああ、そーだ、あんたはそれを阻止してくれる人だ。すべてを阻止するんだ。あんたが」

そこで〈かつてのルフォー〉は見えない何かに気をとられたらしく、何やらぶつぶつつぶやきながらくるりと回転してアレクシアからふわりと離れた。つぶやきの向こうに、耳をつんざくような甲高い悲鳴《しゅうれん》が聞こえる。やがて彼女の声はすべて、たったひとつの、死にゆく魂のいまわの叫びに収斂《しゅうれん》してゆくのだろう。

アレクシアは首を振った。「気の毒に。なんという最期かしら。耐えられないわ」

「間違ってる。間違ってる！」〈かつてのルフォー〉がわめいた。

戻ってきたルフォーが、ぼんやりしていたせいで、うっかりおばのまんなかをすり抜けた。

「あら、失礼、おば様。ごめんなさい、アレクシア。記録を入れた箱が見つからないの。今夜また探してみるから少し時間をちょうだい。それでいい？」

「もちろんよ。いずれにしてもありがとう」

「そろそろ失礼してもいいかしら？　仕事に戻らなければならないの」

「ええ、もちろん」

「あなたもご主人のもとに戻ったほうがいいわね。きっとあなたを捜してるわ」

「あら？　そう？　どうしてわかるの？」

「いいこと、アレクシア、あなたは臨月の身体でベッドを抜け出し、足を引きずって歩きまわってるの。はっきり言って無謀よ。ゆえにマコン卿はあなたを捜している」

「あなたって本当にあたくしたちのことをよくわかっているのね、ジュヌビエーヴ」

たしかにマコン卿は鉄砲玉の妻を捜していた。アレクシアの馬車が新居の前に止まると同時に玄関から出て踏み段を下り、妻を両腕で抱え上げた。

アレクシアは怒りをこらえ、夫の過保護ぶりに耐えた。「こんな道のまんなかでやらなきゃならないこと？」熱烈なキスをされたあとで言えたのは、これだけだ。

「心配していた。なかなか帰ってこないから」

「アケルダマ邸にいると思った？」

「ああ。だが、あろうことか〈将軍〉がいた」人狼とは思えないほど優しい夫ぶりを発揮していたマコン卿が、急に狼っぽくうなった。

マコン卿は、アレクシアが五日間、寝こんでいたあいだに——ビフィのセンスには遠くおよばないが——一応の修復が終わった奥の応接間に妻を運びこんだ。今月の〝骨ねじれ病〟から回復したら、きっとビフィがもとのレベルに戻してくれるだろう。

マコン卿は妻を椅子に座らせると、片手を握り、かたわらにひざまずいた。「正直に言ってくれ——気分はどうだ？」

アレクシアはふっと息をついた。「正直に？　あたくしもときどきマダム・ルフォーのように男装をしたくなるわ」

「そりゃまたどうして？」

「〝動きやすいから〟という理由のほかに何かある？」

「マイ・ラブ、いま動きにくいのは服のせいじゃないと思うが」

「そうね。つまり、赤ん坊が生まれたあとってことよ」

「それにしても、どうして男装なんだ？」

「あら、わからない？　ためしにコルセットと長いスカートとバッスルをつけて一週間、過ごしてみればいいわ」

「ためしたことがないと思うか？」

「まあ、驚いた！」

「ごまかそうとしても無駄だ。いまの気分は？」

アレクシアはため息をついた。「少し疲れて、ひどくいらいらするけど、身体のほうは大丈夫よ。足首の痛みは大したことないし、チビ迷惑は馬車に乗ってるときも、あちこち動いているあいだもすばらしくお利口だったわ」そこで一瞬、考えた。女王暗殺計画に関するアケルダマ卿の見解をどうやって言い出そう？　でも、あたしには持ってまわった言いかたなんかできないし、コナルも微妙な言いまわしは苦手だ。ここは、はっきり言うしかない。

「アケルダマ卿は、キングエア団の暗殺計画を指揮したロンドンの工作員はウールジー団の誰かだったと思ってるみたい」

「なんだと？」

「お願いだから、落ち着いてちょうだい。論理的に考えて。あなたには難しいと思うけど。でも、たとえばチャニングのような――」

マコン卿は首を横に振った。「いや、チャニングじゃない。やつはそんなことをするような男じゃ――」

「でも、アケルダマ卿は、ウールジー団の前のアルファは正気じゃなかったと言ったわ。それが何か関係しているとは思えない？　もし彼がチャニングに命令して――」

マコン卿が声を荒らげた。「ありえない。だが、ウールジー卿本人なら……それなら考えられないこともない、認めたくはないが。あの男は狂っていた。完全にイカれていた。こういうことはよく起こる――とくに非常に高齢のアルファには。きみも知るとおり、人狼は人狼どうしで闘う。つまり、正式な決闘とは別の場所で。とくにアルファはそうだ。われわれアルファが永遠に生きられないのは正気を失うから――少なくとも語り部《ハウラー》たちはそう歌っている。それは吸血鬼にも言える。アケルダマ卿を見ればわかるように、あまり高齢になると……いや、話がそれた」

アレクシアは会話をもとに戻した。「ウールジー卿の話よ」

マコン卿はつないだ手を見下ろした。「さまざまな形を取るものだ――狂気というものは。なんの害もない、ちょっとした個人的好みのときもあれば、それではすまない場合もある。ウールジー卿はかなり度を超していたらしい。残酷ですらあった――」マコン卿はふさわしい言葉を探した。いかに気の強い妻でも、あまり露骨な言葉にはショックを受けかねない。

「――その趣味において」

アレクシアは言葉の意味を考えた。コナルはとても優しいけれど、精力的で、求めたがる夫だ。もちろんアレクシアに対しては、せいぜい軽く甘嚙みする程度で、本気で牙を剝くことはない。それでも付き合いはじめたころは一、二度、〝この人はあたしを餌だと思っているんじゃないかしら〟と不安になったことがあった。父親の日誌で、そうした事例はいくらでも読んだことがある。

「つまり、妻に暴力を振るってたってこと？」

「いや、そうじゃない。だが、聞いたところでは、加虐的行為から喜びを得るタイプだったようだ」そう言ってマコン卿は顔を赤らめた。アレクシアに触れているときもときどき赤くなる。それが少年のようでいとおしい。アレクシアは空いた手で夫の豊かな黒髪をなでた。

「驚いたわ。ウールジー団はそんな事実をどうやって隠していたの？」

「それが驚くなかれ、そのような性癖は人狼にかぎったことじゃない。世間にはそうした淫売宿さえあって――」

アレクシアが片手を上げて制した。「やめて、あなた。それ以上、詳しいことは聞きたくないわ」

「そうだな、マイ・ラブ。当然だ」

「あなたが彼を殺してよかったわ」

マコン卿はうなずいて妻の手を離し、立ち上がって記憶を探るように遠くを見つめた。暖炉の上に並んだ銀板写真をもてあそぶ動きには、敏捷な野生味が戻っている。人狼マコン卿の異界族的な一面だ。「これがわたしだ、妻よ、これがあるがままの。わたしはこれまで多くの人を殺してきた——女王と国家のため、団と決闘のため。わたしの死後の生において、その部分だけは決して誇れるものじゃない。ウールジー卿は野蛮だった。わたしはたまたま彼を葬る力に恵まれていた。彼は闘いに明け暮れるうちに正気を失い、間違った道を選んだだけだ。彼はあまりに楽しみすぎた」

マコン卿がふと頭をかしげた。異界族のすぐれた聴覚がアレクシアにはわからない音を聞きつけたようだ。

「扉の向こうに誰かいる」マコン卿は記憶の残像を断ち切り、腕組みして扉に向かった。

アレクシアはパラソルをつかんだ。

ゴーストは困惑していた。この数晩、かなりの時間を困惑に費やしている。しかも一人きりで。みんないなくなった。最後の一人まで。そして狂気のなかにただよい、沈黙とエーテルのなかで死後の生を失いつつあった。本来の自分をつなぎとめる糸が、ただよいながらちぎれてゆく。それなのに、二度目の死を迎える自分のそばに親しい顔はひとつもない。

ゴーストは思い出した——何かが終わっていないことを。それはあたしの命？

ゴーストは思い出した——まだやらなければならないことがある。それは死ぬこと？

ゴーストは思い出した――何かが間違っていることを。あたしはそれを正そうとしていたんじゃなかった？　どうしてあたしは生者の心配なんかしなければならないの？　間違っていた――なにもかも。あたしは間違っていた。でも、もうじき間違うこともなくなる。だが、それもまた間違いだった。

# 9 過去が現在を複雑にすること

奥の応接間の扉を叩く音がして、フルーテの上品な顔が現われた。「マダム・ルフォーがお見えです、奥様」

アレクシアはたったいま夫から小言を言われたのを忘れたかのように、かたわらにそっとパラソルを置いた。「あらそう、じゃあ、表の応接間に案内してくれる、フルーテ？　すぐに行くわ。この部屋はまだ――お客を呼ぶにはふさわしくないから」

「かしこまりました、奥様」

アレクシアは夫を振り返って立ち上がるのを手伝うよう手招きした。マコン卿は命じられるままに近づき、両脚を踏ん張った。

「よっこらせ」とアレクシアは立ち上がり、「とりあえず、増えつづける〝役に立たない故人容疑者リスト〟にウールジー卿を追加しておくわ。まったく死というものは不便ね。関与したかどうかを証明できないんだから」

「今回の女王暗殺計画の目的も謎のままだ」マコン卿はさりげなくアレクシアの身体に腕をまわした。身体を支える愛情表現ならアレクシアもすんなり受け入れる。結婚して約一年、ようやくマコン卿もわかってきたようだ。

「まったくだわ」アレクシアはマコン卿に寄りかかった。

そこへ、またしても扉を叩く音。

「こんどはなんだ！」

こんどはうす茶色の髪のライオールが顔を突き出した。「ちょっとよろしいですか、マコン卿、団のことで」

「ああ、わかった」マコン卿はよたよた歩きの妻を支えて廊下を進み、表の応接間の扉の前まで送り届けると、ライオールのあとについて夜の闇に消えた。

「帽子を、マコン卿」暗闇のなかから、やんわりとたしなめるライオールの声が聞こえた。

マコン卿は玄関にとって返し、廊下の帽子かけから手近なシルクハットをひょいとつかむと、ふたたび出ていった。

アレクシアは応接間の前で足を止めた。扉が少し開いたままになっており、なかからルフォーのなめらかな声と、もうひとつ別の――年齢と威厳を感じさせる、知識と自信に裏打ちされた――声が聞こえてきた。

「ミスター・タラボッティは華麗なる恋愛遍歴の持ち主でした。わたくしはかねてから、〈ソウルレス〉は余分な魂を持つ人から見ると危険なほど魅力的に見えるのではないかと思っておりました。あなたも、おそらくは余分の魂をお持ちです。そしてあなたはあの女性《かた》に好意を抱いている――そうではありませんか？」

「あら、ミスター・フルーテ、どうして急にわたくしの恋愛に興味を持ったの？」

アレクシアは驚いた。フルーテの声には違いないが、一度にこれほど長々と話すのを聞くのは初めてだ。正直なところ、フルーテは完全な文章を作れないのではないか、と秘かに疑ったこともある。少なくとも、そうする気がないんじゃないかと。

「お気をつけください、マダム」と、フルーテの非難めいた硬い声。

アレクシアはかすかに顔を赤らめた。使用人が客に向かってあんな口をきくなんて！

「あなたが心配しているのはわたくし？　それともアレクシア？」ルフォーは使用人にあるまじき越権行為にもひるまずたずねた。

「両方です」

「わかったわ。とにかく女主人どのを呼んできてくださらない？　少し急いでいるの。このままでは夜が明けてしまうわ」

入るなら今だと、アレクシアはわざとらしく音を立てて応接間に足を踏み入れた。

フルーテは少しも動じず、何ごともなかったかのようにルフォーのそばからあとずさった。

「マダム・ルフォー、来てくれて嬉しいわ。ついさっき会ったばかりなのに」アレクシアは大儀そうに部屋の奥に進んだ。

「あなたが探していた資料が見つかったの。例のティーポットの」ルフォーは古い羊皮紙の束を手渡した。紙束の縁《ふち》は黄ばみ、手あかがついて分厚くうねり、片端がまっすぐそろっているせいで台帳のようだ。「おばが使っていた暗号で書いてあるわ。あなたなら解読できるかもしれない。要するにあの年、おばがティーポットの注文を受けたのはひとつだけだったようね。でも、かなりの金額よ。発注者ははっきりしてるわ。そこがおもしろいところなんだけど、発注元はロンドンの政府機関で、資金は異界管理局《BUR》から出ているの」

アレクシアは小さく口を開けて、すぐに閉じ、それから「アイヴィのいう〈エージェント・ドゥーム〉はBURの人間だったってこと？」と言ってため息をついた。「そうなると、いよいよウールジー卿があやしいわ。その時点では、まだアルファの地位にいたのだから」

部屋を出て扉を閉めかけていたフルーテが戸口で足を止めた。「ウールジー卿とおっしゃいましたか、奥様？」

アレクシアは無邪気な目を大きく開いてフルーテを見た。「ええ。彼がキングエア団による暗殺計画にからんでいたような気がしてならないの」

ルフォーはまったく関心を示さなかった。過去のことより、いまの心配のほうがはるかに大きいのだろう。「少しでも役に立てばうれしいわ、アレクシア。それで、調査が終わったら返してくれる？　きちんと保管しておきたいの。わかるでしょう？」

「もちろんよ」

「それじゃあ。あわただしくて申しわけないけど、仕事に戻らなきゃ」

「ええ、ええ、もちろんよ。お願いだから少しは休んでちょうだい、ジュヌビエーヴ」

「休むのは死んだあとでいいわ」ルフォーはちょっとふざけて肩をすくめ、部屋を出て行ったが、すぐに戻ってきた。「わたくしのシルクハットを見なかった？」

を感じた。

「廊下にかけてあった灰色の？」アレクシアは、お腹の二どもとは無関係に胃が重くなるのを感じた。

「ええ」

「どうやらコナルが間違えて持っていったみたい。特別な帽子？」

「まあ、お気に入りではあったけど。でも、マコン卿にかぶれるとは思えないわ。おそらく数サイズ小さいはずよ」

アレクシアはその図を想像し、あきれて目を閉じた。「ああ、さぞ滑稽に違いないわ。ごめんなさい、ジュヌビエーヴ。こういうことになるとまったく無頓着な人だから。戻ってきたらすぐに届けさせるわ」

「あら、気にしないで。何せうちは帽子屋だから」ルフォーのえくぼを見て、アレクシアは妙にうれしくなった。ルフォーの心からの笑顔を見るのは久しぶりだ。

玄関でルフォーを見送り、いつもの仕事に戻りかけたフルーテをアレクシアが呼びつけた。

「フルーテ、ちょっといいかしら？」

フルーテはおそるおそる女主人の前に立った。いつもと同じ無表情だが、アレクシアは長年の経験から、両肩に本心が出ることを知っている。

「フルーテ、あたくしは友人や使用人の会話を盗み聞きするような人間じゃないわ――それは言うまでもなくあなたがた執事の特権よ。でも、部屋に入る前に偶然あなたとマダム・ルフォーの会話が聞こえたの。正直なところ、あなたにあんなことができるとは知らなかったわ。あんなに長い文章を一息にしゃべるなんて。しかも、いくつかは声に抑揚までついていた」

「はい？」フルーテの両肩がぴくりと動いた。

残念ながら、フルーテにはあまりユーモアのセンスがない。アレクシアは皮肉をやめ、本題に入った。「さっき、お父様の話をしていたわね？」

「ある意味ではそうです、奥様」

「それで？」

「マダム・ルフォーはあなたに多大な関心を持っておられます」

「そうよ。それが彼女の流儀だと理解しているわ。言ってる意味はわかるわね？」

「はい、奥様」

「でも、あなたはそれ以上のものがあると思っているの？」

フルーテの両肩がこわばり、ほんのかすかに——よく見ないとわからない程度に——不快そうな表情が浮かんだ。「わたくしは長年にわたって観察してまいりました」

「それで？」フルーテと会話するのは、ボウルに入ったマカロニ・プディングに均衡《カウンターバランス》理論の公式を説明するのと同じくらい骨が折れる。

「これは反異界族の相互関係の性質に関することです、奥様」

「ええ、いいわ。続けて」

フルーテはゆっくりと、慎重に言葉を選びながら話しだした。「わたくしはある結論にたどりつきました」

「具体的には何について？」がまん、がまん――アレクシアは自分に言い聞かせた。相手の話をじっくり聞き出すのは得意ではないが、アケルダマ卿と付き合ううちに前よりうまくなってきた。

「余分の魂を持つ者とまったく持たない者のあいだには引力がはたらくのではないかということです」

「反異界族と異界族のあいだってこと？」

「もしくは、反異界族と異界族になる可能性のある一般人のあいだです」

「どんな引力？」アレクシアがさりげなくたずねた。

フルーテは意味ありげに片眉を吊り上げた。

「お父様は――」そこでアレクシアは口ごもり、ふさわしい言葉を探した。話す前に考えるなんて変な気分だ。コナルも話す前に考えるタイプではない。そうでなければおたがい耐えられなかっただろう。フルーテはアレクシアの父親のこととなると、〝国際関係の保護と国家安全のための機密事項〟とか言って堅く口を閉ざすことで有名だ。アレクシアはようやく言葉を継いだ。「お父様は、その引力を故意に利用していたの？」

「わたくしが知るかぎり、そうではありません」そこでフルーテは唐突に、実にフルーテらしからぬやりかたで話題を変えた。「テンプル騎士団がなぜ反異界族繁殖計画を断念したか、ご存じですか？」

蒸気機関車が入る路線を間違ったかのような話の変化に、アレクシアはあわてて頭のなかのギアを切り替えた。「あら、いえ、知らないわ」

「反異界族を完全に支配できなかったからです。理由はあなたがたの現実主義です。反異界族を信仰心だけで説き伏せることはできません。そこには明快な論理が必要なのです」

きわめて現実主義のアレクシアは困惑した。いつもは寡黙なフルーテがなぜ、しかも今こんなことをあたしに話すの？「それがお父様に起こったこと？　お父様は信仰を捨てたの？」

「厳密な意味での信仰ではありません、奥様」

「だったらどういう意味、フルーテ？　まわりくどい説明はもうたくさんよ」

「お父上は忠誠を誓う相手を変えたのです」

アレクシアは眉を寄せた。人生において、純然たる偶然というのは思ったよりはるかに少ないのかもしれない。「もしかして、それは二十年前？」

「三十年ちかく前になりますが、〝三つの出来事が関連しているのか〟という意味なら、はい、そうです」

「お父様がテンプル騎士団を拒否したことと、死んだことと、キングエア団による暗殺計画の三つってことね？　でも、キングエア団が女王暗殺をくわだてたとき、すでにお父様は死んでいたはずよ」

「おっしゃるとおりです、奥様」

そのとき玄関に何かがぶつかる音がして、扉を激しく叩く音が聞こえた。アレクシアはもう少し問いつめたかったが、フルーテは玄関の騒動に気を取られた。

いつもの冷静さと威厳さですべるように玄関に近づき、何ごとかと扉を開けると、誰かがフルーテを押しのけ、叫びながら応接間になだれこんだ。「レディ・マコン！　レディ・マコン、緊急事態です！」

駆けこんできたのは、アケルダマ卿の二人のドローン——ブーツと、トリズデールという名の若い子爵だ。二人とも興奮し、服も乱れている。アケルダマ卿のドローンにあるまじき姿だ。ミスター・ブーツお気に入りの緑色のジャケットは片袖がちぎれ、ティジーことトリズデール子爵のブーツはあちこちこすれている。まあ、靴にこすれた跡だなんて！

「まあ、あなたたち、なにか事件でもあったの？」

「ああ、マイ・レディ、恐ろしくて言葉もありません。屋敷が襲撃されました！」

「あら、まあ」アレクシアは二人に近づくよう手まねきした。「そんなところにぼんやり突っ立ってないで——立ち上がるのに手を貸してちょうだい。それで、あたくしは何をすればいいの？」

「それが、マイ・レディ、人狼に襲われているんです！」

アレクシアはとたんに青ざめた。「吸血鬼の屋敷で？　まあ、なんてこと！　いったい世のなかどうなっているの？」

「おっしゃるとおりです、マイ・レディ。ここはあなたに来ていただくしかありません。人狼は狼に変身しています」

　アレクシアはパラソルとハンドバッグをつかんだ。「ええ、ええ、そのようね。すぐに行くわ。腕を貸してちょうだい、ミスター・ブートボトル＝フィプス」

　二人の若き伊達男はあわてて近づき、よたよた歩きのアレクシアを支えて玄関を出ると、ライラックの茂みのあいだの小道を通ってアケルダマ邸に向かった。

　フレスコ画を描いた丸天井の下の廊下は心配そうな若者たちであふれていた。ブーツやティジーよりひどい状態の者もいて、そのうち二人はクラバットすらつけていない。まったくもって驚くべき光景だ。男たちは、途方に暮れつつもじっとしてはいられない様子で行ったり来たりし、動揺のあまり口々に話している。

「あなたたち！」甲高い声が男たちのざわめきを鋭く切り裂き、アレクシアはオーケストラの指揮者よろしくパラソルを高々と振り上げた。「それで、獣《けもの》はどこ？」

「どうかお静かに。それが……ご主人様なのです」

　アレクシアはきょとんとして手を止め、パラソルを下ろしかけた。たしかにアケルダマ卿は吸血鬼だけど、彼を獣と呼ぶ者はまずいない。

　ドローンたちはいっせいに説明と反論を唱えはじめた。

「みずから応接間にこもり、カギをかけられました」

「あの怪物と」

「ご主人様のなさることに異議を唱えるつもりはありませんが、これはあんまりです！」

「ひどく乱れた様子でした。毛皮の先が枝毛になっていたのをこの目で見ました」

「でも、〝わたしにまかせておけ〟とおっしゃって」

「〝われわれのためだ〟と。〝誰もなかに入れるな〟と」

「あたくしは誰もじゃないわ」アレクシアは完璧な仕立てのジャケットと高い白襟に身を包んだドローン団を押しのけた——小太りのテリア犬がプードルの群れのあいだを通り抜けるかのように。

アレクシアはドローンたちのあいだを通って〝悪名高きアケルダマ卿の応接間〟に通じる、白とラベンダー色の巻き飾りのついた金箔張りの扉の前で立ち止まると、深く息を吸い、パラソルの持ち手で扉をドンドンと叩いた。

「アケルダマ卿？　レディ・マコンよ。入ってもいい？」

扉の向こうからは取っ組み合う音と、かすかにアケルダマ卿の声が聞こえた。だが〝どうぞ〟という声はない。

もういちどアレクシアはノックした。どんな緊急事態でも、しかるべき理由もなく紳士の応接間に押し入ってはならない。

だが、返ってきたのはすさまじい衝突音だけだ。

アレクシアはこれをしかるべき理由と見なし、ゆっくりノブをまわしてパラソルを構え、よたよたなりの最高速度でなかに入って、しっかり扉を閉めた。あたしがアケルダマ卿の命令を無視したからといって、ドローンがそうしていいということにはならない。

入ったとたん、アレクシアは目を見張った。

吸血鬼と人狼の闘いは前にいちど見たことがあるが、あのときは揺れる馬車のなかだったため、すぐに闘いの場は馬車から路上に変わった。そして、あのときの吸血鬼と人狼は本気で相手を殺そうとしていた。だが、今回は違う。

アケルダマ卿は人狼との一騎打ちにのぞんでいた。狼姿の人狼は明らかにアケルダマ卿を殺そうと牙を剝き出し、相手をぶちのめすことに異界族の力のすべてを注いでいる。だがアケルダマ卿は、攻撃をかわしつつも本気で殺す気はなさそうだ。その証拠に、お気に入りの武器――一見、金のパイプのようだが実は先端に銀のついた幅広の剣――が暖炉の上の定位置に置かれたままになっている。むしろアケルダマ卿は狼をじらし、怒らせるためだけに、もっぱら回避作戦を取っているように見えた。

狼がアケルダマ卿の細くて白い首めがけて飛びかかった。アケルダマ卿はさっと脇によけると同時に――まるで離岸する汽船に向かって大判のハンカチを振るかのように――そっけなく片手を振った。何気ないしぐさだったが、気がつくと人狼は宙に跳ねとばされてアケルダマ卿の金髪の上を越え、暖炉そばの床に背中から落下した。

闘うアケルダマ卿を見るのは初めてだ。もちろん、闘えるとは思っていた。なにしろおそろしいほど高齢の吸血鬼という噂だ。闘いかたを知らないはずはない。だが、それは――学術的に言えば――アケルダマ邸の太っちょ三毛猫がネズミをつかまえられるのと同様、実際に行なわれることはまずなく、まんいち行なわれたら周囲が困惑するようなたぐいのものだ。

だからこそアレクシアは目の前の光景に釘づけになった。そして、ほどなく最初の認識が間違っていたことに気づいた。

よく見るとアケルダマ卿にたじろぐ様子やぎこちなさはかけらもなく、むしろ投げやりに、最小限の力で闘っていた——まるで全世界が味方とでもいうように。そして、おそらくそのとおりなのだろう。アケルダマ卿はスピード、視力、身のこなしにおいて勝っていた。人狼には腕力と嗅覚とすぐれた聴覚がある。だが、この人狼は未熟だ。当然、アルファの技——かつてマコン卿が〝魂で闘う術〟と称した技術——もない。この狼は月の狂気に駆られているだけだ。理屈も効率も考えず、ただ噛みつき、鉤爪で表面を切り裂いているだけ。華麗な応接間はマコン家の奥の応接間より悲惨だった。美しいクッションもすべて、狼のよだれまみれだ。

アケルダマ卿が本気で相手を痛めつける気でいたら、勝負はあっけなくついていただろう。だが、そうではなかった。

なぜなら、その狼は深紅の腹毛にチョコレートブラウンの毛皮をしたビフィだったからだ。

「どうやってウールジー城の地下牢から出てきたの？」

当然ながら答えはない。

ビフィが飛びかかった瞬間、アケルダマ卿は部屋の向こうへさっと身をひるがえし、狼ビフィは誰もいない金襴の椅子に激突した。その勢いで、椅子ははしたなくも剝き出しの脚を宙に突き出してひっくり返った。

最初にアレクシアに気づいたのはビフィだ。鼻の穴をふくらませ、毛深い頭をめぐらし、黄色い目でにらんでいる。ビフィ本来の優しい青い目の面影はどこにもない。あるのは、手足を引きちぎり、かぶりつき、殺したいという欲望だけだ。

一瞬遅れてアケルダマ卿が気づいた。「これはこれはアレクシア、小さなリュウキンカよ、よく訪ねてきてくれたね。しかもそんな身体で」

アレクシアも言葉を合わせた。「今夜は何もすることがなくて、あなたが珍客をもてなすのに手こずっていると聞いたものだから」

アケルダマ卿がくすっと笑った。「それはそれは、わがカスタードよ。ごらんのとおり、今夜の客はいささか興奮しておる。少しばかり、はしゃぎすぎのようだ」

「そのようね。何かお手伝いできることはない？」

そんな言葉を交わしているあいだにビフィが躍りかかった。アレクシアが麻酔矢を発射しようと身構えるまもなく、勇敢にもアケルダマ卿があいだに立ちはだかった。

アケルダマ卿はビフィの攻撃をまともに受けた。鉤爪が両脚に食いこみ、シルクのズボンをずたずたに切り裂き、皮膚を深くえぐり、古い黒い血がにじみ出た。同時にビフィのあごがアケルダマ卿の上腕にがしっと食いこみ、肉をきれいに嚙みちぎった。かなり痛いはずなのに、嚙まれた本人は濡れた犬が身震いするように軽くビフィを振り払った。アレクシアが見ているまに、上腕の傷はふさがってゆく。

ふたたびビフィが飛びかかり、二人は組み合った。だが、老吸血鬼のほうがつねに数秒、動きが速く、はるかに試合巧者だ。人狼特有の獰猛さをすべてかき集めても、ビフィはがっちり組み合ったアケルダマ卿を振りほどくことも、その意志をくじくこともできない。

「前から言おうと思ってたんだけど、アケルダマ卿、あなたの若いお仲間たちは、ちょっとくっつきすぎじゃない？」

アケルダマ卿がぷっと吹きだした。リボンが取れて髪は乱れ、クラバットピンもなくなっている。

「わが**いとしのカボチャの花**よ、これほど熱烈な愛情表現はわたしの本意ではない。たまたまだ」

「カリスマ性も、ありすぎるのはよくないわ」

「そんなことを言うのはきみだけだ、ぴちゃぴちゃアヒルちゃん、わたしはそうは思わんよ」そう言うと、またしても吸血鬼特有の握力とスピードでビフィを持ち上げ、アレクシアからできるだけ遠ざけようと部屋の奥に投げ飛ばした。ビフィは壁に激突し、数枚の水彩画とともに床にすべり落ちた。いまや水彩画は、こなごなになったガラスと金箔の枠の破片に埋もれている。ビフィはぶるっと頭を振り、ふらふらと立ち上がった。

すかさずアレクシアはパラソルから麻酔矢を発射した。矢は命中し、ビフィは後ろざまに倒れた。身を震わせ、つかのま自分を見失っていたように見えたが、やがて、アレクシアがこれまで矢を打ちこんだどんな吸血鬼よりも早く、薬の威力を振り払って立ち上がった。ルフォーがしこんだ麻酔薬が充分ではなかったの？　それとも人狼には効きにくいのかしら？

アケルダマ卿がビフィの気を引くようにさっと動き、攻撃の矛先をアレクシアからそらした。

アレクシアは新しい作戦に出た。「しばらく動きを封じてくれたら、あたくしが触れておとなしくさせるわ。ほら、最近の若者は女性に懲らしめられたがるようだから」

「そうだな、プラムちゃん、きみの言うとおりだ」

ふたたびビフィが全力でもと主人にタックルしたが、アケルダマ卿はさっきのように投げ飛ばしはせず、愛情のこもった攻撃に出た。ビフィの四肢を身体で包みこみ、抱き合ったまま相手の勢いを利用して豪華な絨毯《じゅうたん》の上を転がったかと思うと、驚くべきレスリング技を繰り出したのだ。片肘でビフィの鼻面を押さえ、手のひらでぎゅっと鼻をふさぎ、さらに反対の腕で前脚を押さえつけ、両脚で後半身を固定した。そのすばやさと柔軟さは実にみごとで、マコン卿とレスリングをした経験のあるアレクシアは心から感嘆した。アケルダマ卿は、がっぷり組み合う格闘技にはかなり心得があるらしい。

とはいえ、人狼の動きをそれほど長いあいだ封じることはできない。力だけならビフィが強いし、じきにそのバカ力で身をほどくだろう。だが、アケルダマ卿は確実につかのま人狼を困惑させた。

アレクシアは身の安全も顧みず、うっかりバランスをくずさないよう前傾姿勢を取りながらよたよたと歩み寄った。そして、手袋をはずした両手が確実にビフィに触れるよう、からみ合う二人の異界族の上にどすんと座りこんだ。あまりに力をこめたせいで、アケルダマ卿まで人間に戻ったほどだ。

それは実に奇妙な感覚だった。二人の真上に座ったとたん、ビフィの身体が狼から人間に戻る様子が不気味に伝わってきた。変身するにつれて、大きなお腹の下で筋肉と骨が組み変わってゆく感触は、まるでお腹の子が内側から蹴っているような気味の悪さだ。

ビフィの痛みの声がアレクシアの耳に響いた。叫びは苦悶の悲鳴となり、苦しげな泣き声になり、最後はあまりの恥ずかしさにすすり泣きになった。そして、ついに自分のしでかしたことに気づき、かつての主人を振り返った。

「ああ、どうしよう、どうしよう。ああ、どうしよう」まるで苦悩の祈禱だ。「ご主人様、大丈夫ですか？　ひどいケガはありませんか？　ああ、ズボンが！　どうかお許しを。ああ、ぼくはなんてことを」

人間に戻ったせいでアケルダマ卿の治癒は途中で止まり、ずたずたに裂けたシルクの膝丈ズボンの下から鉤爪の跡が見えた。

「このくらい、ほんのかすり傷だ、かわいい子よ。そう心配するな」アケルダマ卿はわが身を見下ろした。「いや、正確には数個のかすり傷だな」

このときアレクシアは世界の根底を揺るがすような認識に思いいたった——世のなかには最高の礼儀をもってしても正せない場面がある。まさに今がそのときだ。なぜなら今アレクシアは、妊娠後期のバランスの悪い身体で、着飾りすぎた吸血鬼と真っ裸の人狼からなる山の上にのしかかっているのだから。

「ビフィ」ようやくアレクシアが口を開いた。「あなたのご訪問にあずかるなんて、いったいどういうこと？　今夜は拘束されているはずじゃなかったの？」勇敢なこころみではあったが、この姿勢ではどんなに非難めいた口調も気まずさは隠せない。

アケルダマ卿は異界族の力を借りずにビフィから身をほどき、ようやくアレクシアの下から抜け出すと、扉に駆け寄り、ドローンたちに無事を告げて着替えを持ってくるよう命じた。

ビフィとアレクシアは助け合いながら立ち上がった。

「お身体は大丈夫ですか、マイ・レディ？」

アレクシアはすばやく身体の感覚を確認した。「そのようね。すばらしく立ちなおりが速いわ――この子は。でも、ちょっと座らせてちょうだい」

ビフィはきつく手を握ったままクッションつき長椅子――室内でひっくり返らなかった数少ない家具のひとつ――にアレクシアに案内した。二人は椅子に座って宙を見つめ、この気まずい状況を打破する最善策を探った。こんなときコナルがいたら……。夫はとんでもない無礼者だけど、気まずい沈黙を吹き飛ばしたいときには役に立つ。アレクシアが、それほどよだれがついていないショールを渡すと、ビフィはありがたそうに膝に載せた。

アレクシアは見ないふりをしながらも、ビフィのすばらしい肉体を盗み見た。コナルには遠くおよばないけど――そもそもあんな蒸気エンジンのような体格はめったにいない。変異する前のビフィは軽薄さの求道者そのものだったが、肉体は鍛えていたようだ。

「ビフィ、あなた本当はコリント人？」気がつくとアレクシアは思わず口にしていた。

ビフィは顔を赤らめた。「いいえ、マイ・レディ、でも同胞たちがあきれるほどファニンシングに入れこんだことがあります」

アレクシアはなるほどとうなずいた。

アケルダマ卿が何ごともなかったかのように戻ってきた。ドローンたちにしばらく囲まれたあいだに髪はきれいにまとめられ、クラバットは新品に変わり、ズボンは新しいサテン地になっていた。アレクシアは首を傾げた——まあ、いったいどうやったのかしら？

「**ちびアヒル**のビフィよ、満月も近いこの時期にわたしを訪ねてくるとは驚いた」アケルダマ卿はかつてのドローンにサファイヤ色のひざ丈ズボンを手渡した。

ビフィが顔を赤らめながら片手でズボンをはきはじめると、アレクシアは気をつかって部屋の反対側に目を向けた。「ええ、それが、あまり憶えていないんです——その、訪ねようと決めたことは。どうやら本能的に向かったようです」——ビフィはまつげの下からアレクシアをちらっと見やり——「家に」

アケルダマ卿がうなずいた。「なるほど、わが**小鳩**よ、だが表札を見落としたようだな。きみの家は隣だ。まあ、間違えるのも無理はない」

「ええ、間違えやすいんです。とくに変身した状態では」

二人はビフィが人狼であることを夜中の酩酊状態のように話している。アレクシアは二人の顔を交互に見た。ビフィの正面の椅子にくつろいで座るアケルダマ卿は目を閉じ、表情からは何も読み取れない。

ビフィも、かつてのきりりとした伊達男ぶりを取り戻しつつあった――これが正式な訪問とでもいうように。半裸で吸血鬼の応接間にいることも、たったいま目の前の二人を殺そうとしたことも忘れたかのように。

アレクシアは日ごろから、まわりの出来事にまったく動じないアケルダマ卿の能力には敬服していた。それは、アケルダマ邸というロンドンの狭い一画を美とここちよい会話だけで満たすための終わりなき努力と同じくらい、賞賛に値する。でも、ときに――こんなことは決して口にはしないが――そこには臆病さが感じられた。不死者が人生の醜い部分を避けたがるのは、生き延びるため？　それとも偏屈だから？　たしかにアケルダマ卿は世俗の噂を集めるのが好きだ。でもそれは、猫が蝶の群れにじゃれつくように外から見て楽しんでいるだけだ――たとえ蝶の羽がちぎれてもまったく気にしない猫のように。猫にとって、しょせんはたかが蝶にすぎない。

アレクシアは確信した――今こそアケルダマ卿に、傷ついて羽をなくした蝶を見せつけるときだ。〈ソウルレス〉に現実主義はつきものだが、それに慎重さがともなうとはかぎらない。「二人とも、いきなりこんなことを言うのは妊婦だからだと思うかもしれないけど、あなたたちのやりかたには耐えられないわ。状況はもう誰にも弁護のしようのないところまで来ているの。いいえ、ビフィ、裸のことじゃなくて、あなたが人狼であることについてよ」

アケルダマ卿とビフィは小さく口を開けてアレクシアを見つめた。

「そろそろ前に進むべきよ。二人とも。ビフィ、あなたは選択権を奪われた。それは気の毒だったわ。でもあなたは命をとりとめ、不死者になった——それだけでもありがたく思うべきじゃない？」次にアケルダマ卿をじろりとにらんだ。「そして、アケルダマ卿、あなたもあきらめるべきよ。これは勝ち負けの話じゃない。人ひとりの人生なの——死後の人生かもしれないけど。だから二人とも、お願いだから過去にとらわれるのはもうやめて」

ビフィはしおらしくうなだれた。

アケルダマ卿は何かを言おうとして口をぱくぱくさせている。

アレクシアは〝何か文句がある？〟と言いたげに頭を傾けた。アケルダマ卿は自分を嫌というほど知る高齢の吸血鬼だ。過ちをすんなり認めるとは思えない。

二人の男は顔をこわばらせ、見つめ合った。

じっと目を閉じ、短くうなずいたのはビフィだ。

アケルダマ卿は白い片手を上げ、二本の指でもとドローンの顔をなで下ろした。「ああ、わたしのかわいい子。それが運命ならば」

アレクシアは二人を気づかって話題を変えた。「それにしてもビフィ、どうやってウールジー城の地下牢から出たの？」

ビフィは肩をすくめた。「わかりません。狼になったときのことは憶えていないんです。でも誰かが独房の閂《かんぬき》をはずしたんだと思います」

「そのようね。でも、なぜ？　誰が？」アレクシアはアケルダマ卿を疑わしげに見た。もしかして彼の差し金？

アケルダマ卿は首を横に振った。「わたしではないよ。**本当**だ、お花ちゃん」

応接間の扉をドンドンと叩く音がして、答えるまもなく二人の男が足音高く入ってきた。

「あら。少なくとも入る前にノックはしたみたいね。少しは学んでるようだわ」

マコン卿が大股で部屋を突っ切り、身をかがめてアレクシアの頬にキスした。「妻よ、やっぱりここだったか。それからビフィも――気分はどうだ、パピー？」

アレクシアは夫の副官《ベータ》を見やり、空いた手でビフィを指さした。「〝団のこと〟というのは、このことだったのね？」

ライオールはうなずき、「ここにたどりつくまで、あちこち引きまわされました」追跡方法を示すように鼻をぽんぽんと叩いた。

「ビフィはどうやって地下牢から出たの？」

首を傾げたところをみると、ライオールにもわからないようだ。

アレクシアがマコン卿をビフィのほうに押しやると、マコン卿はあきらめたように茶褐色の目でちらっと妻を見やり、それから半裸の伊達男の前にかがみこんだ。アルファにとっては屈辱的な姿勢だ。マコン卿は声を低め、なだめるように小声でうなった。人狼が相手をなだめるのは至難のわざだ――とくに、なだめるのがアルファで、なだめられるのが人狼になりたがらない団員のときは。なにしろアルファは本能的に服従と調教を強いる生きものだ。

アレクシアが励ますようにうなずいた。

「なあ、ビフィ、どうしてここに来た？」

ビフィは天井を見上げて視線を戻し、不安そうに唾をのみこんだ。「わかりません、マコン卿、たぶん本能のなせるわざです。すみません、でも、ぼくにとって、ここはまだ家なんです」

マコン卿はアケルダマ卿を見た。捕食者と捕食者のにらみ合いだ。それからビフィに視線を戻した。

「あれからもう六カ月が過ぎ、なんども満月がやってきた。なのにおまえはまだ抵抗している。これがおまえの望む人生でなかったことは知っている。だが、これがおまえにあたえられた人生だ。われわれは最善の道を見つけなければならん」

誰もが、われわれという言葉を聞き逃さなかった。

このときばかりはアレクシアも夫を大いに誇らしく思った。やればできるじゃない！

マコン卿が深く息を吸った。「どうしたら楽になれる？　わたしに何ができる？」

アルファからそんな質問をされてビフィはひどく驚いたが、勇気を振りしぼって答えた。

「できれば……できればずっとここに、街に、住まわせてもらえませんか？」

マコン卿は眉をひそめ、アケルダマ卿を見やった。「それは賢明か？」

アケルダマ卿は立ち上がると、会話にはまったく興味がないかのように部屋の奥に歩み寄り、こなごなになった水彩画を見つめた。

ライオールが難局を打開すべく一石を投じた。「ビフィには気をまぎらわせるものが有効かもしれません。たとえば、仕事のような？」

ビフィは驚いた。ビフィは生まれも育ちもジェントルマンだ――本当の意味での仕事など考えたこともない。「やってみます。これまで正式な職業についたことは一度もありませんが」まだ食べたことのない珍しい料理のことを話すような口調だ。

マコン卿がうなずいた。「ＢＵＲで働くか？　案外、これまでにおまえが得た社会との接点が役に立つかもしれん。わたしはおまえが政府とうまく折り合ってゆけるよう、はからう立場にある」

ビフィも興味を抱いたようだ。

ライオールが身をかがめるマコン卿に近づき、アレクシアの正面に立った。ふだんは動きのない顔に、新人狼を心から案じる表情が浮かんでいる。これまでビフィを団になじませようと、あれこれ気づかってきたに違いない。

「そのうちふさわしい任務が見つかるでしょう。毎日の仕事があれば新しい立場にも慣れるかもしれません」

アレクシアは知り合って以来、初めて夫の副官を――まじまじと――見た。肩の力を抜き、視線をわずかにはずした立ちかた。服のセンスは抜群なのに、わざと少し手を抜いたスタイル。クラバットの結び目はシンプルで、ベストのくびれは控えめ。相手に忘れがたい印象を残す特徴は何もない。ライオールは、集団の中心にいながら誰も彼がそこにいたことを憶えていないような男だ――その集団が彼のおかげで結束しているかぎり。

そのとき――まさに半裸の伊達男の手を握っていたそのとき――アレクシアは見落として

いたパズルの一片に気づいた。

# 10 アイヴィの〈運命の男《エージェント・ドゥーム》〉

「あなただったのね！」

それから夜が明けるまで新居のワイン室がビフィの拘束室に選ばれ、二時間以上かけてワインと貯蔵室と何よりビフィ本人にダメージがないよう作り変えられた。ビフィがこれからずっと街なかに住むとしたら、もっと恒久的な解決策が必要だ。両腕をビフィの身体にまわし、ぶっきらぼうな声でなだめ、変身を乗り切るコツを伝授するマコン卿を残して一行は引き上げた。

アレクシアはライオールを呼びつけ、奥の応接間に文字どおり引きずりこみ、フルーテに〝何があっても誰も入れてはならない〟と厳命した。そしてライオールに向かってせわしなくパラソルを振りまわした。

「〈エージェント・ドゥーム〉はあなただったのね！　いまごろ気づくなんて、われながらまぬけだわ！　二十年前、すべてをしくんだのはあなたよ。キングエア団による暗殺未遂のすべてを。重要なのは、それが未遂でなければならなかったってことよ。最初から成功させるつもりはなかった。女王陛下を殺すつもりはなかった。目的は、キングエア団を説得してアルファを裏切らせ、団を去る理由をあたえることだった。あなたの目的はコナルをロンドンにおびきよせてウールジー卿に挑戦させることだったのよ。正気を失ったアルファを葬るために」興奮するにつれて、ますますパラソルは激しく宙を動いた。

ライオールは背を向け、茶色の柔らかいブーツの音をまったく立てずに絨毯敷きの床を部屋の奥に向かって歩き、それから砂色の頭をかすかにうつむけ、壁に向かって言った。「有能なアルファを擁することがどれほどありがたいか、あなたはご存じありません」

「そしてあなたは副官《ベータ》。団をまとめるためならなんでもするわ。よその団のリーダーを盗むことさえ。コナルはあなたがしたことを知ってるの？」

ライオールが身をこわばらせた。

アレクシアは自分で自分の質問に答えた。「いいえ、知るはずないわね。コナルはあなたを信頼する必要があった。彼にとってあなたは〝信頼できる補佐役〟でなければならなかった――あなたが彼をリーダーとして必要としたように。コナルに事実を告げたら、あなたがやったことは水の泡になるわ――それこそ団の結束を乱すことだから」

ライオールは振り向いてアレクシアを見た。顔は変異した当時の若いままなのに、ハシバミ色の目は疲れて見えた。だが、そこに弁解の色はまったくない。「あのかたに話すおつもりですか？」

「あなたが二重スパイだってことを？　あなたが夫とキングエア団の結束を、親友との絆を、故郷とのつながりを壊してウールジー団のために奪ったってことを？　さあ、どうかしら」

この一週間の出来事に急に疲れをおぼえ、アレクシアは片手をお腹に載せた。「そんなことをしたらコナルは立ちなおれないわ。ベータから——団のかなめである人物から——裏切られたなんて。それも二度も」

アレクシアは言葉を切り、ライオールを正面から見つめた。「でも、このことをコナルに秘密にしたら、あなたのペテンに手を貸すことになりはしない？　妻として、弁解の余地のない立場に立たされることを忘れないで」

ライオールはびくっと身を縮め、アレクシアの視線を避けた。「そうするしかありませんでした。それだけはわかっていただけますか？　当時、英国でウールジー卿に挑戦して勝てる人狼はマコン卿しかいませんでした。アルファが腐敗すると、マイ・レディ、ほんとうにひどい状況におちいります。団の結束を保ち、守ろうとする意識とエネルギーがすべて崩壊し——全員に危険がおよびます。ベータとして、わたくしは団員を守りましたが、それも時間の問題でした。いずれウールジー卿の精神疾患が知れわたり、団員を巻きこむことはわかっていました。このような事態は団全体を狂気に向かわせる恐れがあります。人狼はこんなことを口にしません。語り部《ハウラー》もこのことは歌いません。しかし、現実にあるのです。弁解するつもりはありません——ただ説明しておきたかったのです」

アレクシアは夫も知らない恐ろしい事実を知らされたショックに呆然とした。「ほかに誰が知ってるの？　誰が知ってたの？」

そのときノックの音がして、答えるまもなくバンと扉が開いた。

「ああ、まったく、どこかに入室許可を待てる人にいないの？」アレクシアは怒りの声を上げ、パラソルを攻撃の型に構えて振り向いた。「誰も通すなと言ったはずよ！」

現われたのはチェスターフィールド・チャニングスのチャニング・チャニング少佐だ。

「しかも今ごろなんの用？」アレクシアの口調は不機嫌そのものだが、パラソルだけは下ろした。

「ビフィがいなくなりました！」

「ええ、ええ、いまごろ遅いわよ。ビフィは隣の屋敷に現われて、アケルダマ卿と取っ組み合って、いまはコナルとワイン室にいるわ」

チャニングが動きを止めた。「狂気にかられた人狼をワイン室に？」

「ほかにいい場所がある？」

「ワインはどうなるのです？」

とたんにアレクシアはまともに応じる気を失い、おびえるライオールを振り返った。「彼は知ってるの？」

「わたし？　わたしが何を？」チャニングの美しく冷たい青い目にやましいところはないが、アレクシアの好戦的な態度とライオールのおびえた様子に気づいたとたん、まぶたをぴくりと動かした。アレクシアのけんか腰はいつものことだが、ライオールの様子はただごとではない。このベータが背後で動きまわることには、みな慣れている。だが、いつもは静かな自信に満ちているはずだ――いまのようにおどおどするのではなく。

チャニングは二人の顔を見くらべ、そのまま秘密の会話を続けさせるのかと思いきや、くるりと背を向けて扉を閉め、誰も開けないよう取っ手の下に椅子を置いた。

「ライオール、きみの盗聴妨害装置を」

ライオールがベストのポケットから波動聴覚共鳴妨害装置を取り出し、チャニングに向かって放った。チャニングはそれを扉の前に置いた椅子の上に載せ、すばやく二本の音叉をはじいて不協和音を鳴らした。

そしてようやくアレクシアに近づいた。「わ、わたしが何を知っているかと？」と、チャニング。答えはわかっていると言いたげだ。

アレクシアがライオールを見た。

チャニングは首をかしげた。「昔の事件のことですか？　過去をほじくり返してもろくなことはないと申し上げたはずです」

ライオールが頭を上げ、においを嗅いだ。そしてチャニングを見た。

そのとき初めてアレクシアは、二人が古い友人であることに気づいた。ときに対立しても、そこには長年――おそらく何世紀ものあいだ――付き合ってきた者どうしの流儀がある。この二人は、マコン卿を知るはるか昔からたがいを知るあいだがらに違いない。

「知っているのか？」ライオールがたずねた。

チャニングがうなずいた――ライオールの計算しつくされた中流階級の謙虚さとは対照的な、見るからに名門貴族出身者らしい優越感に満ちたしぐさで。

ライオールは両手を見おろした。〝昔から知っていたのか？〟

チャニングはため息をつき、上品な顔がほんの一瞬、苦しげにぴくりと動いた。アレクシアが目の錯覚かと思うほど、ほんの一瞬だ。「きみはわたしをどんなガンマだと思っている？」

ライオールが小さく苦笑した。「いつも不在のガンマだ」この言葉は皮肉ではなく、事実だ。たしかにチャニングはヴィクトリア女王のための戦いでどこかしら戦地にいることが多い。「気づいていたとは知らなかった」

「何に気づいていたと思う？　それが起こっていたことか？　それともわれわれに危害が及ばないよう、きみが一人であの仕打ちに耐えていたことか？　何が起こっているのかをほかの団員に知られないようにしていたのは誰だと思う？　わたしはきみとサンディのことを認めなかった――それは知ってたはずだ――が、だからといって当時のアルファの行為を認めたわけではない」

真実を暴いたと得意がっていたアレクシアの気持ちは、チャニングの言葉の前にたちまちしぼんだ。話はライオールがしかけたたくらみだけではなさそうだ。「サンディ？　サンディって誰？」

ライオールは唇をゆがめて小さく笑うと、ベストに手を伸ばし――ライオールは必要なものをすべてベストにしまっている――小さな革張りの日誌を取り出した。飾り気のない濃紺の表紙で、左上の端に〝一八四八年から一八五〇年〟と書いてある。嫌というほど見覚えのある日誌だ。

ライオールは静かに部屋の奥から近づき、日誌をアレクシアに渡した。「一八四五年から始まる日誌も持っています。彼は意図的にわたくしに残しました。わたくしは、あえてあなたの目から隠そうとはしませんでした」

アレクシアは言葉を失い、長い沈黙のあと、ようやくたずねた。「父が母を捨てたあとの？」

「そしてあなたが生まれてからの」ライオールはつとめて平静をよそおった。「しかし、これが最後の日誌です。これだけは手もとに置いておきたかったのです。形見として」無表情な顔にふっと――葬儀の参列者が見せるような――笑みが浮かんだ。「彼は最後まで書き終えることはできませんでした」

アレクシアは日誌を開き、なかの文章に目を走らせた。小さな日誌は半分も埋まっていない。文字が目に飛びこんできた――まわりの者すべての運命を変えた恋愛の詳細な記録だ。読みすすむにつれ、話の断片のひとつひとつが像を結びはじめた。それはクリスマス用の丸焼きハムでなぐられたような衝撃だった。


一八四八年、冬――しばらく彼は脚を引きずっていたが、決して理由を話そうとはしない。

ある個所にはそう書かれており、次の春の記録にはこうあった――

明日、劇場に行く話をした。彼が行けないことはわかっていた。それでもわたしたちは一緒に行けるようなふりをし、二人でこの世の愚かさを笑った。

乱れのない抑制された文字なのに、言葉の裏から緊張と恐怖が伝わってくる。さらに読み進めたとき、アレクシアはそこに書かれた残酷な事実に吐き気を覚えた。

彼の顔の傷はとても深く、彼の異界族の力をもってしても永遠に治らないのではないかと思うときがある。

アレクシアは言葉の意味を確かめようとライオールを見上げた。二十五年前の傷跡を探すかのように。そして、微動だにしないその顔に昔の傷跡を見たような気がした――奥深く隠れてはいるが、間違いなくまだそこにある傷を。

「最後の記述をお読みください」ライオールが静かにうながした。「さあ」

一八五〇年六月二十三日

今夜は満月。彼は来ない。今夜の傷は、すべて彼みずから課すものだ。彼が満月の夜をわたしと過ごしたのも、もう過去のこととなった。いまや彼の存在なしには、誰にも安全の保証はない。彼はひたすら耐えることで彼の全世界を保とうとしている。彼はわたしに早まるなと言った。だが、わたしに不死者のような忍耐力はない。彼の苦しみを阻止するためなら、わたしはなんでもする。それは詰まるところ、ひとつしかない。狩ること。それこそ、わたしがもっとも得意とするところだ。わたしは愛することより、狩ることにすぐれている。

日誌を閉じたアレクシアの顔は涙で濡れていた。「父が書いているのはあなたのことね。虐待されていたのはあなただったのね」

ライオールは無言だ。答える必要はない。アレクシアもたずねたわけではなかった。

アレクシアはライオールから目をそらし、そばにある綾織りのカーテンを興味ぶかそうに見つめた。「前のアルファは本当に狂っていたのね」

チャニングがライオールに歩み寄り、腕に手を置いた。これ以上のなぐさめはない。二人にはそれで充分なのだろう。「ランドルフはサンディにさえ最悪のことは話さなかった」

ライオールが静かに言った。「彼はかなりの高齢だった。アルファが歳を取ると、いろんな問題が生じるものだ」

「それはそうだが、彼は——」

ライオールがチャニングを見上げた。「よせ、チャニング。こう見えてもレディ・マコンはレディだ。礼儀をわきまえろ」

アレクシアは手のなかで小さな薄い日誌を——父の人生の最期を——もてあそんだ。「最って光が当たっていた。メガネにガスライトが当たって光っている。

それきり拭くのを忘れたかのように指先からぶら下げた。

後は何があったの?」

「もとアルファを追いつめました」ライオールはレンズを拭くようにメガネをはずしたが、それきり拭くのを忘れたかのように指先からぶら下げた。

まだ言い足りないとばかりにチャニングが言葉を継いだ。「優秀なかたでした、あなたのお父上は、実に優秀だった。お父上はテンプル騎士団によってひとつの目的のため――異界族を追いつめ、殺すという、たったひとつの目的のためだけに訓練されていました。しかし、そんなお父上もアルファという存在に手をかけることはできなかった。たとえウールジー卿のような正気を失った残虐なけだものでも、団を背負うアルファだったからです」

ライオールはメガネを脇テーブルに置き、片手で額《ひたい》をこすった。「もちろん、止めました。そんなことをしても無駄だと。しかし、お父上はつねにご自分の考えでわたくしの話を聞き、判断する人でした。サンディ自身があまりにアルファ過ぎたのです」

そのときアレクシアは初めてライオールとアケルダマ卿の共通点に気づいた。二人とも自分の感情を隠すのがうまい。ある程度は吸血鬼の特徴とも言えるが、人狼の場合は……。ライオールの自己抑制は完璧だ。ふとアレクシアは思った――ライオールの完璧な冷静さは、熱いお風呂に入る子どもが、ちょっとでも動くとさらに熱く、肌がちくちくするのを恐れてじっと縮こまっているのと同じようなものかもしれない。

「お父上の死でわたくしはひとつのことを学びました」ライオールが言った。「あのアルファをどうにかしなければならない。そのために別の人狼団を崩壊させねばならないとしても、そうするしかないと。当時の英国にウールジー卿を殺せるほど力のある人狼は二人しかいませんでした。〈将軍〉と——」

アレクシアが言葉を継いだ。「コナル・マコンことキングエア伯爵。つまり、あなたの目的はたんにリーダーを変えることではなく——自衛本能だったのね」

ライオールが片方の口角を上げた。「あれは復讐でした。忘れないでください、マイ・レディ、わたくしが人狼だということを。計画を立てるのに四年近くかかりました。吸血鬼的な手法です。でも成功しました」

「あなたはあたくしの父を愛していたのね、教授？」

「あのかたは善良な人物ではありませんでした」

一瞬の間。アレクシアは小さな日誌を親指でなぞった。なんども繰り返し読まれた証拠に角《かど》がすり切れている。

ライオールは小さくため息をついた。「わたくしが何歳かご存じですか、マイ・レディ？」

アレクシアは首を横に振った。

「ものの道理が嫌というほどわかる年齢です。不死者が恋に落ちていいことは何もありません。遅かれ早かれ人間は死に、われわれはふたたび一人になる。なぜ〝団〟がこれほど重要だと思われますか？　それを言うなら吸血群も同様です。集団で暮らすのはたんに安全のためだけではありません。正気を保つため――孤独を避けるための手段なのです。われわれが一匹狼やはぐれ吸血鬼を信用しないのは慣習ではなく、こういう事情があるからなのです」

アレクシアの頭のなかで新たな事実がいくつも交錯していたが、ようやく思考の渦がひとつの事実に集まった。「ああ――ってことは、フルーテ。フルーテは知ってたのね」

「はい、いくらかは。当時、フルーテはサンディの従者でしたから」

「フルーテに口止めしたのはあなた？」

ライオールは首を振った。「あなたの執事がわたくしの命令にしたがったことは一度もありません」

アレクシアはもういちど日誌を見つめ、表紙をなで、そしてライオールに返した。「いつか、すべての日誌を読ませてくれる？」

ライオールはびくっと身を縮め、いまにも泣きだしそうに目もとにしわを寄せた。それから唾をのんでうなずき、手帳をベストのポケットにしまった。

アレクシアは深く息を吸った。「では現在の問題に戻りましょう。あなたたち二人は間違ってもヴィクトリア女王を殺そうとは思っていないのね？」

ライオールとチャニングはほぼ同時に〝ありえない〟と首を横に振った。

「あたくしはずっと見当はずれの調査をしていたってこと？」

人狼は顔を見合わせた。二人とも女主人を怒らせたくはない。

アレクシアはため息をつき、ルフォーからあずかった紙束をハンドバッグから取り出した。

「つまり、これはまったく役に立たないってこと？　二十年前の暗殺未遂事件と今回の事件はまったく関係がない。あなたが利用しようとした毒殺者が〈真鍮タコ同盟《OBO》〉にやとわれているあいだに死んだのも偶然なら、彼女がおそらくゴーストになってあたくしに警告したのも偶然だと言うの？」

「どうやらそのようです、マイ・レディ」

「あたくしは偶然が嫌いなの」

「そればかりは、マイ・レディ、どうしようもありません」

アレクシアはまたもやため息をつき、パラソルを杖がわりに立ち上がった。「どうやら振り出しに戻ったようね。しかたないわ。この紙はさっそくマダム・ルフォーに返さなきゃ」

チビ迷惑がこの考えに抗議して力強くお腹を蹴った。「明日の晩にするわ。寝るのが先よ」

「賢明だと思います、マイ・レディ」

「あなたに言われるまでもないわ、教授、ご親切にどうも。あたくしはまだ怒っているのよ。あなたがやらなければならなかった理由はわかったわ。でも、気持ちは納得できないの」アレクシアは大儀そうに扉に向かいはじめた。これから階段をのぼり、〝バルコニー橋〟を渡って〝クローゼット寝室〟まで戻らなければならない。

二人の人狼は手を貸そうとはしなかった。うっかり手を出すとますます機嫌をそこないそうだ。それでもライオールは前を通り過ぎるアレクシアの腕を一瞬ささえた。その瞬間、ライオールは人間に戻った。人間になったライオールを見るのは初めてだ。見た目は人狼のときとほとんど変わらない。わずかに口と目のまわりのしわが増えたようだが、人間になってもうす茶色の髪の、青白い、キツネ顔の——まったく印象に残らない——男だ。

「マコン卿に話すおつもりですか？」

アレクシアはゆっくり振り向き、ライオールを決然と見た。その目は、この件に対するアレクシアの感情をはっきりと物語っていた。「まさか、話すはずないでしょう。バカ言わないで」

アレクシアは臨月の身体に可能なかぎりの威厳をかき集め、大きく帆を上げた不安定なガリオン船よろしく、よたよたと部屋を出た。


そして、よりによって廊下でフェリシティと鉢合わせした。それはいわば糖蜜でできた柱に全速力でぶつかるようなものだ。すなわち〝会話は甘ったるく、ぶつかったら最後、もぞもぞ這いまわる虫にたかられて逃げられない〟。まさかこんな時間に妹とでくわすとは思っていなかった。未婚の女性がぐっすり眠っているべきこんな夜更けに廊下をうろつくなんて、いったい何を考えてるの？

当のフェリシティは眠そうな赤い目で、装飾過剰の華美なナイトガウンの胸もとをわざとらしく震える両手でつかんでいた。片側に垂らしたくしゃくしゃの金髪巻き毛。今にもずり落ちそうなとんでもないピンクのナイトキャップ。ナイトガウンは深紅色の花をプリントしたピンクの薄絹地で、ひだレースとフリルと裾レースがこれでもかとついており、首まわりを巨大なひだが取りまいている。まるでピンクの巨大なクリスマス・ツリーだ。

「お姉様」ツリーが言った。「ワイン室からものすごい騒ぎが聞こえてくるんだけど」

「ああ、フェリシティ、さっさとベッドに戻りなさい。ただの人狼よ。本当に。ワイン室で怪物を飼う家があると思う？」

フェリシティは目をぱちくりさせた。

そのとき、チャニングが背後から近づいて声をかけた。「レディ・マコン、お休みになる前に少しだけよろしいですか？」

フェリシティは目を見開き、息をのんだ。

アレクシアが振り向いた。「まあ、どうしてもと言うのなら、チャニング少佐」

フェリシティがアレクシアの突き出たお腹を肘でぐいと突いてささやいた。「紹介してちょうだい」チャニングを見るフェリシティの目は、アイヴィ・タンステルがとびきりおぞましい帽子を見るときと同じ――貪欲で、正しい判断力が完全に欠落した目だ。

アレクシアは息をのんだ。「でもあなた、寝間着姿よ！」フェリシティは〝それが何？〟とばかりに目を見開き、首を振っただけだ。「わかったわ、フェリシティ。こちらはチェスターフィールド・チャニングス のチャニング・チャニング少佐。人狼で、ウールジー団のナンバー・スリー《ガンマ》よ。チャニング少佐、こちらはあたくしの妹のフェリシティ・ルーントウィル。人間ですわ――十分間、話したあとで信じられるなら」

フェリシティがくすっと笑った。かわいくみせたつもりらしい。「まあ、アレクシアお姉様ったら、冗談が好きなんだから」そう言って目の前の美男子に片手を差し出した。「こんな格好でごめんなさい、少佐どの」

チャニングはフェリシティの手を両手でうやうやしく握ると、興味津々の顔でお辞儀し、大胆にも手首に軽く口づけた。「これはなんとお美しい、ミス・ルーントウィル。いや実に美しい」

フェリシティは顔を赤らめ、名残惜しそうに手を引っこめた。「あなたが人狼だなんて、思ってもみませんでしたわ、少佐」

「ああ、ミス・ルーントウィル、勇敢な兵士であるわたしには永遠の命が必要なのです」

フェリシティはまつげをぱちぱちさせた。「まあ、根っからの兵士でいらっしゃるのね？なんてすてきなんでしょう」

「骨の髄《ずい》まで、ミス・ルーントウィル」

アレクシアは妊娠とは関係ない吐き気をもよおした。「さあ、フェリシティ、もう真夜中よ。明日も例の会合があるんじゃない？」

「ええ、そうよ、お姉様、でも、こんなすてきなかたの前で失礼するなんて」

チャニングは文字どおり両のかかとをカチッと打ち鳴らした。「ミス・ルーントウィル、美のための眠りを否定することはできません――いかにそれが不要なことであろうとも。あなたのような完璧な美貌の女性にさらなる休息が必要とはとうてい思えませんが」

アレクシアは首をかしげた――あの大仰な言葉は皮肉？

またしてもフェリシティがくすっと笑った。「あら、おっしゃるとおりですわ、チャニング少佐、あたくしたちはまだ、おたがいのことを何も知りませんものね」

「会合は、フェリシティ？　寝なさい」アレクシアはわざとらしくパラソルをコツコツと鳴らした。

「まあ、恐い。じゃあそうしようかしら」

アレクシアは疲れ、いらだっていた。少しくらい困らせてやっても罰《ばち》は当たらないだろう。

「妹は〈女性参政権全国協会〉の活動員なの」アレクシアがにこやかに説明した。

これにはチャニングも驚いた。長い人生のなかで、フェリシティのようなタイプ――フェリシティがどんなタイプかは知り合って数秒もすればわかる――で政治活動に参加するような女性に出会ったのは初めてに違いない。

「本当ですか、ミス・ルーントウィル？　その組織のことをくわしく聞きたいものですな。あなたほどの高貴なかたが、そんな瑣事《さじ》に関わっておられるとはとても信じられない。すてきな結婚相手を見つけて、投票のような面倒なことは夫君にまかせたほうがよいのではありませんか？」

その言葉を聞いたとたん、アレクシアは思わず自分も参政権運動に関わりたくなった。チャニング少佐のような男に女性の望みがわかってたまるもんですか。何よ、バカにして！

フェリシティは強風にあらがうかのようにまつげをぱちぱちさせた。「それが、まだどなたも申しこんでくださらないんですの」

アレクシアが怒りを爆発させた。「フェリシティ、寝なさい、今すぐ。あなたの美貌がどうであろうと、あたくしには睡眠が必要なの。チャニング少佐、階段をのぼるのに手を貸してくださる？　そのあいだに話ができるわ」

フェリシティはしぶしぶ姉の命令にしたがった。

チャニングはもっとしぶしぶとアレクシアの腕を取った。「それで、マイ・レディ、話というのは――」

「まだよ、少佐、妹から完全に遠ざかるまで待ってちょうだい」

二人は階段をゆっくりのぼりながら時間を稼いだ。

もう大丈夫というところまで来てもアレクシアは念のために声を落とした。「それで？」

「話というのはベータのことです。これでランドルフがわれわれほかの人狼とは違うことがおわかりになったでしょう？　お父上はランドルフの生涯の恋人でした。われわれ不死者が、生涯などという言葉を口にするのは、よほどのことです。もちろん、サンディの前にも何人かはいました――大半は女性です。念のために」チャニングはアレクシアがこれまで会った不死者のなかでも、こうしたことに関心のある数少ない一人のようだ。「しかしサンディのあとには一人もいません。心配です。あれからもう二十五年もたつのに」

アレクシアは顔をしかめた。「あたくしにはもっと差し迫った心配ごとがあるのよ、少佐、でも、いちおう心にとめておくわ」

チャニングはあわてた。「あ、いえ、あなたに縁を取り持ってほしいと頼んでいるわけではありません、マイ・レディ。ただ、ご寛容をお願いしているのです。このような心配をマコン卿に相談するわけにはいきません。それに、あなたもわが団のアルファですから」

アレクシアは鼻梁をつまんだ。「続きは明日の晩にしてくれない？　本当にくたくたなの」

「それはできません、マイ・レディ。お忘れですか？　明日は満月です」

「ああ、そうだったわ。なんて間の悪い。ではあとで。優秀な教授については充分に考慮します。早まった行動は起こさないと約束するわ」

さすがはチャニング――戦場から退却すべきときを知っている。「ありがとうございます、マイ・レディ。それにしても美しい妹どのだ。いままで隠しておられましたね？」

おだてに乗る気はない。「言っておきますけど、チャニング少佐、あの子ははっきり言って」――そこですばやく計算し――「あなたの年齢の二十分の一よ。それより少ないかもしれないわ。あなたにはもっと大人の女性がいいんじゃなくて？」

「いやいや、何をおっしゃいます！」

「あなたの人間的良識はどうしたの？」

「いまのお言葉は人狼に対する侮辱ですな」

アレクシアは思わず鼻を鳴らして笑った。

チャニングが金色の眉を吊り上げた。まったく憎たらしいほどハンサムだ。「でも、それが不死者のいいところです。わたしのまわりでどれだけ年月が過ぎようと、目の前に現われる女性たちは、みな若くて美しい、でしょう？」

「少佐、あなたをどこかに閉じこめておいたほうがよさそうね」

「そのことなら、レディ・マコン、心配されなくとも明日の晩はそうなります」

アレクシアはあえて〝妹に近づかないで〟と釘を刺しはしなかった。そんなことをすれば、チャニングのような男はかえって闘志を燃やすに違いない。どうでもいいふりをするのがいちばんだ。いざとなったらフェリシティがどうにかするだろう。とにかくアレクシアは疲れていた。

あまりに疲れていて、そのあと夫がベッドにもぐりこんできたときも目覚めなかった。アレクシアの大きくてたくましい夫は、変身におびえる若い人狼を一晩じゅう抱きしめていた。もはや自分は忘れてしまった痛みの切り抜けかたを教え、〝いま愛をあきらめなければ残りの選択もすべて失ってしまう〟と説得した。アレクシアの大きくてたくましい夫は、妻に背を向け、身体を丸めて泣いた。ビフィの苦しみのせいではない。その苦しみの原因を作ったのがほかならぬ自分だからだ。

アレクシアはその日の夕方早く、いつもと違う穏やかな気分で目覚めた。もともと熟睡するタイプではないから、ぐっすり眠れなくても平気だ。かえって、この平穏さがなんとなく落ち着かない。その原因がわかったとたん、ぱっと完全に目を覚ました。よく眠れたのは夫と昼間じゅう身体をくっつけ合っていたから、そしてあまりに疲れすぎて妊娠による不都合にも二、三回しか起きなかったからだ。アレクシアは大きくてほっとするような夫の身体を堪能した。コナルは街にいても広い野原のにおいがする。もしかして草の生い茂る丘の化身なんじゃないかしら？　顔には一日ぶんのひげが伸びている。アケルダマ邸に間借りしたのは正解だった。一流床屋のサービスを提供してくれる屋敷など、めったにない。

アレクシアは自分だけの縄張りをじっくり観察しようと寝具を脇にどけ、両手をたくましい両肩と胸にすべらせた。指先を喉の下のくぼみに載せ、狼にするように喉もとをやさしく掻いてみる。夫が狼のときに、こんな楽しみにふけることは不可能だ。ふつうは触れたとたん、ひと掻きもしないまに人間に戻ってしまう。それでもたまに——理由はわからないが——手袋をした手でふさふさのまだらの毛皮をなでたり、ビロードのような耳を引っ張ったりしても人間に戻らないことがあった。あたしの能力には、まだ謎がある。この現象はスコットランドで一度、そして冬のあいだに二、三度起こった。でも、このところ反異界族の能力は確実に増大しており、近くに寄っただけでコナルが人間に戻るときもある。妊娠と関係あるのかしら？　条件を特定する必要がありそうね。結婚前は、アケルダマ卿以外に異界族と付き合うチャンスはほとんどなかったから、自分の能力をとくと研究してみたことはない。

でもこれからは実験的に、夫がどんな姿だろうと関係なく身体に触れてみよう。アレクシアは両手を胸にすべらせ、胸毛に指をからめてそっと引っぱり、脇にそってなでおろした。

笑いをこらえた、とどろくような鼻息が漏れた。

「くすぐったい」そう言いながらもマコン卿は妻の探索を止めようとはせず、片手でアレクシアの大きなお腹をなではじめた。

それに応えるかのようにチビ迷惑がお腹を蹴り、マコン卿はびくっとした。

「暴れん坊のチビ坊主だな？」

「チビ娘よ。あたくしの子どもが男の子なわけないわ」

妊娠当初から続く論争だ。

「坊主に決まってる。最初からこれほど手に負えない子は、どう考えても男だ」

アレクシアは鼻を鳴らした。「あたくしの娘がおとなしくて従順だと思う？」

マコン卿はにやりと笑い、アレクシアの片手を取ってキスした。ひげがちくちくして、唇は柔らかい。「たしかにそうだな、妻よ。まったくだ」

アレクシアは夫にすり寄った。「ビフィは落ち着いた？」

マコン卿が肩をすくめると、アレクシアの耳の下で筋肉が上下した。「昨夜はあれからずっとそばにいた。心の傷を軽くする助けにはなったと思うが、よくわからん。いずれにしても、ふつうならこの時点でビフィを感じられなければならないんだが」

「感じる――〝感じる〟ってどういう意味？」

「説明するのは難しい。部屋のなかに人の気配を感じることがあるだろう？　たとえ相手の姿が見えなくても。われわれアルファにとって団員はそのようなものだ。同じ部屋にいようといまいと団員の存在を感じる。だが、それがビフィからは感じられない。つまり、まだわたしの団員ではないということだ」

そこでアレクシアは名案を思いついた。「ビフィとライオールにもっと一緒の時間を過ごさせてはどうかしら？」

「おい、アレクシア、こんどは仲人をするつもりか？」

「そうかも」

「ビフィに愛は必要ない——必要なのは居場所を見つけることだと言ったのはきみだぞ」

「今回にかぎって言えば、愛が必要なのはビフィのほうじゃないわ」

「ふむ。しかし、なぜランドルフがビフィを気に入りそうだと……？　いや、いい、知りたくない。だが、うまくいくとは思えん。あの二人にかぎって」

「あら、そう？」アレクシアはやんわりと反論した。ビフィとライオールは二人とも人柄もいいし、親切で、申しぶんない人物だ。「すごくお似合いだと思うけど」

マコン卿は、うまい言いまわしを考えるように天井を見上げた。「あの二人は、その、あまりにベータすぎる——わかるだろう？」

アレクシアはわからなかった。「どうしてそれがいけないの？」

これ以上、突っこんだ議論をすれば、妻にわずかに残る女性らしい繊細さを傷つけてしまうかもしれない——マコン卿は思案のすえ、苦しまぎれに話題を変えようとして、今夜がなんの日だったかを思い出した。

「くそっ、なんてこった。今夜は満月じゃねぇか？」

「そうよ。夜どおし寄り添ってくつろげる日よ、すてきじゃない、あなた？」

マコン卿は唇を引き結び、どうするべきかを考えた。昼間じゅう眠ってしまうとはうかつだった。月がのぼる前に地下牢に戻るつもりだったのに。「ライオールとチャニングには日没前にビフィをウールジー城に移動させるよう命じておいたが、今夜はわたしも行かねばならん」

「いまさら遅いわ——もう月は出てるわよ」

マコン卿は自分に腹を立ててうなった。「悪いが城まで付き合ってくれないか？　ここのワイン室は小犬ならまだしも、わたしを閉じこめることはできん。それに、今夜はなんとしてもビフィに付き添ってやりたい。たとえわたし自身が月の狂気にとらわれても、そばにいるだけで気が落ち着くはずだ。それに、きみも一晩じゅうわたしとくっついていたくはないだろう？」

アレクシアはこびるようにまばたきした。「あら、何もないときならこうしていたいけど、どうしても調査を続けなければならないの。マダム・ルフォーに書類を返して、もういちど振り出しに戻ってゴーストたちに聞き取り調査をしなきゃ。妊娠のせいで頭がぼんやりしていないといいんだけど。近ごろは手抜かりばかりよ。あんなにやすやすと過去の事実に振りまわされるなんて、われながら情けないわ」

マコン卿は反論しようとはしなかった。足首をねんざした妊婦が現地調査を続けられるはずがない。しかも今夜は満月。見張りをつける以外、どうやって妻の安全を保証できるだろう？　もちろん、この五週間もつねに見張りをつけてきた。しばらくのあいだマコン卿は—

—たとえ自分が動けなくても——妻をウールジー城につなぎとめておく口実はないかと必死に考えをめぐらした。

だが結局、見つからず、うなるような声で言った。「わかった。だが、くれぐれも用心してくれ」

アレクシアはにっこり笑った。「ええ、わかってるわ、あなた、でも〝用心〟ってものはひどく退屈なのよ」

またしてもマコン卿はうなった。

アレクシアは夫の鼻先にキスした。「いい子にしてるわ、約束する」

「きみがそう言うときにかぎって、いつもひどい胸騒ぎがするのはどうしてだろうな？」


ゴーストの頭上——満月の下では、生者たちが生を謳歌していた。

靴をはいてせかせか歩きまわり、窮屈なコルセットでわざと動きを制限する人間たちは、さながらファッションの餌食だ。彼らは酒を飲み（酢漬け《ピックルド》キュウリのようにぐでんぐでん《ピックルド》になり）、タバコをふかし（燻製ニシンのようにいぶされ）、まるで食べ物そのものだ。愚かなことよ——ゴーストは思った——そんなことにも気づかないなんて。

不死者たちは満月に血を捧げた。ある者はクリスタル・グラスに注いで。ある者は肉を引き裂き、雄叫びを上げて。はるか古代ギリシャの昔に行なわれた儀式以来、ゴーストに捧げる血はない。もはやどこにも。

ゴーストは自分の悲鳴を聞いた。自分の存在意義を記憶している自分ではなく、別の自分——いまやエーテルのなかに消えつつある自分の声だ。

ゴーストは思った——技術の本質ではなく、異界族の本質についてもっと学んでおけばよかった。消魂《ディスアニムス》の感覚に威厳をもって耐えるための研究に情熱を注いでおけばよかった。

だが、そもそも死に威厳などない。

そしてあたしは一人ぼっち。でも、それも悪くない——こんな屈辱的な姿を誰に見せられると言うの？

それにしても、〝女性は死にゆく自分の声にどう耳をかたむけるべきか〟について説いた科学冊子はどこにいったのだろう？

# 11 ヘアーマフの大流行

レディ・マコンはマコン卿とともにウールジー城に向かい、夫が無事、頑丈な地下牢に拘束されるのを見届けた。マコン卿とビフィは同じ部屋に入り、決して突き破れない牢屋の壁に鉤爪を立て、たがいの肉体を引き裂き合った。傷はいずれ癒えるが、アレクシアは見ていられなかった。人生の多くのことについて、レディ・マコンは陰惨な暗黒部《アンダーベリー》より洗練された外面を好む（もちろん肉製品のもとになる豚の後腹部《アンダーベリー》は別だ）。

「あたくしも、つくづく奇妙な世界に足を踏み入れたものだわ、ランペット」アレクシアは街に戻る馬車に案内するウールジー団の執事に話しかけた。ウールジー団の公式馬車は満月にふさわしくめかしこんでいた。屋根の桟《さん》からはリボンがたなびき、紋章はぴかぴかに磨かれ、正装にふさわしいパレード用の二頭の鹿毛《かげ》の馬が前方にひかえている。アレクシアは一頭の鼻を軽く叩いた。鹿毛の馬は好きだ――足取りが確かで、反応がよく、跳ねるように進み、たいていがまぬけなイモリのように性格がおとなしい。「これまでは人狼ほど単純で原始的な生き物はいないと思ってたけど」

「ある意味ではそうとも言えますが、奥様、彼らは不死者でもあります。永遠と付き合うには、それなりに複雑な精神が必要なのです」ランペットは馬車に乗りこむアレクシアに手を貸しつつ答えた。

「まあ、ランペット、あなた、有能な執事の仮面の下に哲学者の魂を隠していたの？」

「そうでない執事がいますか、奥様？」

「鋭い指摘だわ」アレクシアは御者に出発するよう合図した。

満月のロンドンは、ほかの日とはまったく様相が違う。この夜ばかりは——そうするしかないからか、あるいはそうしたいからか——吸血鬼が街を支配するからだ。英国じゅうの吸血群がパーティを開くが、ロンドンの華やかさにはどこもかなわない。はぐれ吸血鬼も今宵ばかりはおとがめなく、誰にも見張られず街をうろつくことができる。日ごろ吸血鬼が人狼に遠慮しているわけではないが、今夜は人狼がいないと思うだけで、おのずとふだんよりはめをはずしたくなるらしい。

満月の夜は昼間族にとっても、朝まで踊り明かせる格好の日だ。不死者と関わりたくない保守派にとっては飛行船の夜を楽しめる日でもある。満月の夜は、〈ジファール〉社の飛行船の大半が短距離遊覧客を乗せて街の上空を行き来する。パーティ会場として貸し切る者……月明かりとお祭り気分に乗じて、最新の飛行ドレスを披露しようと経費もかえりみず世のしゃれ者たちを特別招待する者……。飛行船のなかには、花火打ち上げ装置を備えたものもあり、赤や黄色の色とりどりの火花を幾千もの流れ星よろしく夜空に打ち上げた。

だが、異界管理局《BUR》にとってはつねに苦難の夜だ。なにせ主要捜査員の数名——ウールジー団員が三人、〈女王陛下の吠え軍団〉が二人、新入りのはぐれ者が一人——が人狼である。クラヴィジャーたちにも任務があり、大半が出払ってしまう。彼らの不在は大きい。さらに吸血鬼捜査官も祝宴に繰り出すため、満月の日のBURは人手不足で憂鬱だ。数名の契約ゴースト捜査官が無節制な夜の治安に目を光らせてはいるが、いざというとき、彼らに実質的な強制力はない。結局、月が出ているあいだは、ハーバービンクのようなタフで、有能で、危険を察知する勘と厄介ごとを聞きつける耳を持つ労働者階級の人間捜査官に頼るしかない。もちろん、〈宰相〉のドローンたちもあちこちに潜伏してはいる。だが、彼らが必ずしもBURに情報をもたらすとはかぎらない——たとえマコン卿がアケルダマ邸のクローゼットで寝起きしているといううちまたの噂が本当だとしても。

アレクシアは満月の夜が好きだ。どうしようもなく心を浮き立たせるものがある。満月のロンドンは興奮と古代のよこしまな儀式で活気づき、牙や血のような残酷さにいろどられると同時に、ブラッド・ソーセージ・パイや狼の形の砂糖菓子といった、おいしいごちそうにありつける日でもある。アレクシアはどんな会合でも、胃袋が満足しさえすれば認める主義だ。アレクシアが社交舞踏会の招待を断わりつづけるのは、そこに集う顔ぶれが気に入らないのではなく、出される食べ物がまずいからだ。上流階級の面々は彼女をお高くとまっていると見なしていたが、まさかお粗末な食べ物が唯一の理由とは誰も知らないだろう。

お楽しみは、食べ物と、月明かりを背に黒く浮かび上がる飛行船をながめることだけではない。満月の夜が吸血鬼の天下になるということは、おしゃれで優雅な人々が街にあふれるということだ。アレクシア自身の趣味ははっきり言って平凡だが、全身を着飾ったクジャクの群れを見るのは実に楽しい。この日はロンドンのどこを歩いても、ありとあらゆるファッションに遭遇する。パリ最新のイブニング・ドレス……実用性を追求したアメリカ発の飛行ドレス……これ以上ないというほど複雑な結びかたのクラバット……。ごった返す通りを馬車で走るだけで、まさに怒濤のような眼福にあずかること間違いなしだ。

アレクシアがこんなふうに馬車の窓に顔を押しつけ、うっとりと外をながめていなかったら、そのヤマアラシには気づかなかっただろう。だが、そうしていたおかげですぐに気づいた。

アレクシアはパラソルで激しく馬車の屋根を叩いた。「止めて！」

御者は人通りの激しい大通りのまんなかで馬を止めた——これぞ貴族の特権だ。なにしろ馬車にはウールジー団の紋章がついている。

アレクシアは導入したばかりの伝声管をつかみ、御者席のベルを鳴らした。

御者が通話器を取った。「奥様？」

「あのヤマアラシを追って！」

「かしこまりました、奥様」長年マコン卿につかえてきた御者は、これよりはるかにばかばかしい要求にも応じてきた。

馬車が大きく傾いだ拍子にアレクシアは伝声管を落とし、重い金属線からぶら下がる通話器が腕を直撃した。それでも馬車が全力疾走しなかっただけましだった——馬車で疾走するのは、おかげさまでもう一生ぶん経験したわ！――というのも、今回のヤマアラシは小型犬のように紐につながれ、好奇の目を向ける見物人に何度も行く手を阻まれながらゆっくり進んでいたからだ。ヤマアラシは明らかに、珍奇なものを見せびらかすのにうってつけの夜に周囲の関心と注目を集めるという目的のために散歩をしているように見えた。

馬車は人ごみを抜け、ヤマアラシの少し先で止まった。御者は呼びつけられる前に下りてきてアレクシアが降りるのに手を貸した。

「あの、失礼ですけど、マダム」アレクシアはヤマアラシを連れている若い女性に声をかけ、顔を見て驚いた。「まあ、ミス・デア！」

「まあ、レディ・マコン？　そんな身体でこんなところにいて大丈夫ですの？　動くのも大儀そうに見えますけど」吸血鬼ドローンのミス・デアは心から驚いたようだ。

「でも、ごらんのように、そぞろ歩きには最高の夜ではありませんこと、ミス・デア」

「本当に、月もクラバットをつけているようですわ」

「こんなことをたずねて失礼ですけど、ロンドンの街なかをゾンビ・ヤマアラシを連れてお散歩だなんて、いったいどういうおつもり？」

「新しいペットとの散歩を楽しんではいけない法はありませんでしょう？」有名な女優であるミス・メイベル・デアは、まさしくペットにヤマアラシを飼う最初の女性のようなタイプだが、アレクシアはだまされなかった。

「新しいペットですって！　つい先日、あたくしたち夫婦はこの不気味な生き物の大群に襲撃されたばかりよ」

ミス・デアは美しい顔に警戒の色を浮かべ、動きを止めた。「お話の続きは、レディ・マコン、あなたの馬車のなかでもよろしいかしら？」

メイベル・デアは少し太めだが、現代ふうの曲線美を誇る女性で、とくに流行に敏感な紳士たちのあいだで確固たる人気を誇っている。そして噂が本当なら、とびきりおしゃれな女性――ナダスディ伯爵夫人――にも寵愛されているらしい。ミス・デアはウェストミンスター吸血群の揺るぎない後援を得てめきめきと頭角を現わし、いまや押しも押されもせぬ人気女優となった。三つの大陸をまたぐ海外公演に出かけ、植民地でも絶大なる人気を博したという。豊かな金髪の巻き毛を高く結い上げた最新スタイルで、顔は愛らしく、いかにも清純無垢の雰囲気だが、実はミス・デアは強烈な個性の持ち主だ。馬車をみずから乗りこなし、カードゲームの腕は一流で、ナダスディ伯爵夫人のドローンであると同時に親しい友人でもある。しかもイブニング・ドレスの趣味もいい。ヤマアラシを連れていようといまいと、決してあなどれない女性だ。

ミス・デアは見張りの付き人を通りに残し、ペットとともにウールジー団の馬車に乗りこんだ。アレクシアは女優からヤマアラシに注意を移した。コナルに襲いかかったヤマアラシとそっくりだ――つまり生きているようには見えない。

「死にぞこない《アンデッド》のヤマアラシね」アレクシアは自信ありげに言った。

「たしかに、そう思われるのも無理はありませんけど、違います。ありえませんわ――だって、そもそも生き物ではありませんもの」ミス・デアは正面の席ではなく、アレクシアの隣に座って緑のシルクドレスのスカートをなでつけた。

「機械じかけのはずはないわ。磁場破壊フィールドを発射しても反応しなかったのが何よりの証拠よ」

「まあ、そんなことが？　ヤマアラシのアルバートが最新武器の洗礼を受けていたとは知りませんでした。貴重な情報です。お使いになった武器をぜひ見せていただきたいものですわ」

「ええ、ぜひとも」だが、アレクシアはパラソルの装備や武器を見せようとはせず、ミス・デアの足もとにうずくまって動かないヤマアラシを指さした。「見せていただいても？」

ミス・デアは一瞬、思案し、「お望みなら」と身をかがめてヤマアラシを持ち上げ、アレクシアが好きなだけ観察できるよう、二人が座る座席のあいだに置いた。

顔を近づけると、すぐにわかった。たしかにどう見ても生き物ではない。内部構造の上に皮膚をかぶせ、本物そっくりの針毛《トゲ》を表面に埋めこんだ人工物だ。

「機械動物《メカアニマル》は禁止されたと思っていたけど」

「これはメカアニマルではありませんわ」

「鉄は使われていないの？　まあ、驚いた」アレクシアは素直に感心した。マダム・ルフォーのように一瞬で構造を理解できるほどの知識はないが、日ごろから科学論文に親しんでいれば、これが最先端技術を利用したものであることくらいはわかる。

「でも、なぜこれほど高度な技術を使って、たかがペットなんかを？」

ミス・デアは小さく肩をすくめた。ドレスのひだ飾りを乱さない、優雅で洗練されたしぐさだ。「殺害命令は撤回されました。あなたがたの転居と養子縁組は、大いなる駆け引きにおいてじつに巧みな作戦でしたわ。女主人も感心していました。もちろん、だからと言って認めるわけではありませんけど、先日のヤマアラシは完全なる試作品です。期待したほどの効果がなかったので、ナダスディ伯爵夫人がわずかに残った試作品でペットを造るよう命じられたのです」

「すばらしい技術だわ」アレクシアは小型ヤマアラシの観察を続けた。両耳の後ろに小さな留め金がついており、押すとパカッと開いて脳みそ部分の内部構造が現われた。

「これが本物のアフリカのゾンビだったら、はるかに危険だったでしょうね」アレクシアは人造の骨を軽く叩いた。「驚いたわ。ウェストミンスター群のことだから必要な使用許可証はすべて特許庁に申請したんでしょう？　この技術が王立協会の小冊子に発表されていないところをみると、製作者はおそらく伯爵夫人のお抱え科学者ね。これは磁場破壊フィールドに対抗するために設計されたの？」よく見ると、陶器と木でできた稼働部分は紐と腱《けん》で固定され、すべりをよくするために黒いロウ状の液体が使われている。最初に襲われたときはこれを血と勘違いしたが、こうして見ると〈ヒポクラス・クラブ〉製の自動人形《オートマトン》に使われていたものとまったく同じだ。「あら、もしかして〈ヒポクラス・クラブ〉の報告書を手に入れたのかしら？　てっきりBURが厳重に保管しているものとばかり思ってたけど」

「あなただけですわ、レディ・マコン、そんな関連性に気づくのは」ミス・デアは少し不安になってきたようだ。

ふとアレクシアがたずねた。「ところで、わざわざあたくしの馬車に乗りこまれた理由は何ですの、ミス・デア?」

ミス・デアは平静を取り戻した。「ああ、そうそう、レディ・マコン、大事なお誘いを忘れておりました。あなたに通りで呼びとめられて、ようやく思い出しました。伯爵夫人はわたしを通して関係の修復を望んでおられます。これだけは信じてください——満月の夜はお忙しいと思っておりましたの。そうでなければ、あなたを無視することなど決してありませんわ」

「いったいなんのこと?」

「これです」ミス・デアは打ち出し文字で書かれた、今夜遅くに開かれる満月パーティの招待状を手渡した。

マコン夫妻とナダスディ伯爵夫人は、それぞれ祝宴を催すたびに相手を招待している。もちろん、ウェストミンスター群の吸血鬼は縄張りの外にあるウールジー城を訪れられないし、伯爵夫人本人は屋敷を離れられない。だが、マコン夫妻はなんどか招待に応じ、つねに失礼にならない程度に、でも決して必要以上に長居することなく引き上げた。人狼にとって吸血鬼群は居心地のいい場所ではない。とくにアルファにとってはそうだが、社交儀礼は守るべきだ。

アレクシアはしぶしぶ招待状を受け取った。「ご招待はありがたいけど、今夜は予定が詰まっているの。それにこんな急なお誘いでは、ふさわしい格好をしたくても――」

ミス・デアが言いわけを引き継いだ。「その状態では難しいでしょうね。よくわかりますわ。伯爵夫人もそうだと思います。ただ、あなたを軽んじているのではないことをわかっていただきたくて。実のところ、伯爵夫人から仰せつかっておりました――どこかで偶然に会ったら、吸血群が今回の転居を公式に歓迎し、なんの反感も」――そこでミス・デアはいかにもベテラン女優らしく、さりげなく言葉を切り――「なんの遺恨も抱いていないことをお伝えするようにと」

よく言うわ、ついこの前までしつこくあたしの命をねらっていたくせに！　アレクシアはむっとし、わざとらしく皮肉った。「同感よ。できれば次回は、最初にあたくしを殺したい理由を教えていただきたいわ――そうすれば無用な騒動は避けられるはずよ。ヤマアラシを無駄死にさせることもないわ」

「おっしゃるとおりですわ。ちなみにヤマアラシ軍団はどうなったんですの？」

「石灰坑に突っこんだわ」

「あら、まあ！　さすがはレディ・マコン。それは考えつきませんでした」

「このチビヤマアラシも発射トゲを備えているの？　たぶん麻酔薬かなんかだと思うけど」

「ええ、でもご心配なく――おとなしい子ですから。それにトゲは護衛用で、隠れた動機はありません」

「それを聞いて安心したわ。それで、ミス・デア、目的地までお連れしたほうがいいかしら？　それとも降りて歩かれる？　ペットを見せびらかすのなら、そのほうがよくはなくて？　伯爵夫人は最新技術でひと儲けするつもりでしょう？」

「吸血鬼のことをよくごぞんじね」

ふつう上流階級は金銭的なことを口にしないが、ミス・デアはただの女優だ。アレクシアはかまわず続けた。「世界の半分を手中に収めただけではまだ不満なのかしら？」

ミス・デアがほほえんだ。「支配の形は、〈議長《マージャ》〉どの、ひとつではありませんわ」

「ええ、そうね。では……」アレクシアは伝声管を取って御者に呼びかけた。「ここで止めて。お連れのかたが降りるわ」

「かしこまりました、奥様」金属質の声が答えた。

馬車が路肩に止まり、ミス・デアとヤマアラシは馬車を降りて散策に戻った。

「今夜遅く、ぜひお待ちしておりますわ、レディ・マコン」

「そうね。楽しい会話に感謝します、ミス・デア。すてきな夜を」

「そちらも」

こうして二人は別れた。周囲の浮かれ騒ぐ人々が人狼の妻と吸血鬼ドローンのやりとりに好奇の目を向けた。街ではビフィに関する噂がささやかれている。これで、またひとつ新たなゴシップの種がまかれた。〝レディ・マコンは吸血鬼陣営からまたしても重要人物を引き抜くつもりなのか？〟　アレクシアにはわかっていた――これもすべて、馬車に乗りこんだミス・デアの計画の一部だったに違いない。
アレクシアはふたたび送話器に呼びかけた。「〈シャポー・ド・プープ〉までお願い」

夜の祝祭は始まったばかりだ。こんな夜にロンドンの一流店が店を閉めるはずがない。予想どおりマダム・ルフォーの帽子店は開いており、しかも裕福そうな貴婦人とそれにふさわしい付き人たちでにぎわっていた。天井からぶらさがる長い紐の先についた帽子はあちこちで揺れているが、海底を思わせるようないつもの静けさはない。店内は騒々しく、ざわめきと腰高《バッスル》ドレスであふれかえっていた。アレクシアはルフォーの姿がないのに驚いた。本業は発明でも、忙しい夜はたいてい店に出ているはずなのに。貴婦人《バッスル》たちが〈シャポー・ド・プープ〉に足しげく通う理由の半分は、ロンドンでも評判の帽子店の何かと噂の多い女店主にひょっとして遭遇できるかもしれないからだ。

店主がいないのを見て、店に入ったアレクシアは立ち止まり、はたと考えた。誰にも気づかれずにどうやって発明室に行けばいいの？　できればルフォーの意向を尊重し、地下の発明室とそこで行なわれている作業と発明室への入口は世間の目から隠しておきたい。でも、その世間の少なくとも半分が店内にひしめいているような状態で、どうやって誰にも気づかれずにルフォーに紙束を返し、ヤマアラシの性質について相談しろというの？　アレクシア・マコンには多才な女性だが、そのなかに〝人目を忍ぶ術〟は含まれない。

アレクシアは、ルフォーの上品な現代的センスを反映した丈の高い白塗りのカウンターに近づき、とっておきの尊大な口調で呼びかけた。

「ちょっとよろしいかしら？」

「すぐにおうかがいいたします、マダム」カウンターに立つ売り子が甲高い声で応じた。声は明るく、愛想のいい口調だが、こちらに背を向けたまま帽子箱の山をがさごそ探っている。

「仕事の邪魔をしたくはないんだけど、お嬢さん、急ぎの用なの」

「ええ、マダム、わかっております。お待たせして申しわけございません、でも、ごらんのとおり今夜は少々こみあっておりまして。どうかもうしばらくお待ちくださいい」

「マダム・ルフォーに会いたいの」

「ええ、ええ、マダム、わかっております。皆さん、そうおっしゃいます。でも今夜は無理なんです。別の店員でよければご用件をおききいたしますが」

「いいえ、マダム・ルフォーでなければダメなの。重要な書類を返さなきゃならないのよ」

「返す？　まあ、帽子がお気に召しませんでした？　それは大変申しわけございません」

「違うわ。帽子の話じゃないの」アレクシアはいらだってきた。

「はい、かしこまりました、どうか今しばらくお待ちを。すぐにおうかがいいたします」

これではらちがあかない。アレクシアはため息をついてカウンターを離れ、たとえレディ・マコンの顔と階級を知らなくても同情して道を空けてくれるのではないかと、パラソルを杖がわりに大げさに足を引きずりながら店内を歩きまわった。だが、この作戦は人目をそらすどころか、ますます注目を集め、どうにも身動きが取れなくなった。

ルフォーの帽子はどれも最新スタイルで、たいていの人には大胆すぎる。例外はアイヴィとその同類くらいだ。陳列棚には帽子以外の装身具も並んでいた。婦人用室内帽《モブキャップ》。ナイトキャップ。ヘアピン。美しい飾りのついたヘアバンド。さまざまな形と大きさのハンドバッグに手袋。さらにビロードの耳当て、広がりを抑えるスカートひも、裾に差しこむおもり、最高級の色つきガラスゴーグルといった飛行用装身具。羽根と花で縁どった伊達《だて》ゴーグル。そして忘れてはならないのが、髪がからまらずに耳は暖かく、かつ最新の巻き毛をつけたいおしゃれな若い女性のためにアイヴィ・タンステルがデザインしたヘアーマフが並ぶ棚だ。冬のあいだにつかのま爆発的人気を博したあと、最近は少し飽きられていたが、ミセス・タンステルの繊細なセンスに敬意を表して今も並べられている。

アレクシアは店内を一周して決断した。人目を忍ぶのが無理なら、あとはもうひとつの方法に訴えるしかない――すなわち騒ぎを起こすことだ。

「ちょっといいかしら、お嬢さん」

さっきと同じ売り子がなおもカウンターの奥でごそごそしている。まったく、帽子箱を見つけるのにいつまでかかってるの？

「わかっていいます、マダム。いましばらく」

アレクシアは自分のなかの、とびきり傲慢で、気むずかしい貴族らしさを振りかざした。

「あたくしを無視する気、お嬢さん！」

売り子ははっとし、このうるさい女性は誰だろうと振り向いた。

「あたくしを誰だと思ってるの？」

若い売り子はしげしげと見つめ、おずおずとたずねた。「レディ・マコン？」

「そのとおり」

「あなた様が来られるかもしれないから気をつけておくよう言いつかっておりました」

「気をつける？　気をつけるですって！　本当に？　ええ、そうよ、その……ここに来たのは……その……」アレクシアは口ごもった。本気で怒っていないときに怒ったふりをするのは楽ではない。「店主と重大な相談があるの」

「さきほど申し上げたように、マダム、大変申しわけございませんが、今夜はお会いになれません──たとえあなた様でも」

「そうはいかないわ！」われながら、なかなか効果的な言葉の選びかたと口調だ。なんて高圧的！　だてに人狼と暮らしているわけじゃないのよ、お嬢さん。さて、これからどうしようかしら？　「どうやらだまされたようね！　ええ、すっかりだまされたわ。許しませんよ。警察を呼ぶわ。ただのおどしと思ったら大まちがいよ」

この時点で、アレクシアとカウンターの奥で震える売り子は店じゅうの客と店員の注目を集めていた。

「あたくしはヘアーマフを探しに来たの。あれこそ飛行船の旅にう
ってつけだと聞いて、この髪の色に合うヘアーマフがほしくて。なのに、これは何？　似合う色なんてひとつもないじゃないの。ほかの色はどこ？」

「それが、その、マダム、現在、濃い色の在庫を切らしておりまして。ご注文いただければ――」

「冗談じゃないわ、注文なんて。マダムは今ここでぴったりのヘアーマフがほしいのよ！」

言葉に合わせてアレクシアは片足をドンと踏み鳴らした。いくら帽子店の観客の前でも、ちょっと大げさすぎたかしら？

アレクシアはショーウィンドウのそばのヘアーマフ掛けによたよたと歩み寄ると、青と緑の格子柄のよそゆきドレスの肩にきれいに垂らした巻き髪をつかみ、マフ掛けに向かって振ってみせた。そして、その似合わなさに寒気がするとばかりにあとずさった。

「これを見て」そういってマフ掛けから少し離れ、パラソルの先でおぞましいヘアーマフを指した。

たしかに売り子は見た。というより、その場にいたレディたち全員が見た。彼女たちが見たのは、出産を数日後にひかえたようなレディ・マコンが、この店のヘアーマフを買うためだけにベッドと愛する夫の胸から抜け出してきたという事実だった。つまり、ヘアーマフがふたたび流行するということだ。ウールジー伯爵の妻レディ・マコンは、上流階級の流行しかけ人やファッション・リーダーと付き合いがあることで知られている。実用的なものを選ぶならまだしも、出産まぢかの身体でわざわざヘアーマフを買いに来たということは、すなわちアケルダマ卿が認めたということだ。アケルダマ卿が認めれば吸血鬼界が認める。そして吸血鬼界が認めたということは、もはや言うまでもない。ヘアーマフはよほどすばらしいもの、に違いないということだ。

そのとたん、店内の女性全員がミセス・タンステルの〈高み、にある女性旅行者のためのヘアーマフ〉を手に入れなければならないという思いにかられた。誰もが今まで褒めちぎっていた帽子のことをすっかり忘れ、小さなマフ掛けに群がった。死んでも飛行船になど乗るつもりのない女性までが、いきなりヘアーマフの狂気に呑みこまれた。なぜなら、飛行船で流行するものは地上に降りてくる——その証拠に豪華な伊達《だて》ゴーグルは大人気だ。

たちまちアレクシアはバッスルドレスで身体を締め上げた女性たちの狂乱に呑みこまれた。誰もがヘアーマフをつかみ、金切り声で叫び合い、必死で自分の髪に合う色に手を伸ばした。押す者……息を切らす者……。まさに大騒動だ。

売り子たちは事態の変化にも慇懃《いんぎん》に応じ、メモを取り出しては〝あわててお買い求めにならず、ふさわしい色と髪型と巻き毛サイズをよく検討してご注文ください〟と声をからした。

この混乱に乗じてアレクシアは喧噪のなかから抜け出し、左右によたよたと揺れながら、いまの能力で可能なかぎりこっそりと店の奥に向かった。手袋が美しく並べられた薄暗い陳列ケース下の昇降室レバーを動かすと、隠し回転扉が静かに開いた。さいわい、昇降室は店と同じ階に停止している。アレクシアはえっちらおっちら昇降室に乗りこみ、扉を引いて店に続く回転扉を閉めた。

ルフォーと何カ月も付き合ううちに——パラソルの保守点検やエーテルグラフ通信機の修理で訪れるのは言うまでもなく——昇降室の操作にはすっかり慣れた。最初は胃が変になったり恐怖を感じたりしたが、いまやそれはルフォーを訪ねる際のお決まりの手順にすぎない。レバーを動かして巻き上げ機を作動させ、地下に着いたときにカゴがガクンと揺れても、よろけもしなかった。

アレクシアはカゴから下りてよたよたと通路を進み、発明室の扉をドンドンと叩いた。

答えはない。

おそらく聞こえないのだろうと判断し――発明室のなかはつねに機械音が不協和音を奏でている――アレクシアはなかに入った。

それから部屋じゅうに散らばる機械部品の山をゆっくり見てまわったが、ルフォーの姿はなかった。留守というのは本当だったらしい。例の巨大な最新装置もない。売り子の言葉は口実ではなく、たしかにルフォーは留守だった。

アレクシアは唇をすぼめた。たしか、最新の発明品を仕上げるために作業場を変えるとかなんとか言ってたわね。アレクシアは必死に記憶をたどった。どこって言ってたかしら？　そこまで追いかけていくべき？　それとも紙束はここに置いておく？　たぶん、ここのほうが安全ね。そう考えて金属テーブル板の脇に紙束を置き、部屋を出ようとしたとき、何かが聞こえた。

人狼なみの聴力でもないかぎり、カタカタ、ブーン、シュッシュッという機械音のなかから奇妙な音をはっきり聞きわけることはできない。主《あるじ》の発明家が留守でも、装置のいくつかは作動し、音を出しつづけている。それでも間違いなく別の音が聞こえた――機械音の下から、人間のもののような、そうでないような悲痛な叫び。

あるいは異常に興奮したネズミのような。

アレクシアは熟考のすえ、突きとめないことに決めた。パラソルを使うのもよそう——装置のなかには、繊細な技術を使っているものもある。勝手に停止させて故障でもしたら大変だ。だがアレクシアにとっての熟考とは——本当に考えようとそうでなかろうと——行動を起こす前の、ほんの一瞬のためらいにすぎなかった。

次の瞬間、アレクシアは片手でパラソルを握りしめて頭上に振り上げ、持ち手のスイレンの花弁を親指で引いて磁場破壊フィールドを発射した。

沈黙が下りた——作業が途中で停止したかのような不自然な沈黙。アレクシアが想像力あふれる女性だったら、〝時間が凍りついたかのような〟と言ったかもしれない。だが、そうではなかったので言わなかった。そして、ひとつだけ止まらない音に耳を傾けた。

それは低く、いたましい、聞き覚えのある声だった。生者の声ではないが、機械音でもない。誰かが発する声。二度目の死を迎えようとする者の断続的な鋭い悲鳴だ。それが誰の苦悶の声なのか、アレクシアにははっきりわかった。

# 12 〈かつてのベアトリス・ルフォー〉

「〈かつてのルフォー〉。〈かつてのルフォー〉、あなたでしょう？」アレクシアはできるだけ優しく呼びかけた。

つかのま沈黙が下り、ふたたび遠くから悲鳴が聞こえてきた。

その声には、二度目の死は最初の死よりはるかに悲惨だとでもいうような、抑えがたいほど悲しい響きがあり、現実的なアレクシアの胸もさすがに痛んだ。「お願い、〈かつてのルフォー〉、あなたを傷つけはしないから。あなたが望むなら平和をあたえてあげられるけど、ただそばにいることもできるわ。約束する――あなたが望まないかぎり決して触れないと。だから怖がらないで。どうせあたくしには何もできないわ。あなたの肉体がどこにあるかも知らないんだから」

そこで磁場破壊フィールドの威力が切れ、ふたたび発明室はぶーんとうなり、装置がガチャリと動きだした。頭の真横で、チューバと雪ゾリとひげそりを適当にくっつけたような装置が腸内ガスのようなとんでもない音を立て、アレクシアはぎょっとしてあわてて離れた。

「お願い、〈かつてのルフォー〉、どうしてもききたいことがあるの。あなたの助けが必要なの」

アレクシアの左にある巨大なガラス管からゴーストが現われた。正確に言えば可能なかぎり実体化した——もはや実体はほとんどないが。いまや〈かつてのルフォー〉は、もやもやした巻きひげとなって渦巻き、ただよう断片だった。実体のない小さな断片がエーテルの流れに抵抗するさまは、もはや人間というより雲のようだ。エーテル流の大半がアレクシアに引き寄せられるにつれ、ぼんやりした断片もアレクシアに向かって流れはじめた。吸血鬼は反異界族のことを〝魂吸い《ソウル・サッカー》〟と呼ぶが、最近の科学界では〝エーテル吸収体〟と考えるのが主流となっている。反異界族生理学におけるこの特異な現象を実際に観察できるのは、反異界族が死につつあるゴーストと同じ部屋にいるときだけだ。

「〈ソウルレス〉！」声を見つけた——というより喉頭を見つけた——とたん、〈かつてのルフォー〉がフランス語で叫んだ。「どーしてあんたがここに？　あたしの姪っ子はどこ？　あの子は何をした？　あんたは何をした？　オクトマトンはどこ？　なに。なに？　叫んでいるのは誰？　あたし？　どーしてあれがあたしで、あんたに話してるこれもあたしなの？　あんた。〈ソウルレス〉？　ここで何をしてる？　あたしの姪っ子はどこ？」

まるで短い楽章を繰り返し演奏する、いかれた楽団のようだ。〈かつてのルフォー〉は意識のループにとらわれていた。そして、ときおり思い出したように二度目の死にともなう低くて長い苦悶のうめきを上げた。それが魂の痛みなのか、それとも肉体の痛みなのかはわからないが、アレクシアには自分の意志に反して狼への変身を強いられる哀れなビフィの声に似ているように思えた。

　アレクシアは背筋を伸ばし、反異界族の務めを果たす前に相手の顔を正面から見つめた。こんなことはめったにない。本来なら、ルフォーに許可を求めるところだ。でも、いまルフォーはいない。これほど哀れな状態のおばを一人残して。こんなに苦しんでいるおばを。

「〈かつてのルフォー〉」アレクシアはていねいに呼びかけた。「あたくしはほかの誰にもできないことをあなたに……つまり、あたくしにはあなたを……ああ、もう、まどろっこしい――除霊してほしい？」

「死？　死！　あたしに死にたいかときーてるの、〈ソウルレス〉？　まったく存在しなくなる状態になりたいかって？」ゴーストは子どものオモチャのように、くるくると渦を描きながら発明室の屋根の梁《はり》まで舞い上がった。肉体のない身体から出る巻きひげが、アイヴィの過激な帽子についた羽根のように回転している。はるか頭上に浮かんだ〈かつてのルフォー〉は瞑想にふけりはじめた。「あたしは任務をまっとうした。教育をほどこした。そうたくさんじゃないけど。あたしは人の命に関わった。みんなを終わらせた。死んだあとも」そこで言葉を切り、ゆらゆらと舞い下りてきた。「だからって子どもが好きなわけじゃない。ゴーストに何ができる？　姪っ子が――あたしのかわいー頭のいい子が――あのひどい女の虜《とりこ》になるなんて。あたしが教えたことはなんの役にも立たなかった。そしてあの小僧。母親そっくりの。ひねくれ者。まさかあたしが男の子を教育するなんて、いったい誰が想像しただろう？　その結果がこれだ。どうなったかを見るがいい。死。あたしの死。そしてどこかの〈ソウルレス〉があたしに救いの手を差し伸べている。まともじゃない。何もかも。反異界族の娘――あんたがあたしに何ができるって言うの？」

「安らぎをあたえられるわ」アレクシアは両眉を吊り上げた。騒霊《ポルターガイスト》段階に近いゴーストというのは、つくづく意味不明なことをくどくどと話すものだ。

「安らぎなんかほしくない。あたしは希望がほしい。あんた、それをあたしにくれる？」

アレクシアに言わせれば同情もこれまでだ。「よくわかったわ。話はいよいよ哲学的になってきたようね。〈かつてのルフォー〉、あなたの存在に関して――もしくは存在しなくなることに関して――あたくしの助けがほしくないのなら、それはそれで結構よ。でも、大声で泣き叫ぶのはやめてちょうだい。頭上の通りに聞こえたら異界管理局《BUR》が出動しなければならなくなるわ。はっきり言って、満月の夜にこんな余計な仕事で呼び出されるのは迷惑よ」

ゴーストがアレクシアのそばに下りてきて、ふと考え、フランス語からなまりの強い英語に切り替えた。「ちょっと待って。これから……あたしは何をするつもりだった？　あー、そーだ。あんたに見せるつもりだった。ついてきて」

〈かつてのルフォー〉はゆっくり上下に揺れながら部屋の奥に進みはじめた。実体がないから障害物や通路にぶつかることもない。装置や機械、道具のあいだをまっすぐ突き抜けてゆく。かたや実体《サブスタンシャル》があり、かつたっぷりして《サブスタンシャル》いるアレクシアはあちこちにぶつかりそうになりながらあとを追い、一度ならずゴーストの姿を見失いつつもなんとか広い発明室の隅にたどりついた。そこには、有名なオニオン・ピクルス製造会社の商標の入った大樽が横倒しになっていた。

樽に近づくにつれて〈かつてのルフォー〉はしだいに実体を帯びはじめ、ついにほぼ昔の――アレクシアが約半年前に初めて出会ったときの――姿になった。やせ型で、背が高く、古くさい服を着て、小さなメガネをかけ、マダム・ルフォーによく似た、いかめしい顔の老女。かつては、えくぼもできていたかもしれない。

ここにきて叫び声はますます大きくなったが、それはどこか遠い――地下の鉱山から聞こえるこだまのようだ。

「悪いね。でも、止められない」アレクシアのしかめつらを見て、ゴーストが言った。

「ええ、わかっているわ。そのときがきたのね」

ゴーストはうなずいた。ほどけてしまいそうな自分をなんとか秩序よくかき集めたらしく、その動作もはっきり見えた。「ジュヌビエーヴはあたしに長い死後の生をくれた。これほど幸運なゴーストはめったにいない。たいていは数カ月の命だけど、あたしは数年も生きた」

「数年？」

「数年」

「つくづく才能ある女性ね」アレクシアは心から感嘆した。

「でも、あの子はあまりになんども、あまりに簡単に恋に落ちた。それだけは教えてやれなかった。父親そっくりだ。たぶん、あの子はあんたのことを少し愛している。あんたがチャンスをあたえたら、もっと愛しただろう」

またしてもアレクシアは話についてゆけなくなった。ゴーストとの会話ではよくあることだ――ゴーストは自分の身体を制御できないのと同じように会話も制御できない。「でも、あたくしは結婚してるのよ！」

「魅力ある人は、みなそうだ。そしてあの子は、あの女の息子も愛している」

アレクシアは自分のお腹を見下ろした。「人は誰でも自分の子を愛すべきよ」

「あの女が産んだ手に負えない子でも？」

「それならなおさらよ」

ゴーストが乾いた声で笑った。「どうりでジュヌビエーヴとあんたは気が合うはずだ」

アレクシアはルフォーの恋愛遍歴（あまりに刺激的すぎて今まで必死に考えまいとしてきたこと）に思いをはせ、これまでのできごとを考え合わせようとしたが、簡単にはいかなかった。例の叫びがますます大きく、近くなり、なかなか集中できない。〈かつてのルフォー〉のように勝ち気で気丈なゴーストでも、さだめられた死にはあらがえない。

「ジュヌビエーヴに何かあったの？」アレクシアがたずねた。

「そう」〈かつてのルフォー〉はささやき、バランスの悪い蒸気エンジンの上に載っているかのようにぶるぶる震えながら、アレクシアの目の前に浮かんだ。

「彼女が組み立てていた装置、あれは政府からの委託じゃなかったのね？」

「ああ、そうじゃない」ゴーストは震えながらくるくる回転しはじめた。煙のような靄が近づいては離れ、浮かんでは遠ざかり――〈かつてのルフォー〉の存在が吐息のように運び去られてゆく。両脚は完全に崩壊し、見ているまに片手が分離し、アレクシアに向かって漂いはじめた。

アレクシアは避けようとしたが、片手は執拗についてきた。「あれはどこかの屋敷に突入するための装置？　宮殿とか？」

「ああ。あの子らしくもない、あんな野蛮なものを造るなんて。でも女ってものは、ときにやぶれかぶれになるものだ」悲鳴がますます大きくなってきた。「正しい質問をするんだ、〈ソウルレス〉。あんたはあたしに正しい質問をしていない。もう時間がない」そう言うなり、もう片方の手も分離して、ふわふわと近づいてきた。「〈ソウルレス〉？　あんたは何者？　どうしてここにいるの？　あたしの姪っ子はどこ？」

「ゴーストの情報伝達網を作動させたのはあなたね？　あなたがあたしに使者を送ったんでしょう、〈かつてのルフォー〉？　女王殺害のことを知らせるために？」

「そうぅぅ」ゴーストがささやいた。

「でも、なぜジュヌビエーヴが女王を――」

アレクシアが言いかけた瞬間、〈かつてのルフォー〉がはじけた。腐ったトマトを木に投げつけたかのように、音もなく爆発した。ゴーストの断片が一気に四方八方に飛び散り、白い霧が装置のまわりやあいだを抜けて発明室全体にふわふわと広がった。そして、すべての断片がこぞってアレクシアに向かってきた――目、眉、髪、手足。

アレクシアは思わずぎゃっと悲鳴を上げた。もうもとへは戻れない。〈かつてのベアトリス・ルフォー〉は完全にポルターガイストになってしまった。いよいよアレクシア・マコンが女王陛下と国家のために除霊という任務をとりおこなうときだ。

アレクシアは横倒しになったオニオン・ピクルスの樽に近づいた。かなり大きい。裏側から何本ものコイルと管《くだ》が出ており、それが蓋つきの奇妙な形の金属バケツにつながっている。ルフォーがオニオン・ピクルスの品質に特別な興味を持ったとは思えない。とすれば……。

ルフォーのスタイルと設計美学をよく知るアレクシアは、樽の表面に押したり引いたりできそうな小さな出っ張り、もしくは奇妙な彫り物ふうの飾りがないかを探した。案の定、壁に面した樽の端に小さな真鍮のタコがあり、押すと小さくカチッと音がして樽の木の一部が蛇腹式蓋《ロールトップ》つきデスクのようにするすると開いた。やはり、なかみはオニオンではなかった。棺《ひつぎ》ほどの大きさの水槽のなかに、泡立つ黄色い液体と、保存されたベアトリス・ルフォーの肉体が入っていた。

肉体はホルマリン――に違いない――のなかに保存されていた。ぽこぽこと注入されているガスのおかげで肉体の腐敗は最小限にとどまり、ゴーストはあれほど長いあいだ実体のない姿を保つことができたらしい。アレクシアはすばらしい発明品に目を奪われた。これまで、ゴースト捜査官の採用には大きな問題があった。ゴーストが正気を保てるのは肉体が保存されているあいだだけだが、肉体が完全に保存液に浸かっているとつなぎ糸を作ることができず、実体化できない。そこでルフォーは肉体をホルマリンに浸して保存しつつ、つなぎ糸が作れるだけの量の空気を送りこむという方法でこの難問を解決したのだ。〈かつてのルフォー〉があれほど長い死後の生を享受できたのは、こういうわけだったのね。

しかし、これほど独創的かつ画期的発明をもってしても、結局ゴーストを救うことはできなかった。いずれ肉体は腐敗し、糸を作れなくなる。そうなればゴーストは結合力を失い、二度目の死に屈するしかない。

この水槽のことはＢＵＲに教える価値がありそうだ。ＢＵＲの有能なゴースト捜査官のために一、二台、注文したいと思うかもしれない。ガスの注入は、〈かつてのルフォー〉がポルターガイストになる前に爆発したことと何か関係があるのかしら？　いずれにしても水槽の役目は終わった。次なる問題は、どうやってなかの肉体に触れるかだ。

いまや狂気の悲鳴は耳を聾《ろう》さんばかりだ。〈かつてのルフォー〉の霧のような断片はすべてアレクシアに集まり、剝き出しの腕や顔、首にばりのようにくっついている。ああ、なんて気味が悪い。振り払おうとしたが、ばりは手首に移動しただけだ。

水槽を開ける手段はなかった。これを作った時点で、ルフォーはふたたび開けることなど考えなかったのだろう。

アレクシアは悲鳴を止めることにやっきになった。こんなことで手間どっている場合ではない。一刻も早くここを出て、〝怪物を作って女王を殺す〟というルフォーのバカげた計画を阻止しなければ。ジュヌビエーヴ、よりによってあなたみたいな人が、どうしてそんなことを？

しかたなくアレクシアはパラソルの向きを変え、大きなお腹でできるだけ大きく背後に振り上げて力まかせに振りおろした。パイナップル状の硬い柄が脇のガラスにぶつかり、水槽にひびが入って割れたとたん、息が詰まるような強烈なにおいとともに黄色い液体がこぼれだした。アレクシアはひだつきスカートにホルマリンがつかないよう持ち上げながら、あわててあとずさった。目がしみて、涙が出る。強い刺激臭にアレクシアは咳きこみ、浅い息を繰り返した。さいわい、液体の大半は発明室の固く積もったほこりにみるみる吸収された。

ベアトリス・ルフォーの肉体はもんどり打って割れた水槽にぶつかり、割れ口から片手がだらりとぶらさがった。アレクシアはすばやく手袋をはずして近づき、冷たい手に一瞬、触れた。肉体と肉体が触れ合った瞬間、除霊はあっけなく終わった。

いたましい叫びがぴたりとやみ、肉体の切れ端が消えた。エーテルに吸いこまれたのだろう。あとに残ったのは発明室の装置が動く音と、何もない空気だけだ。

「どうぞ安らかに、〈かつてのルフォー〉」

アレクシアは目の前の惨状を悲しげに見た。散乱するガラスの破片。ひびの入った水槽。死体。散らかった状態には我慢できない性格だが、片づけている時間はない。時間ができたらフルーテに知らせよう。

アレクシアは惨状に背を向け、店内のレディたちがまだヘアーマフを奪い合っていることを祈りながら、よたよたと部屋を出て廊下を急いだ。今回ばかりは隠し扉をごまかしている余裕はない。ルフォーの無謀な行動を阻止するのが最優先だ。何より理由が知りたかった。ルフォーほどの聡明な女性が、なぜ英国女王を殺すためにバッキンガム宮殿を正面から攻撃するようなバカな真似をしなければならないの？
　さいわいにもヘアーマフへの強迫観念はまだ威力を失っておらず、アレクシアが片足を引きずるガチョウよろしく壁の扉から小走りで出てきたところを見た者はほとんどいなかった。アレクシアはそのまま、天井からぶらさがる帽子の海をすり抜け、店を出た。何人かがホルマリンのにおいに気づき、そのなかの一人か二人が、豪華な馬車にやっとのことで乗りこむレディ・マコンに気づいたが、このふたつを結びつけて考える者はいなかった。ただ一人、主任売り子だけは女店主にすべてを報告すべくメモを取り、ふたたび急増するヘアーマフの注文さばきに戻った。

　アレクシアはルフォーの新しい作業場の名前を思い出した。たしか〝〈パンテクニカン〉の倉庫〟と言ってたわ。でも、場所はわからない。商売のこととなると、アレクシアは完全な門外漢だ。しかしルフォーは、技術的好奇心を満たすためならロンドンのどんな特殊な場所へも足を運ぶ。アレクシアも名前だけは聞いたことがあるが、訪れたことは一度もない。なにしろ〈ジファール〉社がその一部を借りて飛行船を保管するような施設だ。倉庫会社〈パンテクニカン〉は大量の家具を保管・販売することでも知られている。良家の貴婦人が絶対に訪れないような場所だ。きっとテーブルがいくつも積み重ねて並べてあるに違いない――ニスも塗ってないような！　ましてや空気の抜けたふにゃふにゃの飛行船なんて！　想像しただけでアレクシアは身震いした。しかし、ときに〈議長《マージャ》〉はレディ・マコンが行かないようなところへも行かなければならない。御者なら知っているはずだと判断し、アレクシアは〈パンテクニカン〉に向かうよう命じた。御者によれば、そこはロンドンでもかなり怪しげな地区――ベルグレーヴィア――にあるらしい。

馬車は蹄《ひづめ》の音高くウェスト・エンドでもっとも騒々しくて荒っぽい群衆のあいだを抜け、チェルシーの方角に向かって丸石敷きの通りを次々に駆け抜け、ようやく止まった。座席の伝声管が激しく鳴った。

アレクシアがらっぱ状の通話器を取った。「はい?」

「モトコム・ストリートです、奥様」

「ありがとう」聞いたこともない通りだ。アレクシアはうさんくさそうに馬車の窓から外を見た。何台ものふにゃふにゃ飛行船と大量のニスなしテーブルを保管するという〈パンテクニカン〉の巨大さは、想像をはるかに超えていた。目の前には倉庫がずらりと連なってできた巨大無限軌道車のような建物がそびえていた。倉庫のひとつひとつは大きな納屋のような形で、数階ぶんの高さがあり、アーチ型の金属屋根がついている。おそらくこの屋根が、飛行船を保管するたびに開いたり、はずれたりするのだろう。通りには、安定した白い光を放つガス灯ではなく、ちらちら点滅する黄色いオイルランプがあるだけで薄暗く、人っ子ひとりいない。ここはロンドンでも、昼間に働く商売人や、太陽の下で装置を積み降ろしては各地に運ぶ輸送業者や労働者が集う場所で、アレクシアのようなレディが満月の夜にほっつき歩く場所ではなさそうだ。

だがアレクシアは、無人の薄暗い路地ごときにくじけ、いまこそ分別ある助言が必要な友人を見捨てるような女性ではない。片手にエセル、反対の手にパラソルを持って馬車から降りると、ずらりと並ぶ巨大倉庫に沿ってよたよた歩きながら扉のひとつひとつに耳を澄まし、つまさき立って薄汚れた小窓のひとつひとつをのぞきこんだ。なかを見るにはこうするしかない。アレクシアは鉛枠をはめこんだ煤《すす》けた窓ガラスを汚れた手袋でぬぐった。〈パンテクニカン〉のなかも、通りと同じように誰もいないようだ。ルフォーの姿も、最新装置も見あたらない。

だが、いちばん端の倉庫の前に来たとき、火花が飛び散るのが見えた。なかでは、見るもおぞましいつなぎの作業服を着こんだマダム・ルフォー――おそらくそうに違いない――が、中世の騎士がかぶる兜《かぶと》と金魚鉢を掛け合わせたようなガラスと金属製のバケツ状のものをかぶり、火吹きランプを片手に大きな金属板を溶接していた。巨大装置はいよいよ完成まぢからしく、そのあまりの異様さにアレクシアは小さく驚きの声を上げた。

それは恐ろしく巨大で、少なくとも建物二階ぶんの高さはあった。つばなし山高帽の部分は、いまや関節のある八本の金属触腕の上に載っている。触腕は支柱のようにだらりとぶらさがっているが、ルフォーのことだ――あの八本はそれぞれが独立して動くしかけに違いない。まったく、なんてものを造ったの？　まさに〝つまさき立ちの巨大直立ダコ〟だ。せっぱ詰まった状況にもかかわらず、この連想にアレクシアは空腹を覚え、われながらあきれた。ああ、まったく妊娠ってものは。

アレクシアはルフォーを振り向かせようと窓を叩いたが、聞こえないらしく、黙々と作業を続けている。

アレクシアは入口を探して倉庫を一周した。通りに面した壁に荷積み用の大きな扉があったが、がっしりと閂《かんぬき》がかかっている。どこかに、もっと使いやすい、人が出入りするための小さい扉があるはずだ。

たしかに小さな出入口はあったが、ここもカギがかかっていた。アレクシアはじれったそうにパラソルで扉を叩いたが、力ではどうにもならない。ああ、錠前破りができたら――これまでになんど思ったことだろう。アレクシアは〝カギのこじあけかたを覚えたいから、指導者としてニューゲート刑務所からその方面の技術に長けた犯罪者を雇ってほしい〟と要求したが、マコン卿は妻のこの要望に大いに難色を示した。

しかたなく倉庫の表に戻り、低いところにある窓を割ることにした。ガラスを割っても、もぐりこむには小さすぎる――たとえ妊娠八カ月でなくても無理だ――が、そこから叫ぶくらいはできる。アレクシアがパラソルを振り上げた、まさにそのとき、ものすごい音が鳴りひびいた。

建物がかすかに揺れはじめ、金属屋根が不気味な音を上げてきしみ、ふたつの大きな積荷用扉の蝶番《ちょうつがい》がカタカタ音を立てた。扉の下と四隅から蒸気の塊が噴き出し、なかから金属のこすれ合う音とフル回転する蒸気エンジンの転がるようなうなりが聞こえた。アレクシアは扉からあとずさった。音はますます大きくなり、扉はますます激しく揺れ、さらに大量の蒸気の渦が噴き出している。

それが扉に近づいていた。

アレクシアがよたよたと全速力で離れた瞬間、扉がものすごい勢いで開いた。木の扉は倉庫の両脇に激しくぶつかって裂け、蝶番から斜めにぶらさがった。

つまさき立ちの巨大タコが現われた。触腕可動部の外套膜の下から蒸気が噴き出し、まるで雲に浮かんでいるかのようだ。戸口は楽に通れるほど高くはないが、巨大タコはまったくかまわず、頭でこともなげに屋根の一部を壊して前進した。屋根瓦が落ちて割れ、ほこりが舞い上がった。世界最大の自動頭足類が、蒸気を吐きながらロンドンの市街地に向かいはじめた。

「あれが自動《オクトマトン》タコ。ジュヌビエーヴは寸法を間違えたようだわ」アレクシアは誰にともなくつぶやいた。

オクトマトンは、はるか下の薄暗がりにいる丸々太った妊婦には気づかなかったが、馬車には気づき、一本の触腕を上げて慎重にねらいをさだめたかと思うと、先端から炎を噴き出した。二頭の美しい馬（見た目のよさと、勇敢さよりも人狼のそばにいてもおとなしいという性質ゆえに選ばれた）と御者（まさに同じ理由で選ばれた）はあわてふためき、全速力で駆け出した。馬車は激しく傾きながら通りの角を曲がり、リボンを楽しげにたなびかせて夜の街へと消えた。

「待って！」アレクシアが叫んだ。「行かないで！」だが、すでに馬車は影も形もない。

「ああ、なんてこと。こんどは何？」

オクトマトンはアレクシアの叫びや境遇には見向きもせず、馬車を追って通りを進みはじめた。アレクシアはパラソルを持ち上げ、持ち手のスイレンの花弁を引き、巨大タコに向けて磁場破壊フィールドを発射した。だが、なんの効果もない。ルフォーが吸血鬼のヤマアラシと同じ技術を使ったのか、もしくはパラソル武器から創造物を守るために防御シールドを搭載したのか……。当然だ――あの頭脳明晰な発明家が、自分の設計した別の武器でやすやすと攻撃されるような武器を作るはずがない。しかもルフォーは、あたしが追っていることも、いずれは〈パンテクニカン〉にたどりつくことも予測していたはずだ。

アレクシアは攻撃をエセルに変えた。撃った弾はオクトマトンの金属殻に当たり、何ごともなかったかのように跳ね返った。小さなへこみができただけで、今回も巨大タコはアレクシアのささやかな抵抗に気づきもしない。

オクトマトンは威風堂々とはいいがたい歩調で通りを前進した。さすがのルフォーも、触腕によるつまさき立ち《アン・ポワント》のバランスだけはとりそこねたようだ。巨体が通り過ぎるたびに倉庫の窓がガタガタ音を立てた。オクトマトンは時おりよろけては倉庫にぶつかり、壁の一部を破壊しながら進んでゆく。ついに〈パンテクニカン〉の敷地を出た最初の角を曲がったところで大きくよろけ、古めかしい石炭ランプにぶつかった拍子に、わら葺きの貯蔵小屋の上に触腕の先端をついた。その瞬間、小屋に火がつき、たちまち炎が燃え広がった。金属屋根の〈パンテクニカン〉も炎には勝てないことが明らかになるのに、時間はかからなかった。

アレクシアは途方にくれた。パラソルの特殊能力は数あれど、炎に対抗できるものはひとつもない。この状況では、不名誉ながら安全な場所に退却するしかない。結局のところレディ・マコンは現実的な女性だ。自分の力ではどうにもならないときをよく知っている。アレクシアは川のある南に向かって逃げはじめた。

足を引きずって歩きながら、頭のなかは困惑が渦巻いていた。どうしてルフォーはあんなものを作ったの？　ルフォーは人生においても芸術においても概して繊細さを好む女性なのに。それに、どうしてバッキンガム宮殿のある東ではなく北に向かっているの？　ヴィクトリア女王は満月の夜には決して宮殿を離れない――この日のお祭り騒ぎは、女王のきまじめな性格には野蛮すぎるからだ。陛下の命をねらうのなら、進む方角が違う。アレクシアは眉を寄せた。どう考えても何か見落としているような気がしてならない。ルフォーが言ったこと、言わなかったこと？　〈かつてのルフォー〉が言ったこと、言わなかったこと？　それとも……

アレクシアは踏みしめるような歩みを止め、手のひらの付け根で額《ひたい》を叩いた。それがパラソルではなく、エセルを持っていたほうの手だったのはさいわいだった。もし反対だったらケガをしていたかもしれない。

「そうよ！　あたしったらなんてバカなの？　女王は女王でも、女王ちがいよ」

ふたたび歩きだしたアレクシアの脳みそは、鋼鉄製のネズミ捕り器のように回転していた

——つまり同じバネじかけでもあまり性能がよくない。アレクシアは同時にたくさんのことをやれるタイプではない——妊娠後期の今はとくに——が、両脚を動かしながら考えるくらいはできる。

最初に現われたゴーストの使者も、〈かつてのルフォー〉も、ヴィクトリア女王とはひとことも言わなかった。ジュヌビエーヴ・ルフォーとオクトマトンの標的は大英帝国の君主ではない。吸血鬼女王だ。そう考えればいろんなことに説明がつく。ルフォーはアンジェリクを汚《けが》されて以来、吸血鬼を憎んでいた（もっとも彼らから受け取る報酬にはいつも満足していたけど）。これまでの険悪ないきさつを考えれば——またしてもすみれ色の目をした、あの迷惑千万なフランス人メイドのせいだ——ルフォーがナダスディ伯爵夫人の命をねらっているのは間違いない。そう考えれば、巨大タコがメイフェアのある北の方角に向かっているのもうなずける。ルフォーはなんらかの方法でウェストミンスター吸血群の場所を突きとめたようだ。

でも、どうやって？　吸血群の住所は機密事項だ。もちろん、あたしは知っているけど、それはたんに……

「ああ、アレクシアったら、なんてバカなの！」ウールジー城に押し入った泥棒！　あの泥棒はルフォーよ。そして、古い手紙を盗んだのは、あのなかにナダスディ伯爵夫人からの招待状があるのを知っていたからだ。あたしが最初の吸血鬼を殺したあと、午後のハイドパークでミス・デアから渡された招待状。あれにはウェストミンスター吸血群の住所が書いてあったのに、あたしはうかつにも捨てようとも思わなかった。あたしは、いつジュヌビエーヴにこの話をしたのかしら？

　アレクシアは誰もいない通りを必死に見わたした。ウェストミンスター群に行かなければ――それも急いで。このときほどチビ迷惑をうらめしく思ったときはない。馬車に頼り切っていた自分のことは言うまでもなく。手もとには、ごていねいにウェストミンスター群からの招待状まであるというのに、もうすぐ触腕怪物が襲ってくると警告することもできないなんて。あたしはベルグレーヴィアという荒野にひとり取り残されてしまった！

　アレクシアはよたよた歩きの速度を上げた。

　背後で炎がゴーッと音をたてて燃え広がり、薄暗かった路地はいまや、ちらちらと揺れるオレンジと黄色の光でまばゆいほどの明るさだ。建物が崩れ落ちる音と炎のうなりに、近づいてくる消防車のけたたましい半鐘の音が加わった。おそらく上空の飛行船が炎に気づき、しかるべき庁に伝言を落としたのだろう。この音を聞いて、アレクシアはさらに足を速めた。何はなくとも、消防員に引きとめられて〈パンテクニカン〉にいた理由を説明することだけは避けたい。そこでふと飛行船のことを思い出して、空を見上げた。

　思ったとおり、炎に気づいた数隻の飛行船が静かにこちらに向かっていた。退屈な夜空の周遊から、もっとおもしろそうなアトラクション見物に方向を変えたようだ。いずれにせよ、飛行船は炎とは無縁の上空にいる。エーテル域ほど高度ではないが、最大級の地上火災の影響を受ける心配はまったくない。

アレクシアは指揮をするかのようにパラソルを振って叫んだ。しかし、飛行船から見れば——〈シェルスキー&ドゥループ〉の最新型望遠鏡でものぞいていないかぎり——はるか下界のひとつの点にすぎない。しかも結婚以来、アレクシアはパステル好きの未婚女性と違って、かなり品のある地味な色の服を選ぶようになっていたから、なおのことモトコム・ストリートの揺らめく影のなかでは見分けにくかった。

そのときふと、すぐそばの倉庫の上に〈ジファール〉社のシンボルマーク（巨大な赤と黒の風船でかたどった〝G〟の文字）が載っているのに気づいた。よく見ると、文字の端が星形のようなデザインに変えられ、その下に〝花火事業部〟と書いてある。アレクシアは立ち止まって踵《きびす》を返し、近くの街灯柱に向かった。そして慎重にねらいをさだめると、ためらうまもなく腕を引き、街灯の光源部めがけて力まかせにパラソルを投げた。パラソルは槍のように空《くう》を切ってランプに命中し、なかで燃える石炭もろともガシャンと地面に落ちた。

アレクシアは息を切らして石炭に近づき、いまやかすかに焦げて煤《すす》で汚れたパラソルの石突きをつかんで引き寄せると、打球槌《マレット》のように構え、通りに散らばった石炭のなかから特に形のいいひとつを選び、太い柄で〈ジファール〉社の花火倉庫めがけて打ち上げた。クロケットが得意でよかった——アレクシアはつくづく思った。しかし、いくら得意でもかなりの距離だ。慎重にねらいをさだめつつ、すくい上げるような動きでくさび形の石炭を思いきり叩くと、石炭はみごとな弧を描いて高々と上がり、理想的な軌道で花火倉庫の窓を突き破った。

アレクシアは待った。ゆっくり数を数え、石炭が確実に爆発しやすい何かに命中することを祈りながら。

祈りは通じた。まず、ぽんとはじけるような音がして、それからシューッという回転音が聞こえ、最後に銃声のような爆発音が立てつづけに鳴りひびいた。倉庫の扉と窓が外に向かってはじけ、アレクシアは風圧であとずさった。もうもうたる煙とまぶしい閃光と大音響のなかで、アレクシアは身を守ろうと本能的にパラソルを開いた。倉庫に山と積まれた材料――おそらくは夜空をいろどるための非常に高価な花火用の火薬――のすべてが爆発し、ますます勢いを増す炎のなかでぱちぱちと閃光を放った。

アレクシアは開いたパラソルを盾にして通りにうずくまり――そうするよりほかにない――ルフォーの耐久設計が最悪の事態から守ってくれることを祈った。

やがてはじけるような爆発の速度が遅くなり、本物の炎の熱がモトコム・ストリートを這うように近づいてきた。アレクシアは咳きこみ、熱をさえぎるようにパラソルを振った。あたりに残る煙が月明かりを浴びて白銀色になり、まるで何百何千というゴーストがまわりに集まったかのようだ。

煙が目にしみて涙が出てきた。アレクシアはしきりにまばたきし、浅く、確実に息を吸った。そのとき、消えかかる煙のすきまから羊飼い少女がかぶるボンネットを巨大にして逆さにしたようなものが現われ、二階の高さに浮かんだままゆっくり近づいてきた。煙が消えるにつれて、ボンネットの上部で不格好な小型飛行船が小刻みに上下しているのが見えた。よく見るとボンネットは帽子ではなく、小型飛行船のゴンドラだ。やがて操縦士は——よほど腕がいいに違いない——飛行船をアレクシアのいる場所へ降下させはじめた。燃えさかる〈パンテクニカン〉の炎を巧みに避けつつ、慎重に倉庫のあいだに向かって高度を下げながら。

# 13 月夜にしのび寄るタコ

それは〈ジファール〉社の製品群のなかでも、ふつうは機密任務か個人的な気晴らしの旅にしか使われない短距離用小型飛行船だった。見れば見るほど羊飼い少女の帽子にしか見えないゴンドラの最大積載人数はわずか五人。型はフランスのジャン・ピエール＝ブランシャールが初めて海峡横断に成功した気球と同じで、ゴンドラ部の下からトンボの羽のような四枚の羽ばたき翼が突き出ている。後部に小型蒸気機関とプロペラがついているが、操縦士は、いくつものレバーや舵柄《だへい》を踊るように必死に操らなければならない。利便性という点では、犯罪者がこぞって愛用するテムズ川横断用の小型はしけによく似ている。〈ジファール〉社は近年さまざまなタイプの飛行船を法外な価格で売り出し、富裕層のなかには専用飛行船を購入する者も増えてきたが、アレクシアに言わせれば、優雅な乗り物にはほど遠かった。こうした小型飛行船には扉がなく、乗りこむには文字どおりゴンドラの縁《へり》をよじ登らなければならないからだ。大《だい》の大人がゴンドラによじ登るなんて！　とはいえ、燃えさかる〈パンテクニカン〉の路地に取り残され、オクトマトンが暴れまわっている状況で、ささいなことにこだわってはいられない。

ゴンドラの端から二人の男が身を乗り出し、アレクシアを指さした。

「ヨー・ホー！」一人が陽気に声をかけた。

「ここよ！　急いで、お願い、早く、こっち、こっち！」アレクシアは死にものぐるいでパラソルを振りまわし、声をかぎりに叫んだ。

片方の男が帽子のつばにちょっと手を触れて（飛行用に帽子を固定しているので、ひょいと上げることはできない）アレクシアに挨拶した。「レディ・マコン」

「こいつは驚いたな、ブーツ！　いったいどうしてレディ・マコンだとわかった？」シルクハットをかぶったもう一人の男がたずねた。

「満月の夜に、通りのまんなかで、燃えさかる真っ赤な炎を背にパラソルを振りまわす人がほかにいるかい？」

「たしかに、それもそうだ」

「レディ・マコン」ブーツが呼びかけた。「お乗りになりますか？」

「ミスター・ブートボトル＝フィプス」アレクシアは声をとがらせた。「こんなときに何をバカなことを……」

ゴンドラがゆっくりと着陸し、アレクシアはよたよたと駆け寄った。

ブーツともう一人の伊達男――トリズデール子爵――がすばやくゴンドラから飛び降り、アレクシアに手を貸した。貴族ふうの鼻をしたティジーことトリズデールは、黄色をこよなく愛する細身の軟弱そうな金髪の若者で、それに比べればブーツは体格的にも趣味的にもいくらか骨があるが、それでも屈強とは言えない。

アレクシアは二人を交互に見つめ、これから登るべきゴンドラの壁を見た。ほかに選択肢はない。アレクシアはいかにもしぶしぶと、きれいにマニキュアした二人の伊達男の手に両手を載せた。

その場に居合わせた者はその後だれひとり、臨月まぢかのレディ・マコンをゴンドラに乗せるためにどれほど難儀したかを語らなかった――おそらく生きているかぎり口にしないだろう。苦しそうなうなりと、（アレクシアとティジーの両方から）少なからぬ金切り声が上がり、二人の救助者の手はアレクシアにとっても救助者たちにとっても不愉快な場所を支えなければならなかった。ともかく、この一件については、〝髪と服の乱れを気にする二人のドローンに、ちょっと外で気晴らしをしてくるがいいと無理に勧めたアケルダマ卿の判断にアレクシアが大いに感謝した〟とだけ言っておこう。

アレクシアは両脚を小さく宙に上げた状態で腰のバッスルの上にどすんと座りこんだ。重力というのはレディ・マコンより無慈悲だ。アレクシアは両脚をばたつかせて横転し、やっとのことで立ち上がった。脇腹に激痛が走り、あらぬところに数カ所あざができ、炎の熱と激しい運動のせいで顔はほてっているが、それ以外は――赤ん坊も含め――なんとか機能しているようだ。二人の若者も続いてゴンドラに飛び乗った。

「こんなところで何をしていたの？」アレクシアはSOS作戦が成功したことに興奮さめやらぬ口調でたずねた。「夫があたくしのあと《ティル》をつけさせたの？　人狼がしっぽ《ティル》をつけるというのもなんだけど」

ティジーとブーツは顔を見合わせた。

「マコン卿とはまったく関係ありません、レディ・マコン」と、ブーツ。「ご主人様から、今夜はあなたの動向にも注意しておくよう命じられたのです。〝満月の夜、ロンドンのこのあたりではいつにもまして何が起こるかわからない〟と。どういう意味かはおわかりでしょう?」

「いったいどうしてそんなことがわかったのかしら? いいえ、いまの質問は忘れて。それにしてもアケルダマ卿は、どうしてそんなに何もかもお見通しなの?」威厳とともに頭の働きも戻り、ようやくまわりの状況がつかめてきた。

ブーツが肩をすくめた。「満月の夜はつねに何かしら起こるものです」

操縦士は炎と煙から離れるべく、指示も待たずに小型飛行船を上昇させた。小柄で、こざっぱりした、横広の鼻と陽気な表情の男だ。クラバットの結びかたは完璧で、ベストにぴったり合っている。

「まさか」アレクシアは小柄な操縦士を上から下までながめまわし、「この飛行船がアケルダマ卿のものだなんて言わないでしょうね?」

「そのほうがよければ、マイ・レディ、言わないでおきます」ブーツはばつの悪そうな表情を浮かべた。結局は認めたようなものだ。

アレクシアが唇をゆがめて考えこんでいると、チビ迷惑が思いきりお腹を蹴り、アレクシアは反射的にお腹をつかんだ。「こんなことを頼むのはしのびないんだけど、どうしても今すぐウェストミンスター群に行かなきゃならないの。この飛行船はどれくらいの速度を出せる?」

操縦士がにっこり笑った。「ああ、そりゃあ驚きますよ、マイ・レディ。ええ、びっくり仰天なさるでしょう。アケルダマ卿はこの小型飛行船の改良をマダム・ルフォーに頼まれました。ええ、そうなんです」

「二人にそんな付き合いがあったとは知らなかったわ」アレクシアは片眉を吊り上げた。

「これが初めての依頼のはずですよ、最初の。アケルダマ卿はマダム・ルフォーの仕事に満足なさいました。ええ、大満足です。もちろん、わたし自身も。ご本人が飛べないなんて、まったくお気の毒です」操縦士はアケルダマ卿が飛行船に乗れないことを心から気の毒に思っているようだ。「それでも、その性能は芝の上でお確かめになりました。あのフランス人発明家は実にすばらしい。まさに奇跡の技術者です。あのかたの航空機に関する技術といったら」

「前に聞いたところでは、大学で航空学を専攻したらしいわ。もちろんムシュー・トルーヴェと羽ばたき機のおかげでもあるけど」

操縦士が操作盤から顔を上げ、目を輝かせた。「いま羽ばたき機とおっしゃいましたか? フランスで広まってるという話は聞きましたが。そりゃあすごい、さぞ見物《みもの》でしょうね」

「そうね」アレクシアは声を落とし、「あたくしに言わせれば、実際に乗るより、飛んでいるところを見るほうをお勧めするわ」それから声を上げた。「それで、これはもっとスピードが出るの？　どうしても数分以内に到着したいのよ。すばらしい飛行船の最高速度を見せてくれない？」

この要求に操縦士はまたしてもにっこり笑った。「方角さえ言っていただければ、マイ・レディ！」

アレクシアは北の方角を指さした。飛行船はすでに屋根の上まで上昇し、炎ははるか下だ。アレクシアはよたよたとゴンドラの縁に近づいて下界を見下ろした。ハイド・パークが左前方に、グリーン・パークとバッキンガム・パレス・ガーデンが右後方に広がっている。これほど上空からでも、バッキンガム宮殿の特別棟に監禁されているヴィクトリア女王専属の人狼近衛団――〈吠え軍団〉――たちの遠吠えが聞こえた。

アレクシアはふたつの公園のあいだの、わずかに右寄りの地点――メイフェアの中心――を指さした。操縦士がドアノブのようなレバーをぐいと引くと、小型飛行船は機体を傾け、アレクシアが想像する飛行船の速度をはるかに超えるスピードで指示された方角に向かいはじめた。さすがはルフォーが改良しただけのことはある。

「これには名前があるの、船長？」アレクシアが吹きつける風に向かって叫んだ。

飛行船に関心を示し、〝船長〟と呼びかけたことで、アレクシアは若い操縦士から絶大なる忠誠心を勝ち得た。「もちろんです、マイ・レディ。大きく揺れる様子から、ご主人様は〈揺れっ子〉号と呼んでおられますが、正式名は〈**スプーンに載ったタンポポの綿毛**〉号です。意味はよくわかりませんが」

ティジーがわけ知り顔でくすっと笑った。アレクシアと操縦士がティジーを見たが、若き子爵は口をつぐんだままだ。

アレクシアは肩をすくめた。「アケルダマ卿の命名法はいつも謎ね」

ブーツは、アレクシアが大きなお腹を守るように片手をまわしたままなのに気づき、心配そうにたずねた。「お子さんですか、レディ・マコン？」

「急いでいる理由？　そうじゃないの。ナダスディ伯爵夫人に招待された満月パーティに遅れそうなのよ」

ブーツとティジーは社交上の重大な理由を知り、なるほどと大きくうなずいた。そんな理由なら、たしかに最大限のスピードが必要だ。

「そうとなれば急がなければなりません、マイ・レディ。上流階級が集まる時間に遅れては大変です」

「事情を理解してくれて感謝するわ、ミスター・ブートボトル＝フィプス」

「それで、あの火事は、マイ・レディ？」ブーツの頬ひげが風を受けてふくらんだ。

アレクシアはとぼけてまつげをぱちぱちさせた。「火事？　火事って、なんのこと？」

「ああ、そういうことですか」

アレクシアは振り返り、もういちどゴンドラから外を見た。ちょうど真下を巨大なオクトマトンが左右に身体を揺らしながらアプスリー・ハウスの裏のハイド・パーク・コーナーを過ぎてゆくところだ。操縦士が再度レバーを引くと、〈スプーンに載ったタンポポの綿毛〉号は勢いよく加速し、重々しい足取りで進むタコを一気に追い越してメイフェアに向かった。巨大破壊怪獣に気づいた二人のドローンは顔をしかめて小さくさえずるような声を上げ、アレクシアにすべてを話してくれるようせがんだ。

ウェストミンスター吸血群の屋敷はありふれた上流邸宅のひとつだ。区画の端にあり、ほかの屋敷の並びからは少し離れているが、それ以外にとくに変わったところもなければ異界族ふうの雰囲気もない。しいて言えば、敷地内の手入れがみごとに行き届き、外観は塗り替えたばかりのようにぴかぴかだ。それでも、裕福な邸宅ならこのくらいはさほどめずらしくもない。高級住宅街の一画ではあるが、とびきりの一等地でもなく、広さも、吸血鬼女王と群の主要メンバー、ドローンたちが暮らすには充分だが、とりわけ大邸宅というわけでもなかった。

この特別な満月の夜、ウェストミンスター群の正面は、屋敷に乗りつけるおびただしい数の馬車と、そこから吐き出される上流階級のお歴々や革新派の政治家、貴族や芸術家などでふだんより混雑していた。ほかならぬ〈議長《マージャ》〉のアレクシアは、ここに集まる者がみな吸血鬼の文化圏に属している、もしくは雇われている、もしくは奉仕している、もしくはその三つすべてに当てはまることを知っている。そして例外なく誰もが最高に着飾っていた。糊のきいた高い襟。胸もとが深く開いたドレス。ぴっちりした半ズボン。形のいいバッスル。まさにきら星のごとき一大パレードだ。ナダスディ伯爵夫人もさぞ満足に違いない。

なかでも、空中からパーティに駆けつけるのは最新かつ最高におしゃれだと言う人もいるだろう。だが、すでに個人の四輪馬車や貸し馬車で通りがひしめき合っているときは、これほど迷惑なものはない。ゆらゆらと下りてくる飛行船に数頭の馬が驚き、後ろ脚で立ち上がっていないないた。ずらりと並んだ馬車の列は着陸スペースを空けようとぶつかり合い、その結果、あたりには怒号が飛び交った。

「空からやってくるなんて、いったい誰だ？」年輩の紳士がつぶやいた。

吸血鬼は最新の発明に気前よく投資する。交易にも積極的で、なかでも東インド会社とのそれは有名だが、根は保守的だ。それは招待客にも言える。だから、個人飛行船がいかに最新流行だとしても、そんなこれみよがしの珍奇な手段で自分たちの優雅な到着を邪魔されるのは耐えられない。だが、優雅であろうとなかろうと飛行船の着陸は待ったなしだ――いやおうなくスペースが空けられ、ゴンドラはウェストミンスター群の鉄の門の前にゴトッと着陸した。

アレクシアは途方に暮れた。飛行船から降りるにはゴンドラの縁《へり》を越えなければならない。しかし、いくら考えても、乗船のときよりましな下船法はない。乗りこんだときの手順を繰り返したくはなかった――しかも華麗に着飾ったパーティ客が見つめるなかで。でも、オクトマトンの破壊音が聞こえるいま、他人に対する礼儀にも自分のプライドにもかまっている余裕はない。

「ミスター・ブートボトル＝フィプス、子爵どの、よろしいかしら？」アレクシアは頬をふくらませ、待ち受ける屈辱に身構えた。

「かしこまりました、マイ・レディ」つねに気のきくブーツがさっと前に進み出た。ティジーのほうは、はっきり言ってやや動きが鈍い。二人がゴンドラの縁までアレクシアを押し上げよう（そうとしか表現しようがない）と構えたとき（このときアレクシアはボロボロになったバッスルの上に再び尻もちをつく自分を思い浮かべた）、救世主が現われた。

通りの怒号と騒ぎに気づいたミス・メイベル・デアが、混み合う屋敷のまばゆい明かりを背にドラマティックに屋敷から現われ、舞台中央ならぬ玄関の階段で足を止めた。黒レースの輪飾りとピンクのシルクのバラで縁どった、胸もとが大きく四角に開いた古金《オールドゴールド》色のイブニングドレス。髪には本物のバラの花。たっぷりした腰のバッスル。パリで流行の小さなバッスルや、身体にぴったりした胴着《ボディス》はこの場にふさわしくない。ナダスディ伯爵夫人の目がある場所では、ミス・デアのような女優であっても服装は保守的だ。

ミス・デアの目には、ゴンドラの端に立つレディ・アレクシア・マコンがいまにも掟破《おきてやぶ》りの行動を起こしそうに見えた。

ミス・デアは、ごった返す通りの喧噪を切り裂くような舞台用の声で階段から叫んだ。

「まあ、レディ・マコン、感激ですわ。まさか来てくださるとは思いませんでした。しかも、そんな手のこんだ乗り物でお見えになるなんて」

「こんばんは、ミス・デア。ええ、すてきでしょう？　でも、降りるのが少しばかり難儀なんですの」

ミス・デアは唇をかんで笑みを隠した。「助けを呼んできますわ」

「まあ、助かるわ、ミス・デア。でも、少しばかり急いでいますの」

「わかっています、レディ・マコン」ミス・デアは屋敷に戻り、サテンの手袋をした手で鋭く身ぶりしたかと思うと、ほどなくいかめしい顔の召使たちをしたがえ、重々しい足取りで戻ってきた。召使の一団はおもしろがる表情などみじんも見せず、いつもの家事労働のひとつをこなすように、すこぶる謹厳な顔でレディ・マコンを抱え上げ、ゴンドラから降ろした。

アレクシアが自力で立ったのを見届けると、ブーツは灰色の手袋をした手で帽子のつばに手を触れて挨拶した。「楽しい夜を、レディ・マコン」

「あなたたちは来ないの？」

ブーツはミス・デアと意味ありげな視線を交わした。「このパーティだけは遠慮しておきます、マイ・レディ。わざわざ」――そこでさりげなく言葉を切り――「面倒を引き起こしたくはありませんから」

アレクシアはなるほどとうなずき、それ以上、考えないことにした。アケルダマ卿のドローンたちはどこにでも出没するという普遍的能力を備えているが、そんな彼らにも足を踏み入れることができない場所はあるらしい。

ミス・デアがアレクシアに腕を出した。アレクシアはありがたく腕を取りつつ、反対の手でしっかりパラソルを握った。なんと言ってもここは吸血群の屋敷――どんなに表向きは礼儀正しくても、吸血鬼はアレクシアのことも、〈ソウルレス〉であることも決して受け入れてはいない。最初の訪問を除けば、これまでウェストミンスター群を訪れるときはいつもコナルと一緒だった。だが今夜は一人。腕を貸してはくれても、メイベル・デアは間違っても味方ではない。

二人は並んでパーティ会場に入った。

屋敷内は初めて訪れたときとあまり変わってはいなかった。内装は外観よりはるかに豪華だが、どのしつらえも趣味がよく、けばけばしさはまったくない。ペルシャ絨毯《じゅうたん》は厚くて柔らかく、内装によく合う深紅色で、模様もひかえめだが、その上をトップブーツや夜会用サンダルが次々に行き交うので柄《がら》を見分けることはできなかった。壁の絵は、現代作家による抽象画の傑作から、磁器のような肌の女性がくつろぐ姿を描いたもの——ヴェネツィア派の画家ティツィアーノ・ヴェチェッリオ作に違いない——まで、どれも目を引くものばかりだが、そうした作品があるのを知っているのは、以前に見たことがあるからだ。今夜は、廊下を進むにも人混みをかき分けなければならず、きれいに結い上げた髪や花飾りのついた帽子のせいで壁の絵はまったく見えない。豪華なマホガニー製の家具の上にも人が座り、古代ローマの元老院議員や古代エジプトの神々をかたどった石像群も、今夜は人波のなかの動かない客のようだ。

「あらまあ」アレクシアはにぎやかな会話に負けないような大声でミス・デアに話しかけた。

「まれに見る盛大なパーティね」

ミス・デアは大きくうなずいた。「今夜、伯爵夫人が重大な発表をなさる予定ですの。それで全員が――それこそ全員が――招待に応じたんですのよ」

「発表って、いったい……？」

だがミス・デアは人混みを掻きわけるのに忙しい。

何人かがアレクシアに気づき、振り返って首をかしげては、とまどいの表情を浮かべた。

「レディ・マコン？」困惑したつぶやきが聞こえ、あたりに小さなうなずきが広がった。アレクシアには、ゴシップ好きたちが爆発寸前まで回転数を上げる大量の蒸気機関のように、あちこちで噂話のネジを巻くさまが見えるような気がした。〝人狼アルファの奥方がこんなところで何をしているの？　しかもあんな身重の身体で。しかもたった一人で！　しかも満月の夜に！〟

しばらくしてアレクシアは、群衆を縫うようにして背後から近づいてくる人物に気づいた。正面から細身で長身の男がミス・デアに声をかけたとき、背後の人物が咳払いした。

振り向くと、なんの特徴もない紳士が目の前に立っていた。あまりに特徴がなさすぎて説明に困るほどだ。髪はどちらかと言えば茶色。目はどちらかと言えば青色。それ以外の特徴をすべてかき集めても特徴らしい特徴はなく、目を引くところもない。流行の服を着ていながら、少しもひけらかすところがない――その入念に計算された慎ましさは、いやでもライオールを思い起こさせた。

「ご機嫌うるわしゅう、公爵どの」アレクシアは用心深く挨拶した。

ヘマトル公爵は笑わなかった。まだ牙を見せるときではないらしい。「レディ・マコン、まさかあなたがお見えになるとは」

ふと見ると、ミス・デアはナダスディ伯爵夫人の〈仲よしサークル〉のもう一人のメンバー――シーデス博士と何やら小声で熱心に話している。シーデス博士は長身でやせ型の吸血鬼で、アレクシアは見るたびに布のないパラソルを連想する。骨が突き出て、角張っているからだ。シーデス博士は歩くというより折り広げるような動きで近づいた。アレクシアを見ても、少しもうれしそうではない。

かたやヘマトル公爵はシーデス博士より感情を隠すのがうまく、アレクシアの予期せぬ登場にも表情を変えなかった。〈仲よしサークル〉の最後のメンバー、アンブローズ卿はどこかしら？　おそらくナダスディ伯爵夫人のそばにひかえているのだろう。なにしろアンブローズ卿は伯爵夫人の親衛隊だ。これほど混み合うパーティともなれば、吸血鬼女王は専属用心棒をできるだけ近くに置いておきたいに違いない。

「来ていただけるとは思わなかった、レディ・マコン。てっきり今夜は夫君の」――そこでヘマトル公爵はわざとらしく言葉を切り――「無能状態につきそっておられるものとばかり」

アレクシアはとがめるように目を細め、ハンドバッグのなかからごそごそと招待状を取り出した。「ちゃんと招待状はありますわ」

「もちろん、知っています」

「伯爵夫人に今すぐ伝えたい急ぎの用件がありますの。とても重要な情報よ」

「わたしが代わりにうかがっても？」

アレクシアはいかにもレディ・マコンふうの表情でヘマトル公爵をながめまわした。「それはやめておくわ」

ヘマトル公爵は動じなかった。

ヘマトル公爵はそれほど大男ではない。力まかせに押したら、身重の身体でも負けない自信はある。しかもあたしには〈ソウルレス〉の強みもあるわ。アレクシアは手袋をはずした。

ヘマトル公爵はその動作を不安そうに見つめた。

「その必要はない、レディ・マコン」ヘマトル公爵がアレクシアの見立てどおりライオールに似ているとすれば、どんな険悪な場面でも、物理的衝突による解決は望まないはずだ。ヘマトル公爵がコウノトリのような博士を見上げ、さっとあごをしゃくると、シーデス博士は異界族特有のすばやさでミス・デアの腕をつかみ、ミス・デアよりはるかに魅力のない案内役をアレクシアに残して群衆のなかに消えた。

「本当に重大な事態なの。一刻も早く伯爵夫人に会わせてちょうだい。とても危険な状況よ」アレクシアは手袋をはずしたまま、あまり脅さないよう、緊急事態であることを訴えた。

ヘマトル公爵は笑みを浮かべた。牙は小さくて鋭く、それ以外の印象と同様、ほとんど見えないほどひかえめだ。「きみたち死すべき者はつねに急ぐものだ」

アレクシアは歯ぎしりした。「今回はあなたにも大いに関係することよ——間違いなく」

ヘマトル公爵はアレクシアをしげしげと見つめた。「いいでしょう、ではこちらへ」
アレクシアは公爵のあとについて群衆のあいだを歩きはじめたが、客間と応接間と食堂と受付の場を兼ねた中央廊下を離れるにつれ、人波もしだいに少なくなってきた。角を曲がった先は、アレクシアがこの屋敷でもっとも好きな場所――機械装置展示室――で、人類の革新の歴史が中央廊下の大理石の像や油絵と同じように入念に手入れされた状態で並んでいる。ヘマトル公爵はゆっくり歩いた。出産まぢかの妊婦にさえじれったい速度だ。アレクシアは礼を失する行為と知りながら、ヘマトル公爵を押しのけるように追い越し、この世で最初に造られた蒸気機関とバベッジの階差機関《ディファレンス・エンジン》の前を小走りで通りすぎた――人類が生み出したすばらしい発明品には目もくれず。

ヘマトル公爵があわてて追いつき、アレクシアを抜きかえしたところで二人は階段の前に来た。これまでの経験からして、この階段はナダスディ伯爵夫人の聖域である奥の応接間に通じているはずだ。今夜はまさに特別な夜ね――反異界族がウェストミンスター群のもっとも神聖な場所に足を踏み入れるのだから。これまでアレクシアが二階に案内されたことは一度もない。

階段のあちこちにドローンが巧みに配置されていた。パーティの招待客のように全員が完璧に着飾っているが、アレクシアに向ける視線を見れば、彼らがペルシャの敷物と同じくらい動かないことがわかる。人によっては敷物より動かないように見えるかもしれない。ドローンたちはアレクシアとヘマトル公爵が連れ立って現われてもまったく無反応だ。しかし、全員がアレクシアを鋭い目で見ている。

　二人は閉じた扉の前に来た。ヘマトル公爵が一定のリズムでノックすると、扉が開き、目の前にアンブローズ卿が立っていた。長身で黒髪。夢見る女学生なら誰でも〝あたしだけの吸血鬼〟にしたいようなハンサムだ。

「レディ・マコン！　これは驚いた」

「みんなそう言うわ」アレクシアはアンブローズ卿の前をよたよたと通り過ぎようとした。

「入ってはならない」

「ああ、お願い、女王どのに危害は加えないわ。はっきり言って、その反対よ」

　アンブローズ卿とヘマトル公爵が視線を交わした。

「レディ・マコンは新体制をになう一人だ。ここは彼女の言葉を信じよう」

「あなたはワルシンガムのことも正しいと思っていたではないか！」アンブローズ卿がヘマトル公爵を非難した。

「今でもそう思っている。だが人格的に、マコン卿が前アルファのウールジー卿ではないように、あるいはアケルダマ卿がワルシンガム卿ではないように、レディ・マコンも父親と同じではない」

　アレクシアがじろりとにらんだ。「あたくしが自分で考え、自分で決断を下すという意味なら、おっしゃるとおりよ。とにかく、いますぐ伯爵夫人に会わせてちょうだい。どうしても――」

アンブローズ卿は頑として動かない。「とりあえずパラソルをあずからせてもらおう」

「お断わりよ。すぐに必要になるかもしれないから——あたくしをなかに入れてくれなければ、なおのこと。いい？　あたくしには——」

「だめだ」

「入れておあげなさい、アンブローズ」ナダスディ伯爵夫人のバターのように温かくなめらかな声が聞こえた——その気になれば、この声だけで人をソテーにすることもできそうだ。

目の前に立つアンブローズ卿がさっとどくと同時に、部屋の内部が見えた。実に豪華な私室で、天蓋つきの大型ベッドがあるのはもちろん、ゆったりと座れる広さもあり、ありとあらゆる必需品がそろっていた。大型ティーポットのような容器は、血を保存しておくための保温器だ。最新型のしゃれたデザインで、いくつもの注ぎ口と管《くだ》がついており、ポットと管は毛糸の保温カバー《ティーコージー》でおおわれ、ポットの下には〝命の液体〟を管のなかで移動させるための火鉢が置いてある。

ナダスディ伯爵夫人はちょうどお茶の時間だった。伯爵夫人のお茶はとても贅沢だ。レースをかけたティーワゴンには、ピンクの小バラを散らした銀ぶちの繊細な陶器のティーセットに、誰も食べないピンクと白のひとくち菓子《プティフール》と誰も飲まない紅茶のカップが並び、三層の銀トレイには美味しそうなひとくちサンドイッチと砂糖がけのバラの花びら、そして小さな皿に載っているのは……まさか？　糖蜜パイ！

アレクシアは糖蜜パイに目がない。

部屋にいるドローンと客人は、みな内装に色を添えるかのような白や薄緑やピンクの服に身を包み、優美なギリシャふうの壺にはピンクで縁どられた薄クリーム色のバラと葉の長いシダが盛大に活けてある。すべてがみごとに調和していた——あまりに調和しすぎて、まるで科学雑誌の動物細密画を見ているかのようだ。

ふたつめのティーワゴンも美しくセットされ、同じように繊細なレースの布がかけてあった。こちらは一階にある表の応接間と午後のお茶《アフタヌーン・ティー》のために用意されたものらしく、ワゴンの上には一人の若い女性が首を剝き出しにした状態であおむけに横たわっていた。ティーカップの柄《がら》に合わせたような、ピンクの花を散らした白いダマスク織りのイブニングドレスを着て、首にかからないよう美しい金髪を高く結い上げている。

伯爵夫人のお茶は実に独特だ。

「あら、お食事ちゅうに申しわけありませんけど」アレクシアは少しも申しわけなさそうではない口調で言った。「とても重要なお知らせがありますの」

よたよたと近づこうとするアレクシアを、またしてもアンブローズ卿がさえぎった。「女王どの、なりません——〈ソウルレス〉を聖域に入れるなど。しかも食事ちゅうに！」

ナダスディ伯爵夫人が若い女性の白い首から顔を上げた。「アンブローズ。この件についてはもう話がついているはずよ」いつ見ても、ウェストミンスター群の女王の風貌は吸血鬼らしくない。もちろん、アレクシアがどう思おうと関係ない。噂が本当なら、ナダスディ伯爵夫人は一千年以上も吸血鬼でありつづけている。ひょっとしたら二千年かもしれない。それでも、アンブローズ卿の絵に描いたような吸血鬼ぶりとは対照的に、ナダスディは吸血鬼のイメージとはほど遠かった。感じのいい小柄な女性で、どちらかと言えば小太り。赤く丸い頰に、大きなきらめく瞳。頰の赤みが化粧によるもので、瞳の輝きがユーモアではなく、目を大きく見せるための点眼薬——ベラドンナ——と計算高さによるものだとしても、アケルダマ邸の〝誘惑する羊飼いの少女〟の絵の生き写しのような女性に相手をおびえさせるような迫力はない。

「彼女はハンターです」アンブローズ卿はなおも反論した。

「彼女はレディよ。そうでしょう、レディ・マコン？」

アレクシアは突き出たお腹を見下ろした。「どうやらそのようね」その言葉に合わせるかのように赤ん坊がぐるんと動き、アレクシアは心のなかで話しかけた——あたしもアンブローズ卿は嫌いよ。でも、今はいちいちつっかかってる場合じゃないわ。

「ああ、そうでしたわね。まぢかに迫ったご出産のお祝いを申しあげます」

「それほどまぢかでないことを祈りたいものですわ。ところで、失礼ですけど、高貴なるみなさん、あなたがたはつい最近までこの子の誕生に困惑しておられたようですわね」

「まったくです、女王どの、あんな子どもが誕生したら——」

アレクシアはパラソルの先でアンブローズ卿の脇腹を突いて黙らせた。正確にあばら骨あたりをねらったのは、くすぐられるとたいていの人はわれを失うからだ。これまでの経験から、吸血鬼がくすぐったがり屋とは思えないが、〝いちおうくすぐってみる〟のは物ごとの大原則である。「ええ、ええ、あなたがたがいまもあたくしを殺したがっていることは知ってるわ、アンブローズ卿、でも今そのことは考えないで。伯爵夫人、よく聞いてちょうだい。ここから逃げて」

アンブローズ卿が動き、アレクシアがナダスディ伯爵夫人に歩み寄った。

ナダスディは白いリネンのハンカチで口の端についたわずかな血を押さえ、目にもとまらぬ速さでキューピッドの弓のような完璧な形の唇の奥に牙を隠した。ナダスディはめったなことでは牙を見せない。「親愛なるレディ・マコン、今夜のお召しものはなんですの？　よそゆきドレス？」

「えっ？　ああ、ごめんなさい。最初はパーティにうかがうつもりはなかったものだから。うかがうとわかっていたら、もっとふさわしい格好をしたんですけど。でも、そんなことより話を聞いて。いますぐここを離れて！」

「ここを離れる？　いったいなんのために？　ここはわたくしのとびきりお気に入りの部屋よ」

「違うの、そうじゃなくて、屋敷を離れて」

「吸血群を見捨てろと言うの？　とんでもない！　バカなことを言わないでちょうだい、いい子だから」

「でも、伯爵夫人、オクトマトンがこっちに向かっているのよ。あなたを殺すために。しかもこの場所を知ってるの」

「バカなことを。もう長いあいだオクトマトンなんて聞いたこともないわ。それに、どうしてこの場所がわかるというの？」

「それが、その……その件なんだけど。先日、泥棒が入って、その──」

アンブローズ卿がいきり立った。「ソウル・サッカー！　何をした？」

「ずっと前にもらった小さな招待状のことを、いちいち憶えていられるもんですか」

ナダスディが一瞬、動きを止めた──スズメバチがひときれのメロンにとまったかのように。「レディ・マコン、わたくしを殺そうとしているのは誰？」

「あら、あまりに多すぎてわからない？　あたくしもそうよ、おかげさまで」

「**レディ・マコン！**」

最初は犯人の素性を明かすつもりはなかった。ウェストミンスター群に迫りくる危険を知らせることと、動機もわからぬままルフォーの名を出すことは別の話だ。たしかに、もっと早く友人ルフォーを説得できていたら、いまごろこんな状況にならずにすんだかもしれない。でも、あたしは〈議長《マージャ》〉──人間と異界族のあいだの安定した平和を維持する任務を負っていることを忘れてはならない。ルフォーの動機がなんであれ、吸血群が発明家に意味もなく攻撃されるのを見過ごすわけにはいかない。それは愚かなだけでなく、無礼だ。

アレクシアは深く息を吸って事実を告げた。「オクトマトンを作ったのはマダム・ルフォー。それを使ってあなたを殺そうとしているわ」

ナダスディがヤグルマソウのような青い大きな目を細めた。

「なんだと！」アンブローズ卿が叫んだ。

ヘマトル公爵が女王に近づいた。「だから、あのフランス人メイドを引き入れるとろくなことにはならないと申しあげたのです」

ナダスディが片手を上げて制した。「ルフォーはあの子を取り返しにきたのね」

「当然でしょう！」ヘマトル公爵が不満げに声を荒らげた。「人間の女性と関わったばかりにこのざまです。だからオクトマトンが屋敷の玄関に現われるようなことに。警告したはずです」

「いまの言葉は公文書記録係によって記録されたわ」

アレクシアは目をぱちくりさせた。「ケネル？　あの子が今回のこととなんの関係があるの？　待って」首をかしげてナダスディを見た。「あなた、マダム・ルフォーの息子を誘拐したの？」

吸血鬼がうしろめたい表情を浮かべることはありえないと思っていた。だが、いまナダスディの顔には、かすかにそんな表情が浮かんだ。

「どうして？　いったいどうしてそんなことを」アレクシアは超高齢の吸血鬼女王に向かって指を振り立てた――まるでおてんば女学生がジャムの瓶に手を突っこんだところを見つけた女教師のように。「恥を知りなさい！　なんてひどい吸血鬼なの」

ナダスディはあざけるようにチッと舌を鳴らした。「あら、お言葉ですけど、あなたにそんなことを言われる筋合いはないわ、ソウル・サッカー。あの子はわたくしたちが引き取る約束だったのよ。アンジェリクが遺言で、あの子の後見人をウェストミンスター群にしていたの。彼女が死ぬまで、少年の存在すら知らなかったけど。もちろん、マダム・ルフォーは承知しなかった。でも、あの子はわたくしたちのものよ。法律でそう決められたものを手放すつもりはないわ。誘拐ではなく、取り戻しただけよ」

アレクシアはわが子に思いをはせた——吸血鬼の干渉と暗殺から母子を守るためにアケルダマ卿の養子になると約束されたあたしの子ども。「ああ、なんてことを、伯爵夫人。よくもそんなことを！　吸血鬼というのは、どうしてそうなの？　悪だくみもいいかげんにしたら？　これでジュヌビエーヴがあなたを殺したいわけがわかったわ。誘拐なんて。卑劣よ。卑劣きわまりないわ。そもそもあの子を引き取ってどうするつもり？　ケネルは手のつけられないわんぱく小僧よ」

ナダスディが丸く愛想のいい顔をこわばらせた。「ほしいのはあの子がわたくしたちのものだからよ！　ほかにどんな理由があるというの？　この件については法律が味方よ。遺言状の写しもあるわ」

アレクシアは詳しくたずねた。「それにはウェストミンスター吸血群の名前が書いてあるの、それともあなたの名前だけ、伯爵夫人？」

「わたくしの名前だけだと思うけど」

アレクシアは天に向かって両手を振り上げた——天にすがるべき者などいないかのように。反異界族が宗教に救いを求めず、実用主義だけを信じていることは広く知られた事実だ。それに異議を唱えるつもりはない。事実、これまでも実用主義はたびたび厄介な状況から救ってくれた。それに対して、窮地におちいったときに宗教ほど頼りにならないものはない。

「つまり、こういうことね――法的な償還請求権がない以上、ジュヌビエーヴがケネルを取り戻すにはあなたを殺すしかない。そしてジュヌビエーヴは恋人を汚《けが》した女を殺すことに喜びを感じている」

ナダスディが驚愕の表情を浮かべた。今回の件をそんなふうに考えたことはなかったようだ。「まさか」

アレクシアは肩をすくめた。「彼女の身になって考えてみたらどう？」

ナダスディが立ち上がった。「鋭い指摘ね。しかも相手はフランス人。ひどく感情的な人種――そうでしょう？　アンブローズ、防衛の準備を。ヘマトル、伝令を送って。もし本当にオクトマトンが襲ってくるのなら援軍が必要よ。専属の医師を呼んで。ああ、それからエーテル式ガトリング砲の手配を」

アレクシアはナダスディ伯爵夫人の有能な指揮ぶりに思わず目を見張った。アレクシアもときどき、人狼団のあいだで大将と呼ばれることがある。もちろん団員たちは、本人がこのあだ名に気づいていることは知らない。アレクシアはわざと気づかないふりをして、ときどき発作的に横暴な要求を出した――人狼たちが〝どうせ聞こえないだろう〟と思ってどんな不満を言うかを確かめるために。人狼というものは概して、すべての人間は多かれ少なかれ耳が聞こえないと思いこんでいる。

配下に指示を出すナダスディのかたわらで、ティーテーブルの上でぐったりと横たわっていた伯爵夫人の食事が身じろぎした。若い金髪の女性は両肘を突いてゆっくり身を起こし、ぼんやりとあたりを見まわした。

「フェリシティ！」

「あら、まあ、アレクシア？　お姉様がいったいこんなところで何をしているの？」

「あたくし！　あたくしが何してるかですって？」アレクシアは言葉を失った。「そういうあなたはなんなの？　いいこと、フェリシティ、あたくしがここにいるのは、パーティの招待状をもらったからよ！」

フェリシティはテーブルクロスで首筋をそっとぬぐった。「お姉様が伯爵夫人のサークルに出入りしてたとは知らなかったわ」

「それって異界族のサークルってこと？　あたくしの夫は人狼よ、いいかげんにして！　そんなことも憶えられないの？」

「それは知ってるけど、満月の夜はマコン卿に付き添っていなきゃならないんじゃないの？しかも、そんな身体でよくパーティに来る気になったわね？」

アレクシアは本気でうなった。「フェリシティ。あたくしがここにいる理由はどうでもいいわ。でも、あなたがいることは大問題よ！　いったいどういうこと？　吸血鬼に──しかもただの吸血鬼じゃない、あの恐ろしいウェストミンスター群の女王に──血を飲ませるなんて？　しかも……しかも……付き添いもなしに！」アレクシアは唾を飛ばした。

フェリシティが抜け目のない、険しい表情を浮かべた。見覚えのある表情だが、これまでは浅ましさ以上のものを感じたことはなかった。でも、今回はふと不安になった——あたしはこの妹をみくびっていたのかもしれない。「フェリシティ、あなた、何をしたの？」

フェリシティは小さく作り笑いを浮かべた。

「いつからこんなことを続けてるの？」アレクシアは必死に記憶をたどった。フェリシティが最初に襟の高いドレスとレースの襟を付けたのはいつだった？

「あら、アレクシアお姉様、わかりきったことをきかないで。お姉様の結婚式でアンブローズ卿に会ったときからに決まってるじゃない。アンブローズ卿はあたしに〝いかにも魂を余分に持っていそうな創造的で野心的なタイプの女性ですね〟と言ったの。そして〝永遠の命がほしくないか〟って。もちろん、自分でも人より魂が多いとは思ってたわ。お母様がいつも言ってたもの——あたしが本気になったらさぞ立派な芸術家になっただろう……ちゃんとレッスンを受けたら一流の音楽家になっただろうって。それよりも何よりもあたしは永遠の命がほしいの！　しかもそんな申し出をアンブローズ卿にされて！　断わる女性がいると思う？」

アレクシアはぎりぎりと歯ぎしりした。「フェリシティ！　あなた、自分のしたことがわかってるの？　ああ、なんてこと。スコットランド行きの飛行船のなかであたくしの日誌を盗んだのはあなたね？」

フェリシティはとぼけて天井を見上げた。

「あたくしの妊娠を報道機関にわざと漏らしたのも？」

フェリシティはほんのかすかに肩をすくめた。

ああ、なんて子なの？　愚かなのはしかたない。でも、愚かで不道徳な女は手がつけられないわ。「吸血鬼に手を貸すなんて、このあばずれ女！　よくもそんなことができたものね？　自分の大事な身体と血に！」しかもフェリシティのせいであたしは世間の笑いものになった。「ドレスを上げなさい。なんなの、その襟ぐりは！」あまりの怒りに、もう少しで二階建てタコの脅威にさらされていることを忘れるところだった。「ほかには何をしたの？」

フェリシティは唇をぎゅっと結んで天井を見た。

「白状なさい！」

「お姉様ったら、そんな大声でどならないで。アンブローズ卿がほしがったのは、お姉様の行動と体調についての報告書だけよ。それから日誌の内容も。それも今回、転居するまでだけど――それで考えたの、お姉様の家に住めば、その、ほら……。といっても、ときたま伯爵夫人を訪ねて、少し血を吸わせて、情報を渡してただけよ。たいした害はないわ。ナダスディ伯爵夫人はとてもすてきでしょ？　母親みたいで」

「首を嚙む以外はってこと？」会話のなかでも〝皮肉〟はもっとも品がない。でもフェリシティを前にするとつい口に出てしまう。ナダスディも、あたしを見たらそんな気持ちになるに違いない。とにかく、これでフェリシティが醜悪なショールを巻いていたわけがわかった。

首の噛み跡を隠すためだ。

　アレクシアとフェリシティが振り向くと、ナダスディが二人のドローンと何やら相談していた。自分の牙城を武力と知恵で守るため、稲妻のような速さでてきぱきと指示を出している。アレクシアの見まちがいでなければ、装備品のなかに酢漬けニシンの缶詰がひとつ入っていた。ナダスディの見た目と動作は、生け垣にとまるせわしない小鳥――シジュウカラとか――を思わせた。しかもこれは、羽根のついた小さな頭でうなずくだけで人を殺すこともできる恐ろしいシジュウカラだ。

「フェリシティ。伯爵夫人にあたくしの何を話したの？」

「思いつくかぎりのことよ、当然でしょ？　でも、はっきり言って、お姉様のやってることはつくづく退屈ね。どうしてみんなお姉様やお腹の子どもにあれほど興味を持つのか、ちっともわからないわ」

「そうでしょうね」

　吸血群が軍隊の召集にかけずりまわっている横で、ナダスディ伯爵夫人はいつのまにか自分の椅子に座っていた。これから中断したお茶を再開するかのように。

　アレクシアは目を細め、大股で美しいクリーム色の綾織りの長椅子に近づき、手袋をはめていない手でナダスディの腕をぐいとつかんだ。アレクシアは一般的な英国女性よりはるかに力が強い。虚を突かれた女王はつかまれた手を振りはらうことができなかった。

「お茶を飲んでいる場合じゃないわ」と、アレクシア。これだけはたしかだ。

ナダスディがアレクシアからフェリシティに視線を移した。「驚いたわ。姉妹だなんて。あなたがたを見て姉妹だと思う人はまずいないでしょうね」

アレクシアは天を仰いでナダスディの腕から手を離し、やんわりと非難の目を向けた。「あたくしの妹が有能なスパイになれるはずがないわ」

ナダスディは肩をすくめて紅茶――ふつうの紅茶――に手を伸ばし、骨灰磁器《ボーンチャイナ》のカップからそっとひとくち飲んだ――なんの楽しみも栄養も得られないくせに。

おいしい紅茶をどぶに捨てるようなものだ――そう思いながら、アレクシアはフェリシティを見た。かたやナダスディはこう思ってるに違いない――こんな娘に手をつけないなんて、おいしい血をどぶに捨てるようなものだ。

フェリシティはすねたような表情で、ティーワゴンの上でしどけない格好で座っている。

アレクシアは糖蜜パイに手を伸ばし、ぽんと口に放りこんだ。

「近ごろ興味ぶかい調査をなさっているようね、レディ・マコン」ナダスディがいたずらっぽくたずねた。「妹さんの話が本当なら、お父上の過去に関することだとか。それからゴーストについて。あなたが助言を聞き入れるとは思えないけど、これだけは言っておくわ、レディ・マコン、アレッサンドロ・タラボッティの過去には深入りしないほうが身のためよ」

ふとフルーテの顔が頭に浮かんだ。アレクシアの父親について、話す以上のことを知っていそうな男。それとも誰かに口止めされてるの？

「あなたがた吸血鬼は父に秘密にしなければならないようなことをしたの？　うちの執事に

口止めしてるの？　そして今度は妹にまで手をつけて。いったいどうして、どうしてこんなことを、ナダスディ伯爵夫人？」アレクシアはナダスディの腕に手を置き、ふたたび人間に変えた。

吸血鬼女王はびくっとしたが、腕を引きはしなかった。「まあ、レディ・マコン、どういうつもり？　なんとも落ち着かない気分よ」

そのときアンブローズ卿が振り向き、長椅子の上で起こっていることに気づいた。

「女王どのから手を離せ、魂吸いのメス犬め！」言うなり部屋の奥から駆け寄った。

アレクシアは手を離してパラソルを振り上げた。

「落ち着いて、アンブローズ、どこもケガはないわ」と、ナダスディ。淡々とした口調だが、かすかに牙が見えている。

フェリシティはかわいい顔にますます当惑を浮かべ、周囲のやりとりを見つめた。フェリシティが自分に直接関係のない会話を理解しようとするときのいつもの表情だ。だが説明するつもりはない。フェリシティだけには、姉が〝ただの厄介者以上の存在〟であることを知られたくなかった。フェリシティはまだ、あたしが反異界族であることを知らない。今こんなことが知れたら、このバカ妹は何をしでかすかわからない。

アンブローズ卿がいまにもなぐりかかりそうな構えをみせた。

アレクシアはパラソルを防御の形に構えたままハンドバッグに手を伸ばしてエセルを取り出し、パラソルを下ろして銃口をアンブローズ卿に向けた。

「少し下がったほうがいいと思うわ、アンブローズ卿。あたくしは今ひどく嬉しくない《アンウェルカム》気分なの」

　アンブローズ卿は言われたとおりあとずさって鼻を鳴らした。「たしかにきみは歓迎されていない《アンウェルカム》」

「なんど言えばわかるの？　あたくしは正式な招待客よ！」

「お姉様、それって拳銃じゃない！」フェリシティが恐怖の叫びを上げた。

「そうよ」アレクシアは長椅子に座りこみ、銃口を少し動かしてナダスディに向けた。「最初に言っておきますけど、アンブローズ卿、あたくしのねらいはあまり正確じゃないの」

「もしかしてその銃には……」アンブローズ卿は言葉を呑みこんだ。言わなくても、言いたいことはわかっている。

「今回はこのエセルにサンドーナー仕様の弾を入れたおぼえはないけど、誰かが夫の備品を間違ってこめた可能性はあるわ。それはわからない」

　アンブローズ卿がさらにあとずさった。

　アレクシアはいかにも不愉快そうにフェリシティを見た。「ワゴンから降りなさい、フェリシティ、いますぐ。若い娘がなんてところに座ってるの？　自分が何をしでかしたのか、少しは考えたらどう？」

　フェリシティは鼻を鳴らした。「お母様みたいな口ぶりね」

「そうよ。あなたの行動はますますお母様に似てきたわ！」

フェリシティは息をのんだ。

アレクシアの気がそれたと見たアンブローズ卿が女王に近づいた。

すかさずアレクシアはエセルの銃口をぴたりと女王に向けた。手もとは驚くほど狂いがない。「あら、あら、危ないわよ」

またしてもアンブローズ卿はあとずさった。

「本当はこんなことしたくないの。でも、死にたくなければここを離れて。今すぐに」

ナダスディは首を横に振った。「あなたはそうすればいいわ、レディ・マコン、でも――」

「いいえ、あなたがたも、あたくしも、どちらもよ」

「バカなことを」ヘマトル公爵が部屋に戻ってきた。「これほど吸血鬼の勅令を知らない者がよく〈陰の議会〉に座っていられるものだ。女王どのは屋敷を離れられない。これは選択の問題ではなく、生理学的な理由によるものだ」

「巣移動《スウォーム》できるはずよ」アレクシアは再度、拳銃をナダスディに向けた。

アンブローズ卿がいまいましげに歯のすきまから息を吐いた。

「さあ、ナダスディ伯爵夫人、スウォームの準備を。いい吸血鬼だから」

ヘマトル公爵があきれたようにため息をついた。「ソウル・サッカーの実用主義には付き合えない。女王は他人に命じられてスウォームはできない。女王というものは〝そうしろ〟と言われて、〝はいそうですか〟と簡単に移動できるものではないのだ。スウォームは生物学的にやむにやまれぬ状態になったときにしか行なわれない。スウォームしろと言うのは、みずから身を焼けと言うようなものだ」

アレクシアはアンブローズ卿に目をやった。「本当？　それは彼にも有効なの？」

とてつもない衝撃が屋敷全体を揺らし、階下からパーティ客たちの悲鳴が聞こえた。ついにオクトマトンが現われたようだ。

アレクシアは有無を言わせぬしぐさで拳銃を動かした。「さあ、スウォームする？」

# 14 レディ・マコンがパラソルをなくすこと

ナダスディ伯爵夫人がはじかれたように立ち上がると、フェリシティも立ち上がった。もはや最大の脅威はレディ・マコンではないと判断するなり、アンブローズ卿もくるりと背を向けて階下に向かった。

「やるなら今よ」アレクシアが迫った。

ナダスディは憤然と首を振った。「スウォームは選択するものじゃないわ。あなたにはとうてい理解できないでしょうけど、ソウル・サッカー、すべてが意識的な考えの結果と思ったら大間違いよ。スウォームは本能なの。異界族レベルの魂の奥底で、もはや自分の群が安全ではないと確信して初めて、永遠にここを捨てて新しい群を作ることを決断するの。でも今はそのときではないわ」

またしても激しい破壊音があたりを切り裂き、屋敷が土台から激しく揺れた。

「本気で言ってるの？」

何かがベリベリと建物を引き裂く音がした——子どもがキャンディの包み紙を破るかのような。さしずめ吸血鬼キャンディね。ふん、おいしそうだこと。

フェリシティがわめきだした。

「ケネルをどこに隠したの、ナダスディ伯爵夫人？」アレクシアが喧噪に負けない大声でたずねた。

ナダスディは恐ろしい音にすっかり気を取られている。「なんですって？」

「ケネルを奪われたくなかったら、そばにおいておいたほうがいいんじゃない？　それも今すぐ」

「ああ、そうね、そのとおりだわ。ヘマトル、あの子を連れてきて」

「かしこまりました、女王どの」ヘマトル公爵は一瞬ためらった。女王が危険にさらされているときに、そばを離れる吸血鬼がどこにいる？　だが、命令は命令だ。さっとおざなりなお辞儀をして小走りに部屋を出ていった。

またしても破壊音が響きわたった。いきなり扉が開き、シーデス博士と大勢の召使ドローン、ウェストミンスター群のほかの吸血鬼数人が部屋になだれこみ、最後にメイベル・デアが駆けこんで扉をバタンと閉めた。美しい金色のドレスが裂け、髪が乱れて顔に落ちかかるさまは、今しも満員の観客の前でオフィーリアの死の場面を演じるかのようだ。

「女王様、とんでもない怪物が下に！　恐ろしい怪物です！　ティツィアーノの絵がかかった壁を引き裂き、ギリシアの女神デメテルの胸像を破壊しました」

ナダスディは心に傷を負った者にはとても慈悲ぶかい。「いらっしゃい、いとしい子」

ミス・デアはナダスディに駆け寄ると、足もとにひざまずき、女王のたっぷりしたスカートに顔をうずめ、震える両手で上等のタフタ地をつかんだ。

アレクシアはもう少しで拍手しそうになった。さすが、名女優！

女王は真っ白い片手をミス・デアのこぼれおちる金髪巻き毛に載せ、群の者たちを見上げた。「シーデス博士、報告を！　オクトマトンの武器は何？　以前と同じ標準型？」

「いいえ、女王どの、改良されているようです」

「火？」

「はい、ただ火が出るのは一本の触腕だけです。もう一本は以前と同様、木製の剣を出しますが、三本目は杭を放つようです。四本目は銃弾」

「続けて。まだ四本よ」

「あとの四本は、まだ使われておりません」

「相手がマダム・ルフォーだとしたら、八本すべてに恐ろしい武器をしこんでいるはずだわ。そんなタイプよ、あの女性は」

アレクシアも同感だ。発明品に対するルフォーの流儀は明快だ――すなわち〝性能は多ければ多いほどいい〟。

部屋の奥の壁が揺れ、何かをねじ切り、引き裂き、叩きつぶすような轟音が聞こえた。金属と木とレンガがぶつかる音だ。目の前で壁全体がバラバラと崩れ落ち、おさまった粉塵の向こうに、複数の触腕でバランスを取るオクトマトンのドーム状の頭が見えた。いまや瓦礫《がれき》となった、ロンドンでも指折りの豪奢な屋敷を引っかきまわしている。銀色の月光と通りのまぶしいガス灯の明かりを浴びて金属の表面がぎらりと光り、下の通りをパーティ客たちが逃げまどうさまが見えた。

アレクシアは立ち上がってフリルだらけのパラソルをかかげ、非難がましくオクトマトンに突きつけた。「ジュヌビエーヴ、まだ誰も殺していないことを祈るわ」

だが、なかで操縦するルフォーは目もくれなかった。ルフォーの標的はただひとつ——ナダスディ伯爵夫人だけだ。

巨大な触腕が室内に這いのぼり、ナダスディを押しつぶさんばかりになぐりかかった。アレクシアなら空中攻撃を選ぶところだが、ルフォーは手と手——というより手と触腕？——による接近戦を選んだ。おそらく、罪なき人々にできるだけ被害をおよぼさないためだろう。

異界族の俊敏さと知恵をあわせ持つナダスディは巨大な金属触腕を難なくかわしたが、もはや逃げ場はない。部屋にはほかに出口はなく、いまや屋敷の半分が破壊されている。

フェリシティがまたしても悲鳴を上げ、今の状況でもっとも賢明な行動に出た——失神だ。そしてまわりの誰もが賢明にもフェリシティを無視した。

アンブローズ卿が攻撃に出た。何をするつもり？　アレクシアには見当もつかなかったが、何か考えがあるらしい。次の瞬間、信じられないほど速く高く飛び上がったかと思うと、オクトマトンの頭上に着地し、なかを開けようと頭部に爪を立てた。なるほど——機械の中枢部をねらおうというわけね。

なかなか賢い戦法だ。しかし、ドーム型頭部を引き開けるこころみは挫折した。兜《かぶと》のような外殻を力まかせに叩き割ろうとしたが、こうしたことになるとマダム・ルフォーは名人だ。頭部にはまったく継ぎ目がなく、吸血鬼の力をもってしても外から入りこむすべはない。目の位置にある切れ目《スリット》は外をのぞける程度の幅しかなく、吸血鬼が指を入れてこじ開けるのは無理だ。

一本の触腕がひゅっとしなり、パンくずでも払うように軽々とアンブローズ卿を払いのけた。振り落とされたアンブローズ卿は、さっきまで壁のあった部屋の端まですべり、とっさに床をつかもうとしてつかみそこなって視界から消えた。だが数秒後には一階から二階へと難なく飛び上がって部屋に戻ってきた。

アンブローズ卿は作戦を変え、こんどは根もとから引きちぎろうと触腕の付け根に突進した。全身に力をこめ、オクトマトンの動きを制御する玉軸受け《ボールベアリング》と滑車を無理やり引き抜こうとしたが、これもびくともしない。当然だ——ルフォーはつねに異界族の力を想定し、それに耐えうる強度で設計する。

正面攻撃を続けるアンブローズ卿を見て、勇敢なドローン数人がオクトマトンに向かったが、別の触腕でいとも簡単に振り払われた。残りの者はナダスディに近づき、女王を守るように機械怪獣とのあいだに寄り固まっている。一人の吸血鬼が酢漬けニシンをエーテル式ガトリング砲に装塡しはじめた。どうやら本物の武器らしい。吸血鬼がベルトを回転させると、ガトリング砲はダダダダという自動音とともに光るニシンをオクトマトンに向かって吐き出した。ニシンはシュッと音を立てて命中し、オクトマトンの防護膜に酢で怒りの穴を開けた。

別の触腕が這うように侵入し、いまや室内は金属製ののたうつタコの腕がひしめいている。新たな一本が鎌首をもたげるヘビのようにゆっくり先端部をもたげ、ナダスディを取りかこむ一団に向かって指先から炎を噴きつけた。

ドローンたちは悲鳴を上げ、ナダスディは一人でも多く炎から救おうと、瞬時にそのなかの二人を抱え上げて脇に飛びのいた。同じような状況にあったら、コナルもクラヴィジャーを助けようとするに違いない。

アレクシアは拳銃をハンドバッグに戻し、無駄と知りつつオクトマトンに向かって磁場破壊フィールドを発射した。前回と同様、目に見えない一撃にはなんの効果もなかったが、ガトリング砲はぴたりと停止した。触腕が大きくのたうち、部屋じゅうに炎をまきちらすと、りっぱな四本柱のついたベッドの天蓋に火がつき、天井まで燃えあがった。アレクシアは炎から身を守ろうとパラソルを開き、盾のように構えた。

パラソルを下ろして見ると、あたりは混乱と粉塵と物が燃えるにおいと悲鳴で埋め尽くされ、さらに新たな触腕がずるずると忍びこんでいた。アレクシアはぎくりとした。これこそ本気の一本に違いない。ルフォーのお遊びは終わった。パラソル武器のなかで何が吸血鬼にもっとも有効か、知らないアレクシアではない。目の前の触腕が先端から不気味な液体をしたたらせている。触腕が絨毯にぶつかってしずくがぽたりと落ち、じゅっと音をたてて絨毯に穴を開けた。

アレクシアの読みが正しければ、あれは太陽の石《ラピス・ソラリス》。パラソル武器のなかでもとくに強力で、吸血鬼と闘う者は誰もが使いたがる劇薬だ。これが危険なのは、硫酸で希釈されていることだ。吸血鬼にダメージをあたえるだけでなく、周囲の者まで殺しかねない。

「ジュヌビエーヴ、やめて！　罪のない人まで傷つけるつもり？」アレクシアが恐怖の叫びを上げた。このままでは吸血群だけでなく、ドローンやフェリシティ――ラピス・ソラリスのしぶきを浴びる位置にいる全員――の命が危ない。

「伯爵夫人、お願い、ルフォーの気を引きつけて。このままじゃ全員が死んでしまうわ」アレクシアは危機に瀕した吸血鬼女王に懇願した。

だが、無駄だった。いまやナダスディは自分と取り巻きたちを壊滅から守ることしか頭にない。

ヘマトル公爵が異界族らしいたくましい腕に薄汚れた小柄の少年を抱えて戻ってきた。そして――もしかしたら女王よりすばやい動きで――御前《おんまえ》に進み出ると、暴れて脚を蹴り出すケネルを女王の腕に差し出した。その瞬間、すべての動きが停止した。

ケネルは叫び、抵抗したが、オクトマトンを見たとたん、吸血鬼女王を見たときよりも恐怖に顔をひきつらせてギャッと叫び、汚れた細い腕をナダスディの首に反射的に巻きつけた。

さすがのオクトマトンも、ケネルを危険にさらすことなく炎を噴出することはできない。

現代科学はまだ、太陽光以外に、人間に無害で吸血鬼だけに効果のある武器の開発には成功していない。ナダスディにとどめの一撃を浴びせようとしていた触腕がギリギリのタイミングで向きを変え、その瞬間まで奇跡的に無傷だった盛りだくさんのティーワゴンに激突した。

衝撃でワゴンはまっぷたつに割れ、繊細な磁器カップと糖蜜タルトとひとくちサンドイッチがそこらじゅうに飛び散った。

アレクシアにとっては、それが我慢の限界だった。お腹のチビ迷惑が励ますようにタタンとリズムを刻むのに合わせてつかつかと前進し、パラソルで金属の触腕を思いきりなぐりつけた。「ジュヌビエーヴ！　糖蜜パイになんてことを！」

**バシッ、バシッ、バシッ。ガツッ！**

無駄なことだとはわかっている。それでも何かせずにはいられなかった。

触腕の先端がぱかっと開いて管が突き出し、サーカスの舞台監督が使いそうな拡声器が現われた。オクトマトンが拡声器を目の高さにある片方のスリットまで持ち上げると、それを通してルフォーの声が聞こえてきた。

信じられないけど、たしかにルフォーの声だ。こんなに巨大で不格好な機械から、あの上品でかすかにフランスなまりのある柔らかい女性の声が聞こえるのは、どう考えても似合わない。「息子を返してくれたら、これ以上、手だしはしないわ、伯爵夫人」

「ママン！」ケネルがオクトマトンに向かって叫んだ。目の前の巨大怪獣が悪夢のような怪物ではなく母親だと気づき、吸血鬼女王の腕のなかでもがきはじめた。だが、無駄なあがきだ。どんなに暴れようと、ナダスディはは るかに力が強い。ナダスディはケネルを抱いた腕にさらに力をこめた。

ケネルがフランス語で叫んだ。「やめて、ママン。何もひどいことはされなかった。なんともないよ。みんなとても親切だった。ぼくにお菓子までくれたんだ！」細いあごをぐっと食いしばった、堂々とした声だ。

ルフォーはそれきり沈黙した。完全な膠着状態だ。ナダスディはケネルを渡すつもりはない。ルフォーも吸血鬼たちを逃がすつもりはない。

でも、じきにナダスディは逃げるしかなくなる――アレクシアはそう判断し、失神した妹にじりじりと近づいた。フェリシティをここに見捨ててゆくのは――なんとも心ひかれる思いつきだが――残念ながら現実にはそうはいかない。

屋敷が土台から揺れた。いまや建物の半分が消滅し、無傷で残っているのは奥の部分だけで、そこも長くはもちそうにない。すでに骨組みと柱が崩れかけている。アレクシアはつねづね思っていた――ロンドンの家屋はあたしのいちばん安いバッスルの造りよりお粗末じゃないかと。

アレクシアは触れないよう気をつけながら、よたよたとナダスディに近づいた。「伯爵夫人、あなたが実用主義を認めないことは知ってるけど、いまこそスウォームすべきときじゃない？」

ナダスディは恐怖に黒々と見開いた目で見返し、唇をゆがめ、四本の牙をすべて剝き出して怒りの悲鳴を上げた。むさぼるための牙と、新たな吸血鬼を生み出すための牙。後者の二本は、吸血鬼女王だけが持つ牙だ。ナダスディの顔に理性はほとんど残っていなかった。今回ばかりは日ごろ冷静な吸血鬼も、感情の生き物である人狼と同じように、魂にわずかに残る理性を捨て、感情のままに行動することでしか自分を保てないようだ。

ふだん、アレクシアは優柔不断ではない。だが、今回の諍《いさか》いに関しては、味方につく側を間違えたのではないかと迷っていた。マダム・ルフォーは非合法かつ破壊的手段でロンドンの街で暴れまわっているが、ナダスディ伯爵夫人がやったことと言えば、たかが子さらいにすぎない。争いに決着をつけるのは簡単だ。手を伸ばしてナダスディに触れ、人間に戻して完全に無力な状態にし、暴れるやせっぽちのケネルを抑えておく力を消せばいい。

それでもアレクシアはためらった。どんなに危機的状態にあっても、世のなかの道理は無視できない。吸血鬼女王にとって、科学者の手にかかって死ぬほど外聞の悪いことはない。だが、それ以上に望ましくないことがあるとすれば、それはただひとつ――〈ソウルレス〉で〈議長《マージャ》〉で人狼の妻であるレディ・マコンの手にかかって死ぬことだ。

事態に片をつけるかのように触腕が襲いかかった。アレクシアはのけぞり、つまずき、痛めたほうの足でよろめき――今夜だけでもう数えきれないほど――バッスルの上に尻もちをついた。

ちょうど隣にフェリシティが倒れており、アレクシアはもがきながら近づいて妹の顔を軽く叩いた。ようやくフェリシティがまばたきして青い目を開けた。

「アレクシアお姉様？」

チビ迷惑が母親に代わって、〝暴力的とは言わないまでも、この一連の過激な運動にはうんざり〟とばかりに怒りの蹴りを繰り出した。アレクシアは、うぐっと苦しげにうめき、いきなりのけぞった。

「お姉様!」フェリシティが叫んだ。このときばかりは、わずかながら本気で不安になったようだ。何しろ、これまで弱そうな姉を見たことは一度もない。ただの一度も。

アレクシアは苦しげに半身を起こした。「フェリシティ、ここから逃げるのよ」

フェリシティの手を借りてアレクシアが立ち上がったとき、アンブローズ卿と二人の吸血鬼がみごとな連係プレーでオクトマトンに飛びかかり、大きなテーブルクロスとおぼしき布を怪物の頭にかぶせてすっぽりおおった。賢い作戦だ——これでなかにいるルフォーはつかのま前が見えない。操縦することも攻撃することもできず、触腕をむなしく振りまわしている。

オクトマトンが無力化したすきをねらって、ナダスディがすばやく行動に出た。ドローンたちもあとを追い、全員が建物の壊れたほうに向かって駆けだした。ナダスディはケネルをしっかと胸に抱えたまま猛スピードで建物の端まで移動したかと思うと、一瞬のためらいもなく下の瓦礫に向かって飛び降りた。その瞬間、ケネルは恐怖の叫びを上げたが、すぐに歓声が続いた。

アレクシアとフェリシティもあわててよたよたと床の端に近づき、下をのぞきこんだ。三階の高さだ。この二人が無事に飛び降りられるとは思えない。でも、飛び降りる以外に下に降りる手段もない。

だが、少なくとも、修羅場を見わたすには絶好の場所だった。ナダスディ伯爵夫人とウェストミンスター群の吸血鬼たちがオクトマトンの触腕のあいだをかいくぐり、月明かりに照らされた街に逃げこんでゆくさまがよく見える。ついにスウォームが始まった。あとに続くドローンたちはもう少し慎重で、屋敷の残骸を少しずつ伝いおり、やおら走りだしたが、女王のスピードにはとうてい追いつけなかった。

オクトマトン――というかマダム・ルフォー――は雄叫びを上げ、触腕から炎を噴き出して視界をさえぎるテーブルクロスを焼き払った。クロスが焼け落ちたとたん、ルフォーは獲物が逃げたことに気づいた。いまやぐらぐらと揺れる建物のなかに立っているのはアレクシアとフェリシティだけ――そして建物はいまにも崩れそうだ。

オクトマトンは逃げる吸血鬼を追いかけようと向きを変えると、誰にぶつかろうと何を押しつぶそうとかまわず、通りを破壊しながら進みはじめた。ルフォーは友人の窮状に気づいていないか、助ける気がないかのどちらかだ。アレクシアは心から気づいていないことを祈った。気づいていながら助けないとしたら、ルフォーは思った以上に血も涙もない人間だ。

「ちくしょう！」アレクシアが短く毒づいた。

せっぱ詰まった状況にもかかわらず、フェリシティは姉の言葉に息をのんだ。

アレクシアは、どうせこの子にはなんの話かわからないだろうと思いながらも、フェリシティを見て言った。「いずれにせよ、彼女を逮捕しなきゃならないわ」

建物がゆっくりと前に傾き、重力にあらがうかのようにきしみはじめた。

姉と妹は建物の端まですべった。フェリシティは悲鳴を上げ、アレクシアは――今夜の流れからすればお約束どおり――バランスを失って前につんのめり、重力に屈したが、ギリギリのところで壊れた床板をつかんだ。

そしてなんとか踏みとどまった。パラソルははるか下に散らばる壁の破片と芸術作品のかけらと焦げたカーペットの上に落ちたが、アレクシアは奈落の底の上にわずかに突き出た木の梁先《はりさき》に必死につかまり、ぶらさがった。

フェリシティがヒステリーを起こした。

どれくらい持ちこたえられるかしら？　いずれにしても、手袋をはずしていたのは正解だった。もともと体力には自信があるが、それははるか数週間前の話で、妊娠前のレベルにはとうていおよばない。しかも今はかなり体重が増えている。

アレクシアは哲学的思索にふけった。なかなかロマンティックな死にざまだ。さぞルフォーは悲しむだろう。悪くないかもしれない。罪人《つみびと》にとって罪悪感は何より大事だ。

そのとき――もう終わりだと観念したとき――アレクシアはうなじに吹きつける一陣の風とエーテルのちくちくする刺激を感じた。

「やっほー！」ブーツの声がした。「何かご用はありませんか、レディ・マコン」

アケルダマ卿専用飛行船のカゴ型ゴンドラが、人のいい太った救済者のように空から下りてきた。

アレクシアはぶらさがったまま肩ごしにブーツを振り返った。「とくにないわ。何が起こったのかを見るために、しばらくぶらさがってみようと思って」

「もう、そんな人のことなんかほっといて」フェリシティが叫んだ。「助けて！　あたしの命のほうがはるかに大事よ」

ブーツはフェリシティを無視すると、カゴがアレクシアの真下に来るよう操縦士に指示し、機体を接近させた。

そのとたん、建物がぐらりとかしぎ、アレクシアは悲鳴とともに梁から手を離した。

そしてドサッとカゴのなかに落ちた。脚は身体を支えそこね、アレクシアはまたしてもバッスルの上に尻もちをついた。一晩じゅう酷使されたバッスルには、もはや弾力性はほとんど残っていない。しばらく考えたあと、アレクシアはそのままぱたりと仰向けに寝ころんだ。ああ、もうたくさん。

「次はあたしよ、はやくうぅぅ！」フェリシティが泣きわめいた。無理もない――建物はまさに崩壊寸前だ。

ブーツはフェリシティをじろじろとながめまわした。白い首の噛み跡に気づいたに違いない。屋敷はいつ崩れ落ちても不思議はない状態だが、それでもブーツはためらった。

「レディ・マコン？」さすがはよく訓練されたドローンだ――どんなときも指示を仰ぐのを忘れない。

アレクシアはいまいましげに歯のすきまから息を吸い、妹を見上げた。「しかたないわ」

操縦士が気球に浮力をあたえて機体を上昇させると、ティジーがディナーにエスコートするかのようにフェリシティに礼儀正しく腕を出した。フェリシティに床の端から足を踏み出し、おびえた仔猫のようにみっともなく飛行船に乗り移った。

次の瞬間、フェリシティの背後で建物が崩壊した。操縦士がプロペラのレバーを強く引き、飛行船が大量の蒸気を噴き出して急進すると同時に、ウェストミンスター群の屋敷は地面に崩れ落ち、飛行船はかろうじて巨大な屋根の塊をかわした。

「どちらへ、レディ・マコン？」

アレクシアは心配そうにかがみこむブーツを見上げた。お腹の子どもは今夜の一連の行動に不満を訴えつづけている。これから行く場所といえばひとつしかない。月が高く、煌々《こうこう》と光っているかぎり夫は使いものにならない。かといって、いつもの隠れ場所はどこも使えない――マダム・ルフォーの発明室は論外だし、タンステル夫妻はまだスコットランドだ。

いまごろ異界管理局《BUR》の捜査官たちは、地上の破壊現場を調査しているか、もしくは街を破壊しながら進むオクトマトンを追っているに違いない。BURには専用の武器庫があり、マンダルソンのカスタード探知器はもちろん、エーテル式ガトリング砲や小型マグナトロニック砲を備えている。彼らに何ができるか、しばらくはお手並み拝見といこう。ルフォーの超一流の技術と機械工学の知識にBURの武器が太刀打ちできるとは思えないが、勢いを弱めるくらいはできるかもしれない。いずれにせよ、あたしの武器はパラソルだけだ。そう思った瞬間、アレクシアはその唯一の武器さえ失ったことに気づいて毒づいた。パラソルははるか下界の、おそらく半壊した屋敷の下敷きになっているに違いない。エセルは腰にくりつけたハンドバッグのなかで無事だが、大事なパラソルは落としてしまった。

「あなたがたなら、きっと賛成してくれると思うわ。こんなとき、何より女性に必要なのは、ドレスについて真剣に相談に乗ってくれる人よ」

ブーツとティジーはいかにも気の毒そうに悲惨なドレスを見やった――バッスルはぺちゃんこ、裾は泥だらけ、レースの縁かざりは煤《すす》まみれで焦げている。

「ボンド・ストリートですか？」ティジーが真顔でたずねた。

アレクシアは片眉を吊り上げた。「あら、とんでもない。これは深刻な〝ドレス緊急事態〟よ。アケルダマ邸までお願い」

「了解しました、レディ・マコン、ただちに」ブーツが頬ひげの奥に真剣な表情を浮かべて答えると、飛行船はさらに上昇して、ふたたび蒸気を勢いよく噴き出し、アケルダマ邸のある北に向かって一気に加速した。

# 15　飛行船も踏むを恐れるところ

アケルダマ卿の専用飛行船着陸場は屋敷の屋上にあった。片側に寄っているのは、痰壺《たんつぼ》のような形のエーテルグラフ受信器を邪魔しないためだ。こんなものがあるなんて、ちっとも知らなかった。でも、考えてみれば日ごろから家々の屋上まで目を光らせているわけじゃないから、知らなくても無理はない。

飛行船はメレンゲのようにふわりと着陸し、アレクシアはうんざりして立ち上がった。今夜の二足歩行がことごとく期待を裏切ったことを考えると、今回も両脚は思いどおりには動かないに違いない。だが、なんともありがたいことに、アケルダマ卿は飛行船から本拠地へ優雅に降り立つ手段を用意していた。一人のドローンが先のとがった特別設計の段ばしごを持って駆け寄り、カゴ型ゴンドラの縁《ふち》にかけると、入れ子式のはしご段が必要なぶんだけ両端からするすると伸びた。これなら威厳と冷静を保ちつつ縁にのぼり、目的地に降りられる。

「どうして最初からその小型はしごを積んでおかなかったの？」と、アレクシア。

「ここに戻るまで誰かが降りることは想定していなかったので」

フェリシティがアレクシアに続いてはしごをのぼり、高慢そうに顔をしかめて屋根に降り立った。「まったく、なんて旅かしら！　いくら空の旅が快適になったと言っても、これはあんまりよ。あんな高いところを飛ぶなんて不自然だわ。しかも屋根に降りるなんて！　まあ、お姉様、街並みの屋根が見えるわ。でも、あまりいい眺めじゃないわね！」フェリシティは次々に文句を並べ、空の旅と命からがらの脱出劇で乱れた髪を気にしてなでつけた。

「お黙り、フェリシティ。一晩にこれ以上あなたのおしゃべりを聞きたくはないわ」

最高の執事だけが持つ隠れた本能――女主人の帰りをつねに察知する能力――に呼び寄せられたかのように、フルーテがアレクシアのそばに現われた。

「まあ、フルーテ！」

「お帰りなさいませ、奥様」

「どうしてここに着くとわかったの？」

フルーテは〝満月の夜、アケルダマ邸の屋上のほかに奥様が到着なさる場所がありますか？〟と言いたげに片眉を吊り上げた。

「ああ、たしかにそうね。とにかくフェリシティを隣宅に連れていって、どこかに閉じこめておいてくれない？　奥の応接間か、新しく作り変えたワイン室でもいいわ」

フェリシティが金切り声を上げた。「なんですって？」

フルーテはこれまでに一度も見せたことのない、口もとの片方に小さくしわを寄せたほほえみらしき表情でフェリシティを見た。「おまかせください、奥様」

「ありがとう、フルーテ」

フルーテはフェリシティを隣屋敷に連行するべく、腕を強くつかんだ。

「ああ、それからフルーテ、火事場泥棒がかぎつける前に、いますぐウェストミンスター群の廃墟に人を送り出してちょうだい。うっかりパラソルを落としてしまったの。りっぱな芸術作品の破片もあるかもしれないわ」

ロンドンでも一、二を争う高級住宅のひとつが廃墟になったと知っても、フルーテは眉毛ひとつ動かさなかった。「かしこまりました、奥様。住所をおうかがいしてもよろしいでしょうか？」

アレクシアはフルーテに住所を教えた。

フルーテは嫌がるフェリシティを引きずり、すべるように立ち去った。

「お姉様ったら、こんなのあんまりよ。嚙み跡のせい？　お姉様が怒ってるのは、そのせいなの？　嚙み跡といっても、ほんのひとつかふたつじゃない」

「ミス・フェリシティ」フルーテのいさめるような声が聞こえた。「お行儀をお忘れですか？」

飛行船を係留しおえたブーツが近づき、腕を差し出した。「レディ・マコン？」

アレクシアはありがたく腕を取った。ちょうどチビ迷惑がひどく暴れている。まるでケンカっぱやい白イタチを飲みこんだかのようだ。

「では、ミスター・ブートボトル＝フィプス、その……クローゼットまで連れていってくれる？　ちょっと横になりたいの。大丈夫、ほんのちょっとのあいだだから。屋敷を離れた吸血群のこともあるし、ナダスディ伯爵夫人がどこに行ったかも突きとめなきゃ。それから、もちろんマダム・ルフォーの行方も。あのまま暴れさせるわけにはいかないわ」

「おっしゃるとおりです、マイ・レディ」ブーツがうなずいた。どんな理由があるにせよ、ブーツもあの蛮行は許せないようだ。

二人が屋根から下り、アケルダマ邸の二番目に上等なクローゼットに向かって階段を下りかけたとき、一人のドローンが息せききって現われた。長身で端整な顔立ち。愛想のいい表情に、くしゃくしゃの巻き毛。歩きかたはどことなくだらしなく、しかも、アケルダマ邸から徒歩移動圏内では見たこともないほどクラバットの結びかたが下手だ。アレクシアは驚いてブーツを見た。

「新しいドローンです」ブーツは巻き毛の若者ににこやかに笑いかけた。

「よう、ブーツ！」

「やあ、やあ、シャバンプキン。ぼくに用？」

「もちろん！」

「ああ！　でも、いまはレディ・マコンを送りとどけるのが先だ」

「いや、用があるのはきみだけじゃない。レディ・マコンにもご用です。ついてきていただけますか？」

アレクシアは、どこかくさい場所から這いだしてきた男を見るかのように、新入りドローンを見て顔をしかめた。「どうしても？」

「ええ、申しわけありません。ご主人様が〈陰の議会〉の緊急会議を召集なさいました」

「でも、今夜は満月――〈将軍〉は参加できないわ」

「ぼくらもそのことを申しあげましたが、〝そんなことは取るに足らぬ〟とおっしゃって」

「あらまあ。でも、会議場はバッキンガム宮殿じゃないでしょうね？」アレクシアはこれ以上の移動はこりごりだと言うようにお腹を押さえた。

若きドローンはにっこり笑った。「ご主人様の応接間です、マダム。ほかにどこがありますす？」

「ああ、安心したわ。フルーテにも来るよう伝えてくれる？ いまの用事がすみしだい」

「かしこまりました、レディ・マコン。お安いごようです」

「ありがとう、ミスター……えっと、シャバンプキン」

ブーツは背筋を伸ばし、さらにしっかりとアレクシアの腕を取ると、慎重に階段を下りて悪名高きアケルダマ卿の応接間に入った。シャバンプキンは二人の到着を見届けてにっこりうなずき、ひょろひょろした足取りで去っていった。

応接間ではアケルダマ卿が待っていた。アレクシアがオクトマトンを追ってロンドンじゅうを駆けまわっていたあいだ、アケルダマ卿はせいぜい、どんな服を着るかという悩みしかなかったようだが、別に驚くことではない。しかも今夜は、アレクシアがこれまで見たなかでもとびきり派手な、クリーム色とワイン色のストライプというキャンディの包み紙さながらのサテンの燕尾服と半ズボンに、波紋シルクのピンクのベスト、ピンクのタイツ、ピンクのシルクハットといういでたちだ。流れ落ちるように結んだワイン色のサテンのクラバットを金とルビーをあしらったクラバットピンでとめ、数本の指と片眼鏡《モノクル》とジャケットの襟穴《ブートニエール》には、クラバットピンとおそろいのルビーが光っている。

「何かお持ちしましょうか、レディ・マコン？」アレクシアが無事に椅子に座ったのを見てブーツがたずねた。苦しげな様子を心配している。

「紅茶かしら？」アレクシアはとっさに思いついたものを答えた。どんな不調もいやすものといえば、これしかない。

「かしこまりました」ブーツはアケルダマ卿とすばやく視線を交わし、部屋を出ていった。だが、五分後に紅茶を持って現われたのはブーツではなくフルーテだった。フルーテはすぐに部屋を出たが、おそらく扉のすぐ向こうにひかえているに違いない。

どことなく不機嫌そうなアケルダマ卿が波動聴覚共鳴妨害装置を取り出さなかったので、アレクシアもあえて指摘しなかった。これから何が起ころうと、どうやらフルーテの助言が必要になりそうだ。

「それで、緊急会議って？」アレクシアが切り出した。まわりくどいやりとりに付きあっているひまはない。

アケルダマ卿もまっすぐ本題に入った。つまり、取り乱しているということだ。

「わたしの**大事な大事な**スモモの花よ、**いまこの瞬間に**わが家の厨房の裏路地に誰が座っているか想像できるかね？」

もしオクトマトンなら屋上から見えたはず。そうでないとすると、答えはひとつしかない。

「ナダスディ伯爵夫人？」

「厨房の裏に！　ああ、なんたることよ！　わたしは――」そこでアケルダマ卿は言葉を呑みこんだ。「しかし驚いた、**キンポウゲ**よ、どうしてわかった？」

お腹の激しい蹴りとのたうちに耐えつつも、アレクシアは思わず笑みを浮かべた。「これでいつものあたくしの気持ちがわかった？」

「どうやら巣移動《スウォーム》したらしい」

「ええ、ようやくね。彼女を説得して屋敷から引きずり出すのにどれだけ苦労したことか。絶対に動かないとしがみつくさまは、まるでゴーストみたいだったわ」

アケルダマ卿は椅子に座り、気持ちを静めるように深く息をついた。「**いとしの**マリーゴールドよ、まさか、きみが、あの……」そこで言いよどみ、真っ白な手を死にかけのハンカチのように宙で振った。

「まさか、バカなこと言わないで。あたくしじゃないわ。マダム・ルフォーよ」

「ああ。なるほど、マダム・ルフォーか」アケルダマ卿はこの最新ニュースにも無表情だ。アレクシアには、アケルダマ卿の化粧で塗りかためた女々しい顔の奥で、大きな頭脳の歯車が猛然と回転するさまが見えるような気がした。

「原因は、あのちっちゃなフランス人メイドかね？」ようやくアケルダマ卿がたずねた。

アレクシアはここぞとばかり優越感にひたった。まさかこんな重大情報をアケルダマ卿に教える日が来るなんて。

「いいえ――ケネルよ」

「彼女の息子か？」

「正確にはルフォーの子じゃないけど」

アケルダマ卿がくつろいだ姿勢から立ち上がった。「ナダスディが抱いている、あの亜麻色の髪の小僧か？ わたしのジャケットを引き裂いた？」

「あの子のやりそうなことだわ」

「ナダスディはフランス人発明家の息子をさらって、何をたくらんでおる？」

「アンジェリクが遺言を残したの」

アケルダマ卿は牙の一本に金とルビーをちりばめたモノクルの先端をコツコツと当てながら、アレクシアの目の前で推理の糸をより合わせた。「あの子の本当の母親がアンジェリクで、あとの世話を吸血群に託したというのかね？ なんと愚かな女よ」

「伯爵夫人はケネルをジュヌビエーヴから盗んだ。それでジュヌビエーヴはケネルを取り戻すためにオクトマトンを作り、ウェストミンスター群の屋敷を破壊したの」

「それにしてもやりすぎではないかね？」

「まったくよ」

アケルダマ卿はコツコツたたきをやめ、モノクルを前後に揺らしながら、ゆっくり室内を歩きはじめた。白い額《ひたい》の眉間には一本、完璧なしわが刻まれている。

アレクシアは暴れるお腹を片手でさすりながら、反対の手で紅茶を飲んだ。だが今度ばかりはこの魔法の飲み物もたいした効果はなかった。チビ迷惑は満足せず、紅茶くらいではなだめられそうもない。

モノクルの動きが止まった。

アレクシアはかたずをのみ、椅子の上で背を伸ばした。

「問題は、屋敷の裏路地に寄り固まっている吸血群の一団をどうするかということだ」

「お茶にでも誘う？」

「いや、いや、それは不可能だ、ちっちゃいシュークリームよ。連中がわが家に入ることはできん」

吸血鬼の礼儀には謎が多い。「じゃあバッキンガム宮殿にする？　あそこなら安全よ」

「とんでもない。政治的悪夢だ。吸血鬼女王をバッキンガム宮殿にだと？　いいかね、**ダーリン**、ひとつの場所に女王が複数いるとろくなことにはならない——ましてやひとつの宮殿になど」

「安全と時間を確保するためには、なんとしても伯爵夫人をロンドンから移動させなきゃならないわ」

「本人は気に入らんだろうが、その提案には一理ある、ホタルブクロよ」

「猶予はどれくらい？　つまり、スウォームは通常、どれくらい時間がかかるものなの？」

アケルダマ卿は眉をひそめた。知らないのではなく、教えるべきかどうか迷っているような表情だ。「なりたての女王なら定住に数ヵ月かかるが、高齢の女王であれば、せいぜい二、三時間というところだ」

アレクシアは肩をすくめた。となれば、おのずと答えは出たようなものだ。アレクシアが知るかぎり、もっとも安全で、守りが堅くて、頑丈な場所といえば……。

「ウールジー城しかないわ」

アケルダマ卿が腰を下ろした。「きみがそう言うのなら、レディ・アルファ」

その言葉の響きにアレクシアははたと動きを止めた。まるでとびきり上等のベストを手に入れたばかりのような、ほくほくした口調だ。こんなに大変な状況なのに、どうしてあんなに満足そうなのかしら？　礼儀知らずのコナルなら〝これだから吸血鬼は！〟とぼやくに違いない。

いずれにしても誰かが手を打たなければならない。いつまでもウェストミンスター群の女王をアケルダマ邸とマコン邸の裏路地に放っておくわけにはいかない。新聞がこのことを聞きつけたら、どんな騒ぎになるか！　アレクシアは心からフェリシティが部屋に閉じこめられていることを祈った。「それも、伯爵夫人をどうするか――ケネルの問題をどう解決するかを決めるまでのあいだよ。できればこれ以上、なんの罪もない建物を壊したくないわ」アレクシアが頭をのけぞらせて叫んだ。「フルーテ！」

瞬時に現われたところを見れば、やはり扉のすぐ外で待機していたようだ。

「フルーテ、いま街に馬車は何台ある？」

「一台だけです、奥様。たったいま戻ってきました」

「そう、じゃあそれでいいわ。すぐに馬をつないで裏にまわして。あたくしもすぐに行くから」

「これから移動ですか？　しかし、奥様、お身体が」

「しかたないわ、フルーテ。親善大使の付き添いもなく吸血鬼女王をいきなり人狼のねぐらに送りこむわけにはいかないでしょう？　クラヴィジャーが認めないわ。誰かが同行するとしたら、あたくし以外に誰がいる？　城の者たちがほかの誰かの話を聞き入れるとは思えないわ――ましてや満月の夜に」

フルーテが退室するのを待ってアレクシアは立ち上がり、そろそろと応接間を出て廊下を歩きはじめた。だが、半分ほど進んだところで、後ろからついてくるアケルダマ卿に〝ちょっと待って〟と指を立てた。

お腹の子が位置を変えていた。少し軽くなった感じだ。あら、こんな気づかいができる子に文句を言ったのは誰？　アレクシアはよしよしとお腹をなでたが、急にもじもじと足を交互に動かしはじめた。チビ迷惑が下半身のある部分に居座ったようだ。

「あら、まあ、どうしましょう。あたくし、どうしても……その……行かなければならない場所が……」

アケルダマ卿が顔を赤らめるときがあるとすれば、こんなときかもしれない。だが、老吸血鬼は赤くなる代わりに上着の内ポケットから赤いレースの扇子を取り出し、アレクシアがよたよたと用事をすませるあいだ、熱心に扇ぎつづけた。数分後に戻ってきたとき、アレクシアは人生のすべてが前よりよくなった気がした。

さらに屋敷の正面階段の後ろを通り、使用人階段の前を過ぎ、厨房を通りぬけ、裏口から外に出た。後ろからアケルダマ卿が小走りについてくる。

吸血群は、ゴミ箱や物干しひもといった生活臭あふれる物が並ぶ屋敷の裏で待っていた。しかも物干しには男性の下着が！　アレクシアはあまりのショックに目を閉じ、自分を励ますように深く息を吸った。そして目を開けたときは、生活必需品を無視し、吸血鬼の一団がそわそわと行ったり来たりしている配達用の路地に目を向けた。

ナダスディ伯爵夫人が、シーデス博士、アンブローズ卿、ヘマトル公爵、さらに名前を知らない二人の吸血鬼とともに立っていた。世間話であろうとなかろうと、吸血鬼女王は会話ができる状態ではなかった。どう見ても精神に変調をきたしており、動きは異常で、神経が昂ぶっている。行きつ戻りつしながら何やらつぶやき、ささいな音にびくっと身を引く。驚いた吸血鬼というのはものすごい高さまで飛び上がり、信じられないようなスピードで動くらしく、丸っこいナダスディがこんな動きをすると、まるでキリギリスのようだ。ときおり、まわりをゆるく囲む人の輪から逃げ出そうとするかのように吸血鬼の一人ともみ合うかと思えば、別の誰かの顔を鉤爪で引っかいたり、剝き出しの身体に激しく嚙みついたりした。嚙まれた吸血鬼はそっと女王を輪のなかに戻すだけだ。吸血鬼の傷は、女王が再びそわそわしはじめるころには治っていた。

アレクシアはケネルがシーデス博士に抱かれているのを見てほっとした。いまナダスディに人間を近づけるのは危険だ。ケネルはくしゃくしゃの亜麻色の髪の下から、すみれ色のおびえた目でこちらを見ていたが、アレクシアがウインクしてみせると、ぱっと瞳を輝かせた。付き合いは長くないが、以前ボイラー爆発事件のときに味方になってやったことがあり、それ以来ケネルはアレクシアを全面的に信頼している。

アレクシアは一歩、進んで足を止め、一人なのに気づいた。見ると、アケルダマ卿は背後の階段で立ちどまり、芝居がかったポーズで立っていた。正直なところ、アケルダマ卿が厨房を通り抜けただけでもアレクシアには驚きだった。この老吸血鬼が厨房にいるところを見た者は、これまで一人もいないはずだ。

アレクシアが振り向いた。「あなたは今回の交渉に加わらないの？」アケルダマ卿がこれほど重大な事態に関わらないことなど、これまで一度でもあったかしら？

アケルダマ卿はくすっと笑った。「わたしのちっちゃな**お団子ちゃん**よ、いまの伯爵夫人にわたしの存在は耐えられんだろう。わたしも、最近シーデス博士が着ているようなベストには耐えられない。そこにいる全員が帽子をかぶっていないことは言うまでもないがね」

アレクシアは改めて男性吸血鬼たちを見やった。たしかに全員が騒動のあいだにシルクハットをなくしてしまったようだ。

「いや、いや、わが**シュークリーム**よ、この場はきみにまかせよう」アケルダマ卿は、応接間に現われてからずっと大きなお腹を押さえたままのアレクシアを心配そうに見やり、「きみの体調が許すならば」と言い添えた。

　アレクシアは今にもバランスを崩しそうなほど深々と息を吸った。責任は責任だ――どこの赤ん坊であろうと、物ごとにけじめをつける母親を邪魔することはできない。アレクシアの世界は目下、混乱している。アレクシア・マコンに得意なものがひとつあるとしたら、それは物ごとを正しい状態に戻し、世界に秩序をあたえることだ。いまウェストミンスター吸血群はあたしの危機管理能力を必要としている。たかが妊娠ごときでその任務を放棄するわけにはいかない。

　アレクシアはアケルダマ卿を振り返りもせず、狂乱状態の吸血群のまんなかにつかつかと歩み寄った。もっとも、本人はつかつかのつもりでも、実際は片足を引きずったよた歩きだ。

「待て、アレクシア！　パラソルはどうした？」アケルダマ卿が叫んだ。太字もなければ、愛称もない――アケルダマ卿のこれほど心配そうな口調を聞くのは初めてだ。

　アレクシアは大げさに身ぶり手ぶりを交えて叫び返した。「たぶんウェストミンスター群の屋敷の瓦礫の下よ」そして〈議長《マージャ》〉の任務に正面から向き合った。「さあ、みなさん。こんなおふざけはもうたくさんよ」

　ナダスディが振り向き、シュッと脅すように息を吐いた。文字どおり、牙のすきまから。

「あら、やる気？」アレクシアはむっとしてヘマトル公爵に視線を移し、「女王どのの酔いを覚ましてあげたほうがよろしいかしら？」と言って剥き出しの指を動かした。

アンブローズ卿がうなり、異界族のみごとな運動能力で飛び上がったかと思うと、アレクシアと女王のあいだに立ちはだかった。

「その必要はなさそうね。では、ほかになにかいい解決法でも？」

「こんな無防備な状態で女王を死すべき者に戻すわけにはいかない」と、ヘマトル公爵。

背後で蹄《ひづめ》の音がして、屋敷の裏路地を駆けてきたウールジー団の馬車が止まった。引いているのはパレード用の鹿毛《かげ》ではなく、俊足の栗毛の馬だ。恐るべき敵でも現われたかのように馬に飛びかかろうとするナダスディを、アンブローズ卿が背後からヘビのような両腕で抱きしめるように押しとどめた。見ているほうがどぎまぎしそうな親密なしぐさだ。現われたのは、側面に大きな紋章のついた、古めかしい安ピカの四輪馬車で、その過剰な耽美趣味はアケルダマ卿にこそ魅力的に見えるかもしれないが、アレクシアはつねづねウールジー団には派手すぎると思っていた。もともと威光を示すためのもので、スピードや足まわりのよさを目的に作られたものではない。でも、いくらこの馬車が仰々しくてみっともないからといって、吸血鬼に攻撃される筋合いはないわ。

「さて、アケルダマ卿は、あなたがたをお茶に招く気もなければ宿を貸す気もない。となれば当面はウールジー城に身を寄せるしかないわ。あそこに一時避難してちょうだい」

寄り固まる吸血鬼の全員が――周囲の状況に対する理解力が欠落したナダスディまでが――動きを止め、アレクシアを見た。まるでアレクシアがいきなりギリシアふうのローブをまとい、皮むきブドウを投げつけはじめたかのように。

「本気か、レディ・マコン？」吸血鬼の一人がたずねた。吸血鬼らしからぬ、おずおずした口調だ。

シーデス博士が一歩、前に出た。ひょろりとして華奢に見えるが、暴れるケネルを、マダム・ルフォーが作る自動羽ボウキほどの重さもないかのように軽々と抱えている。「われわれを招くというのか、レディ・マコン？　ウールジー城に？」

どうして吸血鬼たちがこれほど困惑するのかわからないまま、アレクシアは答えた。「ええ、そうよ。でも馬車は一台しかないから、あたくしと一緒に乗りこむのは博士とケネルと伯爵夫人だけね。ほかの人たちは馬車のあとを走って。遅れないようについてきてちょうだい」

アンブローズ卿がシーデス博士を見た。「前代未聞だ」

シーデス博士がヘマトル公爵を見た。「このような事態に関する勅令はありません」

ヘマトル公爵がぐるりと首をめぐらせてアレクシアを見た。「今回の結婚も前代未聞なら、生まれてくる子どももしかり。レディ・マコンは〝前代未聞〟という彼女なりの流儀を貫いている」そう言ってナダスディに近づいた——急な動きで驚かさないよう細心の注意を払いながら。

「女王どの、ひとつ、方法が、あります」ヘマトル公爵は一語一語、正確に発音するように話しかけた。

ナダスディがぶるっと身震いした。「方法？」どこか遠い、鉱山の底から聞こえるかのようなうつろな声だ。アレクシアは何かの声に似ていると思ったが、お腹で暴れる子どもと、これからの馬車の長旅のことで頭がいっぱいで思い出せなかった。

ナダスディがアンブローズ卿を見やった。「われわれは誰を殺さなければならないの？」

「これは自由意志による申し出です。招待なのです」

一瞬、ナダスディ伯爵夫人はわれに返り、群の重鎮である三人の顔を見つめた。女王の支持者で、かつ手足がわりの三人を。「わかりました、では受け入れましょう。そうとなったらぐずぐずしてはいられないわ」周囲を見まわす青い目が突然、鋭くなった。「あれは洗濯物？　いったいここはどこ？」

アンブローズ卿はアレクシアに小さくうなずき、ナダスディをウールジー団の馬車に乗りこませると、人間の目には止まらぬ速さでふたたび外に出た。帽子を気にしなくていいぶん、さらに動きはなめらかだ。それから御者席に飛び乗り、立派な御者を無造作に押しのけてみずから手綱を取った。アレクシアがとがめるように片眉を吊り上げた。

「ちょっと、なんのつもり？」

「かつて軽二輪戦車《チャリオット》に乗っていたことがある」アンブローズ卿が完璧な牙を剝き出してにやりと笑った。

「それとはずいぶん違うと思うけど、アンブローズ卿」アレクシアは不満げだ。

シーデス博士とケネルが乗りこみ、続いてアレクシアがしぶしぶ乗りこんだ。ステップをのぼるのに苦労したが、吸血鬼は誰も手を貸さず、触れようともせず、すまなそうな表情ひとつ見せない。ようやく乗りこむと、予想どおり吸血鬼たちは向かい合わせの席の片方にくっつきあって座っており、アレクシアは反対側に一人で座った。

アンブローズ卿が馬にムチを入れると、馬車はゆるい駆け足で走りだした。それでも、混み合うロンドンの通りを抜けるには速すぎる速度だ。敷石を蹴る蹄が大きな音を立て、馬車は角を曲がるごとに大きく旋回した。今までも、ここを通るときはこんなに大揺れしてたかしら？　揺れるたびにお腹の子が抗議した。

ふつう、ロンドンの中心部からウールジー城までは二時間弱かかる。毛皮の人狼ならもう少し速い。トリズデール公爵はかつてハイフライヤーという車高の高い四輪馬車で、わずか一時間十五分で到着したと自慢した。どうやらアンブローズ卿は記録破りに挑戦するつもりらしい。

ロンドン市内は道もならされており、比較的、揺れは少ない。しかもアンブローズ卿は何百年もメイフェアから離れたことがないわりには道に詳しかった。おそらく地図を読む時間がたっぷりあったのだろう。馬車はウェストハムに向かって人通りの少ない道を順調に進んだが、ロンドン市内を出たとたん、事態は予想外の展開を見せた。

もちろん、これまでの出来事がすべて砂糖がけのスミレの花びらのように甘く優雅だったわけではない。それでも、いま思えばまだましだった。

まずアレクシアにとって最悪だったのは、馬車が郊外の泥道を走りだしたことだ。これまでは、さほど気にしたことはなかった。ウールジー団の馬車はスプリングが上等で、座席のクッションもいい。しかしチビ迷惑は、速い速度と、いつもより激しい揺れが気に入らなかったようだ。十五分ほど田舎道を走ったところで、アレクシアは今までにない感覚を覚えた――腰のくぼみのあたりの鈍い痛み。今夜の〝バッスル尻もち連続技〟で痛めたのかしら？

そのときアンブローズ卿の大声が聞こえ、つんと刺激のあるにおいがした。街なかと違って、このあたりはそびえたつ建物の陰もない。しかも満月が煌々《こうこう》と照っているせいで、まわりは明るく、窓ごしに吸血鬼護衛団の一人が猛スピードで馬車の真横に近づき、ジャンプするのが見えた。馬車はかしいだが、速度は落ちず、やがて屋根を激しく叩く音が聞こえた。

「火事？」アレクシアは身体をずらして窓を下ろし、背後をよく見ようと吹きつける風のなかに頭を突き出した。

それが人馬とか別の馬車とかだったら、敵の姿を見きわめるのは難しかったかもしれない。だが、野原を越え、低い生け垣のあいだを抜けて背後からぐんぐん追ってくるのは、八本の巨大な触腕で走ってくる怪物だから嫌でもよく見えた。いや、よく見ると七本で、残りの一本は前方から馬車に炎をまきちらしている。それも数階ぶんの高さから。

アレクシアはすばやく頭を引っこめた。「シーデス博士、人質の頭を外に出して。そうすればルフォーも殺戮を思いとどまるかもしれないわ」

またしても馬車は大きく傾いて加速した。屋根にのぼって炎を叩き消した吸血鬼はすでに飛び降りていたが、馬も最初ほどのスピードは出なかった。とんでもない速度で走らされたため、息が上がって走れないほどではないが、かなり疲れてきたようだ。

オクトマトンがじりじりと距離をちぢめてくる。だが、ウールジー城はまだ遠い。

シーデス博士がケネルを抱えなおし、馬車の窓から頭を突き出そうとした。ケネルは吸血鬼の思いどおりになるものかと抵抗したが、アレクシアがほとんどわからないくらいかすかにうなずくと、おとなしくしたがい、顔だけでなく細い片腕まで窓から突き出し、追ってくるオクトマトンに狂ったように手を振った。

腰の痛みがますます強くなり、お腹が波のように大きくうねった。これまで経験したことのない感覚だ。アレクシアはびくっとして悲鳴を上げ、詰め物をした馬車の壁に寄りかかった。次の瞬間、奇妙な感覚は消えた。

アレクシアはお腹を指で突いた。「よくもそんな真似を。いまはそれどころじゃないわ！だいたい、時間より早くパーティに現われるのは失礼よ」

オクトマトンが後退し、馬車が少し速度を落とした。だが、アレクシアはルフォーの性格をよく知っている。後退したのは新しい攻撃作戦に備えているだけだ。ルフォーはあたしが馬車のなかにいて、ウールジー城に向かっていることに気づいたに違いない。こんな時間にこの道を通るのに、ほかの理由はない。それ以外の理由で真夜中にバーキングに向かう者はいないし、そもそもバーキングに向かって全速力で馬車を走らせる者などいるはずがない。

「ああ、なんてこと」なんとも不快な感覚に、アレクシアはかの伝説的冷静沈着の一部を失った――といっても身体上のことで、気はたしかだ。下半身に濡れた感覚が広がった。いよいよ今夜は――バッスルは言うまでもなく――ドレス全体が使いものにならなくなりそうだ。

そして、またもやうねるような感覚がお腹の上部から下に向かって押し寄せた。

シーデス博士《ドクター》は本物の医者《ドクター》ではないが、それでもアレクシアのただならぬ様子に気づいた。

「レディ・マコン、もしかして始まったのか？　それはまずい」

アレクシアは顔をしかめた。「いいえ、そんなこと断じて許さないわ。許すもんですか——うぅぅ」最後はうめき声だ。

「いや、間違いない」

これを聞いたケネルが顔を輝かせた。「すごい！　ぼく、子どもが生まれるところを見るのは初めてだ」いまや脂汗を浮かべるアレクシアをすみれ色の目で見つめている。

「今夜はまだよ、坊や」アレクシアはあえぎながら叱りつけた。

あいかわらず落ち着かず、会話も耳に入らないようなナダスディが疑りぶかい目を光らせてアレクシアを見た。「ダメよ。わたくしがここにいるあいだは。もしそれが生まれてきて、触れなければならなくなったらどうするの？　シーデス博士、いますぐレディ・マコンを馬車から放り出して」

うねるような奇妙な感覚とますます強まる痛みに耐えながらも、アレクシアはシーデスに阻止される前にすばやくハンドバッグからエセルを抜き出した。

だが、そもそもシーデスに阻止する気はなかった。それどころか女王に道理を説きはじめた。「それはできません、女王どの。ウールジー城に入るにはレディ・マコンが必要です。彼女がわれわれの招待状なのです」

思わずアレクシアは言葉を続けた。「そしてこれはあたくしの馬車よ！　誰かが降りるとすればあなたのほうよ！」またしてもお腹の子が下に向かって圧力をかけた。「やめて、あなたも！」アレクシアは険しい目で周囲を見まわし、「こんなこと絶対に許さないから」と、まわりのすべて――今にも生まれそうな赤ん坊と吸血鬼とケネルとオクトマトン――に言い放ち、最後にお腹を見下ろした。「双方の合意もなくあなたとの関係を始めるつもりはないわ。そんなことはあなたのパパのときだけで充分よ」

ナダスディは何かまずいもの――新鮮な果物のような――を食べたかのように顔をしかめた。「忌まわしきもののそばにはいられないわ！　いったい、どんな事態になると思う？」

この手のパニックは役に立つ。思わぬ情報が手に入るかもしれない。「どんな事態になるの？　教えてくれない？」

だが遅すぎた。背後から物を押しつぶし、すりつぶすような音が聞こえる。こんどは何をするつもり？　アレクシアは窓から顔を出したが、もはや怪物の姿は見えない。馬車は本道から、うねうねとウールジー城の敷地に通じる長く曲がりくねった小道に折れていた。

家は目の前だ。

そう思った瞬間、前方から何かがぶつかるものすごい音がして馬車は横すべりし、大きく揺れて止まった。窓ごしに見えるウールジー城は、小高い丘の上で月光を浴びて銀色に輝いている。いくつもの派手な控え壁《バトレス》が石でできた触腕のようだ。

だが、実際は何千キロも離れているも同然だった。オクトマトンがなぎ倒した木が小道に横倒しになり、行く手を阻んでいたからだ。背後には巨大な金属怪物が立ちはだかっている。たとえ両脇から丈の高い生け垣が迫っていなかったとしても、アンブローズ卿が馬車の向きを変えることはできなかっただろう。吸血鬼の護衛団は、長距離走のあとであえぎつつも本能的に馬車の外に並んで壁を作った――オクトマトンと女王のあいだに立ちはだかれば、どんな攻撃も阻止できるとでもいうかのように。

アレクシアは途方にくれて周囲を見まわした。いまやあたしは敵に囲まれ、へとへとに疲れ、しかも赤ん坊まで生まれようとしている。こうなれば、吸血鬼を信用するしかない。アレクシアは馬車の扉を開け、護衛団に向かって叫んだ。「公爵どの、提案があるの」

ヘマトル公爵がアレクシアを振り返った。

「援軍が必要よ。目的地にたどり着きたければオクトマトンの気をそらさなければならないわ」

「それで？」

「狼たちを呼び出すわ」

「しかし、どうやって？　どう見てもきみがウールジー城まで走ることはできないし、われわれもきみを運ぶことはできない。かと言って、クラヴィジャーが吸血鬼の伝言を本気にするとも思えない」

「こうしてちょうだい――レディ・マコンが〝緊急事態〟と言っていると伝えて。人狼団はどんな状況であろうと、アルファ雌の命令にはしたがうわ」アレクシアは思った――今すぐ秘密のフレーズを変える必要がありそうだ。

「しかし――」

「大丈夫。あたくしを信じて」そう言いつつも確信はなかった。〝緊急事態〟というのは、アレクシアが〈議長〉の任務についていることを示す暗号だ。この言葉で団員を呼び出すことはまずないし、あったとしても、完全に正気の夫かライオールに告げるくらいで、クラヴィジャーに伝えたことはない。そもそも暗号が通じるかどうかもわからない。

ヘマトル公爵は鋭い目でじっとアレクシアを見つめ、すばやく身をひるがえすと、人狼なみの身軽さで倒木を飛び越え、まっすぐウールジー城に向かった。こんなときは異界族のスピードが役に立つ。

群のなかでも高齢で聡明なヘマトル公爵が席をはずし、巨大な機械タコが無防備な女王の前に立ちはだかるという緊急事態に、周囲の吸血鬼たちも少しずつ正気を失いはじめた。ナダスディほどひどくはないが、どう見ても気が立っている。吸血鬼の一人がオクトマトンに突進し、あっけなく振り払われた。

オクトマトンが一本の触腕をスリットの位置にかかげ、先端から拡声器を出すと、ふたたびルフォーの声が聞こえてきた。

「ケネルを返して。抵抗は無駄よ」一瞬の間。「信じられないわ、アレクシア、あなたが吸血鬼に手を貸すなんて。あなたを殺そうとしたやつらよ！」

アレクシアは馬車の窓から頭を出してどなり返した。「それが何？　あなただってついさっき、あたくしを殺そうとしたじゃないの。これまでの経験からすると、人殺しは愛情表現のひとつのようね」やっとのことでこれだけ叫ぶと、座席に倒れこみ、お腹をつかんでうめいた。認めるのはしゃくだけど――自分でも認めたくないけど――アレクシアは恐かった。

そのとき、声が聞こえた。ぞっとするような、でも何より待ちのぞんだ声――アレクシアがこの一年で心からいとしく思えるようになった声。

狼たちの。遠吠えだ。

# 16 吸血鬼の一団

ウールジー団は一ダース強の人狼を抱える大所帯だ。そして一ダースの人狼は、大きさだけでもふつうの狼の二ダースぶんはある。彼らはまた、ときに、ほかの人狼団から〝ウールジーの腰抜け団〟と揶揄《やゆ》されるほど、ふだんは品行方正な人狼団でもあった。だが、満月の夜にかぎって言えば、品行方正な人狼などいない。

危険な賭けであることはアレクシアもわかっていた。そして、自分のにおいが夫を引き寄せることも。たとえ満月の呪いによる断末魔の苦しみのさなかにあっても、夫は駆けつけるだろう。ひょっとしたらあたしを殺そうとするかもしれない。それでも必ず来る。コナル・マコンがウールジー団のアルファの座にいるのには理由がある。牢をけやぶり、血と生肉を求めてそこらじゅうを駆けずりまわりたい衝動がどんなに強くても、自団をまとめ、団員を統率するカリスマを備えているからだ。団員は一人残らずアルファにしたがう――つまりコナルは人狼全員を引きしたがえてアレクシアの目の前に現われるということだ。

そして、そのとおりだった。

人狼たちは空に向かって吠えながら城の一階の扉や窓からあふれ出てきた。やがて彼らはひとつの流動体になり、銀色の水滴のように――科学者が手のひらに載せた水銀のように――丘の斜面を流れ落ちてきた。近づくにつれて咆哮はますます大きくなり、その動きはアレクシアが思っていた以上にすばやく、不死と引き替えにこれほどの犠牲を強いる世界への永遠の怒りに満ちていた。並の人間なら逃げ出したくなるに違いない。アレクシアには、吸血鬼でさえ正面から迫りくる強大な異界族の力から逃げたがっているように見えた。

先頭を走るのは、一団のなかでもっとも身体の大きい、黄色い目をしたまだら毛の狼だ。巨体の狼は、ただひとつのもの――夜風に乗ってくるにおい――だけに引き寄せられていた。それは妻の、恋人の、配偶者のにおい。恐怖と、新たに生まれようとするもののにおい。それに混じり合うように、〝食べてくれ〟といわんばかりの少年の新鮮な肉のにおいがする。さらにその下からは、腐った肉と古い血族――縄張りに侵入した別の捕食者――のにおい。そして、そのすべてを圧倒するような、製造物の、巨大な機械の、まったく別の敵のにおい。

アレクシアは馬車から降りて扉を閉め、最後の砦《とりで》とばかりにケネルと吸血鬼女王の前に立ちはだかった。何はなくとも、あたしには剝き出しの両手がある。

だが、脚は言うことをきかなかった。アレクシアは馬車の扉に寄りかかり、手もとに杖がわりのパラソルがないことをつくづく悔やんだ。

人狼団がすぐそばまで近づいた。毛皮と歯としっぽが混ざり合ったひとかたまりの靄《もや》のなかから狼たちの姿が浮かび上がったかと思うと、まだら毛の狼がすべるように近づき、目の前で立ち止まった。

この状態の夫にどう接すればいいの？　満月が出ているあいだは、あの黄色い目のなかに愛する男の名残はかけらもない。どうかいまは、吸血鬼よりオクトマトンのほうが危険だと気づいてくれますように。そうすればコナルの本能は食べることより縄張りを守ることを優先し、新鮮な肉であるアレクシアとケネルには目もくれないはずだ。

祈りは届いたらしい。マコン卿は黄色い目を一瞬、人間らしく光らせ、アレクシアに向かってだらりと舌を出した。それを合図に人狼団はひとつになり、オクトマトンに突進した。人狼たちの歯は本能的に敵の関節と動脈をねらった——たとえその関節が玉軸受《ボールベアリング》けと滑車製で、動脈が油圧蒸気で動くケーブルであっても。

アレクシアは人狼団の驚くほど優雅な跳躍を感嘆の目で見つめた。片手に握ったエセルは、下を向いたままだ。オクトマトンほどの大きな標的でも、アレクシアの腕では誤って狼を傷つけてしまうかもしれない。吸血鬼たちは援護ひとつしようとしなかった。下手に手を出せば、人狼が勘違いして自分たちも攻撃されかねないと思ったのか、それとも、これが吸血鬼というものなのか。

アレクシアは狼の特徴から団員を見わけはじめた。チャニングは全身真っ白だからすぐわかる。周囲よりひとまわり小柄で、吸血鬼なみに動きが速く、すばしこいのはライオール。完全に狂暴な獣となってやけくそで暴れているのは、集団のなかでもっとも毛皮の色が濃く、腹毛の赤いビフィだ。だがアレクシアの目は、飛び上がってはオクトマトンの身体に噛みつき、着地してはふたたび飛び上がるまだら毛の巨体の狼になんども引き寄せられた。

最大効率を上げようと思えば、全員が同時に一本の触腕に襲いかかるか、もしくは総がかりで首をねらうべきだが、いかんせん彼らは月の奴隷だ。そうでなくても、狼の姿で人間の知力を完全に保てる人狼は少ない。満月の夜となれば、なおさらだ。

あらゆる敵を想定して作られたオクトマトンも、人狼団の総攻撃は想定外だったらしい。その証拠に多彩な武器のほとんどが金属製なのに、銀だけは使われておらず、人狼の数による攻撃にたじろいでいる。しかし、ここで手をこまぬいているルフォーではない。ああ、やっぱり。オクトマトンが恐ろしい触腕を振りまわして火を噴き、木の杭を放ちはじめた。追いつめられたルフォーが太陽の石《ラピス・ソラリス》の触腕を使うのは時間の問題だ。

そのとき、巨大タコの頭部の背後に白いぼんやりしたものが浮かんでいるのが見えた。エーテル風に乗ってすべるようにこちらに向かってくる――小型飛行船だ。

激しい収縮にアレクシアは身体を折り曲げ、扉を開けたまま馬車の脇からすべるように地面に座りこんだ。波のような感覚に痛みがともなったのは初めてだ。抑えようのない身体の反応にあらがいつつ、アレクシアは東の空を見上げた。

そして思わず叫んだ。痛みのせいではない。冷たい銀青色の夜空に、まぎれもないピンク色が差しこんでいたからだ。

早く全員を城のなかに避難させなければ。

アレクシアは、女王を守るように扉の前に立つアンブローズ卿を見上げた。「なんとかして怪物を倒して、城内に移動する時間を稼いで。太陽が昇りはじめてるわ」

アンブローズ卿の目に黒々と恐怖が浮かんだ。太陽を浴びた人狼はその場で立ちどまり、人間の姿に戻る。若い人狼のなかには動きが鈍り、まともに太陽の影響を受ける者もいる。必要な制御法を身につけていないビフィは取り返しのつかないダメージを負うだろう。だが、吸血鬼が太陽を浴びたら一人残らず――女王さえも――死んでしまうのだ。

アレクシアは名案を思いついた。「担架を用意して、アンブローズ卿」

「なんだと、レディ・マコン？」

「馬車の屋根を引きはがすか、御者席の一部を壊して。あなたたち二人で両端をかついで、あたくしをウールジー城まで運んでちょうだい。それならあたくしに触れる必要はないし、力を失う心配もないわ。一気に突っ走るのよ」

「戦略的退却か。名案だ」アンブローズ卿は御者席に飛び乗った。

ほどなくメリメリと板を引きはがす音が聞こえはじめた。

見上げると、飛行船の脇からオレンジ色のまぶしい閃光が噴き出し、大きな銃弾が一発、カーンと鋭い音を立てて金属タコの表面に当たり、めりこむのが見えた。オクトマトンは衝撃でぐらりと傾いたが、倒れはしない。

アケルダマ卿が航空支援を送りこんだようだ。ドローンたちがどんな武器を搭載しているのかはわからない。小型カノン砲か、ゾウ撃ち銃か、それともエーテル改良型らっぱ銃か。なんにせよ、とにかくそれがふたたび火を噴いた。

二発目の銃弾が命中したころ、アンブローズ卿とヘマトル公爵が幅広の板を持って戻ってきた。二人が板をかたわらの地面に置くと、アレクシアはずるずると身をすべらせ、もがきながら板の上に乗った。

二人が板を持ち上げた。ナダスディ伯爵夫人と、ケネルを抱いたシーデス博士は、引き裂かれて焼けこげた馬車の屋根からびっくり箱よろしくぴょんと跳び出すと、倒木を飛び越え、ウールジー城に向かって一目散に駆けだした。花柄のパーティドレスを着た、ずんぐりむっくりのナダスディが懸命に走るさまはなんとも滑稽だ。そのあとからアンブローズ卿とヘマトル公爵がアレクシアを乗せた担架をかついで続いた。アレクシアは振り落とされないよう、板の両端をつかむので精いっぱいだ。倒木を飛び越えるのはまさに拷問で、着地した瞬間、転げ落ちると確信したが、なんとか持ちこたえた。

狼軍団による攪乱《かくらん》作戦のおかげで、オクトマトンをあやつるルフォーは吸血鬼たちが城に向かって駆け出したことに気づかなかった。気づくやいなや背後から炎を浴びせたが、すでに一団は射程外だ。

ウールジー城の正面扉を叩く必要はなかった。大きく開いた扉の前では、クラヴィジャーと使用人たちが口をぽかんと開け、双眼鏡やギョロメガネを顔に押し当てて丘のふもとの戦闘を見つめていたからだ。アレクシアが傲然と手を振ると、使用人たちは駆けこむ吸血鬼団にさっと道を空けて通したが、吸血鬼は全員、城の入口の手前でぴたりと足を止めた。この緊急事態にあっても、儀式にのっとった作法を行なわなければ気がすまないらしい。

「こんどはなんなの？」アレクシアは困惑したまま、夕食用の豚肉のように玄関口まで運ばれた。いまに料理人が現われて、あたしの口にリンゴを詰めこむんじゃないかしら？

アンブローズ卿が板の足側を下ろし、ヘマトル公爵が反対側を持ち上げると、アレクシアはそのままずーっとすべるように即席担架から降り立った。

アレクシアがすばやく身ぶりすると、ウールジー団でもっとも大柄な二人のクラヴィジャーが両脇から支え、アレクシアはよたよたと城の玄関からなかに入った。

それでも吸血鬼たちは玄関の階段から動かない――まるで〝捨てられた小犬たち〟の不気味な吸血鬼版だ。悲しげな目をした、哀れなほどみすぼらしい、恐ろしげな牙を持つ、不死のみなしご小犬たち。

アレクシアがいかにも大儀そうに振り向いた。「なんなの？」

「わたくしたちをご招待ください、この屋敷の女主人であるウールジー伯爵夫人ことアレクシア・マコンどの」ナダスディ伯爵夫人が一本調子の賛美歌のような口調で言った。目を大きく見開き、泣きじゃくるケネルをしっかと胸に抱いたまま。いまやケネルにわんぱく小僧の面影はない。ただのおびえる少年だ。

「ああ、もう長ったらしい挨拶はいいから、さあ、入って、入って」アレクシアは眉を寄せて考えた。部屋はたくさんあるけど、吸血群を丸ごと収容するのはどこがいいかしら？しばらく考え、唇を引き結んで宣言した。「あなたがたには地下牢が最適ね。あそこなら窓がひとつもないし、まさに太陽が昇りかけてるわ」

ランペットが近づいた。「レディ・マコン、何をなさったのです？」

吸血鬼たちは神妙な顔でおずおずとなかに入り、アレクシアが地下牢に通じる階段を指さすと、一列になって無言で下りていった。

「吸血鬼女王を招待なさったのですか？」いつもは血色のいいランペットの顔が青ざめた。

「そうよ」

ヘマトル公爵が脇を通りすぎながら牙を見せ——執事がおののくのも無理はないと言うように——アレクシアに疲れた笑みを向けた。「これでわれわれは二度ともとの場所へは戻れない。いいのだな、レディ・マコン？　女王がスウォームして群を移動させたら、そこが永住の地となる」

ようやくアレクシアはアケルダマ卿の笑みの意味と、吸血群をお茶に招待しなかった理由がわかった。どうやら知らないうちに、アケルダマ卿の最大のライバルをロンドンから永久追放していたらしい。いまやアケルダマ卿は〈宰相〉と特殊訓練を受けた若者集団の長の座を手にしただけでなく、ロンドン中心部で唯一のファッション・リーダーになったということだ。

そしてあたしは人狼城の地下に吸血群を住み着かせてしまった。「ちくしょう、まんまとしてやられたわ」

だが、ふたたび収縮に襲われ、それ以上ウールジー団の一大事について考えることはできなかった。アレクシアはふと思った——もしかしたら、この痛みはコナルが変身するときに感じる痛みに似ているのかもしれない。

ランペットが片手でアレクシアを支えた。「マイ・レディ?」

「ランペット、オクトマトンがもうすぐここにやって来るわ」

「わかっております、マイ・レディ。ちょうど異界管理局《BUR》の半数も到着したようです」

アレクシアは外を見た。その言葉どおり、ロンドンからオクトマトンを追ってきたBURの人間捜査官たちがようやく追いついたようだ。背が高くてがっしりした体格の男はハーバービンクに違いない。「ああ、まずいわ。人狼たちが襲いかかるかもしれない。彼らにとって人間は餌よ」見ているまにも人狼の一人が機械タコとの闘いを離れ、BUR捜査官の一人に向かいはじめた。「捜査官を守らなきゃ。人狼たちを城内に戻して!」

「かしこまりました、奥様」

「クラヴィジャーたちを呼んで。必要な道具を持ってくるように伝えてちょうだい。あなたは〈銀のキャビネット〉を開けて」

「ただちに」ランペットが階段下の三角の小部屋《アルコーブ》に近づいた。食事どきにランペットが打ち鳴らす大きなカウベルの隣に、先端に銀のカギがついた銀の鎖がかけてあり、その隣に大きな角笛を収めた特製のガラス箱が置いてある。ランペットは手袋をした手ですばやくガラスを叩き割り、角笛を唇に当てて息を吹きこんだ。

とても威風堂々とは言いがたい、おならのような音だが、岩にもしみ入るかのような響きは城じゅうに響きわたった。たちまちクラヴィジャーたちが廊下に現われ、ランペットのまわりに集まった。一人の人狼に最低でも二人のクラヴィジャーをつけるのが団の方針だ。近ごろのマコン卿は六人の専属クラヴィジャーをしたがえたうえに、さらに数人を近くでうろつかせている。

ランペットが銀のカギで〈銀のキャビネット〉を開けた。古いマホガニー製のばかでかくて不格好なしろもので、外からは何が入っているか想像もつかない。それもそのはず、これは、ロウソク立てやベビー・スプーンといった一般家庭にありがちな必需品ではなく、〝クラヴィジャー用具一式〟をしまうための専用キャビネットで、棚には人狼一人にひとつ用意された銀の手錠に銀のナイフ、月の石《ラピス・ルナリス》の入った貴重な瓶が数本、そしてもっとも大事な道具――捕獲網――が整然と並んでいた。狼に致命的なダメージをあたえることなく弱らせ、捕らえるための網で、細い銀で編まれ、角《かど》におもりがついている。そして両開きの扉の小さな釘からは五十本の光る銀の鎖がずらりと並び、それぞれの先に光る銀の笛がついていた。

クラヴィジャーたちは厳粛な表情で武器を身につけ、捕獲網をつかみ、全員が頭に笛をつけた。音域が高すぎて人間には聞き取れないが、狼と犬はこの音に強く反応する。

「まずビフィを捕獲して」アレクシアが命じた。「彼はまだ小犬の段階だから太陽の影響を受けやすいわ。でも気をつけて――おそらく誰よりも獰猛だから。もしビフィが誤って誰かを食べてしまったら大変なことになるわ」

クラヴィジャーのなかでも特に大柄で有能な六人が駆け足で馬小屋に向かった。やがて蒸気駆動のだるま車輪型荷車《ペニーファージング》が始動する爆音が聞こえ、一台の荷車に二人のクラヴィジャー――運転役と網投げ役――が乗りこみ、白い蒸気をたなびかせて轟音とともに丘を下りはじめた。それ以外のクラヴィジャーは駆け足であとを追った。

その後の戦いぶりはほとんどわからなかった。ランペットに寄りかかって見ようとしたが、収縮が繰り返し襲ってきて、それどころではない。アレクシアにとってふもとの戦闘は、クラヴィジャーと狼とペニーファァージングが吐き出す蒸気とオクトマトンがごちゃごちゃに入り乱れるプディング状態の塊だった。ときおり空中に炎が噴き上がり、銀の捕獲網が光る滝のように上空に舞い上がるのが見えるだけだ。

もはや立ってはいられなかった。「ランペット、階段の下まで下ろしてちょうだい」アレクシアはランペットにつかまりながら、中央階段のいちばん下にほっとして座りこんだ。「これから地下へ行って、吸血鬼たちが無事に牢屋に入ったかを確かめて。勝手にうろつかれるのだけはごめんだわ」

「ただちに、マイ・レディ」

地下に下りていったランペットが、しばらくして深刻な表情で戻ってきた。

「そんなに悪いこと?」

「部屋に不満を言い、羽枕を要求しています、マイ・レディ」

「言いそうなことだわ」またしても身を引き裂くような収縮に身体を折り曲げたとき、かすむ視界の向こうに、アケルダマ卿の飛行船が城の前庭に優雅に着陸するのが見えた。ミスター・ブーツと操縦士が軽々とカゴから飛び降り、係留柱に機体をつないでいる。

ペニーファァージングに乗ったクラヴィジャーの先発隊が、網に入った狼を引きずって戻ってきた。銀の網で身体が焼け、おとなしくなってはいるが、玄関の階段を引き上げて城内に入れるのは四人がかりだ。運びこまれたのはビフィではなかった。同じく若手の一人——ラフェだ。

ますます陣痛が強まり、アレクシアはふたたびうめくことに集中した。ランペットを目で探したが、ラフェを下ろして地下牢に連れていき、独房に閉じこめる作業の監督で手が離せないようだ。アレクシアは祈った——どうか吸血鬼の全員がひとつの部屋に収まっていますように。そうでなければ事態はますますややこしくなる。

「コナル！」アレクシアは痛みのあいだに叫んだ。いま、愛する夫が狼で、捕らえるのがもっとも難しく、城に戻ってくるにしても最後だとわかっていても叫ばずにはいられなかった。

「コナルはどこ？」理屈がどうあれ、こんなときこそ夫は妻のそばにいるべきじゃないの？

そのとき額《ひたい》に幅広の冷たい布を感じ、優しく、心づよい声がこの場にぴったりの言葉をささやいた。「さあ、奥様、これをお飲みください」

アレクシアは唇に押しつけられたカップのなかみをひとくち飲んだ。濃厚で、まろやかで、気力をよみがえらせてくれる——大好きな紅茶だ。

痛みにぎゅっとつぶっていた目を開けると、細かいしわのある、取り立ててなんの特徴もない、見慣れた初老の男性の顔が見えた。「フルーテ」

「こんばんは、奥様」

「どうやってここへ？」

フルーテは背後の開いた玄関から見える飛行船を指さした。ティジーとブーツが玄関をうろうろしながら、恐怖と〝できるならこの場から離れたい〟という表情でアレクシアを見ている。

「ちょうど乗船に間に合いましたので、奥様」

「うわっ！」ティジーがクラヴィジャーの第二陣に押しのけられて悲鳴を上げた。またしても捕獲した狼を引きずっている。ヘミングね、やっぱり。あんな泣き声を上げるのはヘミングしかいない。クラヴィジャーたちは、息も絶え絶えに身をよじるレディ・マコンの命令を待つまもなく、ヘミングを力ずくで引きずりながら廊下を通って地下牢に向かった。

第一陣のクラヴィジャーが、第二陣と階段ですれ違うように地下から戻ってきた。

「もういちどふもとに戻って」と、アレクシア。「必ずビフィを見つけてきてちょうだい。それ以外の人狼は太陽を浴びても耐えられるわ」

「人狼はみな日光に耐えられるんじゃないんですか？」と、ブーツ。

アレクシアは低く長々とうめいたあとで答えた。「ええ。でも制御法を会得するまでは無理よ」

「もし間に合わなかったら、ビフィはどうなるんです？」

そこへランペットが戻ってきて、「どうも、ミスター・フルーテ」と、執事仲間に小さくお辞儀した。

「どうも、ミスター・ランペット」フルーテは答え、女主人に注意を戻した。「さあ、奥様、気持ちを集中させ、深く息を吸って。痛みを逃がすように呼吸するのです」

アレクシアがフルーテをにらんだ。「言うのは簡単よ。あなたに経験があるの？」

「もちろんございません、奥様」

「ランペット、吸血鬼は全員うまく収まった？」

「ほとんどは、マイ・レディ」

「ほ、ほとんどって、どういうこと？」

そこで会話は途切れた。またしても陣痛が押し寄せ、周囲の者たちはレディ・マコンが悲鳴と怒号の入り混じった声を発してのたうちまわるのに気づかないふりをし、嵐が過ぎ去るのをじっと待った。実に礼儀正しい振る舞いだ。

「数人の吸血鬼が勝手に部屋を占領しております。このぶんですと、団員のなかには吸血鬼と相部屋になる者が出そうです」

「いったいどうなってるの？　吸血鬼と人狼が相部屋だなんて」アレクシアが皮肉ると、これまで女王陛下の御前で一度ならずスコットランド・バラードを歌ったことのある、愛想のいいそばかす顔のクラヴィジャーが言った。「それがなんともほほえましいんです。たがいに寄り添って」

「寄り添う？　狼が吸血鬼をバラバラに引き裂いてるんじゃないの？」

「いいえ、もうその心配はありません、マイ・レディ。ごらんください」

アレクシアは見た。太陽が昇りはじめ、最初の朝日が地平線を染めている。よく晴れた、まぶしい夏の一日になりそうだ。いかに分別ある反異界族も、この事態にわれを失った。

「ビフィ！　ビフィがまだ戻ってないわ！　急いで！」そう言ってクラヴィジャーに身ぶりし、「あたくしを抱えて。ふもとまで連れていって。ビフィを見つけなきゃ！　このままじゃ死んでしまうわ！」アレクシアはお腹の痛みと、生きながら太陽に焼かれて横たわるビフィの哀れな姿を想像して悲しくなったのとの両方から泣きだした。

「しかし、マイ・レディ、あなたは、もうすぐ、その、ご出産が！」と、ランペット。

「そんなのどうでもいいわ。そっちはあとまわしよ」アレクシアはもうひとりの執事を振り返った。「フルーテ！　なんとかして」

フルーテはうなずき、クラヴィジャーの一人を指さした。「きみ、奥様の言うとおりに。ブーツ、きみがもう片方を」そうして女主人を見下ろした。しょせんはアレッサンドロ・タラボッティの娘だ――一筋縄でゆくはずがない。「奥様、何をなさろうとも、いきんではなりません！」

「毛布を持ってきて」アレクシアが残りのクラヴィジャーとランペットに叫んだ。「必要ならそこのカーテンを引き裂いて。人狼の大半は真っ裸よ！　ああ、みっともない」

ブーツとそばかすのクラヴィジャーが腕を組み合わせて即席の御輿《みこし》をこしらえ、アレクシアを抱え上げた。アレクシアが両腕をそれぞれの首に巻きつけると、若い二人はなかば走り、なかば転げるように玄関から飛び出し、ふもとの戦場に向かって果てなき丘の斜面を下りはじめた。

オクトマトンは戦闘で触腕の大半を引きちぎられ、倒れていた。近づいてみると、裸の人狼たちも倒れている——血にまみれ、あざだらけの、焦げた状態で。そのあいだにオクトマトンの切断された触腕と内臓の残骸——ボルト、滑車、エンジン部品——が散らばり、攻撃をかわしそこねたクラヴィジャーとBUR捜査官が足を引きずったり、ケガをした手足をつかんだりしている。さいわい重傷者はいないようだ。かたや人狼たちは意味もなくごろんと、まるで揚げ魚《フライドフィッシュ》のように横たわっていた。大半が熟睡しているだけのように見える——満月の〝骨ねじれ病〟のあとの典型的な反応だ。だが、直射日光のせいで傷はまったく治っていない。不死者にも限界はある。

クラヴィジャーたちが走りまわって毛布をかけ、毛布が行きわたらない人狼を引きずって城に向かいはじめた。

「ビフィはどこ?」ビフィがどこにもいない。

そしてもうひとり、姿が見えない人物がいることに気づき、アレクシアは金切り声にも似た恐怖の叫びを上げた。「コナルはどこ? まさか、まさか、まさか」威圧的な口調は悲痛な嘆きの連呼となり、それを打ち消すのはふたたび襲ってくる陣痛に耐える悲鳴だけだ。ビフィのことは心から心配だけど、いまはそれより大事な——愛する夫のことしか考えられない。コナルはケガをしたの? 死んだの?

アレクシアを抱える二人の若者はつまずき、よろけながら残骸を避けていたが、倒れたオクトマトンの頭部の巨大な金属製山高帽に近づいたとき、静かなるオアシスに行き当たった。

オレンジ色のビロードのカーテンをトーガのように巻きつけ、それでもなお堂々と戦《いくさ》を指揮し、命令をくだすライオールが立っていた。

ウールジー団のアルファ雌が二人の若者に抱えられ――抱えるほうも抱えられるほうも――明らかに困惑の面持ちで近づいてくるのを見て、ライオールは驚いて目をみはった。「レディ・マコン？」

「教授。夫はどこ？　ビフィはどこ？」

「ああ、なるほど、反異界族による接触ですか。いい考えです」

「教授！」

「レディ・マコン、大丈夫ですか？」ライオールが近づき、しげしげとアレクシアを見つめた。「もしかして始まった？」そう言ってブーツを見ると、ブーツは〝そのようです〟と言うように両眉を吊り上げた。

「コナルはどこ？」アレクシアはまさに絶叫した。

「ご心配なく、マイ・レディ。まったくご無事です。太陽を避け、ビフィをなかに連れていきました」

「なか？」

「オクトマトンのなかです。マダム・ルフォーと一緒です。状況を説明すると、ハッチを開けてなかに入れてくれました」

アレクシアは恐怖を呑みこんだ。ほっとしすぎて吐き気がしそうだ。「会わせてちょうだい」

ライオールはオクトマトンの頭部に近づき、側頭部を遠慮がちにトントンと叩いた。それまで表面と継ぎ目なく一体化して見えなかった扉がポンと開き、マダム・ルフォーが顔を出した。

このときほどパラソルが手もとにないことを悔やんだときはなかった。あれがあれば——相手が友人だろうとなんだろうと——まわりをこんな大混乱に巻きこんだルフォーの頭に力いっぱい一発お見舞いしてやるところだ。どんな正当な理由があろうと、この発明家のせいで全員が無用なゴタゴタに引きずりこまれたのだから。

「あら、ライオール教授。何ごと？」

「レディ・マコンがアルファにご面会です」そう言うと、脂汗を浮かべて苦しんでいるアレクシアと即席の乗り物がルフォーに見えるよう、脇によけた。

「アレクシア？　あなた、大丈夫？」

そこがアレクシアの限界だった。「いいえ、ちっとも大丈夫じゃないわ。あなたを追って、あなたに追われてロンドンじゅうを飛びまわって。街が燃えて、吸血群の屋敷が壊れるのを見て、飛行船のカゴから——二回も——落ちて！　赤ん坊は生まれそうで。おまけにパラソルまでなくしたんだから！」最後のほうは、まるでべそかきの子どもだ。

なかから別の声——低く、威圧的で、かすかにスコットランドなまりがある——が聞こえた。「妻だと？　そいつはすばらしい。小犬を二本脚に戻すにはもってこいだ」

ルフォーの頭が〝ぐう〟という声とともに――後ろからいきなり引っ張られたかのように――消え、マコン卿の頭が現われた。

少し眠そうだが、いたって元気そうだ。並の人狼は、満月の翌日は昼間じゅう眠らなければもたない。コナルとライオールがぎこちなくも起きて動けるのは、力ある人狼だからだ。コナルによれば、満月の翌日に起きているのは、〝酔っぱらってペンギン相手におはじき遊びをするようなもの〟――つまり〝頭が混乱して少しばかり夢見心地〟ということらしい。髪は乱れてだらしなく、茶褐色の目は戦闘と勝利のあとでバターのように柔らかく穏やかだ。

マコン卿が妻を見た。「おお、マイ・ラブ、さあ、入ってくれ。きみが触れてくれなければビフィを安全に連れ戻すことはできん。来てくれてよかった。それにしてもけったいな乗り物だな」

そのとたん、アレクシアが頭をのけぞらせて叫んだ。

マコン卿の顔に究極のパニックと完全なる野生が浮かんだ。オクトマトンから飛び出して跳ねるように駆け寄ると、手首をひょいと動かして気の毒なブーツを押しのけ、妻を抱きかかえた。

「どうした？　ひょっとして――。まさか！　いまはそのときじゃねぇ！」

「あら、そう？」アレクシアはあえぎつつ言った。「だったらこの子に言ってちょうだい。すべてはあなたのせいなんだから、わかってる？」

「わたしのせいって、いったいどうして……？」

オクトマトンの頭部から別の苦悶の声が聞こえ、マコン卿は言葉を呑みこんだ。ルフォーが頭を突き出して呼びかけた。「ビフィが呼んでいます、マコン卿」

マコン卿はいまいましげにうなって扉に向かうと、最初にアレクシアをなかに押しこみ、続いて自分もなかに入った。

操縦室は窮屈だった。ルフォーはケネルと二人で乗ることを想定していたようだが、いまやマコン卿が二人ぶんを占領し、そこに妊婦のアレクシアが加わり、さらにビフィが床に大の字に横たわっている。

室内の薄暗さに慣れるのを待って目を凝らすと、ビフィは片脚にひどい火傷を負っていた。皮膚の大半がめくれ、見るも無惨に黒く焼け焦げている。

「触れたほうがいいの？　あたくしが触れたら二度と傷が治らないんじゃない？」

マコン卿は邪悪な太陽が入らないよう、扉をバタンと閉めた。「何を言うか、妻よ、そんな状態でここまで来たのはそのためだろう？」

「ケネルは？」ルフォーが迫った。「ケガは？」

「無事よ」と、アレクシア。吸血鬼女王と地下牢に閉じこめられていることは言わなかった。

「アレクシア」――ルフォーは両手を組み、訴えるように緑色の目を大きく見開いた――「こうするしかなかったの、わかってちょうだい。どうしてもケネルを取り戻したかった。あの子はわたくしのすべててよ。それをあの女が盗んだの」

「そしてあたくしには助けを求めなかったってわけ？　ジュヌビエーヴ、あたくしはそんなに頼りない友人なの？」

「ナダスディには法が味方についてるわ」

アレクシアはお腹をつかみ、うめいた。こらえようのない――下にむかっていきみたい――感覚が押し寄せている。「だから？」

「あなたは〈議長《マージャ》〉よ」

「解決策を見つけられたかもしれないのに」

「あれほど憎い女はいないわ。最初はアンジェリクを盗み、こんどはケネルまで！　いったいあの女にどんな権利が――」

「そしてあなたの解決策は、おぞましい巨大タコを作ることだったの？　いくらなんでも、ジュヌビエーヴ、やりすぎだと思わない？」

「わたくしには〈真鍮タコ同盟《OBO》〉がついてるわ」

「あら？　それは聞き捨てならないわね。そこには〈ヒポクラス・クラブ〉のもと会員もいるの？」アレクシアはつかのま赤ん坊のことを忘れた。「ああ、そうだわ、コナル、言おうと思ってたんだけど、OBOは異界族撲滅計画を進めているみたい。嘘だと思うなら――」

そこでアレクシアはまたもや悲鳴を上げた。「ああ、もうどうにかして。この痛みはふつうじゃないわ」

マコン卿が獰猛な黄色い目でルフォーを見た。「もう充分だ。妻にはもっと大事な用がある」

ルフォーがしげしげとアレクシアを見た。「たしかにそのようね。マコン卿、これまでに赤ん坊を取り上げたことは？」

マコン卿はこれまで見たこともないほど青ざめた。アレクシアの手を握って人間に戻っていることを考慮に入れても尋常ではない。「一腹の仔猫なら」

ルフォーがうなずいた。「それと同じようにはいかないわね。ライオール教授は？」

マコン卿は目を見開いた。「おそらくヒツジ専門だ」

アレクシアが陣痛の合間に見上げた。「あなたはケネルの出産に立ち会ったの？」

ルフォーがうなずいた。「ええ。あのときは助産婦がいたけど、基本は覚えているわ。それについては本もたくさん読んでるし」

アレクシアは少しほっとした。どんなときも本は気持ちを落ち着かせてくれる。次の波が身体を切り裂き、アレクシアはまたしても苦悶の叫びを上げた。

マコン卿がルフォーをぎろりとにらんだ。「こいつを止《と》めてくれ！」

二人の女性は完全にマコン卿を無視した。

ひかえめなノックの音がして、ルフォーがわずかに扉を開けた。

フルーテが背筋を伸ばし、いつもの無表情で立っていた。「清潔なタオル、さらし、お湯、紅茶をお持ちいたしました、マダム」そう言って必需品を手渡した。

「まあ、ありがとう、フルーテ」ルフォーはありがたく受け取り、一瞬、考えてから昏睡状態のビフィの上に載せた——そこしか置く場所がなかったからだ。「ほかに何か助言がある？」

「わたくしの出番がないときもございます、マダム」

「わかったわ、フルーテ。紅茶を運びつづけてちょうだい」

「かしこまりました、マダム」

　こうしてそれから約六時間後、アレクシア・マコンはオクトマトンの頭部のなかで、夫と昏睡状態の若い人狼とフランス人発明家の立ち会いのもと、娘を出産した。

# 17　慎重さ《プルーデンス》について皆が少し学んだこと

後日、レディ・マコンはその特別な日を人生で最悪の日だったと語った。もとより出産を〝魔法のようなもの〟とか〝感動に心震えるもの〟とか思うほどの魂も空想癖も持ち合わせてはいない。当人に言わせれば、その大半は痛みと屈辱と混乱でしかなく、その過程に心ひかれる要素はひとつもなかった。夫に断固として宣言したように、こんな経験は一度かぎりで充分だ。

マダム・ルフォーは科学者らしい手法で、予想以上にみごとに助産婦役を務めた。ついに赤ん坊が出てきたときは、この偉業がすべて自分の手柄でもあるかのように誇らしげに産婦にかかげて見せたほどだ。

「あらまあ」アレクシアが疲れきった声で言った。「赤ん坊っていうのは、だいたいこんなに気味の悪いものなの？」

ルフォーは唇をとがらせ、顔まで見てなかったというように赤ん坊を自分に向けなおした。

「大丈夫、見た目は時間とともによくなるわ」

アレクシアは両腕を伸ばして——どうせドレスはボロボロだ——ピンク色にうごめくしろ

ものを抱き取り、夫に向かってほほえんだ。「ほら、やっぱり女の子だったでしょ」

「どうして泣かねぇんだ？」不満そうな声だ。「泣くもんじゃねぇか？　赤ん坊ってのはどれも泣くのがふつうだろう？」

「口がきけないのかも」と、アレクシア。「あたくしたちみたいな両親を持った子にしてみれば、賢い選択かもしれないわ」

マコン卿は妻の言葉に本気でぎょっとした。

それよりもアレクシアはすばらしい事実に気づき、いっそう顔をほころばせた。「見て！この子からは反発を感じないわ。嫌悪感もまったく。きっと反異界族じゃなくて、人間なのよ。まあ、なんてすばらしいの！」

オクトマトンの扉を叩く音がした。

「だぁれだぁ？」マコン卿が歌うように答えた。心配するのをやめ、生まれたての娘をあやすように、ちょうどおどけた顔を近づけたときだ。

ライオールがなかをのぞきこんだ。いつのまにか、まにあわせのトーガからまっとうな服に着替えている。マコン卿が誇らしげに顔を輝かせて見上げた。

「ランドルフ、娘が生まれたぞ！」

「おめでとうございます、マコン卿、奥様」

アレクシアがオクトマトンの隅の即席ベッドから礼儀正しくうなずいた。ふと気づくと、もたれかかっているのはコードとバネの山で、腰のくぼみあたりに真空管のようなものが突き出ている。「ありがとう、教授。どうやら娘は呪い破り《カース・ブレーカー》ではなさそうよ」

ライオールは学者らしい目で赤ん坊をちらっと見たが、さほど驚いたふうではなかった。

「おや、そうですか？　てっきり反異界族からは反異界族が生まれるものとばかり」

「そうじゃなさそうね」

「ああ、それは何よりです。この至福のときにお邪魔するのは非常に心苦しいのですが、マコン卿、どうしてもお越しいただきたい問題がございまして。もう少し快適な場所に移動なさいますか？」

マコン卿は妻に顔を近づけ、首筋に優しく鼻をすり寄せた。「どうする？」

アレクシアは空いた手で夫の髪をこめかみから後ろにかき上げた。「そうね。そろそろ自分のベッドに横になりたいわ」

マコン卿が妻を抱え、ライオールがビフィを抱えて城に向かうあいだ、アレクシアは生まれたばかりの赤ん坊を抱えつつビフィに触れていた。マコン卿が〝城から腐ったにおいがする〟とのたまったのはそのときだ。

ライオールが説明しようと口を開きかけたが、アレクシアの鋭い視線に口を閉じた。

いずれ本人が気づくだろう――そう判断したライオールは、まずビフィを地下に運び、赤く焼けただれた火傷にバターの塊を載せ、悪党集団のなかでもっともましなヘマトル公爵と同じ部屋になだめすかして押しこんだ。

そのころ階上では、マダム・ルフォーにも監禁の刑が言い渡されていた。

「マダム・ルフォーを伯爵夫人とケネルの隣の独房にぶちこんでちょうだい」アレクシアは困惑する夫に嫌味たっぷりに命じた。「日が暮れるころにはおもしろい会話が聞けるはずよ」

「伯爵夫人？　どこの伯爵夫人だ？」

一瞬、ケネルを出すことも考えた。考えてみれば、ケネルにはなんの罪もない。だがこれまでの経験から、あの子を野放しにして事態がよくなるとはとうてい思えない。ただでさえケネルは混乱のもとだ。いたずら小僧の手助けがなくても、事態はすでに混乱している。それに、いまあの子に何より必要なのは母親と過ごす時間だ。

「わたくしはついさっき、あなたの子どもを取り上げたばかりよ！」ルフォーが抗議の声を上げた。

「そのことには大いに感謝しているわ、ジュヌビエーヴ」アレクシアは、しかるべき功績にはしかるべき栄誉をあたえる主義だ。「だけどあなたは巨大タコを操縦してロンドンじゅうを暴れまわったのよ。当然、罪はつぐなってもらわなきゃ」

「これだから反異界族は！」ルフォーが顔をしかめてうめいた。

「これで少なくともあなたはケネルのそばにいられるわ。あの子がどれだけタコの襲撃におびえていたことか」アレクシアは、夫に無理やり引きずられてゆくルフォーの背中に向かって叫んだ。

そのとき、マコン卿が奇妙なにおいの理由に気づいた。城のなかに吸血群がいる。

マコン卿はカッとなって階上に駆け戻った。「妻よ！」

アレクシアはいなかった。

「フルーテ！」

「上の部屋に行かれました。ご夫婦の寝室に」

「やられた」

マコン卿が猛然と寝室に駆け上がると、アレクシアは腕を曲げ、すやすや眠る赤ん坊と一緒にベッドに横たわっていた。すでに赤ん坊は、この母とこの父のどなり合いにもまったく動じず眠りつづける能力を発揮している。生き延びるためには実に望ましい性質だ。アレクシアは大股で部屋に入ってきた夫に身を縮めた。

「城の地下牢に吸血鬼どもが！」

「ええ、ほかに彼らを押しこめる場所がある？」

「伯爵夫人が巣移動《スウォーム》したのか？」マコン卿は唯一の結論を口にした。「きみがやつらを招待したのか？　ここに？」

アレクシアがうなずいた。

「さすがだ。すばらしい！　よくやった」

アレクシアは悲しげに小さくため息をついた。わめいても事態が悪くなるとしか思えないとき、夫にはこの手が効く。「説明させてちょうだい」

マコン卿はベッド脇に膝をついた。妻の、妻らしからぬ従順さに、怒りは消えていた。よほど疲れているに違いない。

「よし、聞かせてもらおう」

アレクシアは一晩のあいだに起こったことを話しはじめ、人狼団対オクトマトンの戦いの場面で締めくくったときには大あくびをしていた。

「さて、これからどうする？」そうは言ったものの、その打ちのめされた表情から、アレクシアにはすでに夫が――いずれにせよ――真実を受け止めていることがわかった。ウールジー城はいまやウェストミンスター吸血群のものとなった。いや、すでに〝ウールジー吸血群〟だ。

夫がまばたきして涙をこらえるのを見て、アレクシアは胸が痛んだ。これほど大変なことになるとは思ってもみなかった。でも、やったものはしかたない。それでも夫の心境を思うと、目の奥がつんとなった。

マコン卿がうなずいた。「たしかにこの城はよかった――バトレスも何もかも。だが、それほど長いあいだ住んだわけじゃねぇ。出ていこうと思えば出ていける。しかし、団の連中はそうはいかん。ああ、かわいそうに。この数カ月は、やつらに充分な世話もしてやれんかった」

「まあ、コナル、あなたのせいじゃないわ！　心配しないで。あたくしがなんとかする。これまでもそうしてきたんだから」アレクシアはすぐにでも解決策を提示し、かわいい夫の顔に浮かぶ痛ましい落胆の表情を消したかったが、ほとんど目を開けていられなかった。

マコン卿は身をかがめて妻の唇と娘の小さな額《ひたい》にキスした。地下に戻ってライオールと仕事をするつもりらしい。今日の午後は片づけなければならない問題が山ほどある。

「来て」アレクシアがベッドから声をかけた。

「きみたちレディはえらく平和そうだな。よし、ほんのひと眠りだぞ」

「ライオールにはフルーテとランペットがついてるわ。あの三人がその気になれば帝国だって統治できるはずよ」

マコン卿はくすっと笑ってアレクシアの背中からもぐりこみ、羽毛マットレスに身体をしずめた。

アレクシアは満足そうにため息をつき、赤ん坊を抱えたまま身体を丸めてマコン卿にすり寄った。

マコン卿は妻のうなじに顔をこすりつけた。「チビに名前をつけなきゃならんな」

「んん?」妻の答えはそれだけだ。

「そいつぁあんまりいい名前じゃねえな」

「んん……」

「お邪魔して申しわけありません、マコン卿、吸血鬼たちが呼んでおります」ライオールの低い、すまなそうな声が聞こえた。

アレクシアは背中で夫が動くのを感じてはっと目を覚ました。妻を起こさずにベッドから出ようとしたようだが、忍びの術は夫の得意技ではない――たとえ人間に戻ったときでも。

「いま何時だ、ランドルフ？」

「日が沈んだばかりです。昼間のあいだは眠られたほうがよいと思いまして」

「もうそんな時間か？　それで、おまえはそのあいだずっと起きていたのか？」

沈黙が答えた。

「ああ。わかった。誰が毛皮に戻ったか教えろ、ランドルフ、それがすんだら少し休め」

かすかに遠吠えが聞こえた。満月を過ぎたばかりで、変身を制御できない数名の若手人狼がふたたび狼に戻り、もう一晩、地下に閉じこめられたようだ。吸血鬼と一緒に。

「誰が世話をしている？」マコン卿も遠吠えに気づいた。

「チャニングです」

「やれやれ」マコン卿は忍びの術をあきらめてベッドから飛び出した。

とたんに赤ん坊がもぞもぞ動き、アレクシアのあごの下からかぼそい、不満そうな泣き声を上げはじめた。アレクシアはびくっとした――いまのいままで赤ん坊のことをすっかり忘れていた。自分の子どものことを。

アレクシアは目を開けて見下ろした。半日間のとぎれがちな睡眠くらいでは、赤ん坊の見た目は改善していなかった。相変わらず赤くてしわだらけで、顔をくしゃくしゃにして泣いている。

まだアレクシアが眠っていると思いこんだコナルがあわててベッドに駆け寄り、赤ん坊を抱え上げた。そのとたん、泣き声はくんくんと鼻を鳴らすような声になり、マコン卿の腕には赤ん坊ではなく、生まれたての狼の仔が抱かれていた。

　マコン卿はもう少しで娘を落とすところだった。「こいつぁいったい！」

　アレクシアは目の前の出来事がよく理解できず、半身を起こした。「コナル、赤ちゃんはどこ？」

　マコン卿はショックで口もきけず、狼の仔をアレクシアに差し出した。

「あなた、この子に何をしたの？」

「わたしが？　何もしていない。抱え上げただけだ。それまではまったくふつうだった。そしたら次の瞬間、パッとこんなふうに」

「あら、でも、どう見てもこっちのほうがかわいいわね」アレクシアはあくまで現実的だ。

「ほら、見てみろ」マコン卿は毛皮におおわれた、泣きわめく狼の仔を妻の腕にあずけた。

　そのとたん狼の仔はもとの赤ん坊に戻った。アレクシアは産着の下で骨と肉が動くのを感じた。だが、泣き声が激しくならないところを見ると、それほど痛みはないようだ。

「あら、まあ」と、アレクシア。こんな状況にしてはわれながら落ち着いている。「あたくしたちはいったい何を授かったのかしら？」

　ライオールが畏敬に満ちた声で言った。「一生のうちに本物の〈皮追い人《スキン・ストーカー》〉の誕生をこの目で見るとは夢にも思いませんでした。驚きです」

「その呼び名は、こういう意味なの？」アレクシアは赤ん坊を見下ろした。「なんとも不思議ね」

ライオールが笑みを浮かべた。「そうだと思います。それで、名前はどうなさいます、マイ・レディ？」

アレクシアは眉を寄せた。「ああ、それね」

マコン卿が妻を見下ろしながら、にやりと笑った。「わたしたちの子だから、慎重さ《プルーデンス》なんてどうだ？」

アレクシアはしかし、冗談とは受け取らなかった。「あら、悪くないわね。父の名前を取ってプルーデンス・アレッサンドラなんてどう？　それにマコンをつけて。だって、アケルダマ卿が養子にしたらアケルダマになるんだから」

マコン卿が娘を見下ろした。「おお、チビや、かわいそうに。そんな長ったらしい名前で生きていかねばならんとは」

「マコン卿」ライオールが言葉をはさんだ。「この件の重要性はよくよく理解しておりますが、あとまわしにしていただけますか？　ビフィにはアルファが必要です。しかも吸血鬼たちが騒ぎたてています。われわれに彼らを地下牢に閉じこめておく正当な理由はありません。どうなさいますか？」

マコン卿がため息をついた。「残念だが、どうかしなければならんのは連中じゃない――われわれだ。もう、ここには住めない。吸血群が住み着いた。しかもやつらはここを離れられん。少なくとも当面は。伯爵夫人を招いた時点で、アレクシア、きみはウールジー城を明け渡したんだ」

「あら、そんなつもりじゃなかったのよ」

ライオールがそばの椅子に座りこんだ。このベータが敗北感をただよわせるところはこれまで一度も見たことがない。だが、今回ばかりは世の男たちと同様、すっかり打ちのめされていた。

「ほかに手はない。ロンドンにねぐらを移そう。全員を収容できる第二のタウンハウスを購入し、地下牢を作らねばならんな」

ライオールが反対した。「どこを走ればいいのです？　どうやって狩りをするというのです？　いいですか、マコン卿、都会に暮らす人狼団などありえません！」

「いまは産業と発明と洗練された行動の時代だ。ウールジー団も時代とともに生きることを学び、文明人となるべきときかもしれん」マコン卿の決心は固かった。

アレクシアが赤ん坊を見て言った。「せいぜい十六年かそこらよ。プルーデンスが成長するまで。大人になったら新しい縄張りを探せばいいわ。人狼にとって十六年は、それほど長い時間じゃないでしょう」

この〝都会移住短縮宣言〟にも、ライオールの表情は晴れなかった。「団は反対するでしょう」

「もう決めた」

「女王陛下は喜ばれないでしょうな」

「陛下にとっても最善だと説得するしかない」

「とてもいい考えだと思うわ」ナダスディ伯爵夫人がケネルとマダム・ルフォーをしたがえて部屋に現われた。

なるほど――アレクシアは思った――もはや自宅ってわけね。

「三人とも、どうやって独房の外へ？」ライオールが顔をしかめた。

ナダスディがぎろりと見返した。「わたくしが理由もなく吸血鬼女王になったとお思い？われわれ吸血鬼は女性統治という考えの創始者よ。ここはいまやわが聖域――ウールジー城のどこであろうとわたくしを長く閉じこめておくことはできないわ」

「ふん、錠前破りがうまいだけのくせに」ルフォーが腕を組み、吸血鬼女王を鋭く見すえた。

「すごかったんだよ」ケネルは初めてナダスディに心から尊敬の念を抱いたようだ。

ナダスディはルフォーとケネルを無視し、赤ん坊に警戒の目を向けた。「とにかくそれ、を、わたくしに近づけないで」

アレクシアはナダスディに向かって怖がらせるように赤ん坊を揺すってみせた。「この危険な〝吸血鬼を食べる〟生き物のこと？」

ナダスディはシュッと息を吐き、アレクシアが赤ん坊を投げようとでもしたかのようにあとずさった。

ルフォーがアレクシアに近づき、赤ん坊をあやすように顔を近づけた。

「お気の毒ながら、ウールジー城はいまやわたくしたちのものよ」ナダスディが続けた。

「とても納得できないけど――わたくしがこんな田舎くさいバ、ー、キ、ン、グ、の近くに住むなんて。まったく、どこからも遠い場所ね」

マコン卿はナダスディの主張に反論しなかった。「城を引き上げるのに二、三日かかる。月が陰るまで若手を動かすことはできない」

「どうぞごゆっくり」吸血鬼女王は寛大だ。「でも、ソウル・サッカーと忌まわしき子どもには今夜にでも出ていってもらうわ」ナダスディはくるりと背を向けると、芝居がかった足取りで扉に向かい、戸口で立ちどまった。「それから、ケネルはわたくしのものよ」

そう言ってすべるように部屋を出ていった。吸血群の仲間を独房から出すつもりだろう。

「まったく」ナダスディが階段を下りながら誰にともなく言う声が聞こえた。「何、か、ら、何ま、で造り変えなきゃならないわ！　なんて趣味の悪いバトレス！」

ルフォーは呆然とナダスディを見送った。夜を徹した一連の騒動にくたびれ果てたようだ。しかもこれから裁きを受けなければならない。ケネルはルフォーのそばにへばりつき、汚れた小さな手をルフォーの手にからめている。ルフォーの指先には機械油のしみがつき、あごは汚れていた。

「わたくしからこの子を取り上げないで」ルフォーは緑色の目に苦悶の表情を浮かべ、居並ぶ高官たちに訴えた。「お願い」

うたたねのあいだにアレクシアの潜在意識は難問を解いていたらしく、答えがおのずと浮かんできた。「〈議長《マージャ》〉の立場から言えば、ケネルを吸血群から取り戻す法的手段はまったくないわ。アンジェリクの遺言が彼らの主張どおりなら、英国法のもとにいるかぎり、あなたがケネルを正式に養子にすることはできない。この国にいるかぎり、ナダスディ伯爵夫人の主張は有効かつ合法的よ」

ルフォーが悲しげにうなずいた。

アレクシアは考えこむように唇をすぼめた。「吸血鬼と法務官——このふたつは、あなたも知ってるとおり、実際は同じようなものだわ。残念だけど、ジュヌビエーヴ、いまのところケネルはナダスディ伯爵夫人のものよ」

〈議長〉の宣告にケネルが小さく泣き声を上げた。ルフォーはケネルをしっかと引き寄せ、すがるような目でマコン卿を見た。一縷《いちる》の望みをたくすかのように。

アレクシアが続けた。「そこで、あなたが自由の身になって〝巨大イカ〟を建造する前に、あなたをナダスディ伯爵夫人にあずけることにするわ、ジュヌビエーヴ」

「なんですって！」

「これが唯一、実行可能な解決策よ」われながらみごとな評決に、アレクシアは裁判長のかつらと木槌《きづち》がほしくなった。「ケネルはいま……十歳？　十六になれば成年ね。そこで、ナダスディ伯爵夫人の承諾があれば——まあ、反対するとは思えないけど——これから六年間、あなたにウェストミンスター吸血群のドローンとしてつかえることを命じます。というか、もうウールジー吸血群だけど。代案としてこの年季契約を結ぶよう説得すれば、伯爵夫人も告発はしないはずよ。吸血群に対するあなたの嫌悪を考えると、ふさわしい処罰だわ。しかもケネルといっしょにいられる」

「なんと」マコン卿が誇らしげに声を上げた。「こいつは名案だ。ケネルをマダム・ルフォーのもとに連れてゆけないのなら、マダム・ルフォーをケネルのもとに連れてゆくってこったな」

「解説をありがとう、あなた」

「こんなひどい話ってないわ！」

アレクシアはルフォーの抗議を無視して続けた。「ライオール教授のヒツジ繁殖小屋を発明室に使えばいいわ。設備はそろっているし、拡張するのも楽よ」

「でも――」

「ほかにいい案がある？」

「わたくしはナダスディ伯爵夫人を憎んでいるのよ」

「伯爵夫人のドローンの大半と、群の吸血鬼の何人かは、きっと同じ気持ちよ。フルーテに必要な書類を準備させて法的契約を結ばせます。いい面を見て、ジュヌビエーヴ。これで少なくとも吸血群がケネルに手を出す心配はなくなるわ。しかもケネルはママンに爆発のしかたを教わりつつ、好きなだけ吸血鬼の技術を学ぶことができる」

ケネルが大きなすみれ色の目を見開き、せがむようにルフォーを見上げた。「お願い、ママン、ぼく、物を爆発させるのが好きなんだ！」

ルフォーはため息をついた。「もう逃れられないってわけね？」

「ええ、そのようね」

「伯爵夫人がこんな取引に応じるかしら？」

「応じないわけないわ。これで恩義と、特許権と、これから六年間あなたの発明を自由にできる権利が手に入るんだもの。しかもケネルはあなたと伯爵夫人の両方のそばにいられる。それに、この子が吸血群の屋敷で大騒動を引き起こすさまを想像してみて！　みな気が気じゃなくて、当分はロンドンの政情に口を出す余裕はないはずよ」

　この言葉にルフォーも少し気が晴れたようだ。

　ケネルが顔を輝かせた。「じゃあ、もう寄宿舎学校に行かなくていいの？」

　ライオールが顔をしかめた。「英国吸血鬼界の権力構造が大きく変わりそうですな」

　アレクシアがにっこり笑った。「アケルダマ卿はロンドンを牛耳った気分でしょうけど、あたくしは少しバランスを調整しただけよ。何しろこれから人狼団が終日アケルダマ卿の縄張りに住んで、ナダスディ伯爵夫人はマダム・ルフォーを自由に利用できるんだから、いいことばかりってわけにはいかないわ」

　ライオールはなおも悲しげな表情で立ち上がった。「あなたは実に有能な〈議長〉ですね、レディ・マコン？」

「物ごとにきちんと片をつけたいだけよ。そのことだけど、マダム・ルフォー、あなたが引き払ったあと、あの発明室をわが団の〝ロンドン地下牢〟に作り替えたいんだけど」

　マコン卿がにやりと笑った。「あそこなら広いし、地下だし、監禁も楽だ。すばらしい考えだ、マイ・ラブ」

ルフォーがあきらめ顔でたずねた。「帽子店はどうなるの？」〈シャポー・ド・プープ〉は危険な本業をごまかす手段ではあったが、それでもルフォーはあの店に愛着を持っていた。

アレクシアが小首をかしげた。「ビフィにまかせてはどうかしら？　ほら、前にビフィにはふさわしい仕事が必要だと言ってたでしょう？　彼には異界管理局《BUR》の任務より、帽子店主のほうが向いていると思うわ」

今度はライオールも賛成の笑みを浮かべた。「すばらしい発想です、レディ・マコン」

「いとしの妻よ。きみはなんでも考えつくんだな」

アレクシアは夫のほめ言葉に顔を赤らめた。「まあね」


こうして、ウールジー城を追い出された人狼団は人狼団史上はじめて都会に狩り場を宣言した。一八七四年の晩夏、彼らは正式に名前を〝ロンドン人狼団〟に変え、はぐれ吸血鬼にして〈宰相〉であるアケルダマ卿の屋敷の隣に居を構えた。満月用の地下牢の場所は誰も知らなかったが、ちまたでは〝ロンドン団は女性の帽子に興味があるらしい〟という噂がささやかれた。

ゴシップ好きにとって、この夏は歴史的な夏となった。きわめて保守的な昼間族でさえ異界族の動きに興味を示した――というのも、話は人狼団の転居にとどまらなかったからだ。何より世間を騒がせたのは、有史以来、たった一度しかスウォームしたことのないウェストミンスター吸血群が郊外に移転し、名前をウールジー吸血群に変えたことだ。その無粋な選択に、あえて意見する者はいなかったが、すぐさま政府に対し、ウールジー群とロンドンのあいだに線路を引いてはどうかという案が出された。そうすれば、たとえナダスディ伯爵夫人本人は上流階級の中心に住めなくとも、上流階級が伯爵夫人を訪ねることはできる。都会に住み慣れた吸血鬼も、保安の観点から、辺鄙《へんぴ》な場所も悪くないと感じはじめたようだ。

スキャンダル専門の三流紙は、満月の夜に巨大な機械タコが街じゅうを壊滅させた事件も含め、今回の騒動の一部始終をこぞって書きたてた。〝**吸血群の屋敷が崩壊！**〟〝**〈パンテクニカン〉、灰燼《かいじん》に帰す！**〟書くべき記事があまりに多すぎて、いくつかの重要な事実は報道されなかった。たとえば、〈シャポー・ド・プープ〉の経営者が変わったことは、ミセス・アイヴィ・タンステルのような本物の帽子マニア以外に気づいた者はいなかったし、ウールジー吸血群が超一流の技術を持つ貴重なドローンを新しく引き入れたことは、一部の科学者たちのあいだで噂になっただけだった。

「いやはや、実に、みごとなお手並みだった、**わたしのちっちゃなプラム・プディングちゃんよ**」これが数日後、片手に一枚の紙きれ、反対の手に片眼鏡《モノクル》を持って現われたアケルダマ卿のレディ・マコンに対する第一声だった。

アレクシアは腰かけたベッドからアケルダマ卿を見上げた。「まさか、あたくしがあなたにすべていいとこ取りさせるとは思わなかったでしょう？」

アケルダマ卿が訪ねたのは三番目に上等のクローゼットだ。アレクシアはしばらくベッドで過ごすつもりだった。出産からはずいぶん回復したが、当面はおとなしくしていたほうがよさそうだ。元気になったことが知れたら〈陰の議会〉に出席しなければならないし、噂によれば女王陛下は今回の騒動をお喜びあそばしていないらしい。それにフェリシティのこともある。

「それで**わたしの**かわいいビフィはどこだね？」と、アケルダマ卿。

アレクシアは赤ん坊にチュッチュッと舌を鳴らし、軽く上下に揺すった。プルーデンスは機嫌よく喉を鳴らし、それからぷっと唾を吐いた。「ああ、ビフィならマダム・ルフォーの帽子店で働いているわ。彼の審美眼は相変わらず完璧ね」

アケルダマ卿が憂いの表情を浮かべた。「帽子店？　本当かね？」

「ええ、少しずついい影響が現われているみたい。何よりいい気分転換になるわ」アレクシアが赤ん坊のあごをハンカチで拭くと、もうプルーデンスはすやすやと眠っていた。

「なるほど」アケルダマ卿はモノクルの鎖をくるくると指に巻きつけ、巻けなくなったところで今度は逆にくるくるとほどきはじめた。

「あなただって、あのままビフィにやつれ死んでもらいたくはないでしょう？」

「それは……」

「ああ、まったくどうしようもないわね。さあ、こっちに来て、あなたの養女を抱いてちょうだい」

アケルダマ卿はニッコリ笑って小股でベッドに近づき、眠っているプルーデンスを抱き上げた。これまでのところプルーデンスは意外なほどおとなしい赤ん坊だ。

アケルダマ卿はことさら大げさにあやしはじめた。なんて美しいお嬢ちゃんだろう……一緒に買い物に行ったらさぞ楽しいだろうね……そこでふと、くどくどしいほめ言葉を呑みこみ、何かに気づいて驚きの声を上げた。

「いやはや、**これはいったい！**」

「何？　こんどはなんなの？」アレクシアはベッドの上で片肘をついて顔を近づけた。

アケルダマ卿がアレクシアに見えるように赤ん坊を傾けた。プルーデンス・アレッサンドラ・マコン・アケルダマは、陶器のような白い肌と小さい牙の完璧なひとそろいを備えていた。

# 〈英国パラソル奇譚〉小事典

**異界管理局（BUR）** *Bureau of Unnatural Registry*：人間社会と異界族の問題を扱う警察組織

**異界族** *supernatural*：吸血鬼、人狼、ゴーストらの総称

**ヴィクトリア女王** *Queen Victoria*：英国国王。在位一八三七〜一九〇一年

**吸血鬼女王** *hive queen*：吸血群の絶対君主

**吸血群** *hive*：女王を中心に構成される吸血鬼の群れ

**世話人《クラヴィジャー》** *claviger*：人間だが、いつか自分も人狼にしてもらうため特定の人狼に付きしたがい、身の回りの世話をする者

**ゴースト** *ghost*：肉体が死んでも魂が複数残っており、この世にとどまっている者。肉体から離れると、正気を失ったり姿が薄れたりする

**〈宰相〉** *potentate*：〈陰の議会〉で政治分野を担当する吸血鬼

**サンドーナー** *sundowner*：捜査の範囲内で正式に異界族の殺害を認められたＢＵＲ捜査官

**〈将軍〉** *dewan*：〈陰の議会〉で軍事分野を担当する人狼

**人狼団** *pack*：ボス《アルファ》を中心に構成される人狼の群れ

**〈魂盗人〉**《ソウル・スティーラー》 *soul stealer*：死すべき者にも不死者にもなれる謎多き存在。別名〈皮追い人〉、〈皮はぎ屋〉

**〈魂なき者〉**《ソウルレス》 *soulless*：異界族の能力を消すことができる特別な者。別名〈呪い破り〉

**取り巻き**《ドローン》 *drone*：人間だが、いつか自分も吸血鬼にしてもらうため特定の吸血鬼に従属する者

**反異界族**　*preternatural*：〈魂なき者《ソウルレス》〉の別名

**昼間族**　*daylight folk*：異界族以外のふつうの人間

**〈議長《マージヤ》〉**　*muhjah*：〈陰の議会〉で情報分野を担当する反異界族の代表

# 訳者あとがき

スコットランドで人狼の夫に追い出され、羽ばたき機にまたがってパリの空を横断し、機関砲の攻撃の嵐を縫ってアルプス山脈を越え、フィレンツェの街でマッド・サイエンティストとテンプル騎士団をぶちのめし、ようやく愛する夫との再会と和解を果たした身重のヒロイン・アレクシア女史。今回お届けする〈英国パラソル奇譚〉シリーズ第四作『アレクシア女史、女王陛下の暗殺を憂《うれ》う』（原題 *Heartless*）は、ふたたびロンドンを舞台に、妊娠八カ月となったアレクシアが大きなお腹でよたつきつつ国家の命運をかけた謎に挑むという趣向です。

やんごとなき理由により郊外のウールジー城を離れ、ロンドンの街中に住むことになったマコン夫妻。そこへ謎のゴーストが現われ、女王暗殺計画をほのめかす言葉を告げるところからミステリーは始まります。ヴィクトリア女王の命をねらう犯人を突きとめるべく調査を進めるうちに、アレクシアはウールジー人狼団にまつわる衝撃的な過去を知ることになるのですが……。

女王陛下の暗殺をたくらむのは誰なのか？　過去のキングエア人狼団による暗殺計画との関連は？　肉体的ハンディをものともせず果敢に謎を追うアレクシアを軸に、どたばたの引っ越し騒動、〈パラソル保護領〉の極秘任務、ウールジー団の過去、若き人狼の苦悩、巨大スチーム・メカをからめ、物語は驚きの真相解明と怒濤の出産ともうひとつのお引っ越しに向かってめまぐるしく突き進みます。

軽快なテンポはさらに加速し、ずっこけぶりはさらに度を増し、せつないシーンはますますせつなく、今回も読者の予想を裏切る展開がてんこ盛りです。馬車を走らせ、飛行船によじ登り、はては御輿《みこし》（？）に担がれながら空を、地上を駆けずりまわる妊婦探偵のアクション劇のあとには、ついに待望の赤ちゃんが！　はたして〝チビ迷惑〟の素性やいかに？

ここで、本文に出てくる〈女性参政権全国協会〉について補足いたします。このNational Society for Women's Suffrageと呼ばれる団体は、一八六七年に英国で初めて女性参政権を求める活動を始めた組織で、当時、このような活動にかかわるのは中流階級の女性たちがほとんどでした。上流階級のアレクシアや名門貴族出身のチャニングがこうした運動に対してみせる反応は、当時としては当然だったようです。現実に英国で女性参政権が認められたのは、この団体が生まれてから約六十年後の一九二八年のことでした。

さて、以前にもご紹介したシリーズ第一作『アレクシア女史、倫敦《ロンドン》で吸血鬼と戦う』（原題*Soulless*）のマンガ版『SOULLESS 1』が、このたび米国のYen Pressから刊行されました。原作を忠実にマンガ化したもので、セリフもほぼ原作どおり。ホラーとコメディとロマンスがたっぷり楽しめる作品となっています。それぞれのキャラクターがどんなふうに描かれているのか、気になるかたはぜひご一読ください。

そして、この三月にはシリーズ最終作となる*Timeless*が出版されました。次なる舞台は、なんとエジプト。一大随行員とともに地中海を渡った子連れ〈議長《マージャ》〉のアレクシアを最大にして最悪の試練が待ち受けます。かたやロンドンの留守部隊でも大きな動きがあり、英国パラソル奇譚は思いもよらぬ結末へ……。

さまざまな謎が明かされる最終巻にご期待ください。

二〇一二年四月

訳者略歴　熊本大学文学部卒，英米文学翻訳家　訳書『サンドマン・スリムと天使の街』キャドリー，『アレクシア女史、欧羅巴で騎士団と遭う』キャリガー（以上早川書房刊）

HM=Hayakawa Mystery
SF=Science Fiction
JA=Japanese Author
NV=Novel
NF=Nonfiction
FT=Fantasy

英国パラソル奇譚

# アレクシア女史《じょし》、女王陛下《じょおうへいか》の暗殺《あんさつ》を憂《うれ》う

〈FT542〉

二〇一二年四月十日　印刷
二〇一二年四月十五日　発行

（定価はカバーに表示してあります）

著者　ゲイル・キャリガー
訳者　川《かわ》野《の》靖《やす》子《こ》
発行者　早川浩
発行所　株式会社 早川書房
郵便番号　一〇一 - 〇〇四六
東京都千代田区神田多町二ノ二
電話　〇三 - 三二五二 - 三一一一（大代表）
振替　〇〇一六〇 - 三 - 四七七九九
http://www.hayakawa-online.co.jp

乱丁・落丁本は小社制作部宛お送り下さい。
送料小社負担にてお取りかえいたします。

印刷・精文堂印刷株式会社　製本・株式会社フォーネット社
Printed and bound in Japan
ISBN978-4-15-020542-3 C0197



本書は活字が大きく読みやすい〈トールサイズ〉です。